D1926665

Das Artefakt 2

Thriller

Joshua Tree

Inhaltsverzeichnis

Zusammenfassung Band 1

In der Sonnenpyramide von Teotihuacán nördlich von Mexico City entdecken Professor Charles Bowen und sein Student Marcus Brown einen Kristall in einer Grabkammer, die nirgendwo verzeichnet ist. Er steckt in einer Schatulle der Air Force, was den Archäologen und den angehenden Maschinenbauingenieur verdutzt. Sie senden Proben an das CalTech-Labor und werden kurz darauf von amerikanischen Söldnern überfallen. Der Professor wird getötet und Marcus kann mit dem Artefakt fliehen. Einer der ebenfalls getöteten Kommilitonen, die zum Team des Professors gehörten, war tatsächlich ein Undercoveragent des FBI, weshalb die Bundesbeamten Maya Wilson und Thor Dejeune auf den Plan gerufen werden. Sie versuchen, Marcus Brown zu finden und zu erfahren, was er entdeckt hat. Doch auch europäische Kräfte suchen nach ihm und es kommt zu einer dramatischen Konfrontation in Ciudad de Juan. Marcus kann fliehen und schafft es über die Grenze nach Amerika. Maya und Thor nehmen seine Spur auf und stellen fest, wohin er die Proben geschickt hat. Sie decken auch auf, dass Marcus' Vater mit dem Professor befreundet war, für die DARPA in der Area 51 geforscht hat und vor einem Jahrzehnt unter mysteriösen Umständen verschwunden ist. Es scheint eine Verbindung zwischen ihm und seinem Sohn zu geben, die

Akteure auf der ganzen Welt nach Marcus fahnden lassen. Im CalTech-Labor erfahren sie, dass es sich um Chromiodid handelt und das Material offenbar mehrere zehntausend Jahre alt ist. Doch sie sind nicht die Einzigen, die in Los Angeles auftauchen. Dieselben Söldner, die den Professor getötet haben, treten auf den Plan. Auf dem Campus des CalTech kommt es zum Showdown und Marcus wird von italienischen Soldaten gefangen genommen, die auch den Kristall stehlen können. Maya wird angeschossen und als Thor bereits die Hoffnung verliert, tritt ein Unbekannter auf den Plan und bietet ihnen eine Möglichkeit, Marcus Brown zu befreien – und mit ihm den Kristall.

VORWORT

Liebe Leser,

mit dem vorliegenden Band halten Sie den zweiten und letzten Teil der Geschichte um das Artefakt in den Händen. Geplant als Trilogie, habe ich beim Ausarbeiten der Details meiner Story herausgefunden, dass ich einige Abkürzungen nehmen kann, die das Buch spannender und rasanter machen – meiner Meinung nach Gütekriterien eines Thrillers. So möchte ich mit dem zweiten Teil der Reise das gesamte Blatt in meiner Hand zeigen und das Finale nicht zu sehr in die Länge ziehen.

Ich hoffe, dass Ihnen der weitere Verlauf der Reise gefällt und die Auflösung genauso überraschend wird, wie ich es mir vorstelle. Band 2 nimmt eine etwas andere Richtung, als Sie in Band 1 möglicherweise vermutet haben. Wie immer freue ich mich am Ende der Lektüre über Ihr Feedback und wünsche spannende Lesestunden.

Herzlich, Ihr Joshua Tree

Aberdeen, 12. August 2019

DAS ARTEFAKT 2

PROLOG

Südliches Kamtschatka, Russische Föderation, Januar 1986.

Alexey Uljanski hockte in seinem einsamen Container in der Eiswüste im südlichen Kamtschatka, hundert Kilometer nördlich von Jelisowo und blies warme Atemluft in die halb erfrorenen Hände. Das letzte Seismometer war platziert und er musste nur noch auf die Bestätigung der Daten warten. Durch das kleine Ostfenster seines Containers, den ihm die Universität erst nach zähem Ringen zugestanden hatte, konnte er am Horizont das Leuchten der Marinebasis der russischen Pazifikflotte sehen.

Immer, wenn er es sah, fühlte er sich etwas weniger einsam, obwohl sein Verstand wusste, dass die fünfzig Meilen zur Basis ein unüberwindbares Hindernis waren, wenn er nicht den gesamten Treibstoff seines Motorschlittens aufbrauchen wollte. Er war so allein, wie man nur allein sein konnte, und das forderte seinen Tribut. Vier Monate waren eine lange Zeit und sie waren ihm vorgekommen wie vier Jahre. Vier sehr, sehr lange Jahre.

Doch so war das nun einmal, wenn man wissenschaftlich wichtige Arbeit leisten wollte. Irgendetwas geschah in der Tiefe unter Kamtschatkas Erdmantel und er würde es beweisen.

Seine bisher gesammelten Daten zeigten eine Schwächung der Erdkruste. Irgendetwas drückte von unten dagegen und er konnte es beweisen, wenn die Messwiederholung keine Abweichungen zeigen sollte. Wenn er nun noch die Daten mit seinen ersten Entdeckungen von vor zehn Jahren abgleichen und bestätigen konnte, würde sich vermutlich ein noch deutlich klareres Bild ergeben, das niemand mehr ignorieren konnte. Dann würde sein Name vermutlich mit großen Wissenschaftlern wie Alexei Alexejewitsch Abrikossow oder Pjotr Fjodorowitsch Anjou genannt werden – falls das dann noch eine Rolle spielen sollte.

Es dauerte etwas mehr als drei Stunden, bis die Daten der Seismographen eingetroffen waren und ein sanftes Piepen des Monitors ihn an die grünen Zahlenkolonnen auf schwarzem Hintergrund eilen ließ. Dabei rutschte ihm vor Aufregung beinahe die Tasse mit dem derben Disteltee aus der Hand. Er beobachtete die Datenströme und seine Augen wurden immer größer.

»Oh mein Gott«, murmelte er und dann immer wieder: »Oh mein Gott.«

Als sich Prof. Dr. Alexey Uljanski aus seiner Starre gelöst hatte, riss er einige Papierzettel von dem Stapel neben der Kaffeemaschine und begann mit einer Reihe komplizierter Berechnungen. Als er sie beendet hatte, zögerte er nicht und schnappte sein Funkgerät. Er konnte zur Universität zurückfahren, doch das würde zwei oder drei Tage dauern und der Schneesturm war zu stark. Er hätte sich – gerade jetzt, in der langen Polarnacht – mit Sicherheit verfahren. Trotzdem musste er etwas tun, also blieb ihm nur die Hoffnung, einen der Funkmasten der Marinebasis zu erwischen und zu hoffen, dass sie ihn hörten.

»Hier spricht Alexey Uljanski von der Universität Novosibirsk. Ich habe einige Daten gesammelt, die unbedingt an den Kreml weitergeleitet werden müssen. Es geht um die Sicherheit der Sowjetunion.« Als er die Worte aussprach, fühlte er sich geradezu lächerlich und doch entsprachen sie der Wahrheit und es war seine Pflicht, sie zu verlautbaren. Es knackte und knarzte in seinem Funkgerät, während er denselben Satz auf jeder erdenklichen Frequenz wiederholte. Dann wartete er auf eine Antwort und erhielt sie nach etwas mehr als fünf Minuten. Aufgeregt drehte er die Lautstärke höher.

»Hier spricht Podpolkownik Wolkow, nennen Sie uns Ihre genauen Koordinaten, Genosse Uljanski, wir fliegen Sie aus«, krächzte die blecherne Stimme aus seinem großen Funkempfänger. Der Akzent des Sprechers klang seltsam, womöglich kam er irgendwo aus dem Norden Sibiriens, wo sie seltsame Dinge mit den Vokalen anstellten.

Ausfliegen, dachte er. Damit hatte er nicht gerechnet.

»Verstanden, Genosse Podpolkownik«, antwortete er mit zitternden Händen und gab die Koordinaten seines Containers in Form von Angaben der Längen- und Breitengradzahlen durch.

»Koordinaten erhalten, Genosse«, antwortete der Offizier mit dem seltsamen Akzent. »Halten Sie sich bereit für die Evakuierung.«

Aufgeregt sammelte Alexey seine Sachen ein, stopfte sämtliche Papiere in seine Tasche und begann die Daten auf Disketten zu spielen. Es waren insgesamt fünfzig, die er in einen dafür vorgesehenen Behälter quetschte.

Erneut zirpte das Funkgerät. »Hier spricht Starschina Seizew. Wer funkt da? Identifizieren Sie sich!«

Alexey runzelte die Stirn. Die Stimme gehörte nicht demjenigen, mit dem er zuvor gesprochen hatte. Er sprach das klare Russisch, das man westlich des Urals wiedergab.

Die Rotorengeräusche des Helikopters, der in diesem Augenblick inmitten des Schneesturms vor seinem Container landete, hörte er nicht. Nicht einmal das Wackeln der Wände, das sich verstärkt hatte, nahm er wahr. Als die Tür aufgerissen wurde und zwei Soldaten in weißen Schneetarnanzügen und mit vermummten Gesichtern mit gezückten Waffen hereinstürmten, peitschte mit ihnen der Polarsturm in den gedrungenen Raum und wirbelte Blätter und Notizen durch die Luft.

»Podpolkownik?«, fragte Alexey, doch die Soldaten riefen sich etwas auf Englisch zu und rissen ihm die Disketten aus der Hand. Dann wurde ihm ein Sack über den Kopf gestülpt und seine Welt versank in Dunkelheit.

DAS ARTEFAKT 2

Kapitel 1: Bob

Auf der Mission Street wälzten sich die endlosen Autokolonnen über den Asphalt wie sich aneinanderreibende Schlangen. Gesäumt von bunt gekleideten Strömen hektischer Passanten bildeten sie eine laute, zähe Masse, die einerseits den Zement dieser wunderbaren Stadt bildete und gleichzeitig Grund für das Kopfzerbrechen war, das Congressman Robert »Bob« Greenwich nachts wachliegen und in Akten blättern ließ. Der Verkehr in der Stadt explodierte förmlich und die Bürger waren die Smogglocke so leid, dass sie Umweltzonen ähnlich wie in Europa forderten. Gleichzeitig saßen ihm neben den Bürgerinitiativen auch die Industrievertreter im Nacken und wiesen ihn darauf hin, dass eine Umweltzone, beispielsweise in Daly City, die Lebensader des Nord-Süd-Verkehrs abschneiden würde. Die Folge könnten höhere Logistikkosten und Zeiteinbußen sein, die seitens der Industrie mit »Arbeitsplätze, Arbeitsplätze« kommentiert wurden, dem Signalwort jedes Politikers. Also hatte er das Problem verschoben, indem er Gutachten und Pilotstudien für verschiedene Lösungsmöglichkeiten in Auftrag gegeben hatte, wie seine Chefberaterin es ihm empfohlen hatte.

Bob empfand es als typische Ironie der Politik, dass er in diesem Büro in bester Lage saß und über das Wohl und Wehe des 12th District entschied – ein Mittdreißiger, der bisher wenig mehr erreicht hatte als in Washington für einen Senator Papier zu sortieren, danach reiche Leute effizient um Spenden zu bitten und im Wahlkampf Plattitüden auswendig zu lernen. Ciella hingegen war seit zwei Jahrzehnten im Geschäft, sowohl auf Bundesebene in Washington als auch hier in San Francisco für seine Vorgängerin, die ihm bei Amtsübergabe eindringlich gesagt hatte, dass Ciella das beste Geschenk sei, das er je erhalten würde. Sie hatte recht behalten. Ohne sie hätte er längst dem Wunsch nachgegeben, sich unter einer Decke zu verkriechen und vor der Last der Verantwortung und schier unendlichen Aufgaben wegzulaufen. In den ersten Monaten seiner Amtszeit hatte sich ein spontaner Rückzug von sämtlichen politischen Ämtern als überwältigend verlockend angefühlt. Doch er war immer noch hier, wuchs täglich in seine Aufgaben – alles dank Ciella. Wenn er jetzt über den Dächern der Nachbarhäuser die obersten Zipfel von Alcatraz sah, fühlte er sich nicht mehr wie ein Insasse in der Ferne, sondern wie der, der er sein sollte: Ein normaler junger Mann, dem zu viel Macht und Verantwortung auf den Schultern lastete. Allein der Gedanke, dass er etwas Normales durchmachte, half ihm, sich nicht wie das Elend der Welt zu fühlen.

Es klopfte.

»Herein«, sagte er, ohne den Blick vom Puls der Stadt abzuwenden.

»Sir, die nächsten Besucher befinden sich noch immer im Warteraum«, hörte er Ciella sagen und drehte sich mit einem langgezogenen Seufzer zu ihr um. Seine Beraterin war über zehn Jahre älter als er – zumindest schätzte er das, da sie ihr Alter geheim hielt und es bisher geschafft hatte, diese Information sogar vor ihm abzuschirmen. Das war nicht schwer, da sie so etwas wie seine persönliche Filterblase war, der er eben entweder vertrauen oder sie auswechseln konnte – was einem professionellen Selbstmord gleichgekommen wäre. Ciella war so groß wie er, hatte die borstigen langen Haare zu einem strengen Pferdeschwanz gebunden und ihre ebenholzfarbene Haut makellos gepflegt. Instinktiv fragte er sich, wie er in ihrem Alter aussehen würde, nach zehn Jahren im Amt? Komplett ergraut und faltig wie ein Methusalem, schätzte er.

»Wen haben wir als Nächstes?«, seufzte er müde und rieb über sein Gesicht. Die Luft in seinem Büro roch immer noch nach menschlichen Ausdünstungen und einer latenten Zigarrennote. Die Verhandlungen mit den Vertretern der Straßenbaufirmen schienen sich in diesem Dunst festgesetzt zu haben und ihn zu erinnern, dass sein Tag schlecht begonnen hatte.

»Eine Miss Delilah King von der MPI.«

»MPI?«

»Missing People Initiative«, erklärte Ciella und hielt ihm ein Klemmbrett hin, auf dem ein viel zu dicker Stapel Papier fixiert war. Abwehrend hob er eine Hand.

»Eine weitere Bürgerinitiative, schätze ich?«

»Richtig, sie setzen sich für größeres Engagement politischer Vertreter in Bezug auf Vermisste in Kalifornien ein.«

»Aber wieso wenden die sich dann nicht an unsere Senatoren? Ich kümmere mich doch lediglich um Distrikt Zwölf«, fragte er stirnrunzelnd.

»Ich gehe davon aus, dass sie das schon getan haben.«

»Also gut, schick sie rein.« Er machte einen Wink und ging zurück zu dem breiten Schreibtisch aus Zedernholz, den er ebenfalls von seiner Vorgängerin geerbt hatte. Das einzig Neue in diesem Büro schien sein ergonomischer Schreibtischstuhl zu sein, der ein wenig wie ein physiotherapeutisches Gerät aussah. Er war bereits ein Jahr im Amt und trotzdem hatte er bisher keine Zeit gefunden, persönliche Gegenstände wie Bilder oder Accessoires auszusuchen, die er um sich haben wollte. Zu oft pendelte er zwischen dem Kongress in Washington und seinem Büro in San Francisco.

Bob ließ sich in den Stuhl fallen und kreiste mit in den Nacken gelegtem Kopf seine Schultern, um ein wenig von den Verspannungen loszuwerden, die ihm die Vertreter des Baugewerbes eingebrockt hatten. Er konnte diese wütenden, alten weißen Männer nicht leiden, die nach Zigarren stanken und dicke Bäuche vor sich herschoben, während sie schimpften, dass ihre unterbezahlten Arbeiter das Wort »Gewerkschaft« in den Mund zu nehmen wagten.

Jetzt auch noch Vermisste. Was für Vermisste überhaupt?, dachte er und wischte ein Gähnen aus dem Gesicht, als ihn das Knarzen der Holzdielen auf Personen im Flur hinwies und er ein geschäftsmäßiges Lächeln aufsetzte. Mittlerweile fiel es ihm so leicht wie zu atmen. *Bin ich schon nach so kurzer Zeit einer dieser Politiker geworden, der ich nie sein wollte?*

Vermutlich verhielt es sich wie mit der eigenen Kindheit, als man sich geschworen hatte, niemals wie »die Erwachsenen« oder die eigenen Eltern zu werden, nur um sich im selben Alter in genau denselben Ansichten und Verhaltensweisen wiederzufinden.

Immerhin hast du es erkannt, das muss doch für etwas gut sein, oder?

Die Frau, die in sein Büro trat, war nicht groß, aber kräftig gebaut und mit einem breiten Gesicht ausgestattet, das nach Durchsetzungskraft und harten Worten aussah.

»Guten Tag, Miss King«, begrüßte er die hereinrauschende Besucherin und stand auf. Mit einer Hand auf dem Knopf seines Jacketts drehte er sich leicht und deutete mit der anderen auf einen der beiden Stühle vor seinem Schreibtisch. Früher hatte er die Bürgersprechstunde gemocht, weil sie einen direkten Zugang zu seinen Wählern ermöglichte, doch mittlerweile hielt er sie wahlweise eher für eine Mecker- und Politiker-sind-an-allem-Schuld-Sprechstunde.

»Guten Tag, Congressman Greenwich. Danke für Ihre Zeit«, erwiderte King höflich und setzte sich mit einem dankbaren Nicken.

»Was kann ich für Sie tun, Miss King?«, fragte er und setzte sich ebenfalls. Die Hände verschränkte er vor der Brust auf der Tischplatte, direkt vor den sorgfältig vorbereiteten Aktenstapeln. Sie sollten geschäftig, aber nicht unordentlich wirken. Durch seine Haltung war Bob leicht vorgebeugt – nicht aufdringlich, aber interessiert, wie Ciella es ihm gezeigt hatte.

»Ich bin Vorsitzende der MPI und möchte mich mit Ihnen darüber unterhalten, was die örtliche Politik tut, um unsere Sache zu unterstützen«, stieg King sofort ins Thema ein. Bob nickte nach jedem Satz und hoffte, aufmerksam und verständnisvoll zu wirken. Im Kopf ging er sämtliche Informationen durch, die er über Vermisste in Kalifornien besaß: Die meisten verschwundenen Personen stellten sich als ihren Eltern entlaufene Teenager heraus oder als Suizidfälle oder solche, die genug von ihrem Partner hatten und sich absetzten. Abgesehen davon wusste er nicht viel – bis eben hatte er nicht einmal von der Existenz einer MPI gewusst.

Während King ihm etwas von Vermisstenzahlen und der Struktur ihrer Organisation erzählte, nickte er immer wieder und streckte sich nach Ciellas Klemmbrett, das sie links auf den Schreibtisch gelegt hatte. Er versuchte, es wie eine natürliche Bewegung aussehen zu lassen und nicht verlegen zu wirken, weil er ihr kaum zuhörte. Als sie gerade bei irgendetwas über Polizisten angekommen war, die sie offenbar unerhörterweise immer wieder abwiegelten, fielen seine Augen auf eine Passage in der Informationszusammenfassung, welche Ciella ihm erstellt hatte, die ihn aufmerken ließ: Die MPI wurde erst vor acht Jahren gegründet, von Delilah King selbst, und hatte seitdem mehrere Millionen Dollar pro Jahr an Spenden gesammelt. Das war durchaus beachtlich für solch eine selbst für Bürgerinitiativen nischenartige Themenwahl.

»Sind Sie selbst betroffen, Miss King?«, fragte er, als sie eine ihrer wenigen Pausen machte, um Luft zu holen. Das Stocken in ihrem Blick war ihm Antwort genug.

»Ja, mein Mann wurde vor acht Jahren entführt.«

»Entführt?«, fragte Bob überrascht.

»Ja«, erwiderte seine Gegenüber mit festem Blick und zusammengepressten Lippen.

»Haben Sie eine Anzeige gegen unbekannt erstattet?«

»Ja, aber das Verfahren wurde nach einem Jahr eingestellt.« Kings Augen begannen wütend zu funkeln, als sich eine Note Schmerz in ihren Blick stahl wie die Kruste einer nie verheilten Wunde.

Bob entschied, abzuwarten, statt sie mit Fragen zu bedrängen. Er schätzte die Frau so ein, dass sie ohnehin lieber sprach als anderen zuzuhören. Er wurde nicht enttäuscht.

»Mein Roger war Leiter des biotechnologischen Instituts in Stanford und ausgesprochener Atheist. Ich bin Dechantin in einer katholischen Basisgemeinde in San Francisco. Nur weil diese Differenz im Glauben uns einmal in eine Paartherapie gebracht hat, meinten die Officer, dass Roger sich vermutlich aus dem Staub gemacht hat. Ich weiß aber, dass das nicht stimmt, da können mir die Kerle noch so viel über Statistiken und Erfahrungswerte erzählen. Was fällt denen überhaupt ein, mir zu unterstellen, ich würde meinen eigenen Ehemann nicht kennen?«

Bob machte eine beschwichtigende Geste. »Ich bin sicher, dass die Damen und Herren von der Polizei ihr Bestes gegeben haben, Miss King.« Als er sah, wie ihre Züge sich noch weiter verhärteten, fuhr er schnell fort: »Sie waren bisher nie bei uns, soweit ich das sehen kann. Weshalb suchen Sie mich gerade jetzt auf?«

»Wegen der Zahlen«, sagte sie und rutschte so rasch auf ihrem Stuhl vor, dass er sich beinahe erschreckt hätte. »Die Zahl der Vermissten lag in Kalifornien vor 1986 bei rund 50.000 pro Jahr. Das schließt entlaufene Kinder, Kinder, die von einem Elternteil entführt wurden, Vermisste nach einem Katastrophenfall und Entführungen ein. Danach sind die Zahlen kontinuierlich gestiegen.«

»Ist das nicht normal?«, fragte Bob. »Immerhin steigt ja auch die Gesamtbevölkerung. Dass entsprechende Zahlen ebenfalls steigen, müsste doch im statistischen Normalbereich liegen.«

»Das sagen alle«, brummte King und schüttelte den Kopf.

»Aber sie sind ab Anfang der neunziger Jahre sprunghaft angestiegen auf über hunderttausend. Zur Jahrtausendwende auf über zweihunderttausend per annum. Interessant ist auch, dass die Quote der vermissten Kinder und Vermissten im Zusammenhang mit vermuteten Straftaten gleichgeblieben ist. Die Zahl der vermissten Erwachsenen, deren Verschwinden als nicht aufgeklärt und unklar gilt, ist die einzige, die so stark angestiegen ist, dass es außerhalb des statistisch zu erwartenden Wertes liegt, und zwar weit außerhalb.«

Bob runzelte unbewusst die Stirn, glättete sie aber sofort wieder, als King den Blick hob, und ertappte sich, dass er Angst hatte, von dieser Frau konfrontiert zu werden. Warum, das wusste er selbst nicht so recht.

»Das klingt seltsam«, gab er zu. *Aber stimmen die Zahlen auch?*

»Ich habe die Zahlen aus den offiziellen Polizeistatistiken. Die Regierung hat diese Zahlen seit fünfzehn Jahren für die Öffentlichkeit sperren lassen, aber ich habe sie vorliegen.« Die Vorsitzende der MPI kramte in ihrer Tasche und wuchtete einen Aktenstapel auf seinen Tisch. »Da steht alles drin!« Sie tippte mit einem Zeigefinger auf die braune Mappe aus Recyclingpapier wie ein Vogel, der auf einer Nuss herumhackte.

Bob zog die Akte zu sich und öffnete sie mit einer gehobenen Augenbraue. »Das ist aber nicht legal.«

»Wenn Sie es gelesen haben, können Sie mich gerne anzeigen«, erwiderte King ungerührt. Bobs Braue hob sich noch eine Nuance höher, doch er ließ ihre provokante Bemerkung unerwidert und klappte stattdessen die Akte auf.

Rasch überflog er die Zahlen. Tatsächlich war die Anzahl der Vermisstmeldungen seit Mitte der achtziger Jahre gestiegen, wenn man den Polizeiberichten Glauben schenken konnte. Es stimmte außerdem, dass der Anstieg sprunghaft war, aber seither waren die Zahlen normal gestiegen. Als Bob bemerkte, dass King ihn aufmerksam musterte, lehnte er sich ein wenig zurück und hob die Akte weit genug an, dass sie seine Augen nicht mehr zu sehen vermochte. Dann lugte er auf seine Armbanduhr.

Noch fünf Minuten, dann kommt Ciella herein und beendet den Termin, dachte er und fand in diesem Moment, dass fünf Minuten sehr lang sein konnten. *Da schaue ich mir die Zahlen besser ein weiteres Mal genau an.* Noch bevor er den Gedanken zu Ende gedacht hatte, schämte er sich dafür. Vor Amtsantritt hatte er sich auf die Bürgersprechstunden gefreut, weil er den persönlichen Draht zu seinen Wählern nicht verlieren wollte und sich um ihre Belange kümmern wollte, doch ihm saßen so viele Termine im Nacken, dass er sich wie ein Getriebener vorkam. Als Politiker, gerade in Washington, lebte man in einer ganz eigenen Blase der Wirklichkeit, einer Art Mikrokosmos. Da ging es um Parteifinanzierung, Lobbytreffen, Mehrheitsverhandlungen, Termine mit Interessenvertretern verschiedener Institutionen und viele Geschäftsessen in feinen Lokalitäten. Man konnte bei so vielen wichtigen Dingen schnell die Bodenhaftung verlieren und genau deshalb nahm er sich Zeit für Termine wie diesen. Irgendwann machte man nur noch Politik für den eigenen Mikrokosmos namens Washington und der hatte lediglich mit Machterhalt und Machtgerangel zu tun. Wozu sich dann wählen lassen?

»Die Zahlen sind wirklich sehr hoch«, gab er schließlich zu und klappte die Akte zu. »Allerdings sehe ich keinen triftigen Grund für ... ja, für was überhaupt?«

»Da steckt doch irgendwas dahinter«, sagte King schnell und lehnte mit erhobener Hand ab, als er ihr die Mappe mit den Statistiken über den Schreibtisch zurückschieben wollte. »Behalten Sie das. Offenbar müssen Sie noch einmal hineinschauen, um sich von der Wahrheit zu überzeugen.«

»Und welche Wahrheit wäre das, Miss King?« Er überging ihren fordernden Tonfall. Er hatte früh lernen müssen, dass es gut war, sich nicht allzu schnell auf die Palme bringen zu lassen. Damit riss man nur Brücken ein, die man später vielleicht noch brauchen würde, um einen reißenden Fluss zu überqueren – davon gab es in der Politik schließlich sehr viele, in denen man schnell ertrank.

»Na dass etwas Größeres dahinter steckt! Das ist etwas Systematisches, das sehen Sie doch selbst?«

Ruhig bleiben. Freundlich sein. Verständnis zeigen, gemahnte er sich innerlich und lächelte unverbindlich.

»Ich verstehe ja, dass Sie als persönlich Betroffene ...«

»Oh, nein, nein, nein!« Seine Gegenüber schüttelte heftig den Kopf und wackelte mit einem Zeigefinger in seine Richtung. »Fangen Sie nicht an, diese Karte zu spielen, Congressman! Wenn Sie mir schon nicht glauben, sollten Sie mich wenigstens respektieren und nicht versuchen, meiner Überzeugung die Grundlage zu nehmen, indem Sie mich als überemotional oder unzurechnungsfähig abwerten.«

»Das war gar nicht meine Absicht«, versicherte er ihr, musste sich aber eingestehen, dass das eine Lüge war. Er seufzte. »Was möchten Sie denn, das ich tue?«

»Bringen Sie eine Untersuchung mit dem Gouverneur in Gang und das Thema in den Kongress, wo es hingehört. Das ist eine unerhörte Sache, von der immer mehr Menschen betroffen sind.«

»Das ist nicht so einfach, Miss King. In Washington ...«

»Vielleicht gibt es Ihnen ja ein wenig Rückenwind für *Washington*«, sie sprach das Wort aus, als bereite es ihr Unbehagen, es auf der Zunge zu haben, »wenn ich eine Petition starte und Unterschriften sammle. Ab einer gewissen Zahl müssen Sie sich im Kongress damit befassen, oder?« Die Vorsitzende der MPI funkelte ihn angriffslustig an.

»Ich glaube nicht, dass das nötig sein wird.« Eine Unterschriftenaktion war das Letzte, was er jetzt brauchen konnte. Die Republikaner würden sich mit Freude darauf stürzen und alle Hebel in Bewegung setzen, um die Petition groß zu machen. *Der blutjunge Demokrat, dem in seinem eigenen Bundesstaat die Bürger weglaufen – oder gestohlen werden.* Über so eine Überschrift würden sich diese Aasgeier sicher diebisch freuen.

»Nein?«, fragte King und am liebsten hätte er ihr beim Anblick ihres triumphierenden Grinsens den Hals umgedreht.

»Nein. Ich werde mich damit befassen, ich verspreche es. Mein Büro wird sich mit Ihrer Organisation in Verbindung setzen, sobald wir mehr herausgefunden haben. Als Mitglied des Repräsentantenhauses bin ich bei den Behörden gut vernetzt und werde herausfinden, was es damit auf sich hat.«

»Danke, Congressman.« King strahlte zufrieden. »Sie haben dann ja sicher nichts dagegen, wenn ich diese Ankündigung auf unserer Website veröffentliche, oder?«

Bob zwang sich, nicht mit den Augen zu rollen, und nickte stattdessen, als sei es ihm egal. »Natürlich nicht.«

Die Tür ging auf und Ciella kam herein. Unter ihrem Arm hielt sie ein Klemmbrett und ein Tablet – ein Abbild professioneller Geschäftigkeit.

Hätte sie nicht ein bisschen früher kommen können?

»Die Zeit ist leider um, Miss King«, sagte Ciella mit ihrer tiefen Stimme, die keinerlei Widerspruch erlaubte.

»Ja, sie hat genau gereicht.« Delilah King stand auf und reichte Bob die Hand. Er ergriff sie und drückte fest, aber nicht unangenehm stark zu. »Vielen Dank für Ihre Unterstützung und Ihr Verständnis, Congressman. Ich und alle anderen Betroffenen wissen das sehr zu schätzen.«

»Dafür haben Sie mich gewählt«, erwiderte er und zwinkerte ihr gut gelaunt zu. Als sie auf dem Absatz kehrt gemacht hatte und die Tür zu seinem Büro hinter ihr ins Schloss gefallen war, fiel das Lächeln aus seinem Gesicht wie die Asche von einem Stück Kohle.

»Was war das denn?«, fragte Ciella und funkelte ihn mit ihrem Adlerblick an.

»Was meinst du?«, fragte er lahm und sank in seinem Stuhl zurück, als hätte jemand seine Knochen in Knete verwandelt. Der Tag war bereits zu lang gewesen und er begann, Fehler zu machen, die er sich nicht leisten durfte.

»Sie wollen diese Verschwörungstheoretikerin ernst

nehmen?«

»Nein.«

»Aber Sie haben ihr zugesichert, dass Sie sich damit befassen, und dann haben Sie sich auch noch darauf festnageln lassen«, sagte Ciella empört. »Wir haben viel dringendere Sachen zu erledigen!«

»Ich habe der Frau doch nur versprochen, dass wir uns um die Zahlen kümmern«, verteidigte er sich und fragte sich erneut, wieso er zugestimmt hatte, dass seine Chefberaterin jedes Gespräch mithören konnte. Die Vorteile überwogen zwar in den meisten Fällen, doch manchmal fühlte er sich wie ein Kind, das von seiner Mutter kontrolliert wurde.

»Zahlen brauchen Zeit.«

»Ja, aber wir haben doch seit gestern einen neuen Praktikanten. Thomas oder so?«, fragte er und biss sich auf die Zunge. Er sollte sich besser um den Jungen kümmern, dessen Vertrauen gewinnen und ihm dann abraten, in die Politik zu gehen. In diesem Fall hätte er wenigstens etwas Gutes getan.

»Toby Straight«, korrigierte sie ihn mit missbilligendem Blick.

»Ja, genau. Er soll sich um die Zahlen kümmern. Wenn er Zugang zu irgendwelchen Datenbanken braucht, können Sie ihm ja helfen. Am besten holt er sich Vergleichsdaten aus den anderen Bundesstaaten, dann schreibt er eine feine Zusammenfassung mit Belegen und unsere besorgte Miss King sieht, dass die Zahlen im Gesamtkontext der Vereinigten Staaten ganz normal sind. Das ist doch keine große Sache.«

DAS
ARTEFAKT 2

Kapitel 2: Marcus

Marcus ließ den Kopf in seine Hände sinken und schnaufte langgezogen. Es war ein Laut der Verzweiflung, der ihm in den letzten Tagen viel zu oft über die Lippen kam. Seit seiner Ankunft in dem goldenen Käfig, den seine Entführer euphemistisch »Gästezimmer« nannten, hatte er kaum geschlafen. Nacht für Nacht brütete er über wissenschaftlichen Abhandlungen und Fachbüchern, die ihm die Mitarbeiter des Priesters brachten, der ihn jeden Abend besuchte. Doch was auch immer sie in ihm zu sehen schienen, er konnte es nicht wahrnehmen. Sie hatten ihm Hochleistungsrechner hingestellt, auf denen Modelle des Kristalls gespeichert waren, an denen er ähnlich wie an der Universität allerlei Versuche und Simulationen durchführen konnte, doch er fand keinen Ansatz, wie er den Chromiodid-Datenträger auslesen konnte. Immerhin hatte man ihm sämtliche Informationen zu der Zusammensetzung gegeben, doch das half recht wenig. Er glaubte, einmal gelesen zu haben, dass Chromiodid-Festplatten – grundlegend höchst theoretisch und nur in Denkmodellen erprobt – über elektrische Spannung ausgelesen wurden. In der Theorie eben. Doch zu verstehen, um welche Spannung es sich handelte in Bezug auf genau diesen Datenträger und wie sie appliziert werden musste, wusste vermutlich nur derjenige, der ihn erschaffen hatte. Dieses Argument schien seine Entführer allerdings nicht besonders zu beeindrucken, da sie weiterhin daran festhielten, ihn einzusperren und zur Arbeit zu zwingen. Erst als er dem Priester glaubhaft hatte versichern können, dass ein zu starkes Spannungsfeld die gespeicherten Daten zerstören könnte, hatte der einen Moment in sich gehört – oder auf den- oder diejenige, mit dem oder der er über den Knopf in seinem Ohr verbunden gewesen war – und von ihm abgelassen. Seither gab man ihm mehr Freiraum, den er allerdings nicht zu nutzen wusste.

Wieso haben die nicht einen Professor für Lesetechnik und einen Physiker entführt, dachte er zum wiederholten Male und seufzte. Die Müdigkeit in seinen Gliedern lag wie ein zweites Skelett aus Blei über seinen Knochen und machte selbst den Gang zur Toilette zu etwas überaus Anstrengendem. Direkt nach seiner Entführung hatte man ihn mit einem Sack über dem Kopf und Handschellen wie ein Paket verschnürt und mit wechselnden Fahrzeugen zu einem Flugzeug gebracht. Der Flug hatte gefühlt mehrere Tage gedauert, die er in einer so stillen Umgebung verbracht hatte, dass er sich schon im Jenseits gewähnt hatte. Offenbar hatten sie ihn in eine schallgedämmte Kiste eingesperrt, anders konnte er sich nicht erklären, dass plötzlich die Triebwerksgeräusche verschwunden waren, als hätte jemand einen Schalter umgelegt. Irgendwann hatte es in seiner Kiste nach Urin gerochen und jemand in seiner Nähe hatte bitterlich geweint. Erst später hatte er begriffen, dass er es war, der sich eingenässt und geweint hatte. Danach, als seine Augen keine Tränen mehr hergegeben hatten und der saure Geruch von Urin ihm so vertraut war, dass er ihn kaum noch wahrnehmen konnte, war die Kiste geöffnet worden. Irgendjemand schimpfte wütend auf Italienisch und man zog ihn nackt aus. Marcus hatte es mit sich geschehen lassen, zu erschöpft, um auch nur an Widerstand zu denken. Mit neuer Kleidung und etwas sanfteren Griffen hatte man ihn den Geräuschen nach wieder in ein Auto geschafft und herumgefahren, bis ihm schließlich ein junger Mann mit Stoffhose und Rollkragenpullover den Sack vom Kopf gezogen hatte. Monsignore Luca Mancarella war vielleicht Anfang dreißig und besaß ein freundliches, aufgeschlossenes Gesicht, das an den Schläfen etwas zu früh ergraut war. Unter anderen Umständen hätte Marcus zu dem Zeitpunkt wohl vergessen, dass er es mit einem Entführer und nicht mit dem guten Pfarrer von nebenan zu tun hatte. Mancarella hatte sich vorgestellt, ihm erklärt, dass er sich in Rom befinde und von jetzt an im Schoß der Kirche in Sicherheit sei. Ein Teil von ihm hatte sich über diese Worte gefreut, weil er nichts sehnlicher hören wollte, als nicht mehr weglaufen zu müssen, und niemand mehr auf ihn schießen würde. Ab einem gewissen Punkt gab man sich als Mensch mit überaus wenig zufrieden. Dann aber hatte er nach und nach verstanden, was das bedeutete: Samira nie wieder sehen, Mom nie wieder sehen und seine Freunde nie wieder sehen. Er befand sich in einem kleinen Appartement, in dem alles luxuriös und geräumig war, bis auf das abgerundete Plastikbesteck und das generelle Fehlen jeglicher Gegenstände, mit denen er sich hätte verletzen können. Dies war nun sein neues Zuhause, ein Gefängnis irgendwo im Nirgendwo, das er nie wieder verlassen würde. Zwar hatte der Monsignore ihm versichert, dass man ihn freiließe, sollte er seine Arbeit erledigen und den Kristall auslesen, doch zum einen würde das nicht geschehen, weil er es nicht konnte, und zum anderen war er nicht dumm genug, jemandem zu glauben, der ihn hatte entführen und in eine Kiste sperren lassen.

Man war immerhin so freundlich gewesen, ihm eine Wanduhr und einen Kalender zu lassen, sodass er wusste, dass drei Tage vergangen waren, in denen er mehr aus Ratlosigkeit, als aus Überzeugung immer neue Bücher verlangt hatte, die der Monsignore selbst brachte. Jeden Abend kam er außerdem zu einer Art Fortschrittsbericht herein und fragte Marcus aus. Die Antworten fielen immer gleich aus, doch der Priester schien sich daran nicht zu stören. Er nickte stets und verabschiedete sich dann, trotzdem machte Marcus sich keine Illusionen, dass ihm der Wind bald deutlich stärker entgegenwehen würde, wenn er nicht liefern konnte.

Am Anfang hatte er sich noch gefragt, ob er sich weigern sollte, an dem Kristall zu arbeiten, doch dieses Problem hatte die Langeweile beseitigt. Bereits nach den ersten Stunden, in denen er seine als Wohnung getarnte Zelle untersucht hatte, hatte er nicht mehr gewusst, was er mit sich anfangen sollte. Es gab weder Romane noch einen Fernseher und der einzige Computer besaß keinen Internetanschluss und nicht einmal Solitär. Vielleicht lag es an dem starken Kontrast zwischen der plötzlichen Ruhe und Einsamkeit und der atemlosen und grauenvollen Flucht davor, aber er hatte die Stille nicht ausgehalten. Stattdessen hatte er begonnen, sich die Daten des Kristalls und das dazugehörende Datenmodell am Computer anzusehen.

Er betrachtete die feinen Schichten aus Chromiodid, die nur im vielfachen Zoom des Modells sichtbar wurden – den echten Kristall hatte man ihm nie wieder gezeigt. Sein Blick verschwamm und er musste immer wieder blinzeln, je mehr er starrte. Die Leere und Stille des Appartements hinter ihm waren drückend und unangenehm, als versuchten sie, ihm schleichend immer wieder klar zu machen, wie allein und verloren er war.

Als es an der Tür klopfte, fuhr Marcus erschrocken auf. Die schwere Holztür neben der kleinen Kommode, die keinerlei Schubladen besaß und genauso viel Sinn machte wie eine Filmrequisite, glitt zur Seite. Wie alles andere in seinem Käfig war sie mehr Schein als Sein. Sie sah aus wie geschliffenes Eichenholz aus dem Mittelalter und öffnete sich doch elektronisch. Außerdem besaß sie keinerlei Griffe und war offenbar magnetisch verriegelt, so viel hatte er bei seinen ersten Fluchtversuchen begriffen. Heute schämte er sich ein wenig dafür, da er mit Sicherheit rund um die Uhr überwacht wurde und dabei keine gute Figur gemacht hatte.

»Ah, Marcus«, begrüßte ihn Monsignore Mancarella gut

gelaunt und kam mit katzenhaften Schritten zu seinem Schreibtisch gelaufen. Sehnsüchtig sah Marcus an ihm vorbei zu der Tür, die wieder zuglitt und ihm den Blick auf einen Flur versperrte, dessen Wände grau und schmucklos waren. »Wie geht es heute?«

Ihm war klar, dass der Mann mit dem italienischen Akzent damit nicht ihn oder seine Gefühle, sondern den Fortschritt seiner Arbeit meinte. Diese Erkenntnis tat ihm seltsamerweise weh – die Tatsache, dass das lächerlich war, machte es bloß noch schlimmer.

»Wie gehabt«, gab er zurück und sah unsicher zwischen dem großen Bildschirm, der beinahe von den Bücherstapeln verdeckt wurde, und dem Priester hin und her. *Was will er nur von mir? Das ständige Nachfragen wird auch nicht helfen!* Die Frage war allerdings, was der einzige Besucher, den er seit seiner Entführung gesehen hatte, tun würde, sollte er endlich verstehen, dass Marcus rein gar nichts tun konnte. Also entschied er sich, es lieber nicht herauszufinden. Schließlich hatte er mit eigenen Augen gesehen, wozu die Männer des Vatikans in Mexiko fähig gewesen waren. »Ich brauche mehr Daten.«

»Tut mir leid, wir können dir keinen Zugriff aufs Internet gestatten. Wir wollen nicht, dass du etwas Unlauteres tust.« Der Monsignore schürzte entschuldigend die Lippen.

»Sagt derjenige, der für meine Entführer arbeitet«, murmelte Marcus, ohne über seine Worte nachzudenken.

»Ich weiß, dass du all das nicht verstehst, aber ich möchte dir versichern, dass du zum Wohle aller Gläubigen hier bist und deine Arbeit von höchster Wichtigkeit ist«, versicherte Mancarella ihm.

»Selbst, wenn ich verstehen würde, was das bedeuten soll, wüsste ich nicht, wie mir das weiterhilft.«

»Manchmal müssen wir Opfer für andere bringen, die uns schmerzen und sich erst im Gesamtkontext als das herausstellen, was sie waren: ein Geschenk für die Menschen. Dieser Kristall«, der Italiener deutete auf die Simulation auf dem Bildschirm, die in einem dichten Raster eine dünne Schicht Chromiodid von vielen anzeigte, »ist so ein Geschenk, wenn du es schaffen solltest, ihn auszulesen. Das Leben vieler Gläubigen hängt davon ab, dass du Erfolg hast.«

»Wieso ich?« Die Frage kam Marcus über die Lippen, ohne dass er sie im Kopf vorher formuliert hätte. Das war auch gar nicht nötig, weil sie seit Tagen wie ein Mantra durch seinen Kopf geisterte – mal lauter, mal leiser, aber immer präsent. *Wieso ich?*

»Weil dein Vater diesen Datenträger erschaffen hat.«

»Das haben Sie schon einmal gesagt. Selbst wenn das stimmen würde – und ich sage nicht, dass ich das glaube – bedeutet das noch lange nicht, dass ich weiß, wie man ihn ausliest. Ich habe zum ersten Mal von Ihnen gehört, dass mein Vater dieses Ding erschaffen haben soll. Woher soll ich wissen, wie man es ausliest?« Zum Ende vibrierte seine Stimme geradezu vor Frustration.

Die Miene des Monsignores blieb ruhig und gelassen.

»Ich verstehe deine Frustration und wenn du deine Arbeit beendet hast, verspreche ich dir, dass ich dich gehen lasse. Ich verspreche es bei Gott und allem, was mir heilig ist.« Der Italiener bekreuzigte sich, wie um seine Worte zu bekräftigen.

»Aber ich weiß einfach nicht, wie!« Marcus deutete auf den Bildschirm. »Das ist ein Chromiodid-Datenspeicher, den es laut meinem Kenntnisstand noch gar nicht geben dürfte. Meine letzte Information stammt aus einem Wissenschaftsmagazin, in dem ein Physiker diese Art des Speichermediums als denkbare Zukunftstechnik postuliert hat. Normalerweise dauert es von einem solchen Artikel an zehn bis fünfzehn Jahre bis zur Marktreife – mindestens.«

»Gesprochen wie jemand, der sich auskennt.«

»Sie verstehen nicht. Ich schreibe eine Masterarbeit über zukünftige Speichermedien und Ausleseverfahren, aber es geht hauptsächlich um quarzbasierte Technik. Das hier ist etwas vollkommen anderes. Mit optischen Auslesemechanismen kommen Sie hier nicht weit.«

»Ich verstehe«, sagte der Priester. »Was brauchst du, um weiterzukommen?«

»Einen Physiker und einen Materialtechniker, am besten mehrfach promoviert und an der Spitze ihrer jeweiligen Forschungsfächer«, erwiderte Marcus und fragte sich sofort, ob er zu weit gegangen war in seiner Frustration, da sich die Miene seines Besuchers ein wenig verdüsterte. »Ich ... ich meine ja nur ...«

»Ich werde sehen, was ich tun kann. Gib mir einige Tage.«

Marcus riss die Augen auf. Hatte er richtig gehört? Dieser Mann würde weitere Leute entführen, wenn er deren Hilfe brauchte?

»Nein, nein, ich schaffe das schon«, beeilte er sich, zu sagen. Er würde lieber für immer hier eingesperrt sein und so tun als mache er Fortschritte als andere Unschuldige dieselbe Tortur durchmachen zu lassen, die er hatte ertragen müssen. Als der Monsignore eine Augenbraue hob, fuhr er hastig fort: »Ich brauche mehr Fachlektüre. Ich benötige Zugang zu einer bibliographischen Fachwebsite.«

»Das wird nicht möglich sein, wir können dir nicht ...«

»Ich schreibe Ihnen den Link auf, dann können Sie den Datenverkehr steuern, ja? Und ich brauche den echten Kristall.«

»Wieso?« Mancarellas Blick verhärtete sich und seine Augen wurden eine Nuance schmaler.

»Weil man Chromiodid-Datenträger, so wie sie postuliert wurden, elektrisch ausliest. Ich muss also einige Experimente am Material vornehmen, die ich nicht über die Simulation vornehmen kann.«

Der Monsignore schien zu überlegen oder auf die Stimmen in seinem Ohrstecker zu lauschen.

»Gut«, sagte er schließlich zu Marcus' Überraschung. »Gib mir eine Stunde.«

»Was ist überhaupt darauf gespeichert, das Sie so dringend haben möchten, dass Sie einen Kleinkrieg in Mexiko beginnen?«, fragte Marcus, in der Hoffnung, wenigstens zu verstehen, warum er all das durchmachen musste. Was konnte der Vatikan haben wollen, für das er solche Mühen und Gefahren auf sich nahm? Er konnte sich nicht vorstellen, dass es besonders günstig oder politisch wie personell ungefährlich war, bewaffnete Männer ins Ausland zu bringen und jemanden verschwinden zu lassen – zumal in den USA, die als notorisch paranoid und halber Polizeistaat galten.

»Es geht um die Zukunft der Gläubigen«, war alles, was der Monsignore ihm antwortete. Seine Stimme ließ keinen Zweifel, dass er keine weiteren Worte zu diesem Thema verlieren würde, also ließ Marcus die Schultern hängen und nickte seufzend.

»Könnten ... könnten Sie mir vielleicht einen Gefallen tun? Bitte?«, fragte er schließlich, als der Priester sich bereits zum Gehen gewandt hatte. Er drehte sich um und blickte Marcus fragend an.

»Wenn es im Bereich des Möglichen liegt, gern.«

Im Bereich des Möglichen bedeutet: Wenn es nichts ist, das zu deiner Flucht aus diesem Gefängnis führen könnte, gern, dachte er und atmete tief durch.

»Könnten Sie bitte eine E-Mail an meine Freundin und eine an meine Mutter schicken?«, bat er leise, als könnte eine erhobene Stimme seine Hoffnung zunichtemachen, dass sein Wunsch erhört wurde. »Schicken Sie die E-Mail über einen Fake-Account oder sonst etwas, aber sie sollen denken, dass ich in Ordnung bin. Sicherlich sterben sie vor Sorge.«

»Das kann ich gerne tun. Schreib den Text auf, den ich schicken soll, ich werde ihn ansehen und entsprechend weiterleiten«, versprach der Monsignore und nickte lächelnd. Marcus, vollkommen überrascht, vergaß zu antworten, bis sich der Priester bereits abgewandt hatte und durch die Tür verschwunden war.

»Danke«, hauchte er, sah zurück zum Monitor und begann leise zu weinen, wie er es jeden Abend tat.

DAS ARTEFAKT 2

ZWISCHENSPIEL

»Setz ihn langsam ab, ja?«, rief Masamune Shirow aufgebracht seinem Kranführer entgegen, obwohl der ihn in seiner abgeschirmten Glaskanzel über das Dröhnen der Servomotoren nicht hören konnte. »Der *Baka* ist immer zu ungeduldig. Wenn der mir jetzt noch ein Leck in den Sauerstofftank schlägt, führe ich das Kielholen wieder ein!«

»Sei sanft zu ihm, Heddo«, versuchte Kazunori Ito, den die Crew nur Glatzen-Ito nannte, weil er trotz seiner jungen Jahre bereits kahl war wie ein Greis, seinen Chef zu beruhigen.

Masamune deutete auf das kleine Forschungs-U-Boot, das mit seinen beiden runden Glasfenstern aussah wie eine Fliege mit aufgepumpten Augen, während sein Kranführer es langsam über die Bordwand der *Kōkaku Kidōtai,* einem zum Forschungsschiff umgebauten ehemaligen Walfänger, hievte. »Ohne die Tobimasu können wir gleich zurück nach Hamamatsu fahren.«

»Heddo!«, rief jemand über das hektische Treiben auf dem Heck hinweg und Masamune drehte sich entnervt um. Zwei Stockwerke über ihm stand sein Praktikant und deutete auf ein Satellitentelefon in seiner Hand. »Der ...« Es machte *Platsch,* als die Tobimasu im Wasser aufkam. Die Motoren des ehemaligen Trawlers heulten auf, um das große Schiff auf Position zu halten.

»Was?«, schrie Masamune zurück und hob seinen Sicherheitshelm leicht an, als könnte er den jungen Mann so besser verstehen.

»Die Küstenwache ist am Apparat. Die wollen eine Bestätigung von dir!«

»KUSO! Diese verdammten Yarôs sind doch zu dumm zum Scheißen!«, fluchte er und bedeutete seinem Praktikanten mit hektischen Winkbewegungen, ihm das Satellitentelefon zuzuwerfen. Geradeso schnappte er das Gerät aus der Luft, bevor es auf den Deckboden aus geschweißtem Stahl knallte. Dann brüllte er ungehalten in den Hörer: »Ich habe euch Scheißkerlen doch schon vor einer Stunde erzählt, was wir hier machen!«

»Beruhigen Sie sich gefälligst, Shi Shirow«, forderte ihn der Beamte am anderen Ende der Leitung auf. »Sie wissen genauso gut wie ich, dass Sie nicht ohne Genehmigung des Marine-Verteidungssektores ihr Unterseeboot starten dürfen. Dieser Einsatz ist nicht angemeldet gewesen.«

»Tatsache«, bellte Masamune ungeduldig. »Wir fahren ja nur aus Spaß hier raus und nicht, um einen neuen Kraton im Erdmantel nachzuweisen. Wenn ich Ihnen vorher sagen könnte, wann wir etwas Interessantes entdecken, geben Sie mir gerne Ihre private Nummer und ich lese Ihnen aus meiner Zukunft vor.«

»Sie haben die Genehmigung für zwei Stunden«, sagte der Beamte der Küstenwache mit eisiger Stimme. »Keine Minute mehr.«

»Toll«, brummte Masamune und legte auf. Das Telefon schleuderte er zurück nach oben. Sein Praktikant musste sich weit vorlehnen, um es aus der Luft zu schnappen, doch Masamune hatte sich bereits wieder zu Glatzen-Ito umgedreht. »Also, legen wir los.«

»Sollten wir den Einsatz nicht nochmal durchgehen?«

»Wir haben ein Zeitfenster von zwei Stunden. Das Meer ist hier nicht besonders tief, aber wenn wir das gesamte Messequipment auf den Meeresboden bringen und installieren wollen, ist das nicht gerade viel Zeit«, erklärte er und schüttelte den Kopf. »Diese Roboterarme sind uralt und scheiße, das dauert ewig.«

»Ich weiß, aber ...«, wollte Ito einwenden, doch Masamune fasste ihn an den Schultern und zupfte seinen Overall zurecht.

»Hör mal. Wenn unser Verdacht zutrifft, und wir einen bisher unentdeckten Kraton so dicht an der Oberfläche nachweisen, dann winkt uns eine Veröffentlichung in der *Nature*, davon kannst du ausgehen. Dafür müssen wir aber die Messdaten mitbringen, bevor diese *Baitas* von der Küstenwache schimpfen, klar?«

Ito zuckte bei der Beleidigung zusammen, als wäre er vom Blitz getroffen worden, nickte jedoch.

»Es hat allein eine Stunde gedauert, bis unser Fund gemeldet und der Einsatz genehmigt wurde, ich will im Wasser sein, bevor sie es sich anders überlegen, und ich glaube dieses Arschloch am Telefon misst mit der Stechuhr.«

»Kein Wunder, wenn du so ehrlos mit ihm sprichst.«

Masamune zuckte mit den Schultern. »Ich glaube, ich bin älter als er. Außerdem ist er ein fauler Beamter, deswegen hat es auch so lange gedauert, bis er auf unseren Funkspruch geantwortet hat. Also, kommst du?«

»Klar«, brummte Ito und wollte gerade den kleinen Rucksack mit den Wasserflaschen aufheben, als Masamunes Walkie-Talkie rauschte.

»Was denn jetzt, KUTABARE!«, schnauzte er, riss das Funkgerät aus der Kletthalterung an seiner Schulter und hielt es ans Ohr.

»Shi Shirow!« Das war Cindy, die australische Kapitänin, die seit diesem Sommer bei ihnen angeheuert hatte. Ihr Japanisch war beschämend, aber anders als viele seiner fremdenfeindlichen Landsleute zollte er ihr Respekt, weil sie sich die Mühe machte, seine Sprache zu lernen, was gewiss nicht einfach war.

»Was ist?«, maulte er etwas freundlicher als sonst.

»Wir haben hier ein Schlauchboot, das Kurs auf uns genommen hat. Acht Strich östlich auf Annäherungskurs. Sie haben uns angefunkt auf Japanisch und Englisch. Es ist die Küstenwache.«

»Die Küstenwache?« Masamune fiel auf, dass er den Senden-Knopf nicht gedrückt hatte, und schmetterte Ito wütend das Gerät vor die Brust. Der fing es verdutzt mit beiden Händen auf, als Masamune sich an ihm vorbeidrückte und zur Steuerbordreling lief. Das große Zodiac mit dem leicht erkennbaren Geschützaufbau an der Front war durch seine graue Farbe bei Sonnenschein leicht zu entdecken, da das ruhige Meer blau leuchtete.

»Was wollen diese verdammten Affen? Ich habe doch gerade die Freigabe erhalten!« Mit geballten Fäusten wartete er, während das Boot näher kam. Als sich einige seiner Mitarbeiter ebenfalls an der Reling versammelten, scheuchte er sie zurück an die Arbeit. Er dachte gar nicht daran, sich durch eine Scheinüberprüfung gängeln zu lassen.

Das Boot mit dem achtköpfigen Soldatenteam, das mit abgewinkelten Sturmgewehren und unter den Helmen von Sturmhauben vermummten Gesichtern vollgepackt war, näherte sich langsam parallel zur Kōkaku Kidōtai. In der Ferne konnte er die Umrisse eines größeren Marineschiffes sehen, von dem sie gekommen sein mussten. Es befand sich weit im Osten, mindestens sechs bis acht Seemeilen entfernt in internationalen Gewässern.

Arschlöcher.

Unwillig ließ er eine der Strickleitern hinunter, als einer der Soldaten ihm auffordernd zuwinkte. Die Männer waren auffallend groß. Einer nach dem anderen kamen sie an Bord.

»Was soll das, bitteschön?«, wollte Masamune wissen.

»Routineüberprüfung«, sagte einer der Männer, der vor ihm stehen blieb und sich umsah, während der Rest seiner Kameraden über das Deck lief, als hätten sie einen Plan und befänden sich im Kriegseinsatz. Das Japanisch seines Gegenübers klang seltsam. Vielleicht ein Dialekt der südlichen Insel? Es war schwer an diesem einen Wort auszumachen.

»Wurde der Unterseeeinsatz schon begonnen?«, fragte der Mann weiter und erst da fiel Masamune auf, dass es nicht bloß das Japanisch mit dem starken Akzent war, welches ihm auffiel, sondern auch die Augen- und Nasenpartie des Soldaten, die unter der Sturmhaube frei lagen. Er war ein Rundauge und seine Nase kräftig.

»Nein. Aber wer sind Sie?« Mit einem Mal wurde Masamune eiskalt, obwohl die Sonne auf ihn brannte. Der Fremde sagte etwas auf Englisch in sein Headset und dann fielen die ersten Schüsse. Schreie ertönten. Schockiert sah er sich um und beobachtete zwei Soldaten, die die Klappe zum Maschinendeck öffneten und einen kleinen Kasten bei sich trugen. Zwischen ihnen rannte seine Crew in Panik herum und wurde mit präzisen Schüssen niedergestreckt.

Als er sich mit aschfahlem Gesicht wieder dem Soldaten vor sich zuwandte, sah er in die Mündung einer Pistole. Den Schuss hörte er nicht mehr.

DAS
ARTEFAKT 2

KAPITEL 3: THOR

Der Learjet auf dem Weg nach Rom war sehr leise. Thor mochte leise Maschinen, denn er fand, dass die durch sie verursachten Störungen so gering wie möglich auszufallen hatten. Er konnte nicht verstehen, wie manche Leute – besonders Männer – die Motoren ihrer Autos aufmotzten, damit sie »nach etwas klingen«. Er hatte seines mit Dämmmaterial aufspritzen lassen, um ungestört fahren zu können. Das hatte ihm ermöglicht, auf seine Oropax beim Fahren zu verzichten. In dem Learjet ihres neuen, undurchsichtigen Gönners benötigte er sie ebenfalls nicht. Es gab sechs Sitze, von denen sie nur drei nutzten. Eine Platzverschwendung, die unnötig war. Hätte man die Kabine um etwa zwei Meter und fünfzig Zentimeter verkürzt, hätte man oberhalb der Dorsalklappen zwei Extratanks installieren können, die den Tankzwischenstopp im Atlantik obsolet gemacht hätten. Für diese Recherche hatte er nur achtzehn Minuten an seinem Smartphone benötigt – Zeit, die reiche Menschen, die mit dieser Art Flugzeug flogen, vermutlich mit unproduktiven Dingen wie Alkoholgenuss verbrachten. Wenn materieller Reichtum ihn interessiert hätte, hätte er sich vermutlich gefragt, wie solche Menschen so viel Geld anhäufen konnten.

»Brütest du wieder einen neuen Vorschlag für unseren Piloten aus?«, fragte Blackheart, der ehemalige Fremdenlegionär aus Belgien, der rechts von ihm saß, nur getrennt durch den schmalen Mittelgang des Learjets.

»Es handelte sich um einen Verbesserungsvorschlag«, korrigierte Thor ihn. Er mochte Verbesserungsvorschläge, da sie das Leben aller Beteiligten unkomplizierter machten. Vermutlich würde es auch weniger Missverständnisse geben, wenn man andere auf das aufmerksam machte, was sich verbessern ließ. Leider hatte er damit gemischte Erfahrungen gemacht und sich eingestehen müssen, dass nur wenige Menschen bereit waren, sich zu optimieren. Vielleicht wollten sie auch einfach nur sich selbst zum Positiven verändern und keine Impulse von außen erhalten, anhand ihrer Reaktionen war er noch nicht abschließend sicher, um welchen Fall es sich handelte.

»Oh.« Der Belgier machte eine entschuldigende Geste und grinste breit. »Verstehe.«

Thor war nicht überrascht gewesen, als ihr unbekannter Gönner, der sich als »Richard« vorgestellt hatte, ihnen einen seiner Leute an die Seite gestellt hatte. »Blackheart«, wie der sich nannte, war etwas kleiner als Thor, aber ein ganzes Stück breiter und mit sehnigen Muskeln bepackt. Er erinnerte ihn ein wenig an einen Pitbull, etwas gedrungen, aber massiv. Seine Haut war im Gesicht faltig und vom Wetter gegerbt, wirkte jedoch gleichzeitig erstaunlich jugendlich. Blackheart schien immer gut gelaunt zu sein, hatte sich an den ersten Tagen ihrer Recherchen über den Vatikan und Marcus' vermutete Reiseroute ab und zu blicken lassen, sie aber nicht gestört. Er schien zu wissen, wann seine Expertise gefragt war und wann seine Geduld. Kurzum: Er hatte keine Verbesserungsvorschläge angebracht, die sinnlos waren und nur aus dem Bedürfnis geäußert wurden, anderen einen Ratschlag zu erteilen. Das gefiel Thor sehr, da viele Menschen es offenbar für eine Art soziale Konvention hielten, anderen Hinweise zu machen, obwohl sie sich eindeutig nicht das Fachwissen für einen fundierten Ratschlag angeeignet hatten.

In dem kleinen Appartement in Manhattan, das Richard, »der Augenbrauenmann«, wie Maya ihn nannte, ihnen zur Verfügung gestellt hatte, hatten sie neben den stundenlangen Recherchen immer wieder trainiert. Blackheart hatte darauf bestanden und Thor hatte sich sehr zu Mayas Überraschung bereit erklärt, sich jeden Abend zwei Stunden Berichtigungen in Sachen Nahkampf und Waffenkunde geben zu lassen. Oder wie Maya es nannte: »Sich verdreschen lassen.«

Thor kannte allerdings nur zwei Dinge: Sich verbessern und sich verschlechtern. Verschlechtern wollte er sich nicht und für alles andere gab es Schmerztabletten. Obwohl ihm das sehr technische Hapkido seit seiner Kindheit in den Händen lag und er es bis zum dritten Dan gebracht hatte, musste er sich während der Trainingseinheiten schnell eingestehen, dass er dem Belgier so gut wie nichts entgegenzusetzen hatte. Der Soldat, der zwar nicht darüber sprach, aber zweifelsohne vor der Fremdenlegion in einer militärischen oder polizeilichen Spezialeinheit gedient haben musste, war unheimlich schnell und geschickt. Er kämpfte mit den weniger technischen und deutlich effizienteren und konsequenteren Bewegungen von Wing-Tsun, Systema und Krav Maga. Vielleicht würde er gelegentlich ein Buch darüber lesen.

»Thor?« Irgendetwas an Mayas Stimme verriet ihm, dass es nicht das erste Mal war, dass sie seinen Namen rief.

»Ja bitte?«

»Wie, denkst du, sollten wir vorgehen?«

»Womit?«

Maya verdrehte die Augen. Ihr Sitz war um hundertachtzig Grad nach hinten gedreht, sodass sie sich ansehen konnten. An ihrem Bein hatte sie ein Kühlpack mit einem Einmachgummi befestigt, direkt über der Schussverletzung. Die Wunde war nach der OP im Krankenhaus recht schnell verheilt und in einigen Tagen würde er bereits die Fäden ziehen können. Da er keine wichtigen Blutgefäße, Sehnen oder Knochen getroffen hatte, musste lediglich das Fleisch zusammenwachsen.

Schmerzhaft, aber den Umständen entsprechend akzeptabel. Immerhin war Eins jetzt tot und sie saß in einem Flieger nach Rom, wo sie womöglich stattdessen sterben würde. Blackheart war zwar eine sehr fähige Verstärkung für sie, doch er gab sich nicht der Illusion hin, in den Vatikan marschieren und um Herausgabe von Marcus Brown bitten zu können. Die Geistlichen hatten in Mexico und am CalTech gezeigt, wie weit sie zu gehen bereit waren und das verhieß nichts Gutes für ihre Mission.

»Wir sollten erst einmal das Gelände auskundschaften und einen Blick auf die offensichtlichen Sicherheitsmaßnahmen werfen. Richard hat uns ja Gebäudepläne und vieles mehr überlassen, aber ich denke, dass es vor Ort doch meistens etwas anders aussieht«, antwortete er schließlich.

»So ist es«, stimmte Blackheart zu, lümmelte sich in seinen Sessel und fuhr mit einer Hand durch das kurzgeschorene graue Haar. »Unter all den Touris werden wir nicht auffallen.«

»Ist es so schlimm?«, fragte Maya stirnrunzelnd. Thor fand diese Bewegung ihrer Stirnmuskulatur sehr ansprechend. Ihre Haut war glatt für ihr Alter und hatte ein angenehmes Kolorit, obwohl sie in ihrer Jugend geraucht hatte, wie er erfahren hatte. Sein Cortex entschied für ihn, dass das ein Zeichen für Attraktivität und Paarungseignung war, und sorgte dafür, dass er sich bei diesem Anblick wohlfühlte. Das war okay und funktionierte für ihn, obwohl ihm der Mechanismus dahinter bewusst war. Sie war einfach schön, doch das war es nicht, was ihn dazu brachte, die meiste Zeit des Tages an seine Kollegin und Freundin denken zu müssen: Es war die Faszination. Sie war ein Enigma für ihn, seine ganz persönliche Ariadne, die ihn mit ihrem Faden durch das Labyrinth einer Welt geleitete, die er nicht verstand. Paradoxerweise war sie es, die für ihn ein Abbild dieser Welt war – allerdings der guten Seite, wenn es so etwas wie eine gute Seite gab. Sie war alles, was er nicht war und sich nicht vorstellen konnte: das Chaos der Spontanität, die unberechenbare Wildheit der Emotion und das unvorhersehbare Element der Intuition. Neben ihr fühlte er sich wie ein Mathematikheft neben einer Packung Wachsmalstifte. Seine Funktion war erkennbar und definiert, gab ihm Halt und sie war eine Box voller Potenzial, welches sich erst noch zu entfalten hatte und das auf allerlei Arten und in vielen Farben tun konnte. Wachsmalstifte konnten immer neue Bilder erschaffen, während ein Mathematikheft genau einem Zweck diente und überaus statisch war – ähnlich wie die Zeichnung der Fugen zwischen den einzelnen Verkleidungspaneelen der Flugzeugkabine. Sie bildeten klare rechte Winkel und Kanten, folgten technischen Notwendigkeiten, während ...

»Thor, warum starrst du so?«, fragte Maya und winkte mit einer Hand vor seinem Gesicht herum. Als er zu ihr sah und ihr spöttisches Lächeln bemerkte, wurde ihm irgendwo ein wenig wärmer.

»Nichts von Bedeutung«, wiegelte er ab. »Wir haben einige Orte auf den Karten markiert, wo wir Marcus Browns Aufenthaltsort vermuten. Wenn der Kristall, beziehungsweise die Daten darauf, wirklich eine Waffe sein sollten, werden seine Entführer den sichersten und bestgehüteten Ort auswählen, den sie haben. Der Vatikan besitzt enorme finanzielle Mittel, also wird uns ein Besuch als Touristen nicht viel bringen. Trotzdem wird es helfen, ein Gefühl für die Umgebung zu bekommen.«

»Genau so ist es.« Blackheart klatschte so laut in die Hände, dass Maya ihm gegenüber zusammenzuckte. Begeistert beugte sich der kleinere Mann vor, als planten sie eine Verschwörung. »Ich kann ein bisschen Italienisch, ich liebe Herausforderungen. Und wer weiß: Vielleicht finden wir ja doch etwas heraus, was über den allgemeinen Vibe, was unter den Augen des alten Popen so los ist, hinausgeht.«

»Was ist ein Vibe?«, fragte Thor neugierig und überlegte, ob er etwas übersehen hatte.

»Na das Gefühl eben. Die Atmosphäre. Das ist wichtig, wie du schon sagtest.«

»Ich meinte eher die Abstände zwischen den Gebäuden, die

Menge an Menschen, die Positionen der offensichtlichen und weniger offensichtlichen Sicherheitsmaßnahmen.«

»Klar.« Blackheart zuckte mit den Schultern und lehnte sich wieder zurück.

»Ich hätte da noch eine Idee«, warf Maya ein und sah zu dem Belgier. Ihre Augen schimmerten dunkel und erinnerten ihn an Obsidiane. Die ihm unbekannten Welten hinter ihnen faszinierten ihn. Was sie wohl dachte, während sie sprach? Bei ihr hingen beide Dinge nicht immer zwingend miteinander zusammen. Wie machte sie das bloß? Eine Sache denken, die andere Sache sagen? Das eine fühlen, das andere aussprechen?

»Und die wäre?«, drang das Gespräch wieder auf ihn ein und er sah zwischen seiner alten und seinem neuen Partner hin und her.

»Für wen wir hier überhaupt arbeiten.« Als Blackheart die Augen verdrehte und seufzte, rückte Maya noch ein wenig vor. Die Tatsache, dass sie die Miene nicht mehr verzog, als sie unbewusst ein wenig Gewicht auf ihr verletztes Bein verlagerte, machte ihm Hoffnung. »Lavieren Sie sich nicht wieder heraus!«

»Du sollst mich duzen, bitte«, bat Blackheart und schien ehrlich enttäuscht. »Hört mal. Richard ist mein Freund und hat einiges gut bei mir. Er hat mich gebeten, auf zwei wichtige Personen aufzupassen, die sich in Europa nicht besonders gut auskennen, und genau das werde ich tun. Ich weiß, dass er zu einer Gruppe einflussreicher Vordenker gehört, und ...«

»So etwas wie der Club of Rome?«, fragte Thor neugierig.

»Ja, so in etwa. Er hat mal eine große Bohrfirma geleitet, aber irgendwann verkauft, und seinen Reichtum genutzt, um gemeinnützige Stiftungen weltweit aufzubauen«, erklärte Blackheart. »Er ist ein guter Mann, der sich der Entwicklung und dem Schutz des amerikanischen Volkes verschrieben hat. Das liegt wahrscheinlich daran, dass er im ersten Golfkrieg gedient hat, und seine Einheit hat es damals schwer erwischt.«

»Du scheinst ja ein echtes Groupie zu sein«, schnaubte Maya und schüttelte den Kopf. »Ich allerdings kenne den Mann nicht und bin nur hier, weil mein gutgläubiger Partner«, sie zeigte auf Thor, der über das Wort *gutgläubig* nachdachte und befand, dass das schon hinkam, »in unserem Namen zugesagt hat.«

»Hättest du nicht ohnehin mitgemacht, weil es die einzige Chance war, Marcus Brown zu retten?«, fragte er mehr aus Neugier.

»Natürlich.« Maya schenkte ihm ein Lächeln. »Außerdem würde ich selbst dann mit dir gehen, wenn du entscheidest, dass wir ins Schlangenviertel von Manila reisen müssen.«

»Was ist das Schlangenviertel von Manila?« Thor zog neugierig eine Braue hoch, doch offenbar hatte Maya eine andere Reaktion erwartet und rollte mit den Augen, ohne wirklich genervt zu wirken.

»Schon gut, Mr. Robot«. Sie winkte ab und fokussierte sich wieder auf Blackheart. »Ist mir schon klar, dass du über deinen Boss nicht so viel verraten willst, aber ich frage mich, wie er von einem zehntausende Jahre alten Kristall wissen und ihn aus der Area 51 schmuggeln konnte, um ihn in Mexiko zu platzieren. Das riecht nach ziemlich viel Einfluss oder sehr guten Kontakten. Warum kann er dann nicht einen Marcus Brown aus dem Vatikan schmuggeln? Die Katholiken in allen Ehren, aber so gut gesichert wie Area 51 ist ihr Palast bestimmt nicht.«

»Der Vatikan ist kein Palast«, korrigierte der ehemalige Fremdenlegionär sie. »Er ist eher eine Stadt.«

»Einerlei.«

»Ihr wisst nicht allzu viel über Rom, den Vatikan oder Europa im Allgemeinen, hm? Und nein«, Blackheart grinste zynisch, »Dan Browns Romane sind keine guten Quellen über den Vatikan, selbst für Amerikaner nicht.«

»Ich weiß vielleicht nicht viel über Europa«, gab Maya zurück und verzog spöttisch den Mund. »Aber über Belgien.«

»So?«

»Was ist die Headline einer belgischen Talkshow?«

»Ach, komm, diese Witze sind ...«

»Ich bin dreizehn und Jungfrau, ist mein Vater schwul?«,

beendete Maya ihren Witz und Blackheart machte ein gespielt betroffenes Gesicht, während Thor versuchte, herauszubekommen, wie ein Mädchen schwul sein konnte. Bestand der Witz darin, dass Mädchen nicht schwul sein konnten? Aber welchen Sinn und Zweck erfüllte dann der Vater?

»Oh, ich weiß noch einen: Woran hält sich der Belgier beim Sex fest?« Maya sah Blackheart erwartungsvoll an. Als der nur mit einer Hand wedelte, als wollte er sie auffordern, es ihm zu verraten, sagte sie es ihm: »Am Schulranzen.«

»Der ist nun wirklich alt, außerdem gab es nur diesen einen, und Fourniret war entgegen der landläufigen Meinung Franzose. Wir haben nur Dutroux verbrochen und der ...«

»Was macht der belgische Maulwurf?« Maya legte die Hände vor die Augen und machte so etwas wie Schwimmbewegungen. »Platz da Kinder, Platz da!«

»Ja, ja, ich habe verstanden.« Blackheart hob abwehrend die Hände und lächelte versöhnlich.

»Gut. Diese Witze mögen alt sein, aber Amerika-Bashing ist es auch. Ihr ach so gebildeten Kultureuropäer mit eurer Hochnäsigkeit.«

»Ich würde mich jetzt nicht unbedingt als gebildeten Kultureuropäer bezeichnen, aber ich kann schon sehen, warum selbst ich für Amerikaner so wirken muss, denn ...« Der Belgier hielt inne und sah zu Thor, als der leise zu lachen begann. »Was ist los?«

»Oh.« Thor war überrascht, als er ihre verwirrten Blicke sah. »Nichts, ich habe nur den ersten Witz sehr amüsant gefunden. Der Vater kann natürlich nicht schwul sein, weil er ja eine Tochter gezeugt hat.«

»Äh, ja, genau.« Blackheart sah von ihm zu Maya und wirkte ein wenig ratlos, Thor war nicht ganz sicher, weshalb. Möglicherweise bereitete es ihm Schwierigkeiten, das Gespräch mit Maya wieder in normale Bahnen zu lenken, nachdem sie sich nicht besonders erfreut über seine Einlassungen gezeigt hatte, dass Amerikaner nicht ausgesprochen weltgewandt waren. Als er fortfuhr, klang sein Tonfall versöhnlich in Thors Ohren: »Richard glaubt, dass der Vatikan ihm auf den Fersen ist und er sich in Acht nehmen muss. Wenn ihr herausgefunden habt, dass ein Mann mit fehlender Augenbraue in Teotihuacán gewesen ist, um das Artefakt zu platzieren, dann werden die es auch nachgewiesen haben. Er war unvorsichtig und diesen Fehler wird er nicht wiederholen. Richard ist eben kein Geheimagent, sondern ein Philanthrop.«

»Ein Philanthrop, der hochbrisante Gegenstände aus der Area 51 schmuggeln kann?« Maya klang nicht überzeugt.

»Ich weiß nichts über die Zusammenhänge. Er hat mich um einen Gefallen gebeten, und er hat noch mindestens eine Hand voll bei mir offen.« Blackheart zuckte mit den massigen Schultern. »Also bin ich hier und passe auf eure Ärsche auf. Aber unter uns: Ich denke eher, dass jemand von innen den Kristall an ihn herangetragen hat, und er dann versucht hat, ihn Marcus Brown und diesem Professor, diesem ...«

»Bowen«, half Thor ihm auf die Sprünge.

»Bowen, ja, danke. Ich verwechsele Brown und Bowen immer. Jedenfalls denke ich, dass er nur der Mittelsmann war, den es gebraucht hat.«

»Aber warum hat er sich nicht selbst darum gekümmert?« Maya schien noch immer nicht zufrieden und ihr Gesichtsausdruck wechselte schneller als ein Sommergewitter zwischen düster und noch düsterer hin und her.

»Worum?«

»Na, um das Auslesen des Kristalls? Er meint ja zu wissen, dass darauf die Daten einer Waffe zu finden seien, die die Regierung gegen andere Länder einsetzen wird. Woher weiß er das, wenn er den Datenträger nicht auslesen kann und denkt, dass nur Marcus Brown es kann?«

»Vielleicht weiß er, wer den Datenträger beschrieben hat und diejenigen haben etwas mit Waffenentwicklung zu tun? Die DARPA hat ganz sicher ihre Hände im Spiel und die lieben doch so einen Scheiß«, befand Blackheart und faltete die Hände vor den Knien, als sei das ein zufriedenstellender Schlusspunkt ihres Gesprächs.

»Ziemlich viele Unbekannte für meinen Geschmack.« Maya schüttelte den Kopf. »Wir sitzen in einer von einem unbekannten reichen Mann gesponserten Businessmaschine auf dem Weg zum Vatikan, an Bord ein Pitbull, der mal in einer der undurchsichtigsten Armeeeinheiten der Welt gekämpft hat, als Fremder, nicht als Patriot, und sollen ein überaus heißes Artefakt bergen, das laut dem CalTech Labor über sechzigtausend Jahre alt, aber gleichzeitig ein moderner Datenträger sein soll, was überhaupt keinen Sinn ergibt.«

»Ich verstehe, dass ihr mir nicht vertraut.« Blackheart seufzte und nickte verstehend. »Ich würde mir an eurer Stelle auch nicht trauen. Ich bin ein vielfacher Mörder, genau wie ihr. Womöglich hatte ich staatliche Erlaubnis, wie ihr. Aber macht das wirklich einen Unterschied? Man müsste mich wohl einen schlechten Menschen schimpfen, und ich wünschte, es gäbe eine Welt, in der Leute wie ich überflüssig wären. Aber ich sitze nun einmal hier, weil ich gut in dem bin, was ich tue, und weil ich überaus loyal bin. Zu Richard kann ich euch sagen, dass er dem Klischee vom lieben Onkel, der die Welt verbessern will, so nahe kommt, wie ihr es euch nicht vorstellen könnt. Ich würde aufgrund meiner Überzeugungen mein Leben für ihn geben und ich denke, wenn ihr ihn und seine Motive kennen würdet, würdet ihr auch so denken. Aber mir ist natürlich bewusst, dass das alles schön und gut klingt und euch keine Sicherheit gibt. Also schlage ich Folgendes vor: Richard und in diesem Fall ich, weil ich euer Babysitter bin, sind daran interessiert, dass Marcus Brown befreit wird und den Kristall ausliest. Ich habe keine Ahnung, wieso gerade ein Masterstudent das schaffen sollte, aber ich habe mich früh daran gewöhnt, dass andere Leute mehr wissen als ich. Ihr wollt Marcus Brown befreien und sicher ebenfalls wissen, was es mit diesem Kristall-Ding auf sich hat, richtig? Also decken sich unsere Ziele doch ganz gut.«

»Sieht so aus«, gab Maya widerstrebend zu.

»Fantastisch.« Blackheart klatschte begeistert in die Hände, als hätte sie ihm ein Geschenk gemacht. »Dann nutzen wir die Zeit, bis wir Brown befreit haben, um uns miteinander vertraut zu machen und ich lege mich ein bisschen ins Zeug, damit wir Freunde werden, hm?«

»Das klingt akzeptabel«, meinte Thor. Ihr neuer Gefährte gefiel ihm irgendwie. Er war sehr freundlich und gleichzeitig offen, bereitete ihm weniger Kopfschmerzen als die meisten anderen Mitmenschen, bei denen er Schwierigkeiten hatte, sie zu entschlüsseln. Der ehemalige Soldat schien ihm wie jemand, der gern auf den Punkt kommt, und dabei sogar noch überraschend fröhlich wirkte.

»Noch eine Stunde bis zur Landung«, gab der Pilot durch, als hätte er das gütliche Ende ihres Gesprächs abgewartet.

»Also gut«, sagte Maya und zückte ihr Tablet. »Gehen wir noch einmal die Spezifikationen des Safehouse durch.«

Thor beugte sich vor, nachdem er eine SMS an eine alte Bekannte geschickt hatte. Er wusste gar nicht, wann er das letzte Mal eine SMS geschrieben hatte.

DAS ARTEFAKT 2

KAPITEL 4: MICHELLE

Michelle Nunez erreichte das *Hillside Inn* kurz nach Sonnenuntergang und stopfte ihr Handy in die Handtasche. Die Fassade aus roten Backsteinen, an die man Autokennzeichen aus aller Welt genagelt hatte, ließ nicht vermuten, dass sie sich am Rande von Beverly Hills befand. Es sah eher aus wie daheim in der Bronx. Doch das *Hillside Inn* war der Ort, an dem die wirkliche Politik Kaliforniens gemacht wurde – so sagte man zumindest und Michelle hatte bisher keinen Grund gefunden, daran zu zweifeln. Als sie die Tür aufziehen wollte, ging die wie von Geisterhand selbstständig nach innen auf, bis sie einen Kellner in schwarz-weißem Anzug sah, der ein freundlich-professionelles Lächeln aufgesetzt hatte.

»Guten Tag, Ma'am.« Er musterte kurz ihre Kleidung - Jeans, ein kariertes Top und eine alte Kordjacke - und hob eine Braue. »Wie kann ich Ihnen helfen?«

»Ich bin verabredet«, erwiderte sie kurz angebunden und wollte schon an dem Mann vorbeigehen, als der sich beeilte, mit ihr Schritt zu halten. An dem kleinen Pult mit der Reservierungsliste hatte er sie eingeholt und schob sich dezent vor sie.

»Haben Sie reserviert?«

»Nein, ich sagte doch: Ich bin verabredet, und zwar mit

Repräsentant Robert Greenwich.«

»Oh, verstehe.« Der Kellner, ein Mann mit kahlem Kopf und hagerer Gestalt zeigte noch immer ein einstudiertes Lächeln und zog sich vorsichtig zu seinem Pult zurück, als hätte er Angst, dass sie plötzlich losrennen könnte. Während er in seiner Liste nachsah, blickte Michelle sich in dem Restaurant um. Es war überraschend groß, was die Fassade nicht hatte vermuten lassen, und besaß den rustikalen Charme einer Südstaatenkneipe mit dunklem Holz und Lampen, die Feuerschein imitierten. Runde Tische mit gepolsterten Sitzbänken säumten die Wände und waren durch gedrungene Vorrichtungen voneinander getrennt, die jene Privatsphäre verschafften, die Politiker und Journalisten so sehr schätzten. Das Lokal war recht gut gefüllt – typisch zu dieser Uhrzeit. Die meisten Gäste trugen dunkle Anzüge oder Hosenanzüge im Falle der Frauen. Eine gefällige Loungemusik vermischte sich mit dem dezenten Hintergrundgemurmel zahlloser Gespräche zu einem weichen Klangteppich.

»Bitte folgen Sie mir«, riss der Kellner sie aus ihren Beobachtungen und deutete nach rechts in Richtung eines kleinen Brunnens, in dem ein lustiges Fontänenspiel plätscherte. Sie ging hinterher und schob das Gefühl, underdressed und unerwünscht zu sein, beiseite. Sie hatte weder Zeit noch Nerven, sich jetzt damit auseinanderzusetzen. Hätte sie besonders viel darauf gegeben, was andere von ihr hielten, hätte sie ihren Job ohnehin nicht ausüben können und sich schon am College für etwas anderes entscheiden müssen.

Als sie den Brunnen umrundet hatten, sah sie Bob Greenwich in einer der runden Tischnischen sitzen und an einem Glas Bier nippen. Obwohl er ein recht stattlicher Mann war, sah er ein wenig verloren aus, so allein an dem großen Tisch. Kurz vor dem hielt der Kellner an, machte einen Seitwärtsschritt und deutete zu dem Politiker.

»Bitte sehr, die Dame. Darf ich Ihnen schon etwas zum Trinken bringen?«

»Eine Weißweinschorle, bitte.«

»Sehr gern.« Der Kellner deutete ein Kopfnicken an und machte sich davon.

»Hallo, Michelle«, begrüßte Bob sie und lächelte breit. Seine braune Haut, die er seinen samoanischen Vorfahren verdankte, teilte sich im Gesicht durch ein strahlend weißes Lächeln. Zusammen mit seinem kahlen Kopf und den wachen Augen erinnerte er sie an eine deutlich schmächtigere Version von »The Rock«.

»Hi Bob.« Sie ließ sich mehr neben ihm fallen als sich zu setzen und stieß einen langen Seufzer aus.

»Langer Flug?«

»Kann man wohl sagen. Außerdem ist es echt heiß bei euch.«

»Das hier ist eben nicht New York.« Bob lächelte müde über den Rand seines Glases hinweg und nahm einen Schluck. »Du siehst gestresst aus. Liegt es an der Rede, die du in einer Woche vor der UN-Vollversammlung halten sollst?«

»Ich bin müde, aber nicht deswegen. Ich darf da ein bisschen für Pressefreiheit trommeln, nachdem man mir einen Preis verliehen hat, das ist eher lästig«, sagte sie und war überrascht, als ihre Weißweinschorle bereits gebracht wurde. Sie nickte dem Kellner zu und bestellte noch ein Wasser.

»Lass mich raten: Was auch immer dich stattdessen wach hält, führt dich nach drei Jahren zum ersten Mal wieder zu mir.«

»Stimmt.« Das mochte sie an Bob. Er kam gerne schnell zur Sache und das hatte sich offenbar selbst nach einem Jahr als Berufspolitiker noch nicht geändert. »Ich brauche deine Hilfe.«

»Das kann nur Ärger bedeuten.« Bob seufzte. »Ich hatte heute keinen so guten Tag.«

»Wieso nicht?«, fragte sie, ohne besonderes Interesse und eher aus Höflichkeit. Politiker beschwerten sich immer, dass sie es so schwer hätten, dabei hatten sie es leichter als neunzig Prozent der Bevölkerung, da sie sich im Grunde ohnehin nur um sich selbst kümmern mussten.

»Ach, ich hatte einen Termin mit einer Bürgerinitiative, der nicht besonders gut gelaufen ist. Außerdem ist der Yellowstone Park immer noch gesperrt, da sich die Aufforstungsarbeiten nach dem Hurrikan extrem in die Länge ziehen. Hätte die Regierung uns nicht eine Firma aus Wisconsin vorgesetzt, wäre alles schon fertig.«

»Die wurde euch vorgesetzt? Geht das überhaupt? Das ist doch Sache des Gouverneurs und der ist meines Wissens nach Demokrat wie du und kein Republikaner. Ich kann mir nicht vorstellen, dass er sich das aus Washington gefallen lässt.«

»Oh, die haben uns nicht gezwungen, aber wir sind rechtlich veranlasst, eine Ausschreibung vorzulegen, an der sich sämtliche Firmen beteiligen können, die ein Angebot abgeben möchten. Die Wisconsin Forest Association hat ein unrealistisch günstiges Angebot gemacht, das wir annehmen mussten. Einige meiner Mitarbeiter glauben, dass sie von Jefferson persönlich finanziell unterstützt wurden. Immerhin war er einmal Inhaber. Aber wie so oft scheint selbst dieser Skandal die Regierung nicht ins Straucheln zu bringen. Versteh noch einer die Politik.«

»Du Armer«, entgegnete sie sarkastisch, und er verzog ein wenig beleidigt den Mund.

»Da wir den höflichen Smalltalk jetzt mit Bravour hinter uns gebracht haben, kannst du mir ja sagen, was ich für dich tun kann«, schlug Bob vor.

Statt zu antworten, zog Michelle ihre Umhängetasche näher zu sich und fischte eine dicke Akte heraus, auf der sich bereits einige stattliche Kaffeeflecke angesammelt hatten.

»Du arbeitest an einer neuen Story«, stellte Bob fest und verdrehte die Augen. »Musst du mich da hineinziehen?«

»Ja, ich habe noch einen oder zwei bei dir gut, wenn ich mich recht erinnere, und ich brauche jemanden im Repräsentantenhaus, der sich ein wenig umhört.« Sie würde ihn nicht vom Haken lassen. Heute nicht und auch in Zukunft nicht. Nach allem, was er ihr gegenüber zu verantworten hatte, wäre es das Mindeste, wenn er ihr bei ihrer Story half. »Außerdem hast du dich dem Wohl des amerikanischen Volkes verschrieben. Ich gebe dir einfach eine weitere Chance, das Richtige zu tun. Das ist doch dein Ding, oder?« Sie zwinkerte ihm provokant zu und fügte hinzu: »*Robert Greenwich – wählen Sie authentisch.* So war doch dein Wahlkampfslogan, oder?«

»Ja«, seufzte er und deutete auf die Akte. »Was haben wir da?«

Michelle antwortete nicht sofort, sondern legte ihre rechte Hand auf den zusammengehefteten Papierstapel und sah ihrem Gegenüber in die dunklen Augen. »Wen kannst du in der Regierung am wenigsten leiden?«

»Donald Walker natürlich.«

»Ich meine außer dem Präsidenten.«

»Verteidigungsminister Jefferson ist ein korruptes Arschloch«, befand Bob und der Ärger war deutlich in seiner Stimme zu hören.

»Warum?«, hakte Michelle nach und beugte sich ein wenig vor, als würden sie jetzt ein Geheimnis teilen.

»Weil sein weltweiter Truppenabzug vollkommen verantwortungslos war und er den Wettbewerb von Rüstungsanbietern vollkommen zerstört hat. Er wird so hart von den beiden größten Firmen geschmiert, dass ein Zug in seinen Arsch rasen könnte und er würde es nicht bemerken.«

»Ja, das denke ich auch. Die Entscheidung des Präsidenten, sämtliche Auslandseinsätze zu beenden und darüber hinaus sämtliche Auslandsbasen aufzugeben, hat er ja angeblich gefällt, weil er massiv Geld einsparen will. Amerika zuerst. Jetzt haben wir kaum noch militärischen Einfluss auf der Welt, was vorher das Rückgrat unserer Außenpolitik war, aber ist der Verteidigungsetat gesunken?«

»Ja, aber lediglich um fünf Prozent. Er hatte vor seiner Wiederwahl angekündigt, ihn um dreißig bis fünfzig Prozent zu kürzen.«

»Und wieso?«

»Na, weil die Auslandskräfte einen so großen Anteil am Verteidigungsetat binden«, erklärte Bob und musterte sie forschend. »Worauf willst du hinaus?«

»Ich habe recherchiert, weil wir schon lange etwas über Jefferson bringen wollten, und ich glaube, ich komme ihm langsam auf die Schliche. Mich hat es ebenfalls stutzig gemacht, dass er den Verteidigungsetat nicht reduziert hat wie angekündigt. Wo ist das ganze Geld hingegangen?« Bevor der Politiker etwas sagen konnte, hob sie eine Hand und schob ihm die Akte zu. Er sah kurz zu Michelle auf, dann hefteten sich seine Augen wieder auf die Akte und er drehte sie zu sich, bevor er sie aufklappte. Da sie nicht warten konnte, bis er alles überflogen hatte, fuhr sie fort, zu erklären, was dort an Notizen stand: »Ich habe mir die offiziellen Rechenschaftsberichte der Teilstreitkräfte aus dem Verteidigungsministerium besorgt, die sie halbjährlich an die Finanzabteilung schicken müssen. Die sind zwar nicht öffentlich, aber auch nicht geheim genug, dass man als Investigativjournalist nicht über seine Quellen drankommen würde.«

»Die Zahlen passen nicht zusammen«, fasste Bob ihre Notizen zusammen und sah auf. Sie war erstaunt, wie schnell er die Daten und Fakten überflogen zu haben schien.

»Genau. Das, was die Teilstreitkräfte ausgegeben haben, und das, was an Budget da ist, passen nicht zusammen. Seit Präsident Walker die Raumstreitkräfte offiziell aufgelöst hat, gibt es noch genau fünf Stück: Navy, Air Force, Army, Marineinfanterie und Küstenwache. Jede hat offenbar ordentlich den Gürtel enger geschnallt in den letzten Jahren. Weit mehr als fünf Prozent. Insgesamt fehlen hundertfünfzig Milliarden Dollar aus dem letzten Jahr, deren Verbleib unklar ist.«

Bob winkte ab und schloss die Akte. »Es gibt viele Geheimprojekte beim Pentagon. Über zahlreiche weiß nicht einmal der Kongress Bescheid. Ich meine, wir reden hier von der DARPA und Konsorten. Niemand kann denen so wirklich in die Karten gucken. Sogar die damit befassten Ausschüsse im Kongress haben Schwierigkeiten und werden mit tausenden Verfahrensfragen mürbe gemacht. Bis denen mal jemand auf die Finger schauen darf, ist wieder eine Legislaturperiode um und die nächsten können sich an ihnen die Zähne ausbeißen.«

»Das ist auch der Grund, weshalb ich noch nichts veröffentlicht habe. Ich brauche erst stichhaltige Beweise«, erklärte Michelle, als habe er ihr gerade zugestimmt. »Ein dreistelliger Milliardenbetrag verschwindet nicht ohne weiteres in der DARPA. Die hatte noch nie ein so hohes Budget. Ich habe den Verdacht, dass diese Gelder schon seit Jahrzehnten verschwinden, immer am Kongress vorbei.«

»Ach, das wäre doch schon jemandem vor dir aufgefallen.«

»Ist es vielleicht auch. Gordon Steeler vielleicht? Gina Hendrix? Geronimo Vasquez? Oder Sam Cougler?«, zählte sie die prominentesten Journalisten der letzten zwanzig Jahre auf, die in den USA Mordanschlägen zum Opfer gefallen waren.

»Komm schon, Michelle.« Bob schüttelte abermals den Kopf. »Verschwörungstheorien? Ich hätte mehr von dir erwartet.«

»Mit dem Totschlagargument *Verschwörungstheorie* kann man sich fein vor der Wahrheit drücken, was? Fakt ist, dass diese Gelder verschwunden sind, und ich will wissen, wohin. Du kennst unseren Präsidenten und weißt genauso gut wie ich, dass er korrupt und rücksichtslos ist. Du glaubst doch nicht an einen Zufall, wenn er sämtliche US-Truppen aus fremden Territorien abzieht und der Verteidigungshaushalt danach ohne Grund unverändert bleibt.«

»Nicht ohne Grund«, gab Bob zu bedenken. »Durch diesen Schritt haben wir großzügige Handreichungen von China, Russland und den UN bekommen. Die ganze Aktion ist lange verhandelt worden.«

»Oh ja. Wir haben unser Schwert abgelegt und zum Ausgleich drei Taschenmesser bekommen. Großartig.« Michelle winkte ab und zog die Akte zu sich zurück.

»Was genau möchtest du, das ich tue?«

»Ich möchte, dass du für mich eine Spur verfolgst an einem Ort, an dem ich nicht graben kann.« Die Geräuschkulisse um sie schien mit einem Mal aufdringlicher zu werden und Michelle beugte sich noch ein bisschen weiter vor, als müsste sie sich vor ungesehenen Lauschern schützen.

»Im Kongress«, schätzte Bob und sie nickte.

»Ja.«

»Um was genau geht es? Soll ich einen Untersuchungsschuss beantragen lassen? Das wird nicht leicht.«

»Nein, nein, dafür ist es noch zu früh«, stimmte sie zu und tippte mit ausgestrecktem Zeigefinger auf die Akte. »Ich habe herausgefunden, dass die Army entsprechend dem Senatsbeschluss von 2005 angefangen hat, Abrams- und Bradleypanzer zu verschrotten. Also habe ich ein bisschen gegraben, hier und da ein paar Gefallen eingefordert und aufgedeckt, dass auf den offiziellen Schrottplätzen, die zum Rückbau der Werkstoffe genutzt werden sollten, weniger als dreißig Kampf- und Schützenpanzer lagern.«

»Dann sind die anderen eben doch noch länger im Einsatz. Ältere Modelle im Dienst zu halten ist ein häufiges Werkzeug von Verteidigungsministern, um Geld einzusparen. Immerhin ist die Entwicklung neuer Panzer teuer und überzieht fast immer den anvisierten Zeitrahmen«, erklärte Bob.

»Mag sein, aber im Einsatz sind die Panzer nicht mehr. Seit 2005 wurden über zweitausend Modelle von der Army als ausgemustert angegeben und zur Verschrottung freigegeben. Effektiv sind es aber weniger als dreißig. Wo sind zweitausend Panzer abgeblieben?«, fragte sie und hob beide Augenbrauen, bis sie die entstandenen Falten auf ihrer Stirn spüren konnte, als hätte jemand sie mit einem Lötkolben hineingezeichnet.

»Klingt wie damals am Ende der Sowjetunion.«

»Ganz genau!« Michelle klatschte in die Hände und es wurde ein wenig stiller an den Nachbartischen. Sie biss sich auf die Zunge und wartete ab, bis die Geräuschkulisse wieder dasselbe Maß angenommen hatte wie zuvor und sie sachte umspülte, wie eine vertraute Brandung. »Ich glaube«, fuhr sie leiser fort, »dass sich hohe Offiziere mit guten Kontakten zu unserer korrupten Regierung bereichert haben, indem sie große Mengen militärischen Materials ins Ausland oder an Privatarmeen verkauft haben. Du hast das Ende der Sowjetunion angesprochen und das ist nur ein Beispiel von vielen, wo es so gelaufen ist. Meist im Zuge großer Umstrukturierungen, bei denen niemand so genau zugesehen hat.«

»Bist du sicher? Das sind krasse Anschuldigungen.« Bob betrachtete mit zuckenden Mundwinkeln die Akte, die wie ein Stück glühende Kohle zwischen ihnen lag.

»Natürlich bin ich nicht sicher. Das ist nur eine Theorie, aber im Moment diejenige, die sich für mich am schlüssigsten anhört. Womit ich allerdings sicher bin, sind die Zahlen. Meine Kontakte hätten keinen Grund, zu lügen.«

»Du willst also, dass ich im Kongress meine Kontakte anzapfe.«

»Ja. Du bist doch mit dem Verteidigungsausschuss der Demokraten ziemlich eng verbandelt, seit du den Kontakt mit *Blue Ridge Defense* hergestellt hast. Die können bestimmt ein bisschen graben«, schlug sie vor, packte die Akte und ließ sie in ihrer Umhängetasche verschwinden. »Wir müssen herausfinden, was da los ist und dann bringen wir die Arschlöcher zu Fall.«

»Ich glaube nicht, dass das so einfach ist. Gefallen einzufordern hat unter Politikern Konsequenzen und kann dazu führen, dass mir in Zukunft die Hände gebunden sind, oder man mich in eine Richtung drängen kann, in die ich nie gehen wollte.« Bob klang beinahe gequält und leerte den Rest seines Bieres in einem Zug, als könnte das seine Befürchtungen vertreiben.

»Du wolltest doch in die Politik, um etwas bewegen zu können, oder? Freu dich: Ich gebe dir die Chance dazu.«

»Vielen Dank auch«, entgegnete er lakonisch und sie setzte ein breites Lächeln auf.

»Gern geschehen. Ich werde wahrscheinlich morgen nach New York oder Washington zurückfliegen, je nachdem. Du hast doch ab morgen Sitzungswoche. Wir sollten uns treffen, sobald du etwas hast.«

»Michelle, hör zu. Ich habe in der gesamten Woche wichtige Termine und einige Verpflichtungen, vor denen ich mich nicht drücken kann.« Bob beugte sich zu ihr, wie um seine Worte zu verstärken. »Ich kann nicht alles über den Haufen werfen und anfangen, für deine Verschwörungs-Story zu wühlen. Das geht einfach nicht. Du hast keine Vorstellung, wie das Geschäft in Washington funktioniert. Selbst wenn ich wollte und dir eine Hilfe wäre, wäre ich das in ein paar Jahren dann nicht mehr. Du bist sicher eher an einer langfristigen Beziehung interessiert, oder?«

»Guter Versuch«, lachte Michelle und prostete ihm mit ihrer Weißweinschorle zu. Das Wasser war nie gekommen, wie ihr jetzt auffiel, aber sie hatte ohnehin keinen Durst mehr, wie ihr in diesem Augenblick bewusst wurde. »Man merkt, dass du eine der wichtigsten politischen Fähigkeiten erworben hast: lavieren. Ich bin ehrlich von deiner Lernkurve begeistert.«

»Hm, soll ich jetzt danke sagen?«

»Nein, überlass das mal lieber mir, sobald du mir etwas gegeben hast, auf dem ich herumkauen kann.«

»Und wenn ich mich weigere?« Bob sah sie an wie ein Schelm, den Kopf leicht schief gelegt und mit einem bubenhaften Grinsen auf dem Gesicht, als meinte er das Gesagte gar nicht wirklich ernst, dabei wusste sie genau, wie ernst er es meinte. Er wollte sie testen, also ging sie darauf ein und lächelte freundlich.

»Weißt du noch damals am College?«, fragte sie und sah ein wenig zu der einsamen gelben Lampe über ihrem Tisch auf, wie eine Verliebte, die zum Mond blickte. »Ich habe es wirklich genossen, bei Cathys Autoparties Joints zu rauchen.«

»Ja ... das waren sehr gute Partys«, erwiderte er vorsichtig. Seinen Kopf hielt er jetzt nicht mehr schräg und sein Lächeln verlor etwas von dessen Leichtigkeit.

»Du fandst die Garage immer interessanter als die Autos, nicht wahr?«

Statt zu antworten, verengten sich Bobs Augen etwas.

Michelle entschied, sein Schweigen als Aufforderung zum Weiterreden zu interpretieren.

»Wie hieß er noch?«

»Wer?«

»Ich komm einfach nicht drauf.« Sie tat, als ränge sie mit sich und schnippte dann mit den Fingern. »Billy Turner, ha! Mein Gedächtnis funktioniert wirklich hervorragend. Was macht Billy Boy heute?«

Bob knirschte mit den Zähnen und begann, sich umzusehen wie ein Verfolgter. »Ich weiß es nicht.«

»Ist wahrscheinlich auch besser so.« Michelle machte eine wischende Handbewegung, als sei das Thema damit vom Tisch. »Keiner interessiert sich noch für die Jugendlieben von Politikern. Außer, sie sind schwul und haben sich noch nicht geoutet, sondern im Wahlkampf darauf gepocht, dass die traditionelle amerikanische Familie geschützt werden müsste. Jawoll!«

»Das ist schmutzig«, sagte Bob leise.

»Schmutzig ist, dass du mich dazu gebracht hast, das Thema überhaupt anzusprechen. Du hättest ja ohne großen Aufwand zustimmen können, das Richtige zu tun, hm?«

»Für dich ist die Welt sehr einfach, was?«

»Oh nein, Bobby, das ist sie nicht. Aber wenn ich mit dieser Story ein paar korrupte, alte, weiße Männer in unserer Regierung zur Rechenschaft ziehen kann, ist die Welt ein bisschen heller geworden. Dieses Ziel würde dir auch gut stehen, passt nämlich zu dem, was auf deinen Wahlplakaten stand.« Michelle spürte, dass sie gewonnen hatte. Sie konnte die Sorge in Bobs Zügen bereits deutlich ablesen, was bedeutete, dass seine antrainierte Verteidigung von ihm abgefallen war. Es machte ihr keine Freude, anderen zu drohen, obwohl es eine gewisse Befriedigung mit sich brachte, Politiker auf etwas festzunageln, wie sie sich eingestehen musste. Es war eher das Gefühl, etwas Gutes zu tun und dafür ein wenig die Muskeln spielen zu lassen, was ihr Freude bereitete. Jedes gewonnene Recherchegespräch war ein Schritt nach vorne zu ihrer Enthüllungsstory. Sie hatte einen Treffer gelandet, jetzt musste sie noch einen hinterherschieben, um ganz sicher zu gehen.

Sie stand auf und schnappte ihre Tasche. »Danke für die Einladung und es war schön, dich wiederzusehen.« Als sie sich von der Bank gelöst hatte, blieb sie vor dem Tisch stehen und drehte sich um. »Ach übrigens: Billy Boy wohnt in Philadelphia. Ich habe seine Adresse, falls du Kontakt zu deiner alten Flamme aufnehmen willst.«

Bob wurde bleich.

Treffer, versenkt, dachte Michelle und verließ das Restaurant.

DAS ARTEFAKT 2

ZWISCHENSPIEL

In Seattle regnete es. Mal wieder. Ruth zog ihre Jacke ein wenig fester um ihren Hals und lief auf der Marion Street von einer Markise zur anderen. Glücklicherweise waren die meisten der vielen Geschäfte auf den allgegenwärtigen Regen im Bundesstaat Washington vorbereitet, sodass sie nur durch kleine Lücken mit dichten Tropfen springen musste. Natürlich taten das auch alle anderen, aber Ruth war erst zwölf und das brachte einige Vorteile mit sich: Zum einen war sie kleiner und geschickter als die Erwachsenen, die sie teilweise sogar übersahen. Zum anderen hatte sie schon früh bemerkt, dass man Kindern so einiges durchgehen ließ, mit dem man als Erwachsener nicht mehr durch kam. Immer wenn sie jemanden aus Versehen anrempelte, nuschelte sie eine kurze Entschuldigung, drehte sich aber nicht um.

Ursprünglich hätte Ruth in der Schule sein müssen, es war erst zehn Uhr dreißig, aber heute hatte sie einfach keine Zeit. In einer halben Stunde eröffnete das Bayside Carnival und sie hatte nicht vor, die Eröffnung ihrer Lieblingskirmes zu verpassen. So stahl sie sich zwischen den vielen Passanten mit ihren dunklen Mänteln und Regenschirmen hindurch, fühlte sich wie eine anmutige Ballerina und streifte das schlechte Gewissen mit jedem Schritt etwas mehr ab. Selbst die düsteren

Mienen der Großen konnten ihrer wachsenden guten Laune nichts anhaben. Wenn man erst einmal uralt war – so um die zwanzig oder dreißig – machte das Leben offenbar keinen Spaß mehr, auch wenn sie nicht verstand, wieso. Jedenfalls würde sie nie so werden, das hatte sie sich schon vorgenommen. Wenn sie so alt sein würde, was sie nicht glaubte, dann würde sie jeden Tag auf die Kirmes gehen und so viel Zuckerwatte und Puffreis essen, wie sie wollte. Außerdem würde sie ihren Kindern erlauben, alles zu tun, was sie wollten, das stand fest.

Am Ende der Marion Street musste sie die letzte Markise verlassen und an einer Ampel warten, die zur Uferpromenade der Elliot Bay führte. Das Wasser, das sich weit bis Bainbridge Island erstreckte, sah im morgendlichen Schmuddelwetter grau und deprimierend aus. Als die Ampel endlich grün wurde und der dichte Strom des Verkehrs innehielt, hüpfte sie rasch durch den Regen auf die andere Seite und lief nach links. Ihre Haare wurden jetzt nass und der kühle Wind ließ sie frösteln, doch weiter vorne sah sie bereits das Riesenrad und die Achterbahn, die vielen bunten Geschäfte und blinkenden Lichter.

Bin ich zu spät?, dachte sie erschrocken und beschleunigte ihre kurzen Schritte. Links von ihr zog das riesige CenturyLink Field Stadion vorbei, wo ihr Papa immer die Football-Spiele der Seattle Seahawks besuchte. Ruth fand Football sehr langweilig und ärgerte sich häufig, dass sie dafür ihre Lieblingsserie *Pinguine aus Madagaskar* unterbrechen musste. Sie mochte ihren Papa, aber manchmal war er wirklich doof und meistens dann, wenn es um Football ging.

Das Bayside Carnival wurde vor ihren Augen immer größer, bis sie die Absperrzäune mit den bunten Sichtschutzfolien erreicht hatte, auf denen für die verschiedenen Attraktionen geworben wurde. Ihr Herz schlug schneller vor Aufregung. Sie vergaß sogar ihre vollkommen durchnässten Haare, als sie den Eingang erreichte, an dem sich bereits eine kleine Schlange gebildet hatte. Die Menschen drängten sich dicht aneinander und bildeten ein ungleichmäßiges Dach mit ihren Schirmen.

Ruth schlängelte sich zwischen ihnen hindurch, bis sie am Anfang der Schlange angekommen war, und hielt bereits einen Fünf-Dollar-Schein in der Hand, den sie dem Mann in dem kleinen Häuschen hinhielt, auf dem *Kasse* geschrieben stand.

»Ach, lass die Kleine doch, Margareth«, sagte jemand hinter ihr, doch sie achtete nicht auf die Großen.

»Wo sind denn deine Eltern, Kleine?«, fragte der Kassierer. Er trug eine blaue Uniform mit Schirmmütze. Ein tolles Kostüm, wie sie fand.

»Die suchen gerade einen Parkplatz«, log sie und der Mann nickte verstehend.

»Ja, das ist morgens wirklich eine Pest hier in der Stadt. Viel Spaß!« Er behielt ihr Geld und gab ihr ein Ticket und sie lief freudestrahlend durch die Kippschleuse. Vor ihr tat sich eine beinahe leere Kirmes auf. Laute Musik aus zig verschiedenen Fahrgeschäften drang an ihre Ohren, blinkende Lichter und der Duft nach Zuckerwatte umspielten sie wie alte Freunde und sie vergaß beinahe den strömenden Regen, in dem sie stand.

Dann geschah etwas Seltsames: Der Boden unter ihren Füßen begann zu wackeln und sie schwankte leicht. Zuerst gluckste sie vergnügt, weil sie sich freute, dass sich die Kirmes dieses Jahr etwas ganz Neues hatte einfallen lassen, doch das Ruckeln wurde immer stärker, sodass sie Schwierigkeiten hatte, sich auf den Beinen zu halten. Hinter sich hörte sie Schreie. Erst nur wenige, dann immer mehr, die sich zu einem Chor der Angst zusammenfanden – Angst, die nun auch ihren Weg in Ruths Herz fand.

Als sich der Boden vor ihr aufbäumte und der Asphalt aufplatzte, stieß sie einen gellenden Schrei aus und verlor das Gleichgewicht. Sie stürzte hart auf den Hosenboden und sah mit Entsetzen, wie das Riesenrad direkt vor ihr bedrohlich im Rhythmus der bebenden Erde schwankte und wie in Zeitlupe zur Seite kippte. Kreischend rappelte sie sich auf und lief zurück zum Eingang, vor dem eine in Panik auseinanderlaufende Menschenmasse um ihr Leben rannte. Die gesamte Skyline Seattles, der sie sich jetzt zugewandt hatte, schien zu schwanken wie Grashalme im Wind. Um sie war alles in Bewegung: Die Achterbahn in der Ferne, ein kleiner Kiosk mit Zuckerwatte, der in genau dem Moment zusammenbrach, als der Verkäufer versuchte, sich über den Tresen ins Freie zu retten.

Unfähig, sich zu bewegen, schrie Ruth ihre Angst hinaus, fest angewurzelt von Panik und Unglauben. Um sie ging die Welt unter und ihre Eltern waren nicht bei ihr. Wo waren ihre Eltern? Im selben Moment, in dem sie das Dach des CenturyLink Stadions auf der anderen Straßenseite einstürzen sah, bemerkte sie den Kassierer, der auf sie zustürmte und wild mit den Armen winkte.

»Komm her, Kleine!«, schrie er über das Grummeln der Erde und den Lärm einstürzender Gebäude hinweg. »Wir müssen hier weg!«

Noch während sie sich fragte, wohin sie gehen sollte, bemerkte sie über sich eine Bewegung und sah auf. Im selben Moment stürzte das mit Regenbogenfarben bemalte Schild mit der Aufschrift »Bayside Carnival«, das den Eingang wie ein Bogen überspannt hatte, auf sie zu.

Ihr Schrei erklang für zwei Herzschläge, dann krachte das Metall auf sie nieder.

JT

DAS ARTEFAKT 2

KAPITEL 5: BOB

Bob sah auf seine Armbanduhr und grunzte. Der Flug nach Washington dauerte noch zwei Stunden. Die Businessclass des Airbus A330 war komfortabel, und doch juckte und zwickte es ihn überall und er veränderte ständig seine Sitzposition. Ciella, die neben ihm saß und auf dem ausklappbaren Tisch massenweise Akten gestapelt hatte, die sie nacheinander durchging, hob regelmäßig eine Augenbraue in seine Richtung. Die Geste war deutlich missbilligend, doch er konnte sich nicht helfen. Es war nicht so, dass ihn wirklich ein körperliches Leiden überkommen hätte. Nein, seine Unruhe lag eher an dem Treffen mit Michelle. Sie war gewiefter geworden als so mancher seiner Kollegen im Kongress. Früher am College hatte er sie gemocht, wie man eine niedliche Erstsemester mochte, an der man kein sexuelles Interesse entwickelte. Gestern aber war sie ihm vorgekommen wie ein Raubvogel, der über ihm kreiste, nur darauf wartend, bei der richtigen Gelegenheit zuzuschlagen.

Sie hatte ihm mehr als deutlich zu verstehen gegeben, dass sie ihn mit der Information über seine Homosexualität zu erpressen gedachte, sollte er ihr nicht helfen. Das war selbst für eine Reporterin gemein. Andererseits glaubte er nicht, dass man als Investigativjournalistin ohne harte Bandagen sonderlich weit kam – schon gar nicht bei Politikern. Wenn er ehrlich war, musste er sogar zugeben, dass er diese Behandlung vermutlich verdient hatte. Ähnlich wie bei Delilah King gestern Morgen hatte er sich auch bei Michelle ertappt, dass er weniger er selbst war als die Rolle, die er als Mitglied des Repräsentantenhauses spielte. An sich sollten zwei Warnschüsse an einem Tag doch ausreichen, um ihm wieder auf die rechte Spur zu helfen. Zumindest sollte man das meinen.

Wie dem auch sei, er würde ihr helfen. Immerhin war ihre kleine Präsentation überaus überzeugend gewesen und selbst, wenn nur zehn Prozent der Wahrheit entsprachen, war sie einem waschechten Politskandal auf der Spur und er würde wirklich gerne wissen, wo das viele Geld abgeblieben war und warum das Repräsentantenhaus nicht über den Verbleib unterrichtet worden war. Vielleicht fanden sie ja einen Hebel, um Walker aus dem Amt zu jagen.

Er überlegte einen Moment, ob er die vorbereiteten Dossiers zu den Sitzungen der Woche durchgehen sollte, wie er es hätte tun sollen, doch er würde sich ohnehin nicht auf das konzentrieren können, was darin zu finden war. Also schnappte er sich sein Tablet, verband sich mit dem WiFi der Businessclass und öffnete die CNN-App. Die erste Überschrift galt natürlich dem Erdbeben der Stärke 7,4 in Seattle, das seit dem Vormittag die gesamten USA und einen Großteil der Welt in Atem hielt. Zweihundertdreizehn Tote waren bisher gezählt worden und man ging davon aus, dass sich die Zahl bis zum Ende der Woche noch verdoppeln könnte. Bei den Bayside Docks war eine Kirmes zusammengestürzt, ebenso wie das bereits in die Jahre gekommene CenturyLink Stadion und einige Gebäude in den umliegenden Wohnvierteln. Trotz der hohen Magnitude war die Innenstadt recht glimpflich davon gekommen. Offenbar stimmte es, dass Hochhäuser besonders erdbebensicher waren. Die Bilder waren trotzdem verheerend. Eines zeigte blutende Menschen, die zu einem Hilfslazarett der Nationalgarde strömten, ein anderes Feuerwehrmänner, die mit schwerem Gerät in einem Schuttberg nach Vermissten gruben. Die gesamte Nation war erschüttert, dass ein so starkes Erdbeben den Norden der Westküste getroffen hatte. Das Epizentrum hatte nur zwanzig Kilometer östlich Seattles gelegen, nach allem, was er gelesen hatte. Er sah sich einen kurzen Clip mit einer blonden Reporterin an, die vor einem Bildschirm Hintergründe erklärte. Sie erzählte etwas von dem pazifischen Feuergürtel, der natürlich jedem ein Begriff war, und wie tektonische und vulkanische Aktivitäten es entlang des Gürtels, der sich von Südamerika bis Alaska über die Beringsee und Asien hinab über Japan, Indonesien und bis Neuseeland erstreckte, für ständige Gefahr sorgten. 2004 waren Indonesien, Malaysia und Thailand von einem verheerenden Tsunami getroffen worden, 2011 hatte es Japan getroffen, gefolgt von Vulkanausbrüchen und Erdbeben auf den Philippinen und Indonesien, über die aber nicht besonders viel berichtet wurde. Die Reporterin erklärte noch, wie der gesamte pazifische Feuergürtel immer zwischen aktiven und weniger aktiven Phasen wechselte und dass die Wahrscheinlichkeit weiterer Beben laut Seismologen eher gering wäre.

Bob drückte die »Zurück«-Taste und scrollte die News weiter durch. Ein Artikel beschäftigte sich mit einem zerstörten Forschungsschiff irgendeiner bekannten japanischen Forschungsgesellschaft, bei der am Vortag über zwanzig Personen ums Leben gekommen waren. Offenbar hatte ein Gasleck im Maschinenraum dafür gesorgt, dass das gesamte Schiff in die Luft geflogen war. Aktuell war die japanische Küstenwache beschäftigt, die Überreste der Verstorbenen aus dem Meer zu fischen.

»Und? Geht die Welt immer noch vor die Hunde?«, fragte Ciella von der Seite und hatte wieder diesen missbilligenden Gesichtsausdruck aufgelegt.

»Nicht mehr als sonst«, gab er zurück und machte sein Tablet aus. Er sah durch das Fenster den Wolken zu, wie sie scheinbar träge unter ihnen vorbeizogen – oder andersherum. Hier oben gab es kaum Anhaltspunkte für ein Geschwindigkeitsgefühl, da die Wolkendecke geschlossen war. Trotzdem war es schön, gab ihm ein Gefühl von herrschaftlicher Ruhe und Geborgenheit, obwohl er in einer Röhre aus Kunststoff und Metall auf hochenergetischen Explosionen ritt. Manche Dinge musste man stumm genießen, ohne allzu viel darüber nachzudenken, was man gerade tat. So verhielt es sich vermutlich auch mit Michelles Anliegen. Einfach seine Arbeit machen und sich darauf konzentrieren, etwas herauszufinden. Der Lohn könnte beträchtlich sein, sowohl für seine Partei, als auch für den amerikanischen Steuerzahler.

»Rufen Sie mal Ihre E-Mails ab«, schlug Ciella vor, ohne von der Akte aufzusehen, die sie gerade bearbeitete. »Toby hat die Daten.«

»Welche Daten?«

»Na die von den Vermissten, die Sie angefragt haben.«

»Ah.« Er nahm sein Tablet wieder auf, entsperrte es und rief seine E-Mails ab. Von den zwanzig eingegangenen neuen Nachrichten suchte er die mit dem Absender *Toby Straight* heraus und öffnete sie.

Guten Morgen Congressman, hier die von Ihnen gewünschten Daten. Ich habe sämtliche Bundesarchive und ... Bob sprang weiter zu der Excel-Tabelle, die sein Praktikant für ihn erstellt hatte und öffnete sie.

»Vierundvierzig Prozent«, staunte er. »Das ist ein ordentlicher Anstieg. Und das bezieht sich nur auf die letzten fünf Jahre.«

»Hm?«

»Die Vermisstenfälle. Er hat außerdem die Daten aus Kalifornien mit denen der anderen Bundesstaaten verglichen und das ist wirklich erstaunlich«, stellte er fest und hob das Tablet etwas näher an seine Augen, als könnte er die Zahlen nicht glauben.

»Was ist denn herausgekommen?«, fragte Ciella neugierig und ließ ihre Akte sinken, um sich zu ihm zu beugen.

»Anscheinend sind die Ost- und Westküste am stärksten betroffen. Kalifornien, Washington im Osten und New England, New York, Maine, Vermont, New Hampshire, Massachusetts,

Delaware, Virginia, Florida. Sie alle haben in den letzten fünf Jahren laut Polizeistatistik ebenfalls Anstiege zwischen vierzig und fünfzig Prozent verzeichnet«, las Bob die Daten ab und seufzte langgezogen.

»Und was ist mit den anderen Staaten?«

»Ebenfalls erhöht, aber nur zwischen fünf und zehn Prozent. Das könnte eine statistische Schwankung sein, denke ich.«

»Aber nicht vierzig bis fünfzig Prozent.« Ciella hielt ihm eine Hand hin und er gab ihr sein Tablet. Rasch überflog sie die Zahlenkolonnen und hob hier und da ihre berüchtigte Augenbraue. »Das ist wirklich erstaunlich. Offenbar verschwinden wirklich auffällig viele Menschen.«

»Offensichtlich, aber wieso?«

»Ich weiß es nicht. In den Statistiken wird unterschieden zwischen entlaufenen Kindern, Eltern, die ihre Kinder ausgesetzt oder zu Verwandten gebracht haben, vermuteten Verbrechen und so weiter. Hier scheinen sich aber wirklich nur die Zahlen derer erhöht zu haben, die einfach so verschwunden sind, ohne sich abzumelden und ohne dass ein Verbrechen zu vermuten wäre. Ich muss schon sagen, dass ich überrascht bin.«

»Überrascht wovon genau?«, hakte er nach.

»Dass diese Miss King offensichtlich recht hatte mit ihrer ... Sorge«, meinte Ciella etwas umständlich, als fühlte sie sich bei ihren Worten unbehaglich.

»Du meinst *Verschwörungstheorie*«, erwiderte Bob. Seine Beraterin bedachte ihn mit einem dieser tödlichen Blicke, die sie so gut beherrschte und bei deren Anblick er sich häufig fragte, wer von beiden die Gehälter zahlte. *Na ja, tatsächlich keiner von uns, sondern der Staat.*

»So weit sind wir noch nicht. Das kann alles mögliche bedeuten.«

»Was denn noch?«

»Dahinter könnte eine neue Form Kriminalität stecken oder die Opiumkrise«, gab sie zurück. »Junkies tun merkwürdige Dinge, wenn es um ihre Drogen geht, und wir hatten noch nie so viele Abhängige wie jetzt.«

»Eine Verschwörung!«

»Wie bitte?«

»Die Opiumkrise wird von vielen Bürgern ebenfalls als eine Verschwörung der Pharmaindustrie betrachtet, die möglichst viele Menschen von Medikamenten abhängig machen will, um mehr Profite einzutreiben«, erklärte er und hob beide Hände. »Ich muss gestehen, dass ich, je mehr ich erfahre, diesen besorgten Bürgern recht geben muss.«

»Gut, nehmen wir an, dass dahinter eine konzertierte Aktion steckt. Warum sollte man so viele Leute verschwinden lassen und wer wäre überhaupt dazu in der Lage, ohne dass es auffliegt?« Ciella klang alles andere als überzeugt, wandte sich ihm aber ein wenig mehr zu als nur mit ihrem Gesicht. Er hatte ihre ungeteilte Aufmerksamkeit, was bedeutete, dass sie sich tatsächlich für diese Sache zu interessieren begann.

»Das kann ich dir natürlich nicht sagen, ohne mehr über die Opferstruktur zu sagen.«

»Oh, ganz der Politiker«, sagte sie und lächelte. Ihr Tonfall war beinahe gehässig, aber ihre Miene drückte tatsächlich so etwas wie Freude aus. Er wurde einfach nicht schlau aus dieser Frau, aber er wusste, dass sie scharfsinniger war als er, also akzeptierte er diesen unbefriedigenden Zustand.

»Ich meine es ernst. Wir müssten mehr über die demographische Verteilung erfahren, über die beruflichen und familiären Hintergründe und das wird glaube ich schwierig.«

»So schwierig ist das gar nicht.« Ciella schüttelte den Kopf. »Die lokalen Police Departments legen in ihren Vermisstenakten ziemlich viele Informationen ab. Dazu sind sie gezwungen, falls es zu einer Ermittlung durch Bundesbehörden kommt. Beruf, Alter, familiäre Situation, Hobbys, Tagesablauf, mögliche Feinde – steht alles drin soweit ich weiß. Aber ich bin nicht sicher, wie leicht wir daran kommen.«

»Ich könnte ein paar Türen aufstoßen, durch die wir Toby schicken«, dachte Bob laut und rieb sich das Kinn. »Kannst du dich einsetzen, dass er sich kümmert?«

»Klar«, sagte sie sofort. Kurz darauf kam ein Steward und wollte ihnen erneut Getränke und Snacks reichen. Bob lehnte mit einer kurzen Handbewegung ab. Er hatte keinen Appetit. Wahrhaftig hatte er gedacht, nach dem lästigen Gespräch mit Delilah King richtig gehandelt zu haben mit dem Versuch, sie freundlich abzuwiegeln. Normalerweise hätten die Zahlen ihm recht geben und zeigen sollen, dass da nichts im Gange war, sondern es sich um eine normale statistische Schwankung handelte. Nun konnte man argumentieren, dass in Kalifornien tatsächlich nichts Außergewöhnliches vor sich ging, weil die Zahlen in vielen anderen Bundesstaaten ebenso gestiegen waren. Doch nur in einigen und in den meisten anderen sehr knapp. Das passte nicht zusammen und wenn die Dinge nicht miteinander harmonierten, war in der Regel etwas im Busch, auch wenn er keine Idee hatte, was das sein könnte. Was er dagegen sicher wusste, war, dass er King gegenüber unfair gewesen war. Er hatte sie nicht ernst genommen und das sollte ihm nicht wieder passieren. Vielleicht war es so, dass die meisten Menschen in der Bürgersprechstunde kleingeistige Probleme vortrugen, die vom zu hohen Zaun des Nachbarn bis zum Fell ihres Kaninchens reichten, das angeblich wegen der Landwirtschaft krank wurde. Aber selbst wenn neunzig Prozent seine Zeit verschwendeten, konnten die übrigen zehn Prozent etwas Wichtiges zu sagen haben.

Bei dem Gedanken fielen ihm wieder Michelle ein und die Story, die sie verfolgte. Verschwundene Gelder beim Militär. Vermutlich waren die Gelder gar nicht verschwunden, sondern nur undurchsichtig verteilt, wie es das Pentagon so gerne tat. Kein Ort der Welt hatte so viel mit Geheimhaltung und kleinen Vorgängen in den Schatten zu tun wie das Pentagon. Bei Michelle würde er den Fehler, den er mit Delilah King begangen hatte, nicht wiederholen. Ob sie ihn nun erpresst hatte oder nicht, sie war eine hochangesehene Investigativjournalistin und die New York Times verschwendete ihre Zeit nicht mit zweitklassigen Reportern, die sich für eine Hexenjagd interessierten. Also sollte er ihr besser helfen.

Bob zückte sein Smartphone und schraubte den Satellitenaufsatz an, der beinahe größer war als das schlanke Gerät. Dann sah er sich einige Male um, doch die Businessclass Abteile waren gut voneinander separiert und das Hintergrunddröhnen der Triebwerke machte es ohnehin schwierig, anderen Gesprächen zu lauschen. Also wählte er die erste Nummer. Er hatte genau drei sehr gute Kontakte bei der Army. Das eine war Sergeant Eversman, ein Unteroffizier in seinem Wahlkreis, dem er bei einer Petition geholfen hatte, um dessen Straße unter Denkmalschutz zu stellen, weil sonst jeder Anwohner zwanzigtausend Dollar für die Sanierung des Asphalts hätte zahlen müssen. Der Mann würde ihm für immer dankbar sein, das hatte er mehrfach ausgedrückt. Vielleicht war jetzt der Moment, um diese Dankbarkeit zu testen. Aber Eversman war nur Unteroffizier und Bob schätzte, dass Offiziersränge deutlich mehr wussten, wenn es um großangelegte Veruntreuung oder logistische Pannen ging. Also rief er zuerst Colonel Saul Cavendish an, der damals mit Bobs großem Bruder Jeremy auf die High School gegangen waren. Sie hatten sich erst vor zwei Jahren bei einem Tag der offenen Tür des US Army Reserve Centers wiedergetroffen, als er noch Staatssekretär gewesen war. Bestimmt erinnerte der sich an ihn.

Es dauerte einige Augenblicke, bis das Signal stand und ein kratziger Wählton an sein Ohr drang. Es wählte und wählte, aber niemand nahm ab. Bob sah auf die Uhr, zuckte mit den Schultern und suchte die Nummer von Commander John Shepherd heraus. John war sein bester Kontakt, da sie Schulfreunde gewesen waren. Allerdings hatte es immer einen faden Nachgeschmack, wenn man Jugendfreunde um Informationen bat. Sie freuten sich meistens, wenn man sich meldete und wieder in Kontakt kam, nur um herauszufinden, dass es um einen Gefallen ging und das konnte viele Leute vor den Kopf stoßen, was nicht gerade ein guter Anfang war – zumal Bob dieses Verhalten gut verstehen konnte. Trotzdem hatten sie eine Vertrauensbasis und John war zwar bei der Navy, nicht bei der Army, wie ihm jetzt an dem Rang auffiel, den er glücklicherweise abgespeichert hatte, aber die Navy galt nicht ohne Grund als die mächtigste Teilstreitkraft mit dem meisten Einfluss. Wenn etwas im Busch war, würde die Navy auf die eine oder andere Art und Weise damit zu tun haben. Also wählte er die Nummer und wartete.

Ich bin Commander Shepherd und das ist mein Lieblingsladen auf der Citadel, dachte er und schüttelte bei der Erinnerung an sein Lieblingsspiel den Kopf. Er musste sich konzentrieren.

»Commander Shepherds Büro, Lisa am Apparat.«, meldete sich eine angenehme Frauenstimme, die einen Hauch von Erotik in sich trug, ohne lächerlich zu wirken.

»Hallo, hier spricht Congressman Robert Greenwich, ich möchte gerne mit Commander Shepherd sprechen.«

»Natürlich, Congressman. Bitte warten Sie einen Augenblick, ich stelle Sie durch.«

Es hatte wirklich Vorteile, Mitglied des Kongresses der Vereinigten Staaten zu sein, das musste Bob sich eingestehen.

»Hier ist John. Bob, bist du das?«, meldete sich eine Stimme, die klang, als reibe man zwei Steine aneinander.

»Hi, ja ich bin es.«

»Schön, mal wieder von dir zu hören. Glückwunsch zu deiner Wahl. Tut mir leid, dass ich nur eine Nachricht geschrieben und nicht angerufen habe, aber wir hatten am nächsten Tag einen Auslaufbefehl und dann ist bei uns zu Hause immer das absolute Chaos.« John klang gut gelaunt und plauderig, das war vermutlich gut.

»Das macht doch nichts. Du weißt ja: Nach der Wahl ist vor der Wahl, also kannst du mir bei der nächsten noch kondolieren.« Sie lachten gemeinsam.

»Wie geht es Sharon?«

»Oh, wir haben uns scheiden lassen, kurz nach der Wahl«, erwiderte Bob und war erstaunt, wie leicht ihm diese Worte mittlerweile über die Lippen kamen. Sie hatten sich getrennt, als Sharon über einen eher unangenehmen Umweg herausgefunden hatte, dass er schwul war. Die Umstände waren ihm noch heute unangenehm und er schämte sich, zuallererst aufgrund des Vertrauensbruchs gegenüber seiner Frau, die er wirklich geliebt hatte und noch immer liebte. Aber retrospektiv war es richtig gewesen, seinem Herzen zu folgen und sich einzugestehen, dass er sie eher wie eine Schwester liebte.

»Das tut mir leid, man.« John klang ehrlich betroffen und ein wenig unangenehm berührt. »Was kann ich dir denn Gutes tun? Oder wolltest du einfach mal deinen alten Kumpel zur See anrufen?«

»Beides«, sagte Bob und bemerkte, dass das gar nicht gelogen war, sondern zumindest im Nachhinein der Wahrheit entsprach.

»Na, dann haben wir einen Teil ja schon abgearbeitet«, lachte John und schickte hinterher: »Aber im Ernst, komm gerne mal auf ein Bier vorbei, ja?«

»Klar.«

»Gut, dann schieß mal mit Teil Zwei los.«

»Im Repräsentantenhaus überprüfen wir gerade die Möglichkeit einer Untersuchung in Bezug auf aktuelle Budgetierungen der Teilstreitkräfte. Dabei sind uns einige Unregelmäßigkeiten aufgefallen, nach denen ich dich fragen wollte«, erklärte Bob sein Anliegen und auf der anderen Seite wurde es lange still. Zuerst dachte er, dass die Verbindung unterbrochen war, doch nach einem Blick auf sein Display stellte er fest, dass die Zeit noch lief.

»John?«

»Äh ja, einen kleinen Augenblick, Lisa ruft gerade etwas durch die Tür.« Es raschelte kurz, als hielte John den Hörer zu, dann raschelte es wieder. »Tut mir leid, Bob, ich muss los. Der General ist gleich hier und ich habe keine Zeit mehr. War schön, dich mal wieder gesprochen zu haben!«

Bevor Bob etwas erwidern konnte, klickte es in der Leitung.

Verwundert löste er sich von seinem Smartphone und starrte das schwarze Display an.

»Das war seltsam.«

»Was?«, fragte Ciella.

»Ich habe einen Kontakt bei der Navy angerufen, um wegen Michelles Unregelmäßigkeiten nachzufragen. Erst schien er, als hätte er alle Zeit der Welt, doch dann hat er mich schlagartig abgewürgt.«

»Da haben Sie wohl einen Nerv getroffen.«

»Scheint so«, sagte er abwesend. »Scheint so.«

Ohne weiter nachzudenken, wählte er die Nummer von Sergeant Eversman, der sich auch prompt meldete.

»Eversman?«

»Hallo Sergeant, hier spricht Congressman Robert Greenwich.«

»Oh, Congressman«, staunte der junge Mann am anderen Ende.

»Nennen Sie mich doch Bob!«

»Natürlich, Congressman, danke, Sir.«

Bob lachte. »Ich bin nicht Ihr Vorgesetzter, Sergeant.«

»Natürlich nicht, aber Sie sind immerhin Congressman, hm? Und dazu noch ein verdammt guter. Wenn Sie anrufen, um bei der nächsten Wahl meine Stimme zu bekommen, hätten Sie sich die Mühe sparen können. So lange Sie antreten, werde ich Sie wählen, darauf können Sie einen lassen!«, versicherte der Soldat und Bob grinste fröhlich.

»Ich rufe Sie an, weil ich ein paar Informationen benötige und hoffe, dass Sie mir helfen können.«

»Warten Sie einen Moment«, sagte Eversman leise und Bob konnte Schritte hören. »Okay, wir sind jetzt ungestört. Was immer Sie brauchen, man. Sie haben mich und meine Familie vor einem Leben mit einem riesigen Schuldenberg bewahrt, das vergesse ich Ihnen nicht. Wenn ich Ihnen irgendwie helfen kann, würde es mir eine Freude sein. Solange ich keinen Landesverrat begehen muss, natürlich.«

Sie lachten zusammen.

»Es geht um ein paar seltsame Finanzlöcher im Verteidigungshaushalt.«

»Puh, über so was weiß ich nichts. Ich bilde Rekruten aus«, entgegnete Eversman und seine Stimme klang, als täte ihm die Antwort beinahe leid.

»Das dachte ich mir. Aber ich hörte, dass über zweitausend Panzer, die verschrottet werden sollten, nie auf dem Schrottplatz eingetroffen sind. Das ist wirklich seltsam. Allein zweihundert sollen aus Kalifornien stammen. Wissen Sie etwas, das Sie mir unter vier Augen mitteilen könnten? Anonym natürlich.«

Eversman schwieg einige Sekunden. Als er antwortete, klang seine Stimme beinahe wie ein Flüstern. »Ich glaube, ich kann Ihnen helfen, wenn Sie mir versprechen, meinen Namen raus zu lassen. Aber wir müssen uns persönlich treffen, das ist meine Bedingung.«

»Natürlich. Ich bin noch eine Woche in Washington, dann kann ich bei Ihnen vorbeischauen«, versicherte Bob und streckte aufgeregt einen Daumen in Richtung Ciella, die ihn fragend ansah und die Geste dann erwiderte.

»Gut, ich bin seit Anfang des Jahres in Fort Detrick stationiert, das ist nur wenige Stunden von der Hauptstadt entfernt. Rufen Sie mich einen Tag vorher an. Es müsste am besten zwischen vierzehn und fünfzehn Uhr sein, da habe ich meistens Pause.«

»Das klingt sehr gut, Sergeant«, meinte Bob und klemmte sich das Telefon zwischen Ohr und Schulter, um nebenbei eine Notiz in seinem Kalender zu hinterlegen.

»Okay, wir sprechen uns.« Eversman klang jetzt sehr ernst und legte auf.

»Nächstes Mal sollten Sie gleich beim Unteroffizier anfangen. Die können die Machenschaften von *denen da oben* doch nie leiden«, schlug Ciella vor und Bob nickte abwesend. Jetzt hatte er immerhin einen Ansatzpunkt. Allerdings kitzelte ihn etwas im Nacken, als hätte er sich gerade in ein Beet voller Brennnesseln gesetzt.

DAS
ARTEFAKT 2

Kapitel 6: Thor

Das Safehouse, zu dem Blackheart sie nach der Landung in Rom führte, war ein kleines Appartement in Sichtweite der Vatikanstadt an der Via San Pio X, direkt am Tiber. Durch ein Fenster konnte Thor dem braunen Fluss zusehen, wie er sich, gesäumt von Natursteinmauern, auf denen die Touristenmassen auf das richtige Motiv warteten, durch die Stadt wälzte.

Der Belgier war gerade dabei, ihnen den Vatikan zu erklären – oder besser Maya, denn Thor hatte bereits auf dem Flug, während die anderen beiden geschlafen hatten, seine vorbereitete Akte studiert.

»Also, der Vatikan heißt grundlegend Vatikanstadt und ist ein gleichnamiger Staat. Also der Staat Vatikanstadt. Er ist der kleinste Staat der Erde mit einem halben Quadratkilometer Fläche und tausend offiziellen Bürgern. Lustiger Fakt am Rande: Latein ist Amtssprache.« Blackheart gluckste wie ein Kind – ein Laut, der weder zu seiner Statur noch zu seiner raubtierhaften Aura passen mochte.

»Latein kann man noch sprechen?«, fragte Maya überrascht.

»Ja, wenn man sich etwas darauf einbildet, schon.« Blackheart zuckte mit den Schultern und deutete wieder auf den Flachbildfernseher, auf dem das Satellitenbild des annähernd kreisförmigen Vatikans mitten in Rom zu sehen war. Thor fand die Form des Kirchenstaates beruhigend. »Spannend ist für uns natürlich die Sicherheit. Dafür sorgt unter anderem die kleinste Armee der Welt, nämlich die Schweizergarde. Das sind im wesentlichen etwas über hundert Schweizer in bunten Strampelanzügen, die den Papst, die Vatikanstadt und besonders den Palast schützen sollen. Die sind gut ausgerüstet, auch wenn sie aussehen, als würden sie auf eine Pyjama-Party gehen. Dazu gibt es noch den Corpo della Gendarmeria Vaticana, eine Art Vatikanpolizei von etwa gleicher Stärke.«

»Klingt nach viel Sicherheit bei nur tausend Einwohnern«, stellte Maya fest.

»Jo.« Blackheart nickte. »Es gibt ja auch zigtausend Touristen, die gleichzeitig anwesend sind. Es kommen aber noch eine dritte und vierte Partei hinzu: Die italienische Armee ist laut Vertrag für die Landesverteidigung des Vatikans zuständig und die italienische Polizei hat eine eigene Vatikaneinheit, die ebenfalls per Vertrag den Petersplatz sichert.«

»Gibt es auch noch normale Bürger, die ganz christlich auf Waffen verzichten?«

»Ja. Den Papst, die Kardinäle und andere Mitarbeiter. Das sind alles auch nur die offiziellen Zahlen. Das Pontifikat ist nicht gerade dafür bekannt, besonders transparent zu sein.« Blackheart schien nachzudenken und rieb das breite Kinn. Dann schnippte er mit den Fingern. »Noch wichtig: Wir brauchen keine Ausweise zeigen, müssen aber durch eine Sicherheitskontrolle. Waffen kriegen wir nicht hinein, außer wir fragen Tom Cruise nach ein paar guten Ideen. Wenn wir bei irgendetwas geschnappt werden, das den Damen und Herren vor Ort nicht gefällt, gilt vatikanisches Recht. Wir würden dann zwar Italien überstellt, weil die dortige Strafverfolgung verbindlich ist, allerdings nach vatikanischem Recht. Ziemlich kompliziert. Die zwei Gefängniszellen, die der Vatikan besitzt, bleiben so gut wie immer leer, obwohl der Vatikan statistisch das kriminellste Land der Welt ist in Relation zur Anzahl der Einwohner. Aber ich denke, dass daran die jährlich fast zwanzig Millionen Touristen schuld sind. Meiner Meinung nach sind trotzdem die Einwohner die Kriminellen.«

»So? Du bist wohl nicht besonders gläubig?«, mutmaßte Maya.

»Ich glaube zumindest nicht an eine Kirche, die sich auf Glaubensüberlieferungen stützt, die sie selbst an keiner Stelle einhält. Aber das ist eine Diskussion für einen anderen Tag, nachdem wir unsere Mission abgeschlossen haben, hm?«

»Einverstanden.«

»Im Vatikan kann man nicht mehr mit Karte zahlen, nur noch bar«, warf Thor ein und wandte sich vom Fenster ab. »Weil der Vatikan sich weigert, sich an internationale Geldwäschevorschriften zu halten.«

»Siehst du?« Blackheart gluckste erneut. »Kriminelle!«

»Also gut, und wie bewegen wir uns am besten unter Kriminellen?«, fragte Maya.

»Wie Touristen eben. Wichtig ist zu wissen, wo sie Marcus gefangen halten könnten.«

»Fast die Hälfte des Vatikans besteht aus Parkanlagen. Der Petersplatz mit dem Petersdom ist riesig, aber da sind so viele Touristen, dass ich mir nicht vorstellen kann, dass man dort Gefangene versteckt.«

»Außer natürlich, sie benutzen umgekehrte Psychologie und wollen, dass man genau das denkt«, gab Maya zu bedenken.

»Wir reden hier von der Kirche.« Blackheart sah die Agentin an und beide kicherten. Thor gefiel es nicht.

»Wie sieht es mit der Kaserne der Gendarmerie aus oder jener der päpstlichen Schweizergarde?«, warf er ein, um ihrem Gespräch wieder eine sinnvolle Richtung zu geben – oder ihren Moment der Heiterkeit zu unterbrechen. Beides war ihm recht.

Ihm entging nicht, wie Blackheart Maya zuzwinkerte, dann wandte der sich ganz Thor zu und nickte. »Könnte sein. Über diese Bereiche ist so gut wie nichts bekannt, außer dass sie gesperrt sind. Da könnten die im Keller so gut wie alles verstecken.«

»Wir sollten losgehen und uns umsehen und dieses Gespräch danach führen. Das gibt uns mehr Informationen und eine wirkliche Entscheidungsgrundlage«, schlug Thor vor und fühlte sich zufrieden, als Maya nickte. Blackheart nickte nach einem kurzen Augenblick ebenfalls.

Der Vatikan war eine Katastrophe. Anders als die anscheinend endlosen Schlangen an den Sicherheitskontrollen vor der Piazza San Pietro, diesem hufeisenförmigen Platz vor dem Petersdom, der das berühmte architektonische Gesicht des Vatikans war, störte ihn etwas anderes. In den Schlangen standen Familien mit Kindern, Pärchen, Schülergruppen und sogar Seniorengruppen, die mit großen Reisebussen angekarrt wurden. Jeder wurde wie am Flughafen abgefertigt und die Geräuschkulisse war enorm. Wie das tosende Schnattern auf einem Ententeich, nur um den Faktor zweihundert lauter und dichter, vermischten sich die Stimmen von jung und alt zu einer Herausforderung für die akustischen Sinne. Doch das konnte er gut ausblenden, ebenso wie die vielen Gesichter aus aller Herren Länder. Sie waren wie pastellfarbene Eindrücke an einem verwaschenen Regentag, obwohl die Sonne schien und viele Besucher ihre Regenschirme nutzten, um sich vor der glühenden UV-Strahlung des Zentralsterns zu schützen. Selbst das Gedränge, nachdem sie die Sicherheitsschleuse passiert hatten, störte ihn nicht, auch wenn er auf den einen oder anderen Körperkontakt gerne verzichtet hätte. Auch sein Outfit – kurze, kakifarbene Hosen, ein gelbes Hemd und eine, laut Maya, dazu passende Ultralight-Weste in Schwarz trübten seinen Tag nur einen Moment.

Was ihn wirklich an den Rand des Ertragbaren brachte, waren die trapezförmigen Bodenkacheln, als sie von der Sixtinischen Kapelle nach rechts abbogen. Jeweils ein umgedrehtes Trapez war zwischen zwei normale Trapeze gelegt und so weiter. Daraus ergab sich ein unmöglich zu durchschauendes Muster, welches, als wäre das nicht bereits schlimm genug, das Auge verwirrte. Immer wenn er sich nach rechts und links umsah, schien der gesamte Boden für einen kaum wahrnehmbaren Moment zu flackern. Thor entging dieser Effekt ganz und gar nicht. Er versuchte, seine vermutliche Schrittzahl zu der Absperrung zu zählen, die den kleinen Seitenplatz von dem Kasernenbereich trennte, doch es wollte ihm nicht gelingen.

»Hey, was ist los?«, fragte Blackheart, der mit Maya einige Meter vorausgegangen war. Erst jetzt schienen sie zu bemerken, dass er noch zwischen den leicht erhobenen Säulen stand. Um ihn schwärmten die ersten Touristengruppen aus und schnatterten wild durcheinander. Sie stiegen auf das Pflaster, als wäre alles normal. Nun ja, nicht ganz normal, denn Maya humpelte noch deutlich sichtbar, sodass ihm jeder ihrer Schritte einen Stich schlechten Gewissens einbrachte.

Thor schüttelte den Kopf und sah nach den Rändern des Platzes, in der Hoffnung, dass es dort normale Kacheln gab, die alles säumten. Doch soweit er sehen konnte, endeten die Trapeze direkt in den angrenzenden Fassaden.

»Der Boden«, erklärte Maya und deutete nach unten. »Geht gar nicht für ihn.«

»Das Muster ist undurchschaubar«, fügte Thor hinzu und atmete tief durch. Trapeze auf dem Boden gab es selten. Normalerweise handelte es sich um Quadrate – klar –, aber es gab auch Karomuster, Rechtecke oder pylonische Anordnungen. All das war in Ordnung, weil sie dem Auge Klarheit und damit Ruhe gaben. So aber wusste er nicht wirklich, wie er auftreten sollte, und entschied, erst einmal testweise nur aufrechte Trapeze zu betreten. Das führte aufgrund der Kachelgröße dazu, dass er recht große Schritte machen und immer ein Stück zu weit nach rechts und links treten musste.

»Im Ernst jetzt?«, fragte Blackheart, der einen sehr praktischen Sonnenhut trug, wie man ihn auch in der Karibik bevorzugte. Thor wünschte, dass Maya auch ihn mit so etwas Praktischem bedacht hätte. Stattdessen trug er eine rote »Chicago Bulls«-Baseballcap. Die war sehr unpraktisch, da die Sonne noch immer seine Ohren, die Wangen und den Nacken verbrennen konnte.

»Ist es«, entgegnete Maya stirnrunzelnd. »Aber wehe, du sagst etwas. Wenn sich jemand über meinen Thor lustig macht, kriegt er es mit mir zu tun.«

Thor schnaubte. »Außer, dieser jemand heißt Maya Wilson.«

»Ähm verstehe. Kennt ihr Walther Matthau und Jack Lemmon?« Der Belgier grinste breit.

»So sind wir nicht!«, sagten Thor und Maya unisono.

»Walter Matthau und Jack Lemmon waren doch zwei Männer.«

»Ja, genau deswegen«, lachte Maya. Mittlerweile hatte er sie erreicht und nahm sein vorbereitetes Baumwolltuch aus der Hose, um sich den Schweiß abzuwischen. Er lag nicht an der Hitze.

»Vielleicht sollten wir schon einmal von hier sondieren, wie es aussieht«, schlug er vor, als er die scheinbar flimmernden Bodenkacheln betrachtete, die sie noch von der Absperrung zum Sicherheitsbereich trennten. Jedes einzelne Stück Marmor wirkte auf ihn wie ein gefräßiger Fremdkörper, geschaffen, um Chaos in die Ordnung zu bringen – und sein Gehirn war sehr ordentlich. So durfte es gerne bleiben. Er sah Maya an, die mit ihrem kecken vorspringenden Kinn in Richtung Absperrung sah und ihre vollen Lippen schürzte. Nun ja, fast immer ordentlich.

»Ich sehe zwei Wachen an dem Rollgatter da vorne«, dachte Blackheart laut.

»Kameras an den Häuserecken und mindestens eine in dem zweiten Pfosten von rechts in dem Zaun«, fügte Maya hinzu und nickte kaum merklich nach rechts. Thor hatte den winzigen Punkt, in dem sich die Sonne reflektierte, schon gesehen.

»Sechs Beamte in Zivil, die weiter hinten an den Autos stehen. Zwei Drohnen in der Luft, die in einem vierminütigen, kreisförmigen Intervall patrouillieren. Höhe zirka zweihundert Meter«, stellte er fest.

»Das hast du alles gesehen?«, staunte Blackheart, doch Thor

konnte hinter dem Grinsen des Fremdenlegionärs eine klare Aufmerksamkeit in den Augen ablesen, die ihm sagte, dass er entweder die gleiche Beobachtung gemacht hatte, oder aber durch seine Hinweise sehr schnell erfasst hatte, was sie vor sich hatten.

»Ja. Ich bin aufmerksam.« In Gedanken fügte er hinzu: *Aufmerksamer als ihr, sonst wäre euch ebenfalls dieses wirre und verwirrende Trapezmuster aufgefallen.* Wären die Bodenkacheln aus gleichförmigen Trapezen aneinandergereiht und von gleichschenkligen Dreiecken getrennt gewesen, hätte er noch ein klares Muster sehen können, doch so funktionierte es einfach nicht.

»Ich gehe mal und halte einen Plausch mit den Carabinieri da vorne«, sagte Blackheart anscheinend gut gelaunt und deutete auf die beiden Polizisten mit den schwarzen Hüten und den weißen Hemden, die an dem Rollgatter standen und mit in die Gürtel gehakten Daumen dastanden und sich unterhielten. »Komme gleich zurück.«

»Was hältst du von ihm?«, fragte Maya, als sie zu zweit zurückblieben und ihrem neuen Partner hinterherschauten.

»Er scheint sehr fähig zu sein. Gut ausgebildet, kontrolliert, wachsam und bedacht.«

»Auf mich wirkt er eher wie ein Method Actor«, befand Maya.

»Da bist du eher der Profi«, erwiderte er und nahm seinen vorbereiteten Rucksack vom Rücken, wühlte nach dem Sunblocker und begann, sich einzucremen. »Du magst ihn, oder?«

»Ja. Er ist cool.« Maya zuckte mit den Schultern. »Aber keine Sorge, es gibt nur einen Mann in meinem Leben und der hat Asperger.« Sie deutete auf die Trapeze.

»Das hat nichts ...« Er unterbrach sich und dachte rasch nach. Vermutlich hatte sie einen Scherz gemacht und er hatte jetzt ebenfalls humorvoll zu antworten. Nur leider lachte sie nie, wenn er versuchte, einen Scherz zu machen, aber so gut wie immer, wenn er etwas todernst meinte. Das empfand er nicht besonders fair.

»Vermutlich magst du es, wenn ein Mann dich anschießt«, wurde es schließlich und zuerst betrachtete sie ihn stirnrunzelnd wie ein Enigma, dann schnaubte sie belustigt.

»Ja, daran wird es wohl ...«

»Ciao, Ragazzi e Ragazze!«, wurde sie von einer aufgeweckten Stimme unterbrochen. Als Thor sich umdrehte und einen Polizisten in derselben Uniform auf sie zukommen sah, die auch die beiden Männer am Rollgatter trugen, mit denen Blackheart gerade in ein offensichtlich heiteres Gespräch vertieft war, versteifte er sich ein wenig.

»Äh, hallo«, antwortete Maya und er beschränkte sich auf ein Nicken. »Hallo.«

»Gefällt euch Il Vaticano?«, fragte der Polizist gut gelaunt. Er war deutlich kleiner als Thor, beinahe so klein wie Maya, aber entschieden kräftiger. Der Bart war kurz und penibel frisiert, sein weißes Grinsen breit.

»Ja, sehr schön.« Thor musterte Maya, die wirklich begeistert klang und zu einer weiten Geste ausholte. »Das ist alles so unglaublich *alt.* Also im besten Sinne. Wir kommen aus Amerika und sind so etwas nicht gewohnt. Das älteste Gebäude ist wahrscheinlich das Weiße Haus oder so.« Sie kicherte. Thor fand, dass es sehr echt klang. Ob sie wirklich gerade belustigt war? »Na ja, das hier ist jedenfalls eine ganz andere Nummer.«

»Oh ja, wir sind sehr stolz auf unsere Geschichte. Hier wurden die Geschicke ganzer Weltreiche gelenkt und heute immerhin noch die größte Glaubensgemeinschaft der Welt«, erklärte der Polizist mit rollendem italienischem Akzent. Dann zwinkerte er ihnen zu und deutete in Richtung des Säulenganges, aus dem sie gekommen waren. »Wir haben dort vorne eine in den Stein gehauene Tafel mit den Erbauungsdaten sämtlicher Gebäude im Vatikan. Ich kann sie euch zeigen, wenn ihr möchtet.«

Thor wechselte einen Blick mit Maya. Als er ihr unbeschwertes Lachen sah, versuchte er, ebenfalls wie ein Tourist zu grinsen. Als sie kaum merklich den Kopf schüttelte, ließ er es bleiben und nickte stattdessen. »Okay.«

Er sah zu Blackheart, doch der schien noch immer in das Gespräch vertieft zu sein.

Warum will sich ein Polizist als Touristenführer versuchen, dachte er, während Maya und der kleine Mann vor ihm in Richtung des Säulenganges gingen und er sich größte Mühe gab, die Trapeze richtig zu treffen, ohne die Fugen zu überschreiten. Waren Italiener einfach freundlicher als Amerikaner? In Mexiko hatte er die Männer des Vatikans nicht als sehr angenehm einstufen können.

Er beeilte sich, um den Vorsprung der anderen wieder wettzumachen, und ignorierte die Blicke der umstehenden Touristen, die offenbar nichts von der Wichtigkeit klarer Muster verstanden, und stieg erleichtert die erste Treppenstufe zum Säulengang hinauf. Der Polizist führte sie direkt nach links und auf eine kleine Ecke zu, in der recht wenig los war. Thor sah sich rasch um, ignorierte die Gesprächsfetzen, die von den anderen beiden zu ihm wehten. Er sah keine Kameras, keine weiteren Polizisten, aber auch keine Touristen. Zwar war eine chinesische Reisegruppe nur wenige Meter entfernt, doch auch sie strebte zu dem schrecklichen Trapezfeld und nicht in die Ecke. Wenn die aber so interessant sein sollte, weshalb ging niemand dorthin?

Der Polizist schritt bis zur Ecke und winkte ihn herbei. Maya sah sich wie er verwundert um. An den Wänden war nichts zu erkennen als blanker Sandstein.

»Möchten Sie uns etwas mitteilen?«, fragte sie unvermittelt, als sie zu dritt recht nah beieinanderstanden. Ihr Blick war jetzt nicht mehr der gespielt ausgelassene einer Touristin, sondern der von Special Agent Wilson.

»Ja, das möchte ich«, gab der Polizist zurück, sah Thor über die Schulter und senkte seine Stimme noch etwas. »Ich weiß, wer Sie sind, Special Agents. Ihren Begleiter kenne ich nicht, aber Sie kenne ich.«

Thor versteifte sich. Sie waren entdeckt worden. So schnell? Er hatte gleich gewusst, dass diese angebliche Tarnung nichts wert war. Der kleinere Mann lächelte noch immer und gestikulierte unpassend zu seinen Worten, als würde er ihnen etwas erklären.

»So?«

»Ich gehöre zum Sicherheitspersonal des Vatikans, aber daneben auch zu einer ... speziellen Einheit. Ich weiß, weshalb sie hier sind«, fuhr der Mann in verschwörerischem Tonfall fort.

»Weshalb denn?«, wollte Maya wissen und Thor vermochte nicht, festzustellen, ob es dem anderen auffallen würde, aber sie war nervös geworden – eine leichte Veränderung in der Spannung ihres Mundes zeigte es ihm. So war es immer.

»Wir beobachten Sie seit Los Angeles«, sagte der Polizist und lachte unvermittelt, als hätten sie einen Witz gemacht. Da er Thor erneut über die Schulter sah, schätzte er, dass das Schauspiel für vorbeilaufende Touristen gedacht war. »Diese Ecke hier ist ein blinder Fleck in der Kameraüberwachung. Zumindest für eine weitere Stunde. Ich kann Ihnen sagen, wo sie Marcus Brown finden.«

Eine Falle, dachte Thor sofort. Es konnte niemals so einfach sein.

»Ich weiß nicht, wovon Sie reden«, spielte Maya die Unwissende und runzelte die Stirn. »Schatz, weißt du, was er meint?«

Thor schüttelte den Kopf. »Wer ist Marcus Brown?«

Der Polizist lächelte dünn und nickte. Dann zog er ein Stück Papier aus der Tasche seines Hemdes und kritzelte mit einem Kugelschreiber etwas darauf.

»Das ist meine Telefonnummer. Ich bin bereit, Ihnen sämtliche Sicherheitsprozeduren, Patrouillenintervalle und Lagepläne zu geben, inklusive eines Codes, mit dem Sie eine Sicherheitstür zu den Räumlichkeiten öffnen können, in denen Marcus Brown festgehalten wird. Sie haben bis heute Abend um zwanzig Uhr Zeit, sich zu entscheiden.«

»Was ist denn Grundlage Ihrer Entscheidung?«, wollte Thor

wissen. Maya sah aus, als wollte sie ihn treten, doch er ignorierte ihren Blick und musterte stattdessen den Polizisten.

»Eine Million Dollar per Direktüberweisung auf ein Konto.« Der seltsame Fremde kritzelte eine weitere Nummer auf das Stück Papier und stopfte es Maya schneller in ihre Weste, als Thor gucken konnte. »Ich brauche eine Exitstrategie von diesem Ort und die können Sie mir bieten. Wer Sie in einem Businessjet herbringen kann, kann auch hundert Millionen Dollar ausgeben, um direkt ans Ziel zu kommen. Überlegen Sie es sich.«

»Woher wissen wir, dass Sie die Wahrheit sagen?«, fragte Maya misstrauisch.

»Sie wissen es nicht, aber es ist Ihr bester Ansatzpunkt. Sie werden sonst niemals an Marcus Brown kommen, das kann ich Ihnen versichern.«

»Es ist unser bester Ansatzpunkt«, meinte Blackheart, als sie eine Stunde später in ihrem Safehouse saßen und über dem winzigen Zettel brüteten, der zwischen ihnen auf dem Tisch lag wie eine heilige Reliquie.

»Das hat der Kerl auch gesagt«, erwiderte Maya und brummte unzufrieden. »Das riecht nach einer Falle.«

»Ja«, stimmte Thor zu. »Alles daran *riecht* nach einer Falle.«

»Gut, nehmen wir an, dass es eine Falle ist.« Blackheart tippte auf das Stück Papier, kurz und schnell, als handelte es sich um eine Mausefalle. »Dann erhofft sich der Vatikan davon entweder, dass wir Marcus Brown rausholen – aus welchem Grund auch immer – oder aber sie wollen uns in eine Position bringen, in der sie uns schnappen und verschwinden lassen können.«

»Das hätten sie auch einfacher haben können. Der Mann, der uns das Angebot unterbreitet hat, hatte keine Probleme, uns in eine Ecke zu locken. Er hätte auch sagen können, dass er unsere Ausweise im Büro überprüfen möchte als Routineuntersuchung. Dann wären wir nie wieder herausgekommen und fertig. Oder sie hätten uns weiterhin beschattet und bei einem

Einbruchversuch geschnappt«, widersprach Thor. Das alles war sehr undurchsichtig und zu einem gewissen Teil auch frustrierend.

»Dann bleibt ersteres«, schaltete Maya sich wieder ein. »Sie wollen, dass wir Marcus herausholen, aber wieso?«

»Das werden wir nur auf eine Art herausfinden.« Blackheart grinste wölfisch.

»Indem wir die Falle zuschnappen lassen?«

»Ja.«

»Ist das nicht ein wenig ... dämlich?«

»Nun, immerhin haben wir dann Marcus Brown und können uns immer noch mit den Konsequenzen beschäftigen, wenn es soweit ist. Klingt für mich besser als auf Los zu stehen und direkt ins Gefängnis gehen zu müssen.«

Thor musste dem Belgier zustimmen. Was auch immer es war, was der Vatikan bezweckte, mit dem Problem konnten sie sich beschäftigen, wenn es so weit war und bis dahin ihr dringlichstes Ziel erreichen: Marcus Brown befreien, den er lieber in seiner Obhut als in unbekannter Gefangenschaft im kriminellsten Staat der Welt wissen wollte. Außerdem blieb ja noch immer die winzige Chance, dass der Polizist es wirklich ernst meinte und nach einem Weg suchte, aus dem Vatikan zu verschwinden.

»Na, dann lasst uns mal in eine Falle tappen«, seufzte Maya.

DAS ARTEFAKT 2

KAPITEL 7: MICHELLE

Michelle mochte den Ronald Reagan National Airport in Washington. Er lag direkt am Potomac River unterhalb der City auf einer Art Halbinsel – zumindest sah es vom Flugzeug immer danach aus. Von außen erinnerte er sie an ein übergroßes Gewächshaus, aber von innen fühlte sie sich eher an einen kathedralen Bau aus London oder Rom erinnert. Da sie wie immer nur mit leichtem Handgepäck reiste, konnte sie sich das Warten am Rollband sparen, und flutschte mit den anderen Geschäftsleuten durch die verschiedenen Sicherheitsschleusen und Souvernirshops, die so angelegt waren, dass man gezwungen war, durch sie zu gehen. Das viele bunte Gedöns, das in tausend Farben und aufdringlichen Werbetexten um ihre Aufmerksamkeit buhlte, konnte sie nicht leiden.

Vor der letzten automatischen Glastür saßen einige Zollbeamte auf Plastikstühlen und unterhielten sich angeregt, vermutlich über den erneuten Sieg der New England Patriots im Superbowl, und musterten die vorbeiströmenden Passagiere mit offensichtlichem Desinteresse.

Erst als sie vorbeiging und den Blick eines der Männer einfing, rührte sich dieser und winkte ihr zu. »Entschuldigen Sie bitte?«

Michelle verdrehte die Augen. Am liebsten wäre sie weitergegangen, sicher könnte sie in der Menge untertauchen, um nicht noch mehr Zeit zu verlieren. Allerdings waren das hier die USA, das vermutlich paranoideste Land der Welt und man hätte wohl so etwas wie einen bezirkweiten Großalarm ausgelöst. Also blieb sie stehen, wandte sich dem Polizisten zu und folgte seiner Geste, zu ihm zu kommen.

»Was kann ich für Sie tun, Officer?«, fragte sie kurz angebunden und warf einen sehnsüchtigen Blick auf die offene Glastür, durch sie sie bereits die Ausgänge mit den Taxis davor sehen konnte.

»Stichprobe. Könnten Sie bitte Ihre Tasche auf den Tisch legen«, bat der Mann sie mit ernstem Gesicht. In seinen Augen stand Ablehnung, entweder ein Zeichen von schlechter Laune oder aber er hatte sie erkannt und war kein Fan.

»Klar«, säuselte sie lakonisch und hob ihren kleinen Trolley auf den weißen Tisch aus Pressspan.

»Aufmachen bitte.«

Seufzend zog sie den Reißverschluss ringsherum und machte eine *Bitteschön*-Geste.

Der Zollbeamte zog betont langsam zwei Latexhandschuhe über und begann unter dem steten Rhythmus ihres ungeduldig tippenden Fußes, ihre Sachen zu durchwühlen – mechanisch und ausführlich wie ein Chirurg.

»Was befindet sich in dem Beutel, Miss Nunez?«

Ah, er kennt dich also, ist aber kein Fan, dachte sie verstehend. »Oh, nichts weiter, Plastiksprengstoff, Napalm und Anthrax-Bakterien. Deswegen haben die mich in L.A. auch durch die Sicherheitskontrollen gelassen.«

»Solche Scherze machen wir hier nicht, Miss Nunez. In diesem Fall bin ich leider verpflichtet, Ihre Aussage ernst zu nehmen, um meine Dienstpflicht nicht zu verletzen. Bitte folgen Sie mir in unser Büro, wo wir mit den mitgeführten Substanzen einige Tests machen müssen.« Den funkelnden Augen des Mannes war anzusehen, dass er es genoss, ihr den Tag zu versauen. Sie sah auf ihre Armbanduhr und fletschte die Zähne.

Sie war in vierzig Minuten mit ihrem Kontakt verabredet, was selbst bei mäßigem Verkehr knapp war. Unsicher, was sie tun konnte, sah sie hilfesuchend zu den Kollegen des Beamten, die hinter ihm noch immer diskutierten. Glücklicherweise sah genau in dem Moment der älteste, ein grauhaariger Mann mit Hornbrille, zu ihr und runzelte die Stirn. Als ihr Blick nicht abriss, während der unfreundliche vor ihr irgendetwas sagte, was sie nicht hörte, stand er auf und kam zu ihnen.

»Gibt es ein Problem, Pete?«

»Ja, Lieutenant. Diese Dame hat gesagt, dass in ihrem Plastikzipper Sprengstoffe zu finden seien.«

Der Alte runzelte die Stirn und sah auf die transparente Tüte mit Lippenstift, Zahnpasta und Nagellack, dann auf das TSA-Siegel darauf.

»Ich habe einen Witz gemacht. Offenbar mag Ihr Kollege keine Journalisten«, meinte Nunez und beugte sich ein wenig vor, um das Namensschild beider Männer lesen zu können. Peter Jolena und Tony Abraham. Den beiden Männern entging ihr Blick nicht.

»Ich regle das«, sagte Abraham, der Ältere, schließlich.

Der, den er Pete genannt hatte, warf ihr einen vernichtenden Blick zu, nickte aber widerstrebend und kehrte zu den Stühlen zurück.

»Sie dürfen den Koffer wieder zumachen, Miss Nunez.«

»Sie haben mich also auch erkannt«, stellte sie fest, während sie alles wieder halbwegs ordnete und mit hastigen Fingern den Trolley schloss.

»Jeder kennt Sie. Pete ist Republikaner und denkt, dass Sie an all den Skandalen schuld seien.«

»Klar, diejenigen, die den Morast aufgedeckt haben, sind immer die Schuldigen«, schnaubte Michelle. Zu ihrer Überraschung grinste der grauhaarige Polizist und nickte.

»Er ist Republikaner, was haben Sie erwartet? Vielleicht sollten Sie sich zum Reisen eine Perücke besorgen.«

»Ich stehe zu meiner Arbeit.«

»Journalisten leben gefährlich in den letzten Jahren«, gab Abraham zu bedenken und seine Miene wirkte tatsächlich besorgt. »Das Klima wird immer hässlicher.«

»Ich weiß«, murmelte sie ernst. »Ich weiß.« Dann schnappte sie ihren Trolley, nickte dem Mann zu und verschwand, so schnell es ging in Richtung der Taxis, bevor es sich noch jemand anders überlegte.

Zweiunddreißig Minuten.

Sie winkte mit hastigen Bewegungen ein Taxi herbei, das in die Haltebucht einschwenkte. Ein anderer Mann, seinem Aussehen nach indischer oder pakistanischer Abstammung, der mit seiner Familie neben ihr stand, wollte ihr zuvorkommen, doch sie war schneller: Sie ließ ihren Trolley vor seine Füße fallen, was ihn kurz genug ablenkte, um die Tür zum Fond des Fords zu öffnen und sich zwischen Sitz und Tür zu schieben. Von dort hob sie ihren Trolley auf und murmelte eine Entschuldigung.

»Sie haben es ja eilig«, meinte der Taxifahrer, ein massiger Kerl, der aussah wie ein Samoaner – weiches Gesicht, freundliche Augen und ein wabbeliges Kinn.

»Wenn Sie wüssten.«

»Wo darf es hingehen?«

Michelle zückte ihr Smartphone und scrollte hastig durch den Chatverlauf mit Montgomery Charles Miller. »Äh, kennen Sie das Fletchers Cove Boat House?«

»Das ist aber recht weit im Norden der Stadt. Angeln Sie gerne?«

»Nein, wieso?«

»Da bringe ich sonst nur Leute hin, die angeln wollen, und das auch nur alle zwei oder drei Jahre einmal«, erwiderte der dunkelhäutige Fahrer und fuhr los.

»Na ja, man könnte schon sagen, dass ich angle«, meinte sie schließlich, hievte den Trolley neben sich, machte ihn auf und begann, die Akten durchzugehen, die sie in einem versteckten Fach aufbewahrte.

Montgomery wartete bereits auf dem Parkplatz vor dem kleinen Flüsschen, das hier parallel zum Potomac verlief. Direkt neben ihm befand sich eine Fußgängerbrücke aus dunklem Holz, die zu einer länglichen Insel führte, auf der sie das herbstliche Laub des Indian Summer bestaunen konnte. Er trug einen langen schwarzen Mantel und sein schütteres Haar war deutlich kürzer geschnitten als bei ihrem letzten Treffen im vergangenen Jahr.

Als der Wagen anhielt, gab sie dem Taxifahrer die stattliche Summe, die das Taxameter anzeigte, und zwängte sich aus dem Fond in die kühle Herbstluft der Hauptstadt.

»Hallo, Montgomery«, begrüßte sie den Verwaltungsratschef des Bundesstaates Maryland, der direkt dem Gouverneur unterstellt war und doch weitaus mehr zu sagen hatte.

»Hallo, Michelle.« Montgomery wirkte neutraler als die Schweiz. Er war ebenso humorlos wie überkorrekt, was Menschen, die ihn nicht kannten, schnell verleiten konnte, ihn für ein bierernstes Arschloch zu halten, dabei war er im Grunde sehr umgänglich, wenn man es nicht brauchte, dass ein Gesprächspartner zwischendurch lächelte. »Wollen wir ein bisschen spazieren gehen?«

»Dafür bin ich hier.« Sie zuckte mit den Achseln und folgte ihm auf die kleine Holzbrücke. Der Herbst roch hier nach feuchtem Gras und würzigem Laub. Unter ihnen stritten sich ein paar Enten mit lautem Geschnatter und schlugen wild mit den Flügeln.

»Die haben es gut, hm?«

Michelle verstand erst nicht, was der große Bürokrat, der neben ihr schritt wie eine Vogelscheuche, meinen könnte. Als er ihren Blick las, deutete er auf die Enten. »Sie zanken sich wegen irgendetwas, das wir nicht verstehen würden. Dann schlagen sie ein paarmal mit den Flügeln, um ihre aufgebaute Energie loszuwerden und schwimmen friedlich weiter. Wir Menschen können das nicht. Wir schwimmen weiter und erzählen eine wilde Geschichte über den anderen, was der sich wohl gedacht hat und als Nächstes plant.«

»Das nennt sich dann wohl *der menschliche Zustand*«, sagte sie und nickte zustimmend.

»Bist du gekommen, um mit mir über den menschlichen Zustand zu reden, Michelle?«, fragte Montgomery auf seine typisch direkte Art und führte sie von der Brücke nach rechts auf einen schmalen Schotterweg. Soweit sie sehen konnte, waren sie weit und breit die einzigen Menschen, wenn man vom leise rauschenden Verkehr auf der anderen Seite der Böschung am Ostufer absah. Mit einer unbekannten Quelle hätte sie sich hier nur ungern getroffen, da die gesamte Umgebung sie unangenehm an die erste Attentatsszene aus *Der Staatsfeind Nummer 1* erinnerte.

»Und wenn es so wäre?«

»Dann müsste ich dir sagen, dass er nach wie vor ein Problem in unserem Land ist und ich mir schon gedacht habe, worum es geht.«

»Darum gehen wir auch fischen, hm?«

Montgomery sah sie für einen Moment erstaunt an, dann nickte er bedächtig und deutete nach links in den Laubwald. »Auf der anderen Uferseite sitzen die Angler sehr gerne, weil es ruhig ist, aber immer noch im Stadtgebiet.« Der Staatsbeamte machte eine kurze Pause. »Wonach fischst du gerade, Michelle?«

»Das weißt du doch mit Sicherheit, sonst hättest du mich in dein Büro gebeten«, vermutete sie und lächelte in seine Richtung. Sie war entspannt und fühlte sich in seiner Gegenwart wohl, weil sie in den letzten Jahren so viele Informationen über Konkurrenten an ihn verfüttert hatte, dass er sich in einem Chefsessel halten konnte, an dem von mehreren Seiten gesägt wurde. Quellen musste man sich warmhalten und kleine Geschenke bewahrten bekanntlich die Freundschaft. Miller wusste so etwas zu schätzen, ohne sich schlecht zu fühlen. Er wusste, wie das Spiel gespielt wurde und nahm es nicht persönlich, da waren sie sich sehr ähnlich. Außerdem war er ein überzeugter Patriot und sie hatten nie etwas getan, was illegal gewesen wäre, da beide ihre roten Linien an einem ganz ähnlichen Verlauf entlangzogen. Vielleicht verstanden sie sich deshalb so gut.

»Das ist korrekt«, entgegnete er geradezu mechanisch. »Aber du musst vorsichtig sein. Je mehr ich über das erfahre, was in Washington und einigen republikanisch geführten Bundesstaaten geschieht, desto besorgter bin ich um dich und deine Kollegen, die ähnlich arbeiten. Irgendetwas ist im Gange und es sind hohe Summen im Spiel.«

»Im Verteidigungsetat.« Michelle nickte verstehend, hielt jedoch inne, als Montgomery die Stirn runzelte und schließlich den Kopf schüttelte.

»Darüber weiß ich nichts, außer dass die versprochenen Einsparungen durch den *Homecoming Act* ausgeblieben und einige Leute in der Opposition wirklich sauer sind. So weit ich das sagen kann, sind sie zu Recht sauer.«

»Du bist doch immer noch Mitglied der GOP, oder?«

»Ja.«

»Dann sollte ich mir wohl besonders viele Sorgen machen. Was hast du herausgefunden?«, hakte sie nach und umspielte das Tonaufnahmegerät in ihrer linken Jackentasche. »Bist du einverstanden, wenn ich das hier aufzeichne, für meine eigenen Recherchen?«

»Nein.«

Michelle ließ enttäuscht das Gerät los. Obwohl er es nicht sehen konnte, widerstand sie dem Impuls, es trotzdem zu tun.

»Also gut, was kannst du mir erzählen? Die Regierung lässt Geld verschwinden, richtig?«

»Ja. Bürokratie ist wörtlich die Herrschaft der Verwaltung, und auch wenn sich die Bürger regelmäßig darüber auslassen, hat sie, wie du weißt, gewisse Vorteile. Die tatsächliche Macht haben nicht die Politiker, sondern viel eher die Verwaltungsangestellten, bei denen die neuen Gesetze und Verordnungen durchrieseln müssen wie durch ein Sieb, ehe sie in der Gesellschaft ankommen. Das Sieb besteht aus Verfahrensvorschriften, Verfahrensordnungen, Dienstanweisungen und lokal ganz unterschiedlichen Herangehensweisen. Darum dauert die Umsetzung von Neuerungen in Washington auch immer wieder viele Jahre. Wenn wir uns Zeit lassen, ein paar Formulare als ungültig erklären oder einen Verfahrensweg ändern, können wir die Umsetzung von Gesetzen so weit hinauszögern, bis eine andere Regierung gewählt wurde, die das Gesetz vielleicht unmittelbar wieder kippt. Das gibt uns Verwaltungsbeamten eine große Machtfülle in der Legislative und Exekutive, auch wenn wir nie von irgendeinem Bürger gewählt worden wären. Gleichzeitig müssen wir den Leuten nicht gefallen und man kann die technokratisch besten Kandidaten auswählen für einen Job.«

»Warum erzählst du mir das alles?«, fragte Michelle mit professioneller Ungeduld, verstummte aber, als er sie mit einem missbilligenden Blick bedachte.

»Seit einigen Jahren geht das anders. Irgendjemand im Weißen Haus hat keine Lust, diese Verfahrenswege einzuhalten und einen haarklein ausgearbeiteten Umweg erdacht, der seit vielen Jahren gegangen wird. Erst ist es nicht so sehr aufgefallen, aber ich habe meine Augen schon seit Beginn auf diesen Machenschaften und mittlerweile kann ich es mit meinem Gewissen als Patriot nicht mehr vereinbaren, dass ich per Direktionsrecht verpflichtet bin, zu schweigen«, fuhr Montgomery fort und seine Stimme wurde ein wenig getragener, als lasteten die Informationen schwer auf seiner Zunge, die er im Begriff war, mit ihr zu teilen. »Alles begann vor zehn Jahren, als man Studien über landwirtschaftliche Planungen im Zuge des Klimawandels angeschoben hat. Die Regierung stopfte hohe Summen in die betroffenen Bundesstaaten, besonders landwirtschaftlich interessante, was Sinn gemacht hat, da diese Gegenden vornehmlich republikanisch wählen und man ihnen damit Geschenke dargeboten hat. Doch das Geld floss nicht über meinen Schreibtisch und den meiner Kollegen in den anderen

Staaten, sondern über unsere Finanzbehörden direkt zu verschiedenen Instituten und Forschungseinrichtungen, die direkt an den zuständigen Senatsausschuss berichten sollten. Dieses Vorgehen kommt schon mal vor, aber eher in dringenden Fällen wie einem anstehenden Untersuchungsausschuss, wenn es wirklich schnell gehen muss. Darum habe ich mir am Anfang nicht so viel gedacht. Dann aber wurde diese Praktik jedes Jahr wiederholt mit immer höheren Summen, sodass ich hellhörig geworden bin. Ich habe angesehen, welche Institute und Firmen mit den Machbarkeits- und Zukunftsstudien beauftragt wurden, die angeblich so viel Geld kosteten. Herausgekommen ist, dass keine der Einrichtungen älter als ein Jahr war und es bei den obligatorischen Ausschreibungen Unregelmäßigkeiten gegeben hatte. Keines der anerkannten und renommierten Institute, das teilgenommen hatte, hat den Zuschlag bekommen. Es gab sogar Klagen, die aber sämtlich abgeschmettert wurden, außer in Kalifornien, dort ist allerdings der zuständige Richter an einem Herzinfarkt gestorben und das Verfahren musste unterbrochen werden bis ein Ersatz gefunden wurde.«

»Klingt wie Geldwäsche.«

»Ist es womöglich auch, nur zu einem anderen Zweck.«

»Zu welchem?«, bohrte sie nach. Ihre Nackenhaare hatten sich aufgestellt und mit ihnen das untrügliche Gefühl, dass sie an etwas Großem dran war. Etwas, das die amerikanischen Bürger herausfinden mussten.

»Das weiß ich nicht. Aber ich habe ein bisschen recherchiert und ein paar E-Mails geschrieben. Da stellte sich heraus, dass alle in Auftrag gegebenen Studien, sei es über Bauland, die Nutzbarkeit alter Minen inklusive statischer Analysen, landwirtschaftliche Ertragserwartungen verschiedener Mutterböden oder andere Dinge, von denen ich nicht viel verstehe, negative Ergebnisse hervorgebracht haben sollen. Immerhin handelte es sich um über zweitausend Studien in all der Zeit. Wie hoch ist wohl die Chance, dass alle negativ ausfallen?«

Michelle überging seine rhetorische Frage und tippte sich ans

Kinn. »Konntest du die Ergebnisse einsehen?«

»Nein, die Bundesbehörden, meist Katasterämter und Agrarbehörden, haben nur Vermerke erhalten, dass die Studie keine Ergebnisse erbracht habe. Sämtliche Ergebnistexte seien direkt nach Washington an die zuständigen Senatsausschüsse gegangen.«

»Hm. Vermutlich hast du dir diese seltsamen jungen Firmen genauer angeschaut, bei denen es nach Betrug gestunken hat?«

»Ja«, sagte Montgomery, als sei es das Selbstverständlichste auf der Welt. »Es hat sehr ... *gestunken.* Keine der Firmen war zum Zeitpunkt der Auftragsvergabe älter als ein Jahr. Verfolgt man ihre Daten, stößt man auf Briefkästen und andere Strohfirmen, die sich hinter ominösen Holdings mit Sitz auf Staten Island, den Cayman Inseln oder den Bahamas verstecken.«

»Die Firmen gibt es also gar nicht.«

Montgomery schüttelte den Kopf. »Nein, aber deren Konten gibt es, allerdings konnte ich keine Kontoinformationen einsehen, außer ich würde ein offizielles Prüfverfahren einleiten, dann würde ich im Fall des Falles Einsicht erhalten, allerdings nur bei all jenen Vorgängen, die Maryland betreffen.«

»Und das würde Jahre dauern«, seufzte Michelle und ballte die Hände in den Taschen zu Fäusten, während sie nach links in den Wald abbogen und dem Kreischen einiger Krähen lauschten.

»Ja, das würde Jahre dauern, wenn ich so lange durchhalte.«

Michelle sah den großen Mann beunruhigt an. Er bemerkte ihren Blick und seine Lippen wurden ein wenig schmaler.

»Du kennst das Klima im Land und diese Regierung. Ich würde heute nichts mehr ausschließen, was gestern noch nach John Grisham geklungen hat.«

»Wie viel Geld ist verschwunden?«

»Insgesamt einundzwanzig Milliarden Dollar in neun Jahren. Keine der Ausschreibungen lag über zehn Millionen Dollar, wodurch einige Kontrollgremien umgangen wurden, die bei höheren Summen als zehn Millionen automatisch eingeschaltet worden wären. Das Ganze riecht nach einem gut geplanten Weg, um viel Geld verschwinden zu lassen. Aber wohin?«

»Ich weiß es nicht. Allerdings vermute ich, dass beim Pentagon etwas ganz Ähnliches läuft. Aber wie sucht man Geld, das verschwunden ist?«

»Das ist doch recht einfach«, entgegnete der Verwaltungschef. »Wenn irgendetwas verschwindet, taucht irgendwo etwas auf. Geld hat die Angewohnheit, nur in den seltensten Fällen gehortet zu werden, weil Geld keine Inflation mag, Zeit aber schon. Wenn dieses Geld vom Erdboden verschwunden ist, wird irgendwo Geld wie aus dem Erdboden aufgetaucht und ausgegeben worden sein.«

»Und nirgendwo wird so gerne viel Geld ausgegeben wie in Washington«, fügte sie hinzu und atmete die kühle Luft tief durch ihre Nase ein.

»Normalerweise würde ich dir zustimmen, aber in diesem Fall gibt es eine Einschränkung. Die Bau- und Landschaftsbehörden der Bundesländer, in denen die Studien in Auftrag gegeben worden sind, haben echte Berechtigungen ausgestellt und für die Untersuchungen Gebiete abgesperrt. Eine läuft sogar bis heute noch recht prominent im Yellowstone Nationalpark. Ich glaube, dass diese Scheinfirmen wirklich jemanden an diese Orte geschickt haben, um wer weiß was zu tun. Vielleicht ging es nur darum, den Schein zu wahren, oder irgendeiner Behörde den Tag zu vermiesen, aber ich würde mich mal umhören, ob die angeblich geschickten Studienergebnisse wirklich im Senat angekommen sind und was vor Ort konkret untersucht wurde und von wem. Falls nämlich ernsthaft etwas untersucht wurde, könnte es sein, dass jemand die Daten tatsächlich haben wollte und dann ...«

»... dann wurde womöglich auch viel Geld an Ort und Stelle ausgegeben. Ich nutze die Studienorte als Recherchegrundlage für ausgegebenes Geld, hinter dem keine leicht zu findende Quelle steckt und arbeite mich von da weiter voran.«

»So würde ich es auch machen«, stimmte Montgomery zu

und atmete tief durch, was für seine Verhältnisse schon einem Gefühlsausbruch gleichkam. »Sei vorsichtig, Michelle. Unter anderen Umständen würde ich dir raten, die Finger von der Sache zu lassen. Wenn zweistellige Milliardenbeträge im Spiel sind, gehen die Beteiligten sicher nicht zimperlich vor, aber das hier riecht nach einem Skandal am Steuerzahler und jemand muss etwas unternehmen.«

»Keine Sorge, das ist mein Job. Wir werden für so etwas geschult und haben gute Anwälte im Rücken«, versuchte sie, ihm die Sorge zu nehmen, die sie überraschte. Sie kannte Montgomery nur als sehr souverän und eine Art graue Eminenz im Hintergrund. Sein neues Verhalten beunruhigte und elektrisierte sie zugleich. *Konjunkturpaket von Präsident Walker verpufft in Scheinfirmen,* schwebte bereits eine Headline in ihrem Kopf umher. *In Scheinfirmen, die auf irgendeine Art und Weise mit dem Firmenimperium des Präsidenten in Verbindung stehen werden.*

JT

DAS ARTEFAKT 2

ZWISCHENSPIEL

Shoreh Kamran winkte ihrem Mann zu, der unten auf dem Pflaster stand und aufgrund seiner Höhenangst auf sie wartete.

»Das ist echt verrückt, Reza!«, rief sie ihm von der Brüstung des Generatorschiffs im Herzen Banda Acehs zu. Die Hauptstadt der indonesischen Provinz am nördlichsten Zipfel der Insel Sumatra erstreckte sich wie ein bunter Flickenteppich aus Beton- und Wellblechhäusern viele Kilometer um sie. Im Norden und Westen konnte sie die blauen Fluten der Adaman-See erkennen, die sich bis Malaysia und Thailand erstreckte. Wenn sie sich umdrehte, konnte sie an dem Schornstein des Schiffes vorbei den mächtigen Vulkanberg Gunung Seulawah Agam erkennen, der von einer Wolkenkrone umgeben war. Die schwüle Hitze machte Shoreh zu schaffen, da sie aus Isfahan im Süden Irans stammte, wo es zwar ebenfalls heiß, aber trocken war.

»Kannst du das Meer sehen?«, rief Reza zu ihr hinauf. Er schirmte sich trotz Sonnenbrille die Augen ab, als er zu ihr hochschaute. Mit der Kamera um den Hals und der Fischermütze sah er aus wie ein amerikanischer Tourist. Ihre gemeinsame Tochter Samira hätte das bestimmt sehr peinlich gefunden, aber das lag vermutlich an der amerikanischen Sozialisierung, in der man ohnehin keinen Respekt mehr vor den Eltern hatte.

»Ja! Es ist wirklich sehr weit weg, kaum zu glauben, dass der Tsunami diesen riesigen Brocken von dort bis hierher gespült haben soll«, antwortete sie und senkte ihre Stimme, als ein paar andere Touristen auf das Deck der über zweieinhalbtausend Tonnen schweren PLTD Apung 1 liefen. Touristen verirrten sich nur selten nach Banda Aceh, vermutlich, weil die gesamte Provinz Aceh lange unter einem blutigen Bürgerkrieg gelitten hatte und unter der autonomen Kontrolle strenger Islamisten stand. Nicht einmal in Saudi Arabien wurde die Scharia teilweise so streng ausgelegt wie hier. Shoreh schätzte, dass deshalb auch die meisten Menschen im Westen an Thailand dachten, wenn sie an die Orte mit den meisten Todesopfern des Tsunamis von 2004 zurückdachten. Im Fernsehen war damals kaum etwas über das nördliche Sumatra zu hören gewesen, obwohl es diesen Ort am schlimmsten getroffen hatte. Bildaufnahmen und Faktenblätter im Herzen des Schiffs, die den Tsunami vor Ort rekonstruierten, zeigten achtzehn Meter hohe Wellen, vor denen die Palmen am Strand wie Strohhalme aussahen. In dem westlich gelegenen Dorf Lhoknga, das sie gestern besucht hatten, war die Welle sogar fünfunddreißig Meter hoch gewesen und hatte die gesamte Bevölkerung von knapp achttausend Menschen ausradiert. Laut indonesischer Behörden lag die Zahl der Todesopfer allein in der Großstadt, in deren Herzen sie gerade stand, bei rund fünfzigtausend an einem einzigen Tag. Lokale Behörden und internationale Beobachter aber sprachen von rund dreihunderttausend Toten. Wenn sie die Bilder der vollkommen zerstörten Stadt betrachtete und sich vorstellte, dass dieses kolossale Schiff von dem fernen Meer hierher gespült worden sein konnte, glaubte sie eher letzteren Zahlen. In ihrem Hotel hingen Bilder an der Wand, die einen Fischtrawler auf dem Dach inmitten zerstörter Ruinen zeigten, obwohl man von ihrem Zimmer nicht einmal das Meer sehen konnte.

Shoreh warf einen letzten Blick auf das Meer flacher Häuser einer armen Stadt und machte sich an den Abstieg, damit Reza nicht zu lange in der Hitze warten musste. Er war ein knorriger alter Kerl, genau wie sie immer älter und kauziger wurde, aber er war immer noch ein so lieber Ehemann, dass sie ständig überlegte, wie sie es ihm leichter machen konnte.

Als sie wieder unten angekommen war, hakte sie sich bei ihm ein und sie schlenderten in Richtung des Ausgangs, wo sie von drei Frauen mit eng um den Hals geschlungenen Kopftüchern, die ihren Gesichtern die Form von Eiern gaben, freundlich verabschiedet wurden.

»Salam«, sagte Shoreh und erwiderte die Höflichkeiten. Ihr Tuk-Tuk-Fahrer wartete noch vor dem Rolltor, das den Bereich zu dem Museumsschiff freihielt.

»Ah, gut, gut?«, fragte der Mann und schnippte seine selbstgedrehte Zigarette fort. Er kam um die auf einen Roller und die winzige angehängte Kabine geschweißte Sonnenabdeckung gelaufen und öffnete ihnen den winzigen Vorhang aus schmutzigem Plastik.

»Ja, sehr gut«, erwiderte sie auf Englisch und nickte ihm dankend zu. Obwohl die wenigen Touristen in Banda Aceh nicht angehalten waren, die islamischen Kleiderordnungen zu befolgen, wenn man nicht gerade im Minirock durch die Stadt marschierte, wurde sie immer wieder schräg angesehen. Sie schätzte, es läge an ihrem persischen Aussehen, dass die Einheimischen meinten, sie habe gläubig zu sein. Ihr Fahrer, dieser etwas rundliche Mann mit Schnauzbart und abgelatschten Flipflops aber schien sich daran nicht zu stören.

»Mehr fahren? Ja?«, fragte er hoffnungsvoll. »Schönes Meer, guuutes Essen! Ich weiß beste Plätze!«

»Wie wäre es, wenn wir ans Meer fahren und dort etwas essen?«, schlug Reza fort und rieb die Schweißperlen aus dem grauen Bart.

»Natürlich, mein Lieber«, stimmte sie zu und gemeinsam zwängten sie sich auf das schmale Sitzpolster des Tuk-Tuks. Ihr Fahrer klatschte begeistert über den kleinen Zuverdienst – die Fahrt würde umgerechnet nur wenige Dollar kosten – und startete den kreischenden Zweitakter.

Durch den dichten Roller- und Autoverkehr der Stadt, die nach brennendem Plastik und Abgasen stank, fuhren sie auf den nördlichen Stadtstrand zu. Der gelbe Sand schien aus der Ferne zitronenfarben zu leuchten.

»Wirklich beängstigend, sich vorzustellen, wie diese Menschen hier den Tsunami erlebt haben müssen«, meinte Shoreh über das Rattern des Tuk-Tuks hinweg.

»Wenigstens haben sie jetzt Tsunami-Warnbojen und diese Metalltürme mit den Lautsprechern überall.« Reza sah sich durch die schmalen Öffnungen um, konnte aber offenbar gerade keinen finden und zuckte mit den Schultern.

»Die funktionieren schon seit Jahren nicht mehr«, gab sie zurück. »Das hat mir ein Mitarbeiter auf dem Schiff erzählt. Die Bojen stammen von den Deutschen und haben erst gut gearbeitet, aber die Fischer haben sie später benutzt, um auf der See ihre Boote an ihnen festzumachen, damit sie Sprit sparen und die Position zu halten. Seither gelten die meisten Bojen als kaputt.«

»Das heißt, dass es jederzeit wieder ohne Vorwarnung passieren kann?«, fragte Reza besorgt.

»Ja, aber ich glaube nicht, dass es bereits fünfzehn Jahre später wieder soweit ist. Ich bin Mathematikerin, nicht vergessen. Statistiken lügen nicht.«

»Deswegen verstehst du dich auch mit Samiras Freund so gut«, schnaubte er.

»Marcus ist doch ein feiner Kerl. Intelligent und ein Naturwissenschaftler durch und durch.«

»Das ist ja das Problem, Samira ...« Reza stockte, als Menschen an ihnen vorbeiliefen. Vor ihnen drehten einige Roller um und nach und nach erhob sich Geschrei. Erst waren es vereinzelte Rufe, dann mischten sich immer weitere Schreie dazu, bis sie zu einem Kanon der Panik anschwollen.

»Was ist los?«, fragte Shoreh und die Angst ballte sich wie eine Faust in ihrem Magen zusammen. Sie wollte ihrem Fahrer auf die Schulter tippen, doch der sprang plötzlich vom Sitz seiner Honda und war kurz darauf verschwunden. Nun, da der Blick nach vorne frei war, sah sie etwas seltsames am Horizont: Eine Art Wolke, die aber nicht grau oder schwarz war, sondern weiß-blau, als bestünde sie aus Wasser. Auch ihre Form war merkwürdig, sie sah aus wie eine Fontäne. Da sie so weit weg war, war es schwer zu sagen.

Mittlerweile rasten immer mehr Roller und Autos rund um sie, Menschen kletterten die Fassaden der Häuser hinauf und sie fühlte sich wie ein Stein in einem reißenden Gebirgsfluss.

»Reza?«, fragte sie und dann noch einmal lauter: »Rezaaa!«

Ihr Ehemann war vollkommen bleich geworden, als sie an ihm rüttelte, als wollte sie ihn aus einer Trance wecken. Doch Reza starrte reinweg geradeaus und hob den Arm. Als sie seiner Geste folgte, sah sie es auch: Eine Wand aus Wasser schob sich aus der Ferne auf sie zu. Sie war nicht so hoch wie auf den Bildern in dem Museumsschiff, füllte aber die gesamte Straßenschlucht aus, die von ihnen zum Meer führte, das noch einen halben Kilometer entfernt war.

Sie überlegte, zu fliehen, wegzulaufen, einfach zu rennen, und doch musste sie erkennen, dass es zu spät war. Sie und Reza waren alt und die Menschenmassen um sie in blinder Panik, sodass sie vermutlich nur totgetrampelt worden wären. Also tastete sie nach der Hand ihres Ehemannes, drückte sie fest und schloss die Augen.

Ihre letzten Gedanken galten ihrer Samira und der Hoffnung, dass sie ihr Leben weiterleben konnte, ohne am Tod ihrer Eltern zu verzweifeln.

DAS
ARTEFAKT 2

Kapitel 8: Thor

»Ich habe immer noch kein gutes Gefühl bei der Sache«, meinte Maya. Sie stand direkt neben Thor und starrte genau wie er auf den Bildschirm in ihrem Unterschlupf, auf dem Blackheart gerade eine Art Präsentation zeigte. Ihr vorgeblicher gieriger Gönner aus den Reihen der Vatikanpolizei hatte nach einem kurzen Telefonat und darauffolgendem Banktransfer durch Richard ohne Augenbraue eine Datei geschickt, in der sich nicht bloß ein Grundriss des Sicherheitsbereichs der Vatikanstadt befand, sondern auch eine ausführliche Karte der unterirdischen Anlagen, die erstaunlich tief unter die Erde Roms reichten. Insgesamt sechs Etagen befanden sich unter den uralten Bauwerken, inklusive mehrerer Dutzend Zellen, von denen offiziell nichts bekannt war. In der Datei befanden sich außerdem noch die Besetzungslisten der Schweizergarde und die der Corpo della Gendarmeria Vaticana, obwohl nur letztere in der Anlage mit Wachdienst betraut zu sein schienen. Die Schweizergarde verbrachte aufgrund ihres Rufs und ihres Pomps offenbar mehr Zeit unter den Augen der Touristen. Laut der mitgelieferten Markierungen befand sich Marcus Brown auf dem dritten Sublevel, zu dem es einen Zugang gab: durch das Belüftungssystem, das allerdings gesichert war. Nicht mit optischen Detektoren wie Laserschranken oder Tastsensoren, schließlich war das nicht die Area 51 oder Fort Knox. Dafür aber mit einfachen Gittern, was bedeutete, dass sie einen Schweißbrenner mitnehmen mussten. Außerdem würden sie einen großen Ventilator passieren, der sich als Hindernis herausstellen könnte. Um hindurchzukommen, würden sie ihn lahmlegen müssen, was bedeutete, dass es schnell warm und stickig werden würde, und das wiederum bedeutete, aufgeschrecktes Sicherheitspersonal. Es sei denn, es gab häufiger Störungen mit der Klimatisierung.

»Das ist alles wirklich sehr hilfreich«, befand er schließlich, als Blackheart seinen Plan beschrieben hatte. »Wir wissen, wo wann welche Wachen sein werden. Wir wissen, dass sie mit Pistolen bewaffnet sind, aber keinen schwereren Waffen. Wir möchten keine Todesopfer provozieren, weil sich ein Einbruch ohne Tote noch als Peinlichkeit für den Vatikan unter den Teppich kehren lässt. Einen Einbruch mit Totenbriefen, die verschickt werden müssen, werden sie aber nicht auf sich sitzen lassen können. Also gehen wir durch die Lüftungsschächte rein. Wenn wir genügend Zeit haben, wird das funktionieren, ohne so laut sein zu müssen, dass uns jeder hört. Im besten Fall erreichen wir ungesehen Marcus Browns Gefängnis. So weit ist der Plan akzeptabel. Das Gefängnis allerdings wird im Gegensatz zu den Lüftungsschächten kameraüberwacht sein und spätestens dann wird es einen Alarm geben, ob es sich nun um ein Appartement oder eine Arrestzelle handelt, macht in dem Fall keinen Unterschied.«

»Da hast du vermutlich recht«, stimmte Maya ihm zu und sah auffordernd zu Blackheart, der mit den Achseln zuckte und in Richtung seiner Maschinenpistole nickte, die auf dem abgewetzten Sofa unter dem Fernseher lag. »Ich komme sowieso in die Hölle.«

»Ein Feuergefecht wird uns aber nicht hinausbringen«, gab Thor zu bedenken und schüttelte den Kopf, bevor er um das Tablet bat. Der Belgier gab es ihm und er machte einige Zieh- und Schiebebewegungen auf dem Display, bis sich eine

Gesamtansicht des Grundrisses von Subebene Drei zeigte. Danach legten sich auch die Subebenen Zwei und Eins und das Erdgeschoss darüber wie in einem Schichtbild. Per Fingerdruck ließ er das Programm Treppen und Flure markieren und malte den direktesten Fluchtweg zum Ausgang ein. »So, das wäre eine stattliche Strecke, dafür, dass über vierzig Polizisten anwesend sein werden, laut den Mitteilungen unseres Informanten.«

»Dem wir übrigens nicht trauen können, falls ich das mal wieder erwähnen dürfte«, sagte Maya trocken und Blackheart grinste.

»Ist mir noch gar nicht aufgefallen, dass du das so siehst. Aber betrachten wir es mal so: Wenn er uns wirklich im Auftrag des Vatikans eine Falle stellt, dann wie besprochen wohl kaum, um uns vor Ort festzunehmen, weil sie das längst hätten tun können, und zwar viel einfacher und risikoloser. Wenn sie aber wollen, dass wir den Studenten heraushoLen, werden sie schon für uns zurechtbiegen, dass wir hinauskommen.«

»Das würde aber bedeuten, sie zeigen in diesem Fall ganz offensichtlich, dass sie uns mit Marcus Brown fliehen lassen wollen. Insofern müssten sie wissen, dass ihre Falle aufgeflogen ist – spätestens. Dann werden sie sich sicherlich noch einmal genau überlegen, ob sie Marcus Brown trotzdem noch mit uns entkommen lassen wollen.« Als Blackheart etwas erwidern wollte, hielt Thor ihn mit erhobener Hand auf. »Immer unter der Annahme, dass wir es nicht wirklich mit einem Informanten zu tun haben, der nur einen Ausweg gesucht hat, bei dem er gleichzeitig reich werden konnte.«

»Ich bin ein Verfechter der Idee, immer einen Schritt nach dem anderen zu gehen.«

»Ich bin ein Verfechter der Idee, immer den Ausgang zu kennen, bevor ich die Höhle des sprichwörtlichen Löwen betrete«, hielt Thor dagegen.

»Du hast recht«, sagte Maya, als die beiden einen Moment schwiegen. »Wie wäre es denn, wenn wir mit Marcus durch die

Lüftungsschächte zurückkriechen, durch die wir gekommen sind?«

»Die Kameras hätten uns gesehen, wie wir hinein gehen«, wandte Blackheart ein und schien sehr unglücklich. »Die wissen Bescheid und das wars.«

»Aber die Lüftungsschächte sind doch extrem verzweigt. Vielleicht können wir so abbiegen, dass sie auf einen anderen Ausgang setzen oder ihre Kräfte so aufteilen müssen, dass wir leichteres Spiel haben.« Maya musterte sie nacheinander und blieb bei Thor hängen. »Wir könnten die Taser mitnehmen und versuchen, nach Möglichkeit nur zu betäuben.«

»Das gefällt mir nicht.«

»Mir gefällt gar nichts davon, aber ich habe versprochen, Marcus zu retten und das werde ich tun.« Maya fasste ihn an den Unterarmen an und sah ihm in die Augen. Irgendetwas in seinem Magen regte sich und es fühlte sich nicht schlecht an, weil es ein Gefühl war, an das er sich bereits gewöhnt hatte.

»Gut. Dann gehen wir rein.«

»Kannst du mir diesen Trick verraten?«, fragte Blackheart fröhlich und lud seine Maschinenpistole mit einem geübten Handgriff durch. »Ist das sowas wie NLP oder so?«

»Nennt sich Freundschaft.« Maya zuckte mit den Schultern und zwinkerte Thor zu.

DAS
ARTEFAKT 2

Kapitel 9: Marcus

Das Leben ist wie ein Film: Der Sinn erschließt sich häufig erst am Ende. Die Inschrift, die sich um die runde Uhr an seinem Handgelenk zog, war das erste, was Marcus mit seinem verschwommenen Blick sah. Offenbar war er mit der Stirn auf dem Unterarm eingenickt, knapp neben dem defekten Erbstück seines Vaters. Als wollte sie ihn verspotten, funkelte die Inschrift im kalten Licht des Monitors.

»Was soll sich denn erschließen, hm?«, murmelte er schläfrig und rieb die trockenen Augen. »Dass ich in Gefangenschaft sterben werde und das total Sinn gemacht hat?«

Marcus sah zur Decke und suchte die Ecken des großen Zimmers ab, wo er die versteckten Kameras vermutete, obwohl er noch keine entdeckt hatte. Sie sollten ihn ruhig hören.

Natürlich bekam er keine Antwort. Es redete sowieso niemand mit ihm, abgesehen von Monsignore Mancarella. Er ertappte sich sogar immer häufiger, dass er sich über den Besuch des Priesters freute, weil der der einzige Mensch war, den er noch zu Gesicht bekam und er langsam vereinsamte.

»Alles nur wegen dir«, brummte er und starrte auf den Kristall in dem Glaskasten, der auf einem Rollwagen direkt neben seinem Schreibtisch stand. In dem Glaskasten befand sich ein Sensorenbündel für verschiedene Untersuchungsmethoden und ein kleiner Roboterarm mit einem Laser, der die ganze Zeit dabei war, das Artefakt zu scannen. Bisher hatte die Anwesenheit des echten Kristalls noch keinen Vorteil gegenüber den Simulationen erbracht, aber vielleicht würde sich noch einer ergeben, den er jetzt noch nicht sah.

»Guten Morgen, Marcus«, hörte er eine vertraute Stimme und drehte etwas lahm den Kopf. Luca Mancarella kam mit einem Tablett herein. Als die Sicherheitstür hinter ihm mit einem Seufzen, das nach entweichendem Gas klang, in ihren Verschluss zurückfand, wehte ein kurzer Wind zu ihm. Mit sich brachte er den Duft nach frischem Ei und warmem Brot und sofort begann sein Magen zu knurren.

»Guten Morgen.«

»Hast du gut geschlafen?«, erkundigte sich der Priester und deutete auf das Sofa mit dem kleinen Tisch, die sich vor dem großen Fernseher befanden. Marcus nickte und stand auf, um dem verlockend aussehenden Tablett zu folgen. Abgesehen davon sah der Schreibtisch aus wie ein Schlachtfeld, so randvoll war er mit seinen Notizen und Schemazeichnungen. Die meisten waren durchgestrichen, zerrissen oder zerknüllt. Was auch immer seine Entführer in ihm sahen, er selbst sah es jedenfalls nicht in dem Kristall.

»Ehrlich gesagt habe ich eben erst gemerkt, dass ich eingeschlafen war und bin sehr müde.«

»Vielleicht solltest du ein paar Tage Pause machen«, schlug Mancarella vor und setzte sich aufs Sofa. Von dem riesigen Tablett nahm er zwei Teller, legte feines Metallbesteck daneben und packte Pastete, frisches Brot, Rührei und eine Platte mit italienischem Aufschnitt aus.

Marcus beäugte das Metallmesser, das neben seinem Teller lag, während er sich setzte. Bisher hatte er immer nur Plastikbesteck erhalten. Er schätzte seine Möglichkeiten ein, den Priester zu überwältigen und zu fliehen, und kam auf ein eher ernüchterndes Ergebnis – ganz abgesehen davon, dass er keinem anderen Menschen ein Messer in den Hals rammen würde.

Der Monsignore schien seinen Blick nicht gewahr zu werden oder es sich nicht anmerken zu lassen, und begann, den Brotlaib zu schneiden. »Und?«

»Was und?«

»Vielleicht solltest du ein paar Tage Pause machen«, wiederholte er.

»Ah.« Marcus nahm sich nach einer Geste des Priesters eine Scheibe Brot und biss hinein. Es schmeckte köstlich. »Um ehrlich zu sein«, fuhr er mit vollem Mund fort, »würde ich gerne so schnell wie möglich fertig werden, damit ich gehen kann.«

»Das verstehe ich. Aber vielleicht arbeitest du ausgeschlafen besser und sparst am Ende Zeit?«

»Mhm.«

»Ich habe eine Frage«, wechselte der Monsignore abrupt das Thema und Marcus hielt beim Essen inne.

»Oh, nein, nein, iss ruhig weiter. Es geht bloß um eine Interessensfrage.«

Marcus ließ sich das nicht zweimal sagen, legte sich dick Pastete auf die zweite Scheibe Brot und nahm dankend an, als der Priester ihm von dem Rührei auftat. Es roch nach italienischen Kräutern und einem Hauch Olivenöl. Allerdings hätte in diesem Moment wahrscheinlich alles nach Haute Cuisine geschmeckt.

»Du hast doch eine Probe des Kristalls an das CalTech-Labor geschickt«, fuhr der Monsignore fort und lächelte nachsichtig, als Marcus instinktiv den Kopf schüttelte, obwohl ihm klar war, dass der Vatikan davon wissen musste, sonst wären sie niemals in Los Angeles aufgetaucht. »Keine Sorge, Marcus, wir haben niemandem etwas getan. Im Gegenteil haben wir durch unseren Einsatz ein amerikanisches Team abhalten können, noch mehr Menschen als die Laborleiterin zu ermorden.«

»Sie ... sie ist tot?« Ihm verging schlagartig der Appetit. Wegen eines Anrufs! Wegen meines Anrufs!

»Ich fürchte ja.« Mancarella wirkte ehrlich betroffen und senkte für einen Moment den Blick. »Das Team, das hinter dir her war, ist nicht gerade zimperlich vorgegangen, aber unsere Einsatzkräfte konnten diese Männer unschädlich machen. Jetzt liegt es an Gott, über sie zu richten.«

»Aha.« Marcus aß weiter, jetzt aber deutlich langsamer und nur, um das Loch in seinem Magen zu stopfen. Er wusste gar nicht, weshalb er sich so ausgezehrt fühlte, immerhin bekam er dreimal am Tag Essen und nicht einmal schlechtes. »Und was war Ihre Interessensfrage?«

»Die Ergebnisse der Laboranalyse legen nahe, dass der Kristall älter ist als sechzigtausend Jahre. Wie kann das sein?«, fragte der Monsignore und legte sein Messer weg, um ihm seine ganze Aufmerksamkeit zu schenken.

»Das ist doch ganz einfach.« Marcus runzelte die Stirn, als er im Gesicht seines Gegenübers kein Verstehen sah. »Chromiodid wird in einer chemischen Reaktion hergestellt. Dafür wird Chromerz genommen, beispielsweise aus einer Chromader in einem Bergwerk. Das Chromerz wird mit einem großen Überschuss an Iod bei etwas über fünfhundert Grad Celsius verschmolzen. Daraus erhält man Chrom(II)-Iodid. Um Chrom(III)-Iodid zu gewinnen, muss man das Ganze nochmals erhitzen bei über siebenhundert Grad Celsius. Das ist dann deutlich reiner. Das alles ist natürlich ein künstlicher chemischer Prozess, der in der Natur so kaum vorkommt, aber das Chromerz ist ein Metall im Periodensystem. Das lag sicher schon viele zehntausende, eher hunderttausende oder Millionen Jahre in der Erde. Thermolumineszenzanalysen oder die Radiokarbonmethode reichen meist nicht weiter zurück als sechzigtausend Jahre, sie stoßen quasi an eine Messgrenze, die man auch älter als nennen könnte.«

»Aber wird das Ergebnis durch die chemische Reaktion und Bearbeitung nicht verändert?«

»Nicht zwingend. Möglich ist das schon, aber es kommt immer darauf an, welches Stück man gerade abgeraspelt hat, um es sehr einfach auszudrücken. Das da«, Marcus deutete auf den Kristall in seinem Glassarg neben dem Schreibtisch, »besteht jedenfalls aus extrem dünnen Chromiodid-Schichten, die in einem Labor hergestellt und aufeinandergesetzt wurden. Ein Relikt irgendeiner Vergangenheit ist er nicht.«

»Ah, sehr gut. Das haben wir uns gedacht.« Der Monsignore schien erfreut, obwohl seine dunklen Augen noch immer ein wenig besorgt wirkten, wie seit dem ersten Tag, an dem er in das Appartement gekommen war.

»Sie wissen etwas über den Kristall, oder?«, fragte Marcus, ohne seine Gedanken für sich zu behalten. Was sollte ihm schon passieren? Eingesperrt war er ja bereits. »Zu lügen ist doch eine Sünde, oder?«

Luca Mancarella lächelte milde. »Wir wissen genug darüber, um sagen zu können, dass es für die Zukunft der Gläubigen äußerst wichtig ist, dass wir die Daten auf dem Speicher bekommen.«

»Also geht es um irgendetwas, das dem Vatikan schaden könnte? Einen Hinweis, dass es keinen Gott gibt oder so?«

»Oh nein.« Mancarella lachte, ohne besonders belustigt zu wirken. »Ganz im Gegenteil. Wir wissen, weshalb es den Kristall gibt und von wem er gemacht wurde, und der Grund für seine Erschaffung ist viel eher ein Zeichen, dass es Gott geben muss als andersherum. Aber wir müssen wissen, was dein Vater und seine Kollegen für Daten in dem Chromiodid gespeichert haben. Das wird das Leben vieler Gläubiger retten und erleichtern.«

»Warum nur der Gläubigen?«

»Siehst du diesen Kamin?« Der Monsignore deutete auf den alten Kamin, der von einem Ziergitter versperrt war. Holz oder gar Feuer gab es darin nicht.

»Jeden Tag und rund um die Uhr«, erwiderte er ein wenig säuerlich.

»Das war früher einmal der Zugang des Rattenfängers zu diesem Teil des Vatikans, als hier noch die Novizen des Priesterseminars untergebracht waren.«

»Sieht nicht aus wie eine Tür.«

»Oh, es ist nur ein sehr kleiner Durchgang. Die Steintür lässt sich schieben, wie eine Art Geheimtür. Von dort geht es direkt in die alte Kanalisation, die damals und noch heute halb Rom unterkellert.«

»Warum erzählen Sie mir das?« Marcus legte sein Besteck auf den Teller und wischte mit dem Ärmel den Mund ab. Wenn er schon allein eingesperrt war, brauchte er sich auch nicht bemühen, vornehm zu wirken.

»Der Rattenfänger, den die Kardinäle angeheuert hatten, durfte nicht von den Bediensteten und den Priestern gesehen werden. Die Kirche wollte seit jeher alles alleine machen. Arbeit wird von Novizen und Priestern erledigt und dient der Stärkung ihrer Körper und ihres Geistes.«

»So wie Karma-Yoga?«, fragte Marcus im Plauderton, weil er immer mehr hoffte, dass der Monsignore weiterreden und ihn von dem Kristall ablenken würde. Mittlerweile wurde ihm beinahe schlecht bei dem Gedanken, wieder und wieder dieselben Untersuchungen mit demselben negativen Ergebnis durchzuführen. Es gab nicht viele Versuche und Tests, die er kannte und konnte, und die hatte er längst durchgeführt.

»Ora et labora nennen wir das bei der Kirche. Bete und arbeite. Wir sind sehr stolz auf dieses Prinzip. Mit den Ratten wurden unsere Kirchenbrüder allerdings nicht fertig. Die waren überall, fraßen sich durch Vorräte, Möbelstücke und sogar die Kleiderkammern. Das Problem waren aber nicht bloß die aktiven Zähnchen der Ratten, sondern die Krankheiten, die sie übertrugen«, erklärte Mancarella bedächtig. »Mehrere Seuchen breiteten sich zwischen dem achten und zwölften Jahrhundert in der Stadt aus. Zwar war das damals üblich, aber nicht jeder hatte die Ratten auf dem Schirm. Ein kluger Kardinal namens Przewa Boldko aber entschied sich, entgegen der päpstlichen Doktrin des Ora et Labora, einen Rattenfänger anzuheuern, um der Plage Herr zu werden. Um die Tragweite dieser Entscheidung zu begreifen, musst du wissen, dass Rattenfänger damals keinen besonders guten Ruf hatten. Sie galten als Scharlatane, obdachlose Taugenichtse und Kriminelle. Die Rattenfängersage von Hameln kennst du vielleicht?« Er wartete Marcus' Nicken ab und fuhr dann fort: »Aber wenn sie eines konnten, dann Ratten fangen. Sie hatten seltsame Apparaturen dabei, lange Käscher, Messer und Fallen und sogar Gifte, die natürlich zu ihrem zweifelhaften Ruf beitrugen. In genau diesem Raum fanden die Treffen zwischen dem Kardinal und dem Rattenfänger statt. Die ganze Sache war streng geheim und wurde mit höchster Diskretion behandelt.«

»Und? Hat es etwas gebracht?«

»Ja. Nicht beim ersten Rattenfänger, aber beim zweiten. Manchmal stelle ich mir vor, wie ein stinkender, mit Fäkalien besudelter Rattenfänger aus dem Kamin steigt, weil er durch die Kanalisation von den Ufern des Tiber gekommen ist und einem unserer Kardinäle in vollem Ornat gegenüber steht. Das muss wirklich sehr merkwürdig ausgesehen haben.« Der Monsignore schien vergnügt und schaute zu dem Kamingitter hinüber, bevor er den Kopf schüttelte, wie um sich aus seinen Gedanken zu befreien, und wieder Marcus anblickte. »Der Rattenfänger bekam jedenfalls viel Gold und ward nach der Plage nicht mehr gesehen. Aufgeflogen ist das Ganze erst nach seinen Lebzeiten und denen des Kardinals. Heute wird Kardinal Boldko von vielen Brüdern für seinen Mut verehrt, den er damals hatte. Den Mut, das Richtige zu tun.«

»Sagen Sie das, damit ich mich wie der Rattenfänger fühlen soll, der etwas Gutes tut und an den man sich später erinnern wird?«, fragte Marcus und schnaubte.

»Ich sage dir, dass wir in anderen Zeiten leben. Was früher hier geschehen ist, war eine verhältnismäßig kleine Sache, die aber sehr große positive Auswirkungen hatte. Du kannst dafür sorgen, dass so etwas noch einmal passiert. Heute ist dieser Raum ein Forschungslabor mit schicker Einrichtung, für unseren neuen Rattenfänger. Man könnte also sagen, dass wir aus der Vergangenheit gelernt haben.«

»Aber der Rattenfänger damals wurde mit Gold angelockt

und nicht von bewaffneten Männern entführt«, hielt Marcus dagegen.

»Nun, die Umstände sind ein bisschen ... anders«, gab der Monsignore zu. »Was ich damit sagen will, ist: Deine Arbeit wird wertgeschätzt und ist noch viel wichtiger als die Arbeit damals. Du kannst sehr viel mehr Menschen das Leben retten als der Rattenfänger damals.«

»Wenn Sie mich so geködert hätten, wäre ich vermutlich freiwillig mit Ihnen gekommen.«

»Vielleicht. Allerdings befinden wir uns an einem Punkt, an dem die Zeit drängt, und wir konnten die Möglichkeit eines Neins nicht riskieren. Wenn du wüsstest, was gerade geschieht, würdest du es verstehen.«

»Warum erzählen Sie es mir dann nicht?«, schlug Marcus vor, doch der Priester schüttelte sofort den Kopf.

»Nein, nein, das geht nicht. Wenn du die Daten ausgelesen hast, wirst du es sehen und wissen. Bis dahin würdest du es mir ohnehin nicht glauben, fürchte ich.«

»Da ich keine Wahl habe, werde ich weitermachen, aber ich sage Ihnen: Ich weiß nicht, warum Sie mich ausgewählt haben. Ich bin mit meinem Latein größtenteils am Ende. Ich habe nicht einmal meinen Masterabschluss.«

Früher, als er noch zur Schule gegangen war, hatte Marcus sich immer vorgestellt, wie er einen Bachelor haben und wirklich gut in etwas sein würde. Dann hatte er angefangen zu studieren und registriert, dass er dadurch nur merkte, wie wenig er wusste und wie viele Dinge es zu wissen gab, die man aber eben nicht wusste. Es war tatsächlich wie ein Luftballon. Je mehr Sachkunde man ansammelte, desto größer wurde der Luftballon, aber desto größer auch dessen Oberfläche, die mit neuer Luft in Kontakt kam. Jetzt, kurz vor seinem Master, konnte er eine Menge in seinem spezifischen Ingenieursgebiet überblicken und anwenden, aber das machte ihn noch lange nicht zu einem Profi. Er hatte ja nicht einmal seinen Doktor in der Tasche, von Erfahrung ganz zu schweigen. Stattdessen aber

Schulden im sechsstelligen Bereich. Wenn der Vatikan ihn nicht tatsächlich gehen ließ und mit Geld überschüttete, wovon er nicht ausging, würde er bis in ein recht hohes Alter seine Studiengebühren abstottern müssen, die sich mit Zinsen stark aufblähen würden.

»Marcus?«

»Hm?« Er blinzelte ein paarmal, um sich aus seiner Gedankenschleife zu lösen, und sah zu dem Priester, der mittlerweile aufgestanden war.

»Dein Vater hat etwas in dir gesehen und dich auf diesen Moment vorbereitet, davon bin ich überzeugt. Man könnte sogar sagen, dass ich es ganz sicher weiß ...«

Marcus zuckte bei der Erwähnung seines Vaters zusammen. Er vermisste ihn schrecklich und das nun schon seit zehn Jahren. Seine Mom hatte immer versprochen, dass die Zeit alle Wunden heilte und er einfach nur Tag für Tag stark sein müsste, bis es wieder gut war, doch es wurde nicht gut und würde nicht gut werden, so viel hatte er schon gelernt. Stattdessen lernte man einfach nur, mit der Verletzung umzugehen, genau wie jemand, der sich ein Bein brach und dann üben musste, mit Krücken weiterzumachen. Plötzlich ließ ihn ein Wort in den Sätzen des Monsignore aufhorchen, die an ihm vorbeiflogen wie das Gezwitscher ferner Vögel.

»Wie war das?«

»Was?«

»Das Letzte, was Sie gesagt haben.«

»Wenn du es schaffst, kannst du bleiben.«

»Bleiben? Wieso sollte ich bleiben wollen?« Irritiert runzelte er die Stirn und wusste nicht, ob er sich beleidigt fühlen sollte, weil sein Gegenüber ihn offenbar für naiv oder doof hielt.

»Weil wir für deine Sicherheit sorgen können«, sagte Mancarella ruhig. Er klang jetzt sehr ernst.

»Vor wem wollen Sie mich denn beschützen? Vor meinen Entführern? Oh nein, warten Sie, das sind ja Sie selbst.«

Der Monsignore lächelte mild. »Ich verstehe deine Wut.

Trotzdem bleibt die Hand des Pontifikats ausgestreckt. Sobald du den Kristall ausgelesen hast, wirst du verstehen, warum du in unserem Schoß verweilen möchtest. Dieses Angebot gilt übrigens auch für Samira und deine Mutter.«

»Haben Sie den beiden die E-Mail geschickt, um die ich gebeten habe?«, fragte Marcus hastig.

»Ja.« Der Monsignore nickte und er konnte in den Augen des Priesters keine Lüge erkennen, falls er so etwas überhaupt jemals gekonnt hatte.

»Haben sie geantwortet?«

»Ja, das haben sie.«

»Kann ich die Antworten sehen?«, bat Marcus und seine Stimme bekam einen flehenden Unterton, auf den er nicht stolz war.

Statt zu antworten, stand der Monsignore auf und atmete tief durch. »Wie wäre es, wenn du ein paar Fortschritte erzielst und wir dann weitergucken, was wir für dich tun können?«

»Ich schätze nicht, dass ich eine Wahl hätte.«

»Manchmal erlegt der Herr uns Bürden auf, die wir tragen müssen«, erwiderte Mancarella vieldeutig und Marcus verzog den Mund.

Dein Herr, nicht meiner.

»Noch eine Frage«, warf er hinterher, als der Priester das Tablett vollgestellt hatte und hinausgehen wollte. An der Tür hielt er inne und neigte leicht den Kopf zur Seite.

»Ja?«

»Diese Sache mit dem Rattenfänger, das ist nicht wirklich geschehen, oder?«

Wieder antwortete der Monsignore nicht, lächelte aber leicht und ging hinaus. Marcus blieb zurück und starrte finster zu seinem Schreibtisch, der so etwas wie ein schwarzes Loch im Zentrum seiner sehr klein gewordenen Galaxie darstellte. Er schien sämtliches Licht und sämtliche Materie in sich aufzusaugen. Sein gesamter Tag strebte immer wieder an diesen Platz, er konnte ihm nicht entkommen, egal wie viel er arbeitete und sich abstrampelte. Was auch immer in den nächsten Tagen geschehen würde, Fortschritte hatte er nicht zu erwarten. Wie denn auch? Es gab keinen neuen Ansatz für ihn, egal wie viele Bücher er las. Der einzige Ausweg, den er sah, war, sämtliche Bücher zu studieren und sich alles beizubringen, was an Wissen in ihnen steckte. Aber das würde Monate dauern, vielleicht sogar Jahre und bis dahin wäre er in seiner Isolation schon depressiv geworden und hätte sich erhängt. Zumindest glaubte er das.

Als er gerade dabei war, zu seinem persönlichen schwarzen Loch zurück zu schlurfen wie ein lebender Toter, drang ein neues Geräusch an seine Ohren, welches das allgegenwärtige Summen der Klimaanlage übertönte und in seinen Ohren klingelte: ein gellender Alarm. Er fuhr herum und dachte erst an den Rauchmelder an der Decke, doch das Jaulen kam nicht von dort, sondern schien aus dem Flur hinter der milchigen Tür aus Sicherheitsglas zu stammen und war trotzdem noch extrem laut.

Unschlüssig, was er tun sollte, drehte er sich einige Male um die eigene Achse, bis ein lauter Krach ihn zusammenzucken ließ.

JT

DAS ARTEFAKT 2

Kapitel 10: Thor

»Atme einfach ganz normal weiter«, schlug Thor leise flüsternd vor, als Maya vor ihm in dem engen Lüftungsschacht anhielt und sich weigerte, weiterzukriechen.

»Sie hat Platzangst?«, fragte Blackheart kaum hörbar von hinten und klang frustriert. »Das merkt sie jetzt?«

»Klaustrophobie«, korrigierte Thor ihn abwesend, ohne die Konzentration auf Maya zu verlieren. »Platzangst oder Agoraphobie bedeutet die Angst vor großen Plätzen. Richtigerweise heißt es ...«

»Könnt ihr mal die Klappe halten?«, zischte Maya von vorne und drückte ihre Beine leicht zur Seite, sodass ihre Füße knapp vor seinem Gesicht das Metall berührten und leise klackerten.

»Wir sind zwar in einem engen Schacht«, versuchte Thor es mit einer Beruhigungsstrategie, die er für hilfreich erachtete, »aber es gibt genügend Sauerstoff, keine direkte Gefahrenquelle. Klaustrophobie speist sich aus der Angst, einer Gefahr nicht entkommen zu können, weil man eingequetscht ist, aber aktuell besteht solch ein Faktor nicht. Ein weiter Aktionsspielraum ist nicht erforderlich.«

»Das ist nicht hilfreich!«

Thor überlegte, wie hoch die Chancen standen, dass sie ihn aufgrund seines Flüsterns nicht in Gänze verstanden hatte und deshalb nicht beruhigt schien, und kam auf kein gutes Ergebnis.

»Sag ihr, sie soll sich auf Marcus Brown und seine Rettung konzentrieren. Ihm geht es mit Sicherheit noch schlechter als uns in diesem Schacht und er ist ganz allein«, schlug Blackheart hinter ihm vor und Thor musste sich die Worte teilweise zusammenreimen, weil der Belgier so leise sprach.

»Maya«, raunte er. »Konzentriere dich auf Marcus Brown, er ist ganz allein und hat anders als du niemanden, der ihm durch eine schwere, äh, Phase hilft. Wenn wir nicht weiterkommen, können wir ihn nicht retten.«

Für einen Moment wurde es still und er fragte sich schon, ob sie ihn gehört hatte, doch dann geriet das Profil der Stiefel, die sich direkt vor seinem hochgereckten Gesicht befanden, wieder in Bewegung. Sie zwängte sich weiter.

»Das hat funktioniert.«

»Ich konnte schon immer gut mit Frauen.« Thor wünschte, er hätte diesen Kommentar von Blackheart nicht gehört.

Ich nicht.

Sie krochen in der Dunkelheit, die nur durch das passive Rotlicht aus ihren Stirnlampen verdrängt wurde, weiter. Sie warfen lange Schatten auf dem schmutzig glänzenden Metall. Immer wieder sah er Umrisse dicker Spinnen und Insekten, die an ihnen vorbei krabbelten und sich in Sicherheit bringen wollten. Sie waren in deren Lebensraum eingedrungen, den die von den Menschen erobert hatten. Dass Maya sich vor der Enge fürchtete, aber nicht vor diesem widerlichen Kleingetier, war ihm ein Rätsel. Allein die Vorstellung, dass deren kleine Beinchen, die unter dem Mikroskop aussahen wie die von außerirdischen Monstern, seine gepflegte Haut berührten und mit ihrem Mikroschleim benetzten, regte einen tiefsitzenden Ekel in ihm an. Also hielt er den Blick geradeaus gerichtet und nahm sich vor, sich nach ihrer Rückkehr im Unterschlupf gründlich zu reinigen.

Die Dunkelheit spielte seinen Sinnen ohnehin Streiche: Durch die wechselnden Schatten und die Tatsache, dass das Auge

Objekte am Rand schärfer wahrnahm als direkt vor der Pupille, wirkte jede Bewegung wie ein lebendiges Objekt. Wichtiger war aber, dass er sich auf sein Gehör verließ, falls Wachen Alarm schlugen oder es plötzlich still wurde, während sie in die Nähe eines Raumes kamen, in dem Stimmen zu hören waren. Es war befremdlich, ungesehen in den Wänden umherzukriechen, obwohl um sie der Alltag weiterging.

Irgendwann, als Thors Ellenbogen bereits schmerzten, weil er die Arme unter der Brust angewinkelt hielt und sich mit dem gesamten Gewicht seines Körpers auf Knien und Unterarmen abstützte, hielt Maya an. Als er sie fragen wollte, ob sie wieder Angst bekommen habe, sah er auf das GPS-Gerät an seinem Handgelenk, richtete den Signalverstärker neu aus und kam zu dem Schluss, dass sie direkt über der markierten Stelle sein mussten.

»Ich glaube, wir sind da«, zischte Maya von vorne und robbte wie vereinbart noch ein Stück weiter in die Dunkelheit, sodass sich der rote Kegel ihrer Stirnlampe ein wenig entfernte. Thor wandte den Kopf nach links und rechts, ignorierte die Nackenschmerzen und suchte nach den Schrauben, mit denen die jeweils einen Meter fünfzig langen Segmente, aus denen sich der Lüftungsschacht zusammensetzte, verschraubt waren. Er fand sie trotz des spärlichen Lichts recht schnell: winzige Erhebungen in einer ansonsten makellos glatten Fläche.

»Laserbohrer«, flüsterte er nach hinten und quetschte einen seiner Arme nach vorne und dann seitlich an seinem Oberkörper und seiner Hüfte vorbei. Dabei achtete er peinlichst darauf, dass er nicht mit dem GPS-Gerät gegen die Wand stieß und ihre Position verriet. Es dauerte einen Augenblick, bis Blackheart ihm von hinten einen kalten Gegenstand in die geöffnete Hand drückte.

Thor zog den kleinen Laserbohrer nach vorne, überprüfte den Sitz des Akkus unter dem Griff und drückte die Spitze im rechten Winkel auf das Ende der ersten Schraube. Als er den Auslöser drückte, zischte es und der Laut klang geradezu ohrenbetäubend in der Stille. In seinem Gesicht wurde es heiß, als der gebündelte Lichtstrahl die Schraube erhitzte und langsam schmelzen ließ. Er zählte in Gedanken bis fünf und zog den Bohrer zur nächsten Schraube, wo er den Vorgang wiederholte. Wenn sie Glück hatten, fiel unter ihnen niemandem auf, dass etwas von der Decke tropfte. Nach weiteren fünf Sekunden gab er den Laserbohrer nach hinten zurück, wartete ein leises »Bereit« von Blackheart ab und holte sich die gleiche Bestätigung von Maya. Er zog seine Pistole, atmete einmal tief durch und kroch weiter nach vorne.

Das Schachtsegment aus dünnem Aluminium gab nach kurzer Zeit nach. Der Sturz kündigte sich durch ein metallisches Kreischen, gefolgt von einem undefinierbaren Krach an. Thors Sichtfeld begann Kreise zu ziehen, die sich abwechselnd dunkel, dann wieder sehr hell äußerten. Seine Welt drehte sich, als säße er ganz außen in einem zu schnell beschleunigenden Karussell, und er schlug hart gegen etwas, das sich anfühlte wie eine Wand aus Beton. Ein weiterer Krach folgte, als hätte jemand einen Kleiderschrank mit einem einzigen Axthieb in seine Atome zerlegt.

Ächzend sprang er auf, ignorierte die Schmerzen in seiner linken Schulter und machte eilig einen Schritt zur Seite. Kurz darauf landete Blackheart neben ihm wie ein Meteorit.

Thor befand sich inmitten eines großen Raumes mit abgewinkeltem Schlafbereich, einer Couch, Fernseher, Schreibtisch und einer Tür, die offenbar zum Bad führte. Auf dem Wohnzimmertisch war er offenbar gelandet, denn direkt unter Blackheart sah er eine zerstörte Holzplatte und vier geborstene Beine liegen. Marcus Brown stand neben dem Schreibtisch, das Gesicht zu einer Maske erstarrt, die sowohl Entsetzen als auch Überraschung und Schock ausdrücken mochte. Ein Alarm gellte laut von einer Tür aus milchigem Glas her, zu der Blackheart bereits sprintete.

»Hallo Marcus Brown«, sagte Thor. »Wir sind gekommen um dich zu retten.«

»Sie ... Sie sind der Mann vom FBI!«, stellte der Student ungläubig fest und sein Blick zuckte an ihm vorbei, als Maya hinter ihm landete. Da sie rückwärts aus dem Loch gekrochen kam, stürzte sie mit den Füßen zuerst, jaulte jedoch schmerzerfüllt auf, als ihr noch nicht gänzlich verheiltes Bein unter ihr nachgab. Thor sprang ihr zur Seite und stützte sie.

»Bist du gesund und mobil?«

»Was? Was meinen Sie?«, stammelte ein sichtlich überforderter und von der Situation überrumpelter Marcus und sah angsterfüllt zu der Glastür, an der Blackheart dabei war, den Metallrahmen rings um die Tür und den der Tür miteinander zu verschweißen.

»Wir holen dich hier heraus«, antwortete Maya, machte einen Schritt vor und packte Marcus an der Schulter. »Du musst uns aber helfen, ja? Wir müssen da wieder hinauf!« Sie deutete auf das halb ausgerissene Segment des Lüftungsschachts, das mit ihnen durch eine abgehängte Decke aus Rigipsplatten gebrochen war. Jetzt lag die Verstrebung mit all den Kabeln und Drähten dahinter offen.

»W-wir können den Schreibtisch dahin schieben und ...«

Thor hörte nicht weiter zu, sondern ging zu dem kleinen Rollwagen neben dem Schreibtisch, auf dem ein Glaskasten von der Größe einer Mikrowelle stand. Inmitten kleiner Geräte auf einem Sockel aus dünnen Metallärmchen befand sich der Kristall, den er nur ein einziges Mal zu Gesicht bekommen hatte, bevor er ihnen wieder entrissen worden war. Kurzentschlossen ging er hin, hob den Glaskasten an und ließ ihn auf die Erde fallen. Das Glas zerbarst in tausend Splitter und der Inhalt purzelte über den Boden.

»Kannst du mich nächstes Mal vorwarnen?«, murrte Blackheart, der von der Tür zu ihm kam und den Kristall betrachtete. Hinter ihm schlug etwas hart von der anderen Seite gegen die Tür, dann nochmal und immer schneller. Thor packte den Kristall und hielt ihn dem Belgier hin.

»Du kannst ihn nehmen, ich helfe Maya.« Zu seiner Überraschung machte der kleinere Mann eine abwehrende Geste mit der freien Hand, steckte den Schweißbrenner zurück an seinen Gürtel und nahm die Maschinenpistole von der Schulter.

»Ne, ne, ich werde dafür bezahlt, euch zu beschützen, während ihr die Zielperson rettet. Mit dem Ding will ich nichts zu tun haben.«

Thor zuckte mit den Schultern und stopfte das Artefakt in die Gürteltasche an seinem schwarzen Overall. Der Alarm im Hintergrund riet ihm zu Hektik, genau wie die vielen Knopfkameras, die er bereits in den Ecken des Appartements ausgemacht hatte.

»Wir sollten uns beeilen!«, rief er, als er Maya und Marcus hinter sich diskutieren sah. Der Student war wild am Sprechen und deutete auf einen Zierkamin auf der anderen Zimmerseite. »Was ist los?«

»Er sagt, dass wir durch den Kamin fliehen können«, sagte seine Kollegin frustriert und schüttelte den Kopf. »Dafür haben wir keine Zeit!«

»Durch den Kamin?«, fragte Blackheart und lachte bellend, als würden sie nicht hinter ihm versuchen, die Tür einzurammen, oder ein Alarm Verstärkung rufen. »Wenn der Weihnachtsmann das kann, warum nicht?«

»Ich meine es ernst.« Marcus schien aufgebracht. Auf seiner Stirn stand der Schweiß. »Der Monsignore hat mir von einem Rattenfänger erzählt, der früher durch den Kamin hereingekommen ist. Angeblich führt hinter einer Steintür ein Weg direkt zur Kanalisation, die bis zu diesem Timber-Fluss führt.«

»Tiber«, korrigierte Thor ihn abwesend und sah zum Kamin, der mit einem Ziergitter versperrt war. »Das klingt nach einem Märchen.«

»Wir haben keine Zeit«, drängte Maya sie zur Eile und sah mit gezogener Pistole zwischen ihm, Marcus und Blackheart und der Tür hin und her, hinter der sich dunkle Schatten drängten. Das Krachen wurde immer lauter und das Sicherheitsglas begann bereits zu splittern.

»Scheiße, bis wir den Schreibtisch weggewuchtet und einen Turmbau zu Babel vollbracht haben, sind wir Toast«, schnaubte der Belgier und lief zum Kamin. Dort packte er das Gitter und riss es mit erstaunlicher Kraft aus den Scharnieren. Er zwängte sich in die Feuerstelle und begann, an der Steinwand dahinter herumzufuhrwerken. Thor wollte ihm beispringen, doch es gab nicht genügend Platz. Ächzend drückte Blackheart und schnaubte immer wieder angestrengt, dann ertönte ein dumpfes, rollendes Geräusch, als ob jemand einen Steinquader über eine Betonfläche schob.

»*Putain*, hier ist wirklich ein Durchgang!« Der Belgier kroch durch den Kamin und verschwand im Dunkeln. Thor ging vor dem Steinbogen in die Hocke und steckte den Kopf nach vorne. Die Platte aus massivem Stein, die eben noch den Rücken des Kamins gebildet hatte, war schräggestellt und gab jetzt den Blick frei auf einen Tunnel, der sich nur erkennen ließ, weil die rote Stirnlampe von Blackheart eingeschaltet war. Das Licht bildete einen schimmernden Kreis an unregelmäßigen Wänden und bewegte sich von ihm fort.

»Schnell!«, zischte Thor nach hinten, machte in der Hocke einen Schritt rückwärts und stand auf. Mit seiner Pistole zielte er in Richtung der Tür, die bereits aussah wie ein Mosaik aus weißen Steinchen, so heftig war das Panzerglas bearbeitet worden.

»Aber die sehen doch, wohin wir gehen und dann erwarten die uns am anderen Ende!«, protestierte Maya, doch Marcus war bereits erstaunlich flink im Kamin verschwunden.

»Keine Zeit«, erwiderte er rasch und zog eine Schockgranate von seinem Gürtel. »Bestimmt gibt es Abzweigungen und wenn wir erstmal aus dem Vatikan sind, können sie uns nicht in aller Öffentlichkeit überwältigen.«

»Aber am CalTech und in Mexiko konnten sie es, ich glaube nicht, dass ...«

Thor blickte Maya finster an und deutete auf den Kamin, als im selben Moment das Panzerglas der Tür barst und als ein labberiges Stück in den Raum flog. Seine Kollegin schrie vor Überraschung auf und hechtete in den Tunnel. Er wartete nicht lange, zog den Stift und warf die Granate durch die Tür, wo mehrere Sicherheitskräfte in Polizeiuniformen gerade dabei waren, von zwei Handrammen abzulassen und auf ihre Maschinenpistolen zu wechseln. Sie landete direkt zwischen den Männern. Er sah sie noch auseinanderspringen und etwas rufen, doch den Rest bekam er nicht mehr mit, da er sich mit einem Sprung in den Kamin in Sicherheit brachte. Die Pistole hatte er bereits beim Werfen fallenlassen, darum presste er sich jetzt die Hände auf die Ohren. Das dumpfe Dröhnen der Granate ließ seinen Körper vibrieren wie ein Subwoofer, der unmittelbar neben ihm auf volle Kraft gedreht war. Die über hundertsiebzig Dezibel des Knalls setzten sich als Zittern in seinen Knochen fort. Den Lichtblitz sah er sogar durch die geschlossenen Lider, obwohl er hinter einer Ecke saß, als herrsche draußen Gewitter.

Thor atmete tief durch und krabbelte ebenfalls durch den Tunnel, schob hinter sich mit aller Kraft die Steinplatte zu. Sie war so schwergängig und kratzte über den Boden, dass er noch erstaunter war als zuvor, dass Blackheart sie scheinbar so leicht hatte bewegen können.

Das Gestein unter seinen Knien und Händen war feucht und staubig, bildete eine knirschende Schmierschicht unter seiner Haut. Vor sich sah er zwei Ringe aus rotem Licht, die wie Laserabtaster über die rauen Steinwände glitten und schaltete seine Stirnlampe an. Dieses Mal aber drehte er die Lampe an dem kleinen Rad nach rechts, bis das Rotlicht von normalem Weißlicht abgelöst wurde, das den gesamten Bereich vor ihm mit Photonen flutete. Er sah Mayas schmales Hinterteil, die Wände, die jetzt nicht mehr wie zerklüftete Schatten aussahen, sondern eine erkennbare Steinstruktur aufwiesen und ihn an eine seltsam künstlich erscheinende Filmkulisse erinnerten. Kurz darauf wechselten offenbar auch Blackheart und Maya auf das normale Licht, da sie hier unten kaum durch Lüftungsschlitze gesehen werden konnten.

Niemand sprach, während sie immer weiter voran krochen. Zweimal kamen sie an Abzweigungen an, doch da er ganz hinten krabbelte, hatte er keinerlei Einfluss darauf, wohin sie sich vorarbeiteten. Blackheart jedenfalls schien sich jedes Mal für die rechte Seite zu entscheiden, was in seinen Augen Sinn ergab: Dem Lageplan nach zu urteilen, den er sich gut eingeprägt hatte, befand sich der Tiber rechts von ihnen und Abzweigungen nach links hätten sie wahrscheinlich weiter von ihm weggeführt. Wenn es sich also wirklich um ein altes Kanalisationssystem handeln sollte, das im Laufe der Geschichte überbaut worden war, handelte es sich bei den linken Abzweigungen vermutlich um Zuflüsse und bei den rechten um den Weg zum Fluss. Dazu passte auch, dass sie immer leicht abschüssig unterwegs waren und der Boden feuchter wurde.

Irgendwann – die Dunkelheit und das eintönige Krabbeln machten es ihm schwer, die Zeit abzuschätzen – erreichten sie einen kleinen Raum, der offenbar als eine Art Auffangbecken für mehrere Zuflüsse gedient hatte. Die Wände sahen brüchig und alt aus, als könnten sie jeden Moment einstürzen.

»Wohin jetzt?«, flüsterte Maya, die Marcus dicht an sich gedrückt hielt. Der junge Mann schien zwar etwas verloren, sah allerdings nicht aus, als könnte er jeden Moment umfallen oder im Schock verharren. Blackheart stand etwas weiter vorne in einer großen Pfütze und ließ den Lichtkegel seiner Stirnlampe über die Wände und die vier Öffnungen streichen – eine für jede Himmelsrichtung.

»Weiter nach rechts würde ich sagen. Ich schaue mal in jeden Abfluss und wir nehmen den, der am abschüssigsten ist«, schlug der Belgier vor.

»Das riecht doch nach einer Falle«, brummte Maya.

»Klar, alles hier riecht nach einer Falle. Es könnte aber auch Zufall sein.«

»Zufall? Wir bekommen von einem Insider die Info über Marcus' Aufenthaltsort und den Weg dorthin, haben aber ein

Problem mit dem Weg hinaus. Dann kommen wir an, nur um herauszufinden, dass Marcus' Chefentführer ihm zufälligerweise eine Geschichte gesteckt hat über einen Rattenfänger, der durch einen geheimen Zugang zur Kanalisation in das Versteck hinein und hinaus gekommen ist? Ich bitte dich.«

»Ich sage ja nur, dass sich die Sterne manchmal zu seltsamen Konstellationen zusammenfügen.« Der Belgier zuckte mit den Schultern, ohne in seiner Beschau innezuhalten, und ging zu den einzelnen Öffnungen, um hinein zu spähen.

»Wir wurden in Position geschoben, wie ein paar Schachfiguren«, mischte sich Thor ein, nachdem er in Ruhe sämtliche Indizien durch seinen Kopf hatte gehen lassen. »Das ist so offensichtlich, dass wir davon ausgehen müssen, die wollen, dass wir es wissen. Vielleicht sollten wir den Wanzenscanner jetzt benutzen, bevor wir ins Freie kommen.«

»Keine Zeit«, brummte Blackheart.

»Wenn wir annehmen, die wollen, dass wir mit Marcus fliehen, haben wir diese zwei Minuten auch noch.« Thor nickte Maya zu, die aus ihrer Gürteltasche den kleinen Scanner nahm und begann, mit ihm über Marcus Körper zu fahren. Der Student beäugte das Gerät, als könnte es jeden Augenblick Feuer fangen, ließ es aber über sich ergehen. Nach einer gefühlten Ewigkeit schüttelte sie den Kopf.

»Er ist sauber.«

»Dann werden sie genau wissen, wo wir rauskommen.« Thor überlegte. Der Vatikan entführte Marcus Brown mit einem riesigen Aufwand, nur um ihn beim ersten Befreiungsversuch ziehen zu lassen. Das ergab keinen Sinn.

Außer sie sind nicht weitergekommen und erhoffen, dass wir ihn dazu bringen, den Kristall auszulesen. Aber wieso sollten sie dieses Risiko eingehen und uns nicht auch einsperren, um genau dieses Ergebnis zu erzielen?

»Dann sollten wir nicht da rauskommen, wo sie es erwarten«, schlug Blackheart vor, drehte sich von einer der etwa kreisrunden Öffnungen zu ihnen um und sah zu Boden, damit er sie nicht mit seinem Lichtschein blendete. Dann deutete er auf einen gegenüberliegenden Abfluss. »Da geht es bergauf, vielleicht sogar zurück in den Vatikan. Damit rechnen die bestimmt nicht.«

»Vermutlich nicht, sonst hätten sie Marcus gegenüber nicht den Tiber erwähnt, der als Fluchtroute geradezu ideal klingt«, stimmte Thor ihm zu und musterte unschlüssig das Loch auf der linken Seite, das Blackheart mit seiner Stirnlampe anleuchtete. In der Finsternis sah es aus wie der Schlund eines Raubtiers, der gierig aufgerissen war, nur darauf wartend, sie zu verschlingen. Er sah auf sein GPS, doch selbst mit dem Verstärker bekam es hier unten kein Signal.

»Versuchen wir es«, meldete sich Maya zu Wort und sah Marcus an, der stumm nickte. »Irgendwo werden wir schon hinauskommen, und wenn es eine Sackgasse sein sollte, die auf der anderen Seite zugemauert ist, können wir immer noch auf den Tiber zurückgreifen. Dann haben wir uns immerhin so verspätet, dass die Überwachungsteams vielleicht müde geworden sind oder uns anderswo suchen.«

DAS ARTEFAKT 2

ZWISCHENSPIEL

»Eduardo!«, rief Valentino seinem Assistenten zu und winkte ihn mit hektischen Gesten herbei. Der junge Doktorand der Geophysik ließ die Werkzeuge auf den Tisch fallen, auf dem er sie gerade im heißen Wind der Baja California sortieren wollte, und lief zu seinem Doktorvater.

Valentino schirmte seine Augen gegen die unbarmherzig auf sie brennende Sonne ab und versuchte, das endlose Gelb der Halbwüste auszublenden.

»Ja, Doc?«, fragte Eduardo atemlos und musterte ihn mehrfach. Erst dann schien sich sein Blick zu entspannen. Offenbar hatte er gedacht, dass Valentino sich verletzt hatte. Vielleicht hatte er etwas zu aufgeregt geklungen.

Valentino deutete auf das Messinstrument, das sie am Vortag erst fertig aufgebaut hatten: Einen großer Zylinder, der aus einem kindskopfgroßen Loch im sandigen Boden weit über ihre Köpfe hinausragte. Eine Halterung, die mit sechs Beinen aus Edelstahl im Boden fixiert war, hielt die lange Röhre mit den empfindlichen Messinstrumenten an Ort und Stelle. Die Konstruktion sah aus, als hätte jemand eine Spinne in der Mitte aufgespießt. Sie war ein Geschenk der Universidad de Buenos Aires, die sich Valentinos Ergebnissen einiger Messungen vor der Küste gegenüber sehr aufgeschlossen gezeigt hatte. Offenbar gab es noch genug kluge Köpfe auf der Welt, die nicht den Kopf in den Sand steckten, wenn es gefährliche Wahrheiten aufzudecken galt.

»Alle Systeme zeigen *Grün.*« Valentino zeigte auf das kleine Display an der gekrümmten Seite des Zylinders. Es sah alt aus und war monochromatisch, aber es reichte, um die grünen und roten Leuchtdioden anzusteuern. Mit einem Klick auf den Diagnoseknopf hatte es lauter grüne Lichtlein erzeugt, was ihn sehr erfreute. »Hast du mit den Amis gesprochen?«

»Klar«, versicherte Eduardo ihm und nickte eifrig. »Die müssten jeden Augenblick hier sein.«

Valentino hatte sich in demselben Forum, in dem er mit anderen Forschern, die bereit waren, über den Tellerrand des Mainstream zu blicken, mit einigen Geophysikern aus den USA, die ihn mit Privatspenden unterstützt hatten, um seine Forschungen voranzutreiben, zusammengetan. Sie waren noch recht neu auf der Plattform, aber offenbar motiviert. Zwei hatte er brauchen können, da sie als Geoinformatiker genau das Know-how besaßen, das er brauchte. Zwar war das Messgerät wundervoll und machte seinen Job, aber er brauchte auch Fachleute, die die ganzen Daten auswerten und Algorithmen schreiben konnten, die das Ganze darstellbar machten.

»Das müssten sie sein.« Eduardo deutete nach Osten, wo eine dichte Staubfahne ein näherkommendes Fahrzeug ankündigte. Fünf Minuten später hielt ein alter Ford vor ihnen und zwei Frauen stiegen aus. Die eine war ein wenig kräftiger, trug Jeans und ein Hawaiihemd, die andere hatte ebenfalls blonde Haare und war in ein schlabberiges Tanktop und einen Rock gekleidet. Sie sahen aus wie Studenten – oder eben wie Informatiker, die nicht besonders viel hinauskamen und zu viel Zeit vor ihrem Rechner verbrachten.

»*Beatlegeuse* und *Munchkin*?«, fragte Valentino, als die beiden Frauen zwischen Werkzeugtisch und dem breiten Saharazelt, in dem er mit Eduardo schlief, herbeigeschlendert kamen.

»Jo!«, sagte die Kräftigere und grinste breit, als sie ihre Pilotenbrille richtete. »Habt wohl zwei Kerle erwartet, hm?«

Valentino wechselte einen Blick mit Eduardo, der sichtlich über den überraschend weiblichen Besuch erfreut war.

»Das spielt keine Rolle«, meinte er und schüttelte ihnen nacheinander die Hand. »Willkommen in Mexiko.«

»Danke, danke. Freut uns, wenn wir helfen können. Wenn nur die Hälfte Ihrer Befürchtungen stimmen, ist es unsere Bürgerpflicht, hier zu sein und etwas zu tun.«

»Schön, dass es noch andere Wissenschaftler gibt, die so denken.« Valentino lächelte breit und ließ seiner freudigen Erregung freien Lauf. Hastig erklärte er den beiden Informatikerinnen die bisherige Arbeit, das Messgerät und die verfügbaren Anschlüsse für ihr Equipment, das sie offenbar noch im Kofferraum verstaut hatten. Sie waren gute Zuhörer und unterbrachen ihn nicht wie all die anderen Mitarbeiter, die er in den letzten Jahren verschlissen hatte. Die waren absolut nicht mit seiner Effizienz und seiner Unnachgiebigkeit klargekommen. Aber echte Wissenschaft erforderte Mut, vor allem wenn man mit brisanten Entdeckungen hantierte wie er.

»Die Gasblase ist riesig, wenn ich mich nicht irre, und zieht sich wie ein Schlauch auf einer Nord-Südachse oberhalb des Kratons entlang, auf einer Länge von ...« Valentino machte eine ausholende Geste, als wollte er die gesamte Welt einschließen. »... unglaublich lang eben. Wenn sich bewahrheitet, dass da unten eine Art Netzwerk ... was ist?«

»Haben Sie die bisherigen Messergebnisse irgendwo gespeichert?«, fragte die Kräftigere, die bisher als einzige gesprochen hatte. Sie deutete in Richtung des Zelts, dessen Plane am Eingang, wo Eduardo vergessen hatte, den Reißverschluss zu schließen, im Wind flatterte.

»Ja, wieso?«

»Weil es für uns hilfreich sein könnte, die Daten in unser Programm einzuspeisen. Wir brauchen so etwas wie Rahmendaten, mit Hilfe derer wir die Programmierung des Algorithmus' anordnen können. Das können Sie sich in etwa vorstellen wie ein Gerüst, anhand dem das Programm das Haus aufbaut«, erklärte die Amerikanerin und gab ihrer Begleiterin einen Wink. »Hol doch schon mal die Laptops, ja?«

Die andere Frau nickte stumm. Offenbar war sie nicht die Gesprächigste.

»Verstehe.« Valentino gab Eduardo einen Wink. »Hol meine Festplatte, ja? Die mit dem grünen Rand.«

»Klar!« Sein Doktorand lief Richtung Zelt. Valentino wollte ihm noch hinterherrufen, dass er auch die Kaffeedosen aus der Kühlbox mitbringen sollte, als er offenbar auf halber Strecke stolperte und längs nach vorne aufschlug.

»So ein ungeschickter Trottel! He! Eduardo, alles in Ordnung?«, rief er seinem Assistenten hinterher, doch statt aufzustehen, blieb der reglos liegen. Mit gerunzelter Stirn wollte er zu dem jungen Mann laufen, als ihm etwas Merkwürdiges in die Augen fiel. Er wandte sich der Bewegung in seinen Augenwinkeln zu und sah die schweigsame Informatikerin hinter ihrem Auto stehen. Die Klappe des Kofferraums stand offen und die Frau ein wenig versetzt dahinter. In ihrer ausgestreckten Hand hielt sie eine Pistole, die länger war als sein Unterarm. Aus dem zylindrischen Schalldämpfer wehte eine dünne Rauchfahne, die vom Wind fortgeblasen wurde. Ehe er sich versah, blickte er selbst in die Mündung. Obwohl sie mehrere Meter entfernt war, hatte er das Gefühl, in einen endlosen Schlund zu sehen.

»Sie können es nicht ewig geheim halten«, knurrte Valentino. Er wusste, dass es vorbei war, und er würde ganz sicher nicht um sein Leben flehen, wenn es ohnehin nichts bewirken würde.

»Das müssen wir auch nicht, nur noch ein bisschen.« Es war die Kräftige, die ihm antwortete. Ihre Stimme kam von hinten und war sehr nahe, er wagte es jedoch nicht, sich umzudrehen, als hielte ihn die Mündung der anderen Frau an Ort und Stelle fest.

»Sie werden einen Preis bezahlen, den ...«

Der Kopf des Professors ruckte zurück und er fiel wie ein

gefällter Baum nach vorne. Die Kräftige nickte ihrer Partnerin zu und ging zum Auto, um die gefälschten Beweismittel zu holen. Sie mochte Mexiko auf ihren Außeneinsätzen. Eine Tüte Kokain, ein paar spezielle Telefonnummern im Kontaktbuch und schon hatte man den perfekten Vorwand für die örtlichen Behörden geschaffen, einen Mordfall als Kartelldelikt zu den Akten zu legen, die sich bereits bis unter die Decke stapelten.

DAS
ARTEFAKT 2

Kapitel 11: Bob

Bob saß an dem kleinen, ungemütlichen Tisch seines Zimmers im Hilton. Draußen zogen die Lichter der Nacht vorbei, ein Meer aus Gelb- und Rottönen, die in sämtliche Richtungen flossen oder das feste Grundgerüst aus Photonen bildeten, das unter dem schwarzen Himmelszelt die Konstante Washington DC darstellte. Obwohl er vor seinem Laptop saß und die Nacht zum Tag machte, bevor es frühmorgens zur Sitzung in den Kongress ging, verweigerte er sich nicht den Blick auf die nie schlafende Stadt. Er wollte sich erinnern, dass es da draußen vor Leben nur so wimmelte und sein Mikrokosmos aus Politik und Intrigen nur ein Zustand von vielen war. Jedes Licht stand für mindestens einen weiteren Menschen, der ganz andere Zustände ertrug, erduldete, genoss oder meisterte. Bloß weil er nicht erlebte, was sie erlebten, bedeutete das nicht, dass es nicht ebenfalls real war – oder sogar viel realer.

Als der penetrante Dreiklang seines Skypeaccounts erklang, zuckte er zusammen. Auf dem Bildschirm seines Laptops prangte ein türkisfarbenes Fenster mit dem ernsten Gesicht von Ciella, darunter ein grüner und ein roter Telefonhörer. Bob seufzte und klickte mit der Maus auf den grünen Telefonhörer. Das Fenster wurde größer und das Foto seiner Beraterin wurde von ihrem Echtzeitbild ersetzt. Sie sah nicht ein bisschen müde aus und er fragte sich nicht zum ersten Mal, wie sie das anstellte. Diese Frau schien niemals zu schlafen.

»Ciella«, sagte er und es klang mehr wie eine Feststellung als eine Begrüßung.

»Hallo Bob, ich bin froh, dass Sie noch nicht schlafen. Ich habe die Analysen der Vermissten per E-Mail bekommen und gedacht, dass Sie die Ergebnisse lieber jetzt als morgen haben wollen.«

»Richtig, richtig«, versicherte er ihr und nickte aufmunternd. »Dann mal los.«

»Ich habe Toby die Vorarbeit machen lassen und Türen geöffnet, zu denen er keinen Schlüssel hatte. Er hat beinahe sechzehn Stunden Daten zusammengetragen und vergleichbar gemacht. Sie sollten ihm bei Gelegenheit einen ausgeben oder sich einfach an seinen Namen erinnern« Bob ignorierte die kleine Spitze, nahm sich aber vor, ihrem Ratschlag zu folgen. »Die seit 1986 vermisst gemeldeten Personen haben erstaunliche Gemeinsamkeiten, wenn man näher hinschaut. Ich konnte erst nicht glauben, dass es so viele Überschneidungen gibt, bis ich insgesamt dreißig Telefonate geführt habe mit Hinterbliebenen. Alle konnten diese statistischen Seltsamkeiten bestätigten.«

»Was ist es denn?«, fragte er ungeduldig und rieb die brennenden Augen. Sie waren vom stundenlangen Arbeiten am Laptop so trocken geworden, dass er ständig blinzeln musste, und sich fühlte wie nach einer durchzechten Nacht.

»Wir haben uns ja gefragt, weshalb hauptsächlich West- und Ostküste von dem explosionsartigen Anstieg der Vermisstenfälle betroffen sind, der sich seit 1986 immer weiter gesteigert hat wie im Schneeballeffekt. Ich weiß jetzt, weshalb. Sehen Sie diese Grafiken an.« Ciellas ebenholzfarbenes Gesicht wurde von einer Darstellung der Vereinigten Staaten abgelöst, auf der in hellen bis sehr dunklen Rottönen die verschiedenen Bundesstaaten gezeigt wurden. An den Küsten war das Rot sehr dunkel, zwischen Rocky Mountains und Appalachen dagegen eher ein Rosa. »Falls die Entführer – sollte es sie denn geben – nicht gerade Surfer sind und auf die Küste stehen, muss es einen anderen Grund geben, habe ich gedacht. Jetzt sehen Sie sich diese Grafik an.«

Wieder wechselte das Bild. Die Kartendarstellung war dieselbe, nur dass die Rottöne dieses Mal Blautöne waren. Auch hier waren sie an den Küsten tiefdunkel und dazwischen abwechselnd hellblau, türkis oder ganz blass.

»Was sehe ich da gerade?«, fragte er und runzelte die Stirn, als er unten rechts im Bild einen Hinweis las, dass es sich um Material des Bildungsministeriums handle.

»Das ist das Bildungsniveau der örtlichen Bevölkerung, das bei der letzten SMART-Studie erfasst wurde, die 2016 erstellt wurde. Genauer gesagt handelt es sich bei konkret dieser Darstellung um die Anzahl von Hochschulabschlüssen in Relation zur Bevölkerungszahl.«

»Also häufen sich Entführungen in bildungsstarken Bundesländern, die nun einmal an den Küsten liegen«, fasste er zusammen und seine Stirn glättete sich noch immer nicht.

»Von allen Entführten, die nicht einem nachgewiesenen Verbrechen zum Opfer gefallen sind, haben siebzig Prozent einen Masterabschluss oder höher, und bei dem Rest der Vermissten handelt es sich um extrem gut ausgebildete Fachkräfte aus den Bereichen Technik, Elektronik und IT.« Ciella machte eine Pause, um die Worte sacken zu lassen. Als er sich nicht regte, schnaubte sie wie eine Mutter, die von einer Leistung ihres Sohnes enttäuscht war. »Das bedeutet, dass achtzig Prozent der Vermissten sich aus den zehn bestausgebildeten Prozent der Bevölkerung zusammensetzen.«

»Das ist wirklich ... seltsam«, gestand er schläfrig und rieb die Schläfen. Die Zahlen kreisten in seinem Kopf, mal rot, mal blau, aber immer konfus, da sie mit dem Melatonin in seinem Blutkreislauf kämpfen mussten, das ihn unter allen Umständen zum Schlafen zwingen wollte.

»Das ist noch nicht alles«, fuhr seine Beraterin fort, als hätte sein Verständnis der Lage eingesetzt und ihr damit die Tür zum nächsten Punkt geöffnet, der ihr offensichtlich unter den Nägeln brannte. »Alle Hinterbliebenen, die ich telefonisch kontaktiert habe, konnten mir erstaunliche Dinge berichten, die für sich genommen gar nicht so beträchtlich waren, aber im Gesamtkontext doch aufhorchen lassen: Niemand von den Verschwundenen hat einen Abschiedsbrief hinterlassen. Niemand besaß einen unbefristeten Arbeitsvertrag, eine Lebensversicherung – gar nichts. Keiner hat sein Erspartes mitgenommen, die Konten sind genauso voll gewesen wie vor ihrem Verschwinden. Aber sie haben Kleidung, ihre Smartphones und Dinge wie Laptops und teilweise sogar Fotoalben mitgenommen. Bei zwanzig der dreißig Anrufe stellte sich heraus, dass die Hinterbliebenen Eltern waren, deren erwachsene Kinder mitsamt ihren Partnern verschwunden sind. Das macht alles überhaupt keinen Sinn.«

»Wer packt seine Sachen und entscheidet sich, zu verschwinden, lässt aber all sein Geld auf dem Konto?«, fragte er und obwohl er damit sagen wollte, dass die Angaben der Befragten fehlerhaft sein mussten, schien Ciella seine Frage als Zustimmung zu werten und nickte.

»Genau. Es macht keinen Sinn. Wir haben gut gebildete Amerikanerinnen und Amerikaner, die eines Tages in den letzten zwanzig bis dreißig Jahren verschwunden sind, ohne jegliche Spur zu hinterlassen. Sie packen ein paar Habseligkeiten zusammen, nehmen in vielen Fällen ihre Partner mit, aber lassen all ihr Geld zu Hause. Das ist ein seltsames Muster, über das man in Einzelfällen als Besonderheit hinwegsehen würde. Aber in unserem Fall sind es achtzig Prozent der Verschwundenen seit dem Anstieg Ende der Achtziger. Davor zeigt sich dieses Muster nicht.«

»Ich bin wirklich müde, Ciella. Du bist sicher, dass die Daten korrekt sind?«, fragte er, nur um seine Worte gleich darauf zu bereuen. Ciella Knox fragte man nicht, ob ihre Aussagen korrekt waren. Augenblicklich verschloss sich ihre Miene und wurde kälter als Granit und mindestens ebenso hart.

»Ich habe die letzten sechs Stunden am Telefon verbracht, um mit Stichproben meine Verdachtsmomente zu erhärten. Denken Sie, ich hätte das aus Spaß gemacht?«

»Nein, nein, das wollte ich damit nicht sagen«, versicherte er ihr abwehrend und fiel seufzend in den unbequemen Stuhl zurück, der mehr als improvisierte Garderobe taugte denn als Sitzmöbel.

»Was wollten Sie denn dann damit sagen?«

Meine Güte, kannst du meinen Satz nicht einfach loslassen? Nein, Ciella Knox konnte nie etwas loslassen.

»Ich meine ja nur«, sagte er vorsichtig, »dass das alles sehr unglaublich klingt und ich mir keinen Reim darauf machen kann, was da los sein könnte.«

»Da haben Sie recht.«

»Um wie viele Vermisste geht es denn? Ich meine diese achtzig Prozent, die ja offenbar genau jene achtzig Prozent sind, die über der statistisch zu erwartenden Anzahl von Vermisstenanzeigen liegen.«

»Hundertdreiundvierzigtausendzweihundertneunzig«, antwortete Ciella wie aus der Pistole geschossen. Offenbar hatte sie mit dieser Frage gerechnet und nur darauf gewartet, dass er sie stellte. Der Effekt kam einer Ohrfeige gleich. Bob riss die Augen auf und rückte näher an den Bildschirm.

»Wie bitte? Wir reden von hundertfünfzigtausend Vermissten, die in exakt dieses Muster fallen?«

»Ja.«

»Meine Güte, das sind beinahe so viele Menschen wie in meinem Wahlbezirk leben.«

»So ist es. hundertdreiundvierzigtausendzweihundertneunzig Vermisste, die allesamt einen hohen Bildungsgrad, ein plötzliches Verschwinden, befristete Arbeitsverträge, volle Konten, ungekündigte Versicherungen oder gar fehlende Lebensversicherungen teilen. Das tun nur Menschen, die keine Wiederkehr erwarten, und so viele Gemeinsamkeiten einer so großen

Gruppe zeigen noch etwas ganz deutlich.«

»Ein System«, vollendete er ihre Aufzählung und nickte lahm. »Da steckt ein System hinter.«

»Offensichtlich.« Aus ihrem Mund klang es wie ein Rüffel.

»Und ein System, das annähernd hundertfünfzigtausend Verbrechen begeht, ohne dass die in den Medien landen, jemand zu laut Fragen stellt oder auch nur ein einziges dieser Verschwinden aufgeklärt wird, erfordert eine unfassbare Logistik und Organisation«, erklärte Ciella weiter und mit einem Mal spürte Bob etwas in seinem Nacken, als hätte sich ein kaltes Stück Metall darum gelegt. Es zog sich immer enger, als wollte es seine Halswirbel zerquetschen.

»Ich weiß, was Sie denken«, meinte seine Beraterin und sah sich nach rechts und links um, was ihrem Gesicht tiefe Schatten verlieh. »Wir müssen vorsichtig sein. Vielleicht sollten wir das hier sogar ... ruhen lassen.«

»Wir sollen das einfach ignorieren?«, fragte er empört und schüttelte vehement den Kopf. »Das kommt gar nicht in Frage. Delilah King hatte vollkommen recht mit ihrer Sorge, und wenn das alles stimmt, was du herausgefunden hat, und ich gehe ganz sicher davon aus«, sagte er schnell, als sich ihre Miene verdüsterte, »dann ist es meine Pflicht als Repräsentant des amerikanischen Volkes, die Behörden einzuschalten.«

»Unterdrückte Polizeistatistiken, ermordete Investigativjournalisten, die auf Politik spezialisiert waren, über viele Bundesstaaten hinweg organisierte Entführungen – oder was auch immer das war und ist – und gleichzeitig gehäufte Fälle von verschwundenen Geldern aus dem Staatshaushalt der Vereinigten Staaten über mehrere Ressorts hinweg. Wenn Sie die Behörden einschalten wollen, dann ist das in etwa, als wollten Sie den Teufel mit dem Beelzebub austreiben.«

»Aber ich muss doch ...« Was denn? Was musste er? Er wollte das Richtige tun, aber was war das Richtige? Konnte es wirklich sein, dass die Regierung der Vereinigten Staaten in ein Komplott von solchen Ausmaßen verstrickt war, dass es geradezu unglaublich erschien, dass noch nichts aufgeflogen war? Wie war es möglich, etwas so Großes geheim zu halten?

»An dieser Sache muss halb Washington beteiligt sein. Bundesbeamte auf sämtlichen Ebenen, zumindest Teile des Militärs und der lokalen Exekutive auf Ebene der Bundesstaaten. Der Supreme Court vielleicht und Teile des Rechnungshofes. Etwas mit solch einer Unmenge Mitwisser bleibt doch niemals lange geheim.«

»Es gibt Ausnahmen«, warf er ein.

»So?«

»Verschiedene Sekten, die über die Zeit entstanden sind, oder einige der Großaktionen während der Kommunistenjagden unter J. Edgar Hoover sind Beispiele dafür.«

Ciella wischte seinen Einwand mit einer unwirschen Geste beiseite. »Ist alles irgendwann aufgeflogen. Das hier besteht seit über dreißig Jahren im großen Stil!«

»Irgendjemand stellt sich also sehr geschickt an, hat jedes Detail unter Kontrolle und anscheinend an alles gedacht«, fasste Bob die Situation zusammen. »Aber wir sind trotzdem dahinter gekommen und so schwer war es nun auch wieder nicht, oder?«

»Jemand, der gerne recherchiert, würde sich wohl einiges zusammenreimen können«, gab sie widerwillig zu, klang aber nicht gänzlich überzeugt. »Aber wir sind weit entfernt von Beweisen, so etwas können Journalisten besser.«

»Und von denen sind in den letzten Jahren und Jahrzehnten erstaunlich viele auf absonderlich seltsame Art und Weise ums Leben gekommen«, gab er zu und seufzte langgezogen in seine ausgebreiteten Hände, bevor er mit ihnen über das Gesicht wischte und seine Beraterin ansah. »Wir müssen uns also geschickter anstellen als sie.«

»Congressman«, sagte sie nachsichtig und die Anrede ließ ihn aufhorchen. Sie tat das nur, wenn sie bei irgendetwas nicht locker lassen würde. Sonst vermied sie es auffällig, ihn mit seiner Position anzureden. Er vermutete, es lag daran, dass sie ihm nicht zu viel Autorität zuerkennen wollte, um sich bei ihm besser durchsetzen zu können. Bob musste gestehen, dass sie damit ziemlichen Erfolg hatte – meistens. Aber nicht bei dieser Sache. Delilah King war in sein Büro gekommen und hatte einen Politiker vorgefunden, der sie hatte abwimmeln wollen. Schlimmer noch: Einen jungen Politiker, der nicht einmal richtig zugehört, sondern sich stattdessen Gedanken gemacht hatte, wie er das Ganze politisch glatt und zu seinem Vorteil abbügeln konnte, ohne sich mit ihrem Anliegen wirklich zu beschäftigen. »Wer auch immer dahinter steckt – sicher hat die Regierung damit zu tun – hat mehr als deutlich gemacht, dass sie über Leichen gehen, um ihr Geheimnis zu schützen.«

»Wie viele Menschen aus meinem Wahlbezirk sind unter ähnlichen Bedingungen verschwunden?«, fragte er und sie schien überrascht von seiner Frage.

»Ein paar hundert, glaube ich.«

»Gut. Selbst diesen *paar hundert* wäre ich verpflichtet, mich um sie zu kümmern und dafür zu sorgen, dass ihr Verbleib aufgeklärt wird.« Als sie etwas erwidern wollte, fuhr er fort: »Ich habe heute einen Termin mit einem Kontakt bei der Army.« Er sah auf seine Uhr. »In genau vier Stunden, danach muss ich zum Kongress. Der Termin wird vielleicht ein wenig Licht in die Sache bringen, falls wirklich alles miteinander zusammenhängt. In der Zwischenzeit möchte ich, dass Sie Toby von der Sache abziehen. Je weniger er weiß, desto besser.«

Bevor sie etwas sagen konnte – und ihr Gesicht sah aus wie ein Gewitter, das kurz davor stand, sich in einem gewaltigen Blitz zu entladen – drückte er den roten Telefonknopf und legte auf. Ehe das Fenster verschwand, meinte er, eine kleine Veränderung in ihrem Gesichtsausdruck bemerkt und so etwas wie ein zufriedenes Schmunzeln gesehen zu haben. Ohne weiter darüber nachzudenken, schaltete er sein Laptop aus und schob es gegen die Wand, bevor er sich in seinem Stuhl zurücklehnte und mit beiden Händen über den beinahe kahlen Kopf fuhr. Immer wieder gingen ihm Ciellas Zahlen durch den Kopf und er versuchte, sich vorzustellen, wie die Regierung so etwas durchführen konnte ohne jemals aufzufliegen? Schlimmer noch: Gleich mehrere Regierungen hintereinander – oder zumindest große Teile des Regierungsapparates in machtvollen Positionen – mussten involviert gewesen sein und das über einen langen Zeitraum. Präsident Walker war ein Possenreißer, ein Rassist, Demagoge und Populist, aber ganz sicher kein kluger Strippenzieher. Die Implikationen, die Ciellas Nachforschungen mit sich brachten, machten ihm Angst.

Als sein Blick wie von selbst zur Seite glitt und auf der Eingangstür verharrte, schauderte es ihn. Er war froh, dass Mike Dienst hatte und im Flur saß, um auf ihn aufzupassen.

»Du musst schlafen, Bob«, ermahnte er sich und konnte sich doch nicht vorstellen, aufgrund der Unruhe in seinem Kopf wirklich Schlaf zu finden. Aber sitzen bleiben konnte er auch nicht, sonst würde er sich verrückt machen. Also stand er auf und schaltete den Fernseher ein, während er nebenher die Zähne putzte.

Auf CNN war eine indischstämmige Frau zu sehen, die in einer schlammigen Ruinenstadt stand, die aussah wie ein halb zerstörtes Filmset von *Waterworld.* Er stellte den Ton mit der Fernbedienung lauter.

»Auch einen Tag nach dem verheerenden Tsunami, der den Norden Sumatras und die Westküste Nordmalaysias und Südthailands getroffen hat, dauert die Suche nach Vermissten an. Rettungskräfte geraten an die Grenzen ihrer Kapazitäten und internationale Hilfslieferungen laufen nur langsam an, da viele der küstennahen Flughäfen verwüstet wurden und erst freigeräumt werden müssen. Aktuell arbeiten die Behörden wie hier in Phuket mit Hochdruck daran, die Rettungsbemühungen von Feuerwehr, Polizei, Militär und Nichtregierungsorganisationen zu koordinieren. Die Zahl der Opfer kann augenblicklich nur geschätzt werden, erste Meldungen gehen aber von über zwanzigtausend Toten und Vermissten aus«, erklärte die Frau, die mit erstaunlich stoischer Ruhe ihre Meldung herunterbetete, als führte sie einen Monolog. Hinter ihr liefen weinende Kinder durch das Bild, dann eine Handvoll Helfer mit gelben Warnwesten. Der Himmel war zu bedrohlichen dunklen Wolkenmauern aufgetürmt und verlieh der Szene etwas Apokalyptisches. »Das Epizentrum des Seebebens lag nur unweit derselben Verwerfung, die auch für den Tsunami von 2004 verantwortlich war und erreichte eine Magnitude von acht Komma zwei auf der Richterskala. Unter den Vermissten sind nach bisherigen Botschaftsangaben möglicherweise auch bis zu tausend Amerikaner. Das Beben fand nur wenige Tage nach dem verheerenden Erdbeben in Washington statt, bei dem mehrere hundert Todesopfer beklagt wurden und Sachschäden in Milliardenhöhe entstanden sind ...«

Bob schaltete den Ton ab, betrachtete das Laufband am unteren Bildschirmrand, das die Spendennummern anzeigte und zog sein Smartphone. Per SMS spendete er fünfhundert Dollar an Ärzte ohne Grenzen und schüttelte immer wieder den Kopf. So viele Tote.

Als er ins Bad gegangen war, spuckte er die Zahnpasta aus und spülte den Mund mit Wasser. Als der wieder trocken war, ging er zurück ins Schlafzimmer und seufzte, als sein Smartphone vibrierend über die Tischplatte glitt, als würde es schweben. Zwar gehörten nächtliche Anrufe zum Alltag, seit er in ein politisches Amt gewählt worden war, doch so richtig gewöhnen wollte er sich nicht an diese Tatsache.

Bob nahm es auf und stellte mit einem Stirnrunzeln fest, dass er nicht angerufen worden war, sondern vier SMS-Nachrichten nacheinander bekommen hatte. Der Absender war als *unbekannt* markiert. Er öffnete die Nachrichten und die Furchen auf seiner Stirn vertieften sich. Die erste Nachricht bestand aus einer Adresse: *Capital Hilton, 1001 16th St NW, Washington DC, 20036, Zimmer Nr. 406.*

Bob erstarrte, als er die Nummer seines Zimmers in schwarzen Pixeln auf weißem Grund geschrieben sah. Die zweite Nachricht war deutlich kürzer: *Es ist Ihre Schuld.*

Als er die dritte Nachricht sah, erschrak er so heftig, dass er rückwärts stolperte. Mit der Ferse schlug er gegen den Bettkasten aus Holz und stürzte halb auf sein Bett, halb auf den Fußboden. Das Smartphone entglitt seinen Händen. Trotz des Schocks hatte sich das Foto, aus dem die Nachricht bestanden hatte, fest in sein Gehirn gebrannt: Es zeigte Sergeant Eversman, der an einem Strick baumelte. Das Seil hing von einem Stahlträger in irgendeiner verlassenen Industrieanlage. Sein Gesicht war kreidebleich, die Augen blutunterlaufen und in einem anklagenden Blick für immer gebrochen.

Um seinem Impuls zu folgen und die Polizei zu rufen, krabbelte er trotz Schmerzen in seinem Steißbein zu seinem Smartphone und nahm es auf. Aus Angst, das Foto von Eversman zu sehen, den er in wenigen Stunden hätte treffen sollen, drückte er wie wild auf die *Home*-Taste. Der junge Soldat, der bereit gewesen war, ihm Informationen zuzustecken, welche ihn über den Verbleib des Verteidigungsetats hätten aufklären sollen, war tot, ermordet von irgendjemandem, der jetzt auch ihn mundtot machen wollte.

Als die Nummer *911* bereits auf dem Anrufdisplay zu sehen war, erinnerte er sich daran, dass er insgesamt vier SMS bekommen hatte und der- oder diejenigen, die ihm drohten, genau zu wissen schienen, wo er sich befand. Entgegen seinem Wunsch, das Telefon fortzuwerfen und sich unter seinem Bett zu verstecken, nahm er es und wählte mit zitternden Fingern den Chat mit dem unbekannten Absender aus.

Wie bei einem Schluckauf atmete er ruckartig ein, als er das Bild von Eversman nochmals sehen musste und blähte die Nasenflügel, als er die vierte Nachricht sah. Es handelte sich um eine gekürzte URL. Er öffnete sie mit seinem Zeigefinger und wurde auf eine Website geleitet, auf der ein einzelnes PDF hinterlegt war. Er überflog das juristische Schreiben und machte große Augen. Es handelte sich um ein Rücktrittsgesuch, das an die Sprecherin des Repräsentantenhauses gerichtet war. Ganz unten fand sich ein freies Feld für seine Unterschrift mit dem

Datum von heute.

»Scheiße«, fluchte er vollkommen verängstigt und wählte statt *911* die Nummer von Michelle. Als direkt die Mailbox anging, begann er noch lauter zu fluchen.

DAS
ARTEFAKT 2

KAPITEL 12: MICHELLE

Michelle fuhr auf dem Holland Drive Richtung Nordstadt und tippte ungeduldig die Melodie von Pinks neuem Chartbreaker auf dem Lenkrad mit. Das Lied war sehr eingängig und der Pink-typische Frontalsound ließ sie zum Rhythmus mit den Füßen trippeln. Als vor ihr die Ampel auf Rot umschlug und sie knapp nicht mehr bei Gelb über die Kreuzung kommen würde, stieß sie einen derben Fluch aus, für den ihr Vater sie als Jugendliche geohrfeigt hätte. Die Ampelphasen waren extrem lang und sie hatte keine Zeit. Außerdem taten ihr die Knie weh vom Rennen in ihren schmalen Ballerinas, als sie vom Kongress zum Parkplatz musste. Also zog sie die Füße auf den Sitz und stellte den Tempomat mit automatischem Abstandsregler ein, damit sie per Knopfdruck im Lenkrad beschleunigen konnte. Weit und breit war ihr Kia das einzige Fahrzeug und sie überlegte einen Moment, ob sie einfach fahren sollte. Schließlich verwarf sie den Gedanken jedoch wieder. Eine weitere Ermahnung von den Ordnungshütern und sie wäre ihren Führerschein für mindestens ein Jahr los – zusammen mit all ihrem Erspartem. Im Kapitol hatte sie sich noch schnell mit Montgomerys Kontakt getroffen, einem schlaksigen Kerl mit Aknenarben im Gesicht, die aussahen, als wäre seine Haut ein Abbild der Mondoberfläche. Sonderlich viel hatte das Gespräch mit Mondoberfläche aber nicht gebracht, da er in ein nächtliches Meeting gerufen worden war und sie mit einer Telefonnummer auf einem Zettel abgespeist hatte. Vielleicht war die plötzliche Abberufung aber auch nur gespielt gewesen, weil er doch weiche Knie bekommen hatte. Von Anfang an hatte das Gefühl sie nicht losgelassen, dass der junge Mann hypernervös war und in Wirklichkeit gar nicht mit ihr reden wollte. Möglicherweise hatte Montgomery ihn dazu genötigt. Doch die Tatsache, dass er sie an jemanden weitergeleitet hatte, der noch um ein Uhr nachts den Hörer abnahm und sich auf ein Treffen am nächsten Tag einließ, war vielversprechend genug, dass sie keine Gedanken mehr an Mondoberfläche verschwendete. Bis jetzt zumindest.

»Komm schon«, brummte sie ungehalten, doch die Ampel wollte nicht umspringen. Mittlerweile fuhren ein paar verstreute Fahrzeuge auf der Querfahrbahn an ihr vorbei wie rasende Lichter, die sich unter dem spärlichen Laternenlicht duckten und sich gelb näherten und rot entfernten. »Das ist doch wohl ein Witz!«

Michelle beugte sich etwas vor, was aufgrund ihrer im Schneidersitz verknoteten Beine gar nicht so leicht war, und sah nach dem Haltestreifen vor ihrer Stoßstange. Sie rollte ein bisschen weiter nach vorne, falls sie den Kontaktstreifen für die Ampel nicht getroffen haben sollte, konnte sich aber nicht vorstellen, dass er dermaßen dicht vor der Haltelinie sein sollte. Hinter ihr näherten sich zwei gelbe Frontscheinwerfer – ein weiterer Wagen, der schließlich hinter ihr anhielt und ebenfalls wartete.

Irgendwo heulte eine Sirene und kam näher, vermutlich von einem Krankenwagen. In der Hauptstadt schien alle zwei Sekunden jemand zu sterben, so häufig waren die Einsatzfahrzeuge mit Blaulicht und Martinshorn unterwegs. Während sie dem näherkommenden Geräusch lauschte, das ein rhythmisches Cover von Ed Sheeran störte, fiel ihr auf, wie viele Sekunden allein dabei verstrichen waren.

»Diese beschissene Ampel ist doch kaputt! Kann mir niemand erzählen, dass die scheiß Stadtwerke mich nicht hassen. Warum hasst ihr mich, hm?«, fluchte sie und ihre Wut wurde durch ihre Ungeduld noch weiter angefacht. Als sie hinter sich den Motor des Fahrzeugs aufheulen hörte, das mit ihr wartete, schnaubte sie. »Du Arschloch, glotz doch die verkackte Ampel an. Das nennt sich Rot!«

Sie wollte schon das Fenster hinunterkurbeln, um ihrer Wut noch mehr Gehör zu verschaffen und ein neues Ventil aufzutun, als es laut krachte und sie nach vorne geschleudert wurde. Der Sicherheitsgurt klackte ruckartig und warf sie in den Sitz zurück. Ihr Nacken schmerzte, genau wie ihre Finger, die gegen das Lenkrad gekracht waren.

»Was zur ...« Sie riss die Augen auf, als sie bemerkte, dass der SUV hinter ihr sie auf die Kreuzung schob. Von vorne näherten sich die Lichter eines entgegenkommenden Fahrzeugs. Es näherte sich so schnell, dass die beiden gelben Punkte rasch größer wurden. Michelle gab sich nicht der Hoffnung hin, dass es sich um zwei parallel fahrende Motorräder handelte, und wollte gerade die Füße hinunter nehmen, um Gas zu geben und auszuweichen, als das Fahrzeug hinter ihr deutlich stärker beschleunigte. Plötzlich war das entgegenkommende Auto direkt vor ihr und blendete sie wie eine aufgehende Sonne mit gleißendem Fernlicht. Da verstand sie, dass sie keine Chance hatte. Sie riss die Arme hoch und fixierte sie parallel zum Gesicht und atmete in einem kurzen Stoß aus. Keine Sekunde später krachte es ohrenbetäubend laut, während Metall auf Metall schlug, als zertrete jemand eine Coladose, nur hörte es sich schwerer und kälter an.

Es zischte laut und Michelle wurde gegen eine weiße Wand geschmettert. Ziehende, stechende und reißende Schmerzen flammten in ihren Ellenbogen, Knien, Füßen und ihrem Gesicht auf. Ihr Kopf fühlte sich an wie eine Wassermelone, die von einem Vorschlaghammer getroffen wurde, und sie schlug mehrfach nach vorne und hinten wie ein Flummi, der zwischen zwei Betonwänden hin und her pendelte.

Wie ein Taucher unter Wasser hörte sie irgendwo in weiter Ferne die Sirenen, die sie vorher bereits vernommen hatte, kaum in der Lage, sich zu erinnern, dass sie gerade in einem Auto saß. Stöhnend wurde ihr bewusst, dass sie ihre Finger bewegen konnte, und ballte testweise die Hände zu Fäusten. Irgendwo rief jemand etwas – vielleicht ihren Namen, vielleicht aber auch etwas ganz anderes. Sie war weder sicher, noch interessierte es sie besonders. Wieder vernahm sie ein hohles Zischen und die weiße Wand vor ihr verschwand. Durch verschwommene Augen, die nur langsam klarer wurden, sah sie eine Art Sack, der über ihrem Lenkrad hing.

Airbag, das ist der Airbag, dachte sie und bewegte prüfend den Kopf nach links, wo ein ähnlicher weißer Sack aus einem Stück der Seitenverkleidung der Tür hing, als hätte jemand einen Eimer Sahne vergossen. Das Lenkrad befand sich nur noch eine Handbreit vor ihrer Brust, obwohl es beinahe eine Armlänge weg sein sollte. Das gesamte Armaturenbrett war bedrohlich nahe gekommen. Irgendetwas klickte in einem nervtötenden Auf und Ab und plötzlich nahm sie sehr klar wahr, dass es sich um das Warnblinklicht handelte, das in ihre Fahrerkabine zu leuchten schien. Mit präzisen Bewegungen und dem starken Wunsch, das Geräusch abzustellen, drückte sie auf das rote Dreieck über dem Radio und sah nach unten in den Fußraum – nur, dass da kein Fußraum mehr war. Die Pedale hatten sich unter ihren Sitz gebohrt und hätten vermutlich ihre Beine zerschmettert und eingequetscht, wenn sie sie nicht auf den Sitz gezogen gehabt hätte. Ihr Schoß war mit roter Farbe bedeckt, die einen winzigen See bildete, der wirklich merkwürdig aussah. Von oben regnete es dicke Tropfen, die in dem kleinen See konzentrische Wellen hinterließen, die ausgesprochen schön aussahen, als hätte jemand das sanfte Auf und Ab mit dickflüssiger Ölfarbe gemalt.

»Warum habe ich ein Loch im Dach?«, fragte sie sich laut und sah nach oben. Dabei fuhr ein heftiger Schmerz durch ihr

Genick, als hätte ihr jemand einen Schlag verpasst. »Aua!«

Da war kein Loch im Dach, aber der rote Regen ging weiter, tröpfelte unerbittlich in den kleinen See auf ihrem Schoß. Draußen hörte sie noch immer Stimmen – es waren wahrhaftig sehr viele, die sich zwar sehr dumpf anhörten, aber trotzdem in ihren Ohren wehtaten.

»Seid mal ruhig«, beschwerte sie sich laut und fand es plötzlich sehr warm. Sie schwitzte und gleichzeitig war ihr kalt. Grelle Lichter in Blau- und Weißtönen, aber auch einige freche rote blendeten sie sowohl in gleichmäßigen Abständen als auch dauerhaftem Beschuss. Irgendwo vor ihr flackerte ein eher gelbes Licht wie aus einem Kaminfeuer und der Regen prasselte stark auf das Dach ihres Wagens.

»Hoffentlich bekomme ich keinen Hagelschaden. Das wäre wirklich ungünstig«, befand sie, als ein ganzer Schwarm Glühwürmchen durch ihre sehr schmal gewordene Fahrerkabine schwirrte. Sie waren unheimlich schön, aber winzig klein.

»Na ihr lustigen kleinen Dinger.« Michelle streckte begeistert ihre Hand aus – die rechte, sie funktionierte gut – um die Leuchtkäfer zu berühren, wurde aber von einigen gezwickt. »Aua! Ihr seid ja gemein!«

Sie rieb die Hand mit der anderen, die sich anfühlte wie Watte und bemerkte, dass ihr Handrücken jetzt rot war und sich anfühlte, als hätte sie sie unter Wasser gedrückt. Mit gerunzelter Stirn blendete sie das metallische Kreischen rechts von sich aus, das vermutlich daher rührte, dass sie den Glühwürmchenschwarm wütend gemacht hatte, und nahm mit der rechten Hand ihre linke hoch. Sie war sehr wabbelig, als fasste sie in ein Puddingglas.

»Ist ja irre, die ist nun wirklich gebrochen.« Sie kicherte belustigt, nur um sich dann mit einem empörten Brummen zu beschweren, dass es plötzlich sehr kalt wurde, als hätte jemand sie mit einem Eimer Wasser übergossen. Die Stimmen wurden plötzlich lauter und die Glühwürmchen waren fort. Sie sah nach rechts und kniff die Augen zu, als sie in das Gesicht eines

Mannes mit Helm und Taschenlampe über der Stirn blickte.

»Wer sind Sie? Gehen Sie weg! Polizei! Ich werde überfallen!«

»Ma'am, ich bin Notarzt. Können Sie mich verstehen?«

»Natürlich, Sie müssen nicht so schreien«, fuhr sie den Mann an. »Mir geht es sehr gut.«

»Ma'am, können Sie mir Ihren Namen sagen?«

»Natürlich. Ich bin Michelle ... Michelle Obama.« *Der stellt ja seltsame Fragen.*

»Äh, okay. Können Sie Ihren Hals bewegen, Michelle?«, fragte der Mann in der roten Jacke mit den Reflektorstreifen. Michelle sah durch die Windschutzscheibe, nur um zu bemerken, dass sie ebenfalls mit dichter Sahne bedeckt war. *Komisch.*

»Ma'am? Können Sie Ihren Hals bewegen?«, wiederholte der Arzt.

»Ja, natürlich«, erwiderte sie leicht genervt und drehte ihren Kopf wie zum Beweis.

»Gut. Sie hatten einen Autounfall, Michelle. Wir werden Sie jetzt aus dem Auto ziehen, haben Sie das verstanden?«

»Klar, macht mal«, sagte sie gut gelaunt und beobachtete, wie mehrere Hände sie griffen und vorsichtig erst auf den Beifahrersitz und dann ins Freie zogen, wo es sehr kalt war. Sie sah mehrere Feuerwehrfahrzeuge, zwei Krankenwagen und einen Polizeiwagen rundum. Das Blaulicht blinkte grell und beschien die umliegenden Häuserwände, in deren Fenstern Schaulustige in ihre Richtung starrten.

»Oh, hier ist ja mächtig was los«, stellte sie fest, als man sie auf eine Rollbahre schnallte und irgendetwas mit ihren Armbeugen machte, was sie gerade nicht interessierte. Sie beobachtete einen Feuerwehrmann, der aus einem überdimensionierten Gartenschlauch weiße Sahne auf ihr Auto sprühte, das aussah wie eine zerdrückte Coladose. »Mir geht es wirklich gut.«

»Ja, Michelle. Haben Sie Schmerzen?«, fragte eine Stimme von irgendwo.

»Nein, gar nicht.«

»Okay, Michelle, wir werden Ihnen jetzt ein paar Medikamente verabreichen. Entspannen Sie sich einfach.«

Warum sagt der ständig meinen Namen, dachte sie und wollte den Kopf schütteln, doch sie fühlte sich plötzlich zu müde, um auch nur den kleinen Finger zu heben.

Als Michelle erwachte, realisierte sie zuerst gar nicht, dass sie eingeschlafen gewesen war. Sie lag in einem Krankenzimmer. In ihrer rechten Armbeuge steckte ein Zugang, über den Kochsalzlösung in ihren Blutkreislauf gespeist wurde. Ein Monitor piepte in der Frequenz ihres Pulsschlags. Ihr gesamter Kopf fühlte sich an wie ausgehöhlt und dann mit Beton ausgegossen – schwer und dumpf. Da waren auch Schmerzen in ihrer linken Hand und ihren Beinen, genau wie in ihrem Gesicht, aber sie fühlten sich komisch an, falsch, als könnte sie die Schmerzen zwar registrieren, aber nicht gänzlich spüren.

»Ah, Sie sind wach«, hörte sie eine fremde, aber sehr freundlich klingende Stimme. Eine Krankenschwester war durch die Tür gekommen – jung, rothaarig und mit der Verve einer Pflegerin, die gewohnt war, Patienten herumzukommandieren. »Wie geht es Ihnen?«

»Äh, gut?«

»Sehr schön. Sie hatten einen Autounfall, Mrs. Nunez, und ich muss sagen, dass Sie wirklich Glück gehabt haben«, erklärte die Schwester und las vom Monitor ihren Blutdruck ab.

»Oh«, machte Michelle heiser, da sie nicht wusste, was sie sagen sollte.

»Das Auto sieht aus, als hätte der Hulk damit Fußball gespielt, während er besonders schlechte Laune hatte.«

»Wie schlimm ist es?«

»Oh, Ihnen geht es gut. Leichte Gehirnerschütterung, gebrochene Nase, drei Rippen geprellt, wie durch ein Wunder nicht gebrochen, zahllose Prellungen an Armen und Beinen, gerissener Musculus extensor pollicis longus, das ist die Sehne, die Ihren Daumen streckt. Den Umständen entsprechend also Pipifax. Sie haben wohl einen guten Schutzengel da oben.« Die Schwester lächelte breit, ging an das Fußende ihres Betts und zückte einen Kugelschreiber aus ihrer Brusttasche, um Notizen auf einem Blatt Papier zu machen, das offenbar an dem Metallbügel angeheftet war.

»Scheint so«, ächzte Michelle und hievte sich ein wenig höher auf ihr Kassen, damit ihr Oberkörper weniger flach lag.

»Da, Schätzchen«, sagte die Schwester freundlich und reichte ihr eine Bedientafel mit Kabel, mit der sie die Position ihrer Matratze elektronisch verändern konnte. »Der Doktor kommt in ein paar Stunden und sieht nach Ihnen.«

»Wie lange muss ich hier bleiben?«

Die Frau machte große Augen und schüttelte dann lachend den Kopf. Der Laut klingelte unangenehm in Michelles Ohren nach. »Sagen Sie mir nicht, dass Sie sich gerade fühlen, als würden sie gerne nach Hause spazieren?«

»Nein«, gab Michelle müde zu. Dass sie einen Termin wahrzunehmen hatte, behielt sie besser für sich.

»Gut. Der Doktor wird Sie mindestens über Nacht zur Beobachtung hierbehalten wollen. Wir haben bereits MRT- und CT-Scans durchgeführt, weil sie mit Polytrauma eingeliefert wurden. Vermutlich erinnern Sie sich nicht daran, weil wir Sie mit Benzodiazepin aus dem Schockzustand holen mussten. Glücklicherweise für Sie ist dabei nichts Schlimmes herausgekommen. Die Sehne wird Sie noch lange nerven und die Prellungen tun wirklich weh, aber sonst spricht nichts dagegen, sich ab morgen daheim auszukurieren – unter der Voraussetzung, dass der Doktor Ihnen dasselbe sagt, hm?«

»Ja, ist gut«, murmelte sie und die Schwester nickte zufrieden.

»Wenn Sie etwas brauchen, drücken Sie den roten Knopf, ja? In ein paar Stunden dürfen Sie auch etwas essen.« Damit schneite die Pflegerin hinaus.

Jemand hat versucht, mich umzubringen, dachte Michelle und statt der Angst, die sie erwartet hatte, spürte sie nichts als Wut in sich aufsteigen. Sie wollte der Wahrheit auf die Spur kommen, einem Betrug an den amerikanischen Wählern und Steuerzahlern, und wer immer so dreist war, staatliche Gelder an sich zu reißen, hielt es jetzt auch noch für legitim, ihr nach dem Leben zu trachten. *Also bin ich ganz klar auf der richtigen Fährte! Diese Arschlöcher werden schon sehen, was es ihnen einbringt, mir so zu kommen!*

Sie sah auf ihren Nachttisch, wo jemand ihre Handtasche abgelegt hatte. Das schwarze Leder hatte tiefe Risse und Kerben davongetragen. Ihr rechter Arm schmerzte und fühlte sich schwach an, als sie danach griff und zwischen feuchten Taschentüchern, einem klimpernden Schlüssel und ein paar eingeschweißten Tampons ihr Smartphone zu fassen bekam.

Neun Uhr zwanzig. *Verdammt!* Sie hatte acht Stunden verloren. Wo war die Zeit nur hingeflogen?

Es klopfte an der Tür. Noch bevor sie »herein« sagen konnte, ging sie auf und ein Polizist in der dunkelblauen Uniform des MPDC trat ein.

»Guten Morgen, Mrs. Nunez?«, fragte der Beamte, ein hispanisch aussehender älterer Mann mit dem Ansatz eines Bauches und fein konturiertem Dreitagebart.

»Ja, das bin ich.« Sie winkte ihn mit einer schwachen Bewegung herein.

»Ich würde Ihnen gern ein paar Fragen zu dem Unfall stellen.«

»Natürlich. Falls Sie irgendwo eine Sitzmöglichkeit sehen …«

Der Officer zog einen Rollschemel heran, den sie von ihrer Position nicht sehen konnte und setzte sich neben sie.

»Danke. Es tut mir leid, dass ich Sie jetzt damit stören muss, Sie wollen bestimmt …«

»Nein«, unterbrach sie ihn. »Ich möchte gerne aussagen, da irgendjemand versucht hat, mich umzubringen.«

Der Polizist sah zu ihr auf und machte große Augen. »Nun, ich habe erwartet, dass Sie Anzeige gegen unbekannt stellen möchten, weil der Fahrer des Fords, der frontal mit Ihnen zusammengestoßen ist, offenbar Fahrerflucht begangen hat, aber Mord?«

»Ja, Mord. Ich stand an einer roten Ampel und hinter mir ist ein Wagen aufgetaucht, der mich auf die Kreuzung geschoben hat, direkt auf das Auto zu, das mir entgegen gerast ist. Über alles, was danach geschehen ist, wissen Sie vermutlich mehr als ich.« Michelle machte ein finsteres Gesicht. »Das war kein Unfall, sondern versuchter Mord.«

»Das ist in der Tat interessant.« Der Officer, den sein Namensschild als Sgt. Bishop auswies, kritzelte einige Notizen auf seinen kleinen Handblock und nickte immer wieder, als rede er mit sich selbst. »Und Sie sagen, dass ein Wagen hinter Ihnen Sie auf die Kreuzung geschoben hat?«

Michelle nickte.

»Können Sie sich an den Fahrzeugtyp erinnern? Vielleicht sogar das Nummernschild?«

»Nein«, gab sie zu. »Das war ein großer Wagen, ein SUV denke ich. Aber es war sehr dunkel und ich habe nicht so sehr darauf geachtet. Als er mir in den Kofferraum gefahren ist und mich angeschoben hat, wollte ich ausweichen, aber dann raste das andere Fahrzeug von vorne auf mich zu und hat mich gerammt. Von da kann ich mich leider an nichts erinnern, nicht einmal an die ganzen Untersuchungen.«

»Okay, verstehe.« Bishop nickte wieder. »Ich werde eine Anzeige wegen versuchten Mordes und/oder grob fahrlässigen Verhaltens im Straßenverkehr und Fahrerflucht ins System geben. Die Zentrale wird den Fall beim entsprechenden Dezernat einordnen. Sie erhalten von mir eine Fallnummer, über die Sie sich auf der Website des MPDC über das Verfahren informieren können.« Der Polizist nickte ihr noch einmal zu und wollte schon gehen, als sie ihn mit einem Räuspern zurückhielt.

»Officer, ist das eine dieser *wir-können-nichts-machen*-Abspeisungen?«, fragte sie mit düsterer Miene.

»Nein, Ma'am, ich nehme das wirklich sehr ernst«, versicherte er ihr kopfschüttelnd. »Wir werden die Daten der Verkehrskameras auswerten und Anwohner befragen. Vielleicht hat jemand etwas gesehen oder gehört, das Ganze muss ja großen Krach gemacht haben. Normalerweise wird die Zentrale mich dem Fall zuteilen als Zuarbeit für zum Beispiel das Morddezernat, weil ich den Fall aufgenommen habe. Sie können sich darauf verlassen, dass ich mich darum kümmern werde.« Er hielt einen Moment inne. »Haben Sie eine Idee, warum jemand Sie umbringen wollen würde und wer das sein könnte?«

Michelle zögerte. »Ich bin Investigativjournalistin«, erwiderte sie ausweichend. »Sie können sich vorstellen, dass ich viele Feinde habe.«

»Ich verstehe. Bitte ruhen Sie sich aus. Ich werde vor Ihrem Zimmer sitzen und meinen Papierkram dort erledigen.«

Sie lächelte dankbar. »Ist gut, Officer. Danke.«

DAS
ARTEFAKT 2

Kapitel 13: Michelle

Michelle schlief einige Stunden bis zur Mittagszeit und griff dann erneut zu ihrem Telefon. Siebzehn verpasste Anrufe. Sie scrollte die Liste durch und obwohl ihr Kopf brummte und der metallische Geschmack von Medikamenten auf ihrer Zunge lag, fiel ihr schnell der rot markierte Eintrag *Rep. Bob Greenwich* ins Auge.

»Ein Uhr einundzwanzig«, murmelte sie und drückte auf den Rückruf-Button. Es klingelte ein paarmal und als sie schon dachte, die Mailbox würde anspringen, war es Bobs Stimme, die am anderen Ende erklang.

»Michelle?« Er klang irgendwie heiser und als flatterte seine Stimme ein wenig. Im Hintergrund waren laute Gespräche zu hören.

»Hallo, Bob. Ein nächtlicher Anruf, wie nett.«

»Hör mal, wir haben ein Problem«, überging er ihre Frotzelei und ließ sie aufhorchen. Er klang verängstigt.

»Ist mir auch schon aufgefallen.«

»Gestern wollte ich mich mit einem Kontakt beim Militär treffen, bezüglich deiner ...«

»Warte, warte, warte«, bremste sie ihn aus. »Schick mir eine Nachricht über den Messenger, da ist alles Ende-zu-Ende-verschlüsselt.« Sie legte auf. Einige Sekunden später gab ihr Telefon einen blechernen Zweiklang von sich.

Der Kontakt ist tot, schrieb Bob.

Tot?, tippte sie zurück und auf dem oberen Bildschirmrand stand »schreibt ...« unter Bobs Namen.

Ja. Jemand hat mir eine SMS mit einem Foto geschickt, auf dem er von einem Balken hängt. Irgendjemand hat ihn umgebracht und mir geschrieben, es sei meine Schuld.

Eine Drohung.

Offensichtlich. Ich weiß nicht, was ich jetzt machen soll.

Du musst die Polizei einschalten und den Secret Service.

Aber was, wenn die Regierung mit drin steckt?

Wenn auch der gesamte Secret Service mit drinsteckt, sind wir ohnehin am Arsch, tippte sie zurück und wischte ein paar Schweißperlen von der Stirn. Es war seltsam warm geworden in ihrem Zimmer.

Na toll. In was hast du mich da reingezogen?

Ich weiß es nicht, aber ich werde es herausfinden. Ich treffe mich gleich mit einem Kontakt, der angeblich Informationen für mich hat. Heute Nacht hat jemand versucht, mich umzubringen und es wie einen Autounfall aussehen lassen. Das lasse ich mir nicht gefallen und du solltest das auch nicht.

Aber was ist, wenn sie mich auch umbringen :-(?

Du musst vorsichtig sein. Kauf dir ein neues Smartphone, ein chinesisches am besten, ohne Simlock. Schmeiß dein Diensthandy weg, melde es in zwei Tagen als verloren. Speicher nur die wichtigsten Kontakte und bezahl einen privaten Bodyguard zusätzlich zu deinem Secret Service Mensch.

Okay. Ich bin gerade im Kapitol, hier müsste ich erstmal sicher sein.

Trink nur aus versiegelten Flaschen und iss nur versiegeltes Essen aus dem Supermarkt. Vertrau vorerst keinem mehr, glaub mir.

Ist gut.

Ich melde mich nach dem Treffen, wenn ich etwas herausgefunden habe.

Sei vorsichtig.

Bin ich immer, antwortete sie und löschte den gesamten Chatverlauf.

»Aber bin ich vorsichtig genug?« Sie dachte an ihre bisherigen Recherchen, bei denen sie sich meistens an die Vorgaben der vielen Sicherheitsschulungen gehalten hatte – aber eben nur meistens. Häufig kam sie in Situationen, in denen es hieß, entweder an eine Information zu gelangen oder zuzusehen, wie die an ihr vorbeizog, weil sie sich aus Sicherheitsgründen zurückgezogen hatte. Beides konnte man nicht immer haben. Kurz entschlossen sah sie auf den Anschluss in ihrer Armbeuge, zog mit der freien Hand das Pflaster ab und dann die Kanüle aus der Vene. Den Mullteil des Pflasters presste sie eine Minute auf die Einstichstelle und warf ihn auf den kleinen Rollwagen neben sich, bevor sie langsam die Beine aus dem Bett nahm und prüfend baumeln ließ. Ihr war einen Moment schwindelig, doch es war nicht allzu schlimm und legte sich schnell wieder. Vorsichtig stand sie auf und überprüfte ihren Stand, sah von rechts nach links und zurück und nickte zufrieden, als ihr weder schlecht wurde, noch der Schwindel zurückkehrte.

Kreislauf stabil, also kann ich genauso gut etwas tun, statt hier zu verrotten und zu warten, dass irgendjemand beendet, was er angefangen hat, dachte sie grimmig und stakste zu dem Stuhl an der Wand gegenüber, um ihren Krankenhauskittel gegen einen bereitgestellten Jogginganzug mit dem Logo der Klinik einzutauschen. *Aber was ist mit dem Officer ... Bishop?* Sie seufzte frustriert und ging zur Tür, öffnete sie und steckte den Kopf in den Flur. Es war nicht besonders viel los bis auf eine Oma, die mit ihrem Rollator und einer Pflegerin vorbei humpelte. Bishop saß auf einem von zwei Stühlen neben ihrer Tür und sah von einem Tablet in seinem Schoß auf. Auf dem Display konnte sie ein komplexes Formular erkennen.

»Oh, Sie sind auf?«, fragte er überrascht.

»Ja«, gab sie zurück und bemühte sich, ihre Stimme müde klingen zu lassen. »Könnten Sie mir einen Gefallen tun und mir etwas aus der Cafeteria holen? Das Essen, das sie mir gebracht haben, schmeckt nach aufgewärmtem Erbrochenem. Keine Ahnung wie man mit sowas gesund werden soll.«

»Oh, ja, natürlich.« Er stand auf und legte sein Tablet auf dem Stuhl hinter sich ab. »Könnten Sie kurz darauf achtgeben?«

»Klar.«

Bishop ging den Flur hinunter zu den Aufzügen, die sich keine zwanzig Schritte entfernt befanden, und lächelte nickend, als sich ihre Blicke trafen. Dann verschwand er aus ihrem Blickfeld, nachdem es laut *Pling* gemacht hatte.

Gut, dass er offenbar nicht bemerkt hat, dass ich gar kein Essen in meinem Zimmer hatte, dachte sie, ging zurück in ihr Zimmer, nahm ihre Handtasche und wieder in den Flur. Rasch lief sie zu dem Notausgang-Schild und seufzte erleichtert, als die Tür zum Treppenhaus unversperrt war. Achtsam erst, dann etwas selbstbewusster, nahm sie die Stufen, lächelte einem ihr entgegenkommenden Pfleger zu, als wäre es für sie selbstverständlich, dort zu sein, und erwiderte sein »Guten Tag« mit einem tiefen Murmeln.

Draußen angekommen zückte sie ihr Handy, sah auf ihrem Kartenprogramm nach, wo sie sich befand, und nickte.

»Okay, Google, wo befindet sich die nächste Autovermietung?«, sprach sie in das Mikrofon und wartete, bis es klickte.

»District Rental befindet sich zweihundert Meter entfernt. Möchtest du einen Routenvorschlag angezeigt bekommen?«

»Ja, zu Fuß.«

»Zielführung jetzt starten?«, fragte die monotone weibliche Stimme des Google Assistenten.

»Starten.« Als sich die Kompassnadel ausgerichtet hatte, folgte sie der Navigation die Hauptstraße entlang und dann die zweite Nebenstraße nach rechts, wo sie bei einer kleinen Autovermietung einen alten Ford mietete und zähneknirschend die überteuerte Rate in bar vorstreckte. Das Gute war, dass der Wagen zu alt war, um GPS-Tracking zu besitzen. Sie wollte so wenig Spuren hinterlassen wie möglich. Dann rief sie ihren

Kontakt an.

»Hallo«, meldete sich die raue Stimme, hinter der sie sich einen älteren Herren vorstellte mit einem grauen Rauschebart und zotteligen Haaren.

»Hier ist Michelle. Bleibt es bei der neuen Uhrzeit und dem Treffpunkt?«

»Ja. Kommen Sie mit dem Auto?«

»Ja.«

»Gut. Wenn Sie bei der Adresse angekommen sind, parken Sie in Garage Nummer Neunzehn und gehen zu Garage Nummer Achtundzwanzig, haben Sie das verstanden?«, fragte der Rauschebart und sie nickte, bevor ihr einfiel, dass sie auch »Ja« sagen musste.

»Sehr gut. Wie lange brauchen Sie noch?«

Michelle sah auf ihr Handy. »Achtzehn Minuten.«

»Gut, das ist etwas früher. Nehmen Sie die Batterie aus Ihrem Handy, bevor Sie das letzte Mal abbiegen.«

Oh, ein sehr paranoider Mensch. Das ist vermutlich besser so.

»Geht in Ordnung«, sagte sie und legte auf. Sie fuhr die Strecke in etwas unter siebzehn Minuten. Das Ziel befand sich in einer ruhigen Wohngegend, die aus Reihenhäusern bestand, welche im Nachkolonialstil erbaut waren mit roten Backsteinen und leicht abgeschrägten Dächern. Sie sahen aus wie aus der Zeit gerutscht und nicht mehr andächtig, sondern nach Sozialbau. Es gab wenig Verkehr, da die meisten Menschen um diese Zeit bei der Arbeit waren, also war sie mit dem kühlen Atlantikregen weitgehend allein, als sie sich vor der letzten Abbiegung die ungefähren Meterangaben ansah und den Akku entfernte. Das Smartphone lag jetzt tot neben ihr wie ein Stück Hightech-Schrott. Sie bog nach links ab auf einen großen Parkplatz, der nach einer asphaltierten Durchfahrt zwischen zwei Reihenhäusern angelegt und von Garagen gesäumt war, die lange Linien mit grauen Toren bildeten. Dahinter sah sie trostlose Grünflächen, die bei dem Wetter beinahe grau wirkten, als seien sie von Asche bedeckt. Sie fuhr zu Garage Neunzehn, indem sie über das Lenkrad gebeugt die Nummern abzählte, die bei einen Toren bereits abgeblättert waren oder ganz fehlten.

»Neunzehn«, sagte sie zu sich, als das Tor nach Nummer achtzehn offenstand. Mit einem großen Bogen parkte sie in der schmalen Garage ein, hielt sich weit rechts, damit sie noch aussteigen konnte, und kletterte in die kühle Mittagsluft. Auf dem asphaltierten Rangierplatz zwischen den Reihen wartete sie, bis eine ältere Frau mit einem alten Suzuki an ihr vorbeigefahren war und suchte auf der anderen Seite die Garage mit der Nummer Achtundzwanzig. Als sie sie gefunden hatte, lief sie mit hochgezogenen Schultern durch den Nieselregen und blieb vor dem Metalltor mit der geriffelten Oberfläche stehen. Da sie weder eine Klingel noch einen Griff sehen konnte, klopfte sie schließlich.

Nichts geschah und als sie bereits einen Schritt zurückging, um sich zu vergewissern, dass sie wirklich die Garage zwischen Siebenundzwanzig und Neunundzwanzig gewählt hatte, erklang ein leises Klicken. Das Tor glitt hoch, fuhr langsam unter die Decke und gab den Blick frei auf eine weiße Wand, in die eine einfache Tür eingelassen war.

»Kommen Sie herein«, hörte sie über einen unsichtbaren Lautsprecher. Sie meinte, die Stimme des Rauschebarts wiederzuerkennen, drückte die Klinke hinunter und trat ein.

Mit offenem Mund starrte sie auf einen Käfig aus Metall, der aussah, als wäre er mit Aluminiumfolie ausgekleidet. Eine Gittertür stand offen und gab den Blick frei auf einen winzigen Raum, in dem eine ältere Dame mit dicken grauen Haaren auf einem Stuhl saß.

»Kommen Sie.« Die Frau gab ihr einen Wink und deutete hinter Michelle. »Aber machen Sie die Tür zu.«

Sie tat wie ihr geheißen und sperrte den Regen und das elektrische Summen des Garagentors aus, das wieder herunterfuhr, bevor sie in den Käfig trat, der den gesamten Platz der Garage ausfüllte. Im Inneren befand sich nichts außer einem Schreibtisch, auf dem ein Bildschirm, ein Tower-PC und ein Keyboard standen.

»Ich bin Angela«, stellte sich die alte Frau vor. Die Stimme klang wie am Telefon sehr männlich und tief. Ihre Augen blitzten wach und keck, obwohl ihre Haut bereits faltig war. »Warum gucken Sie so? Haben Sie jemand anderen erwartet?«

»Um ehrlich zu sein, haben Sie wie ein Mann geklungen.«

»Ha«, gluckste Angela, schnappte sich eine Schachtel Zigaretten vom Tisch und winkte damit. »Hat seinen Grund, warum man diese verdammten Dinger nicht anrühren sollte. Ich habe noch sechs Monate, dann haben die auch mich auf dem Gewissen.«

»Oh, ich ...«

»Passt schon.« Angela winkte ab. Ihre Hand zitterte leicht. »Tun Sie mir einen Gefallen und bringen Sie unsere Regierung vor Gericht, bevor es soweit ist, ja? Das würde mir meinen Abgang wirklich erleichtern.«

»Äh, ich sehe, was ich tun kann«, entgegnete Michelle vorsichtig. »Darf ich fragen, wer Sie überhaupt sind?«

»Nein. Aber würde das eine Rolle spielen, solange ich die Informationen habe, die Sie suchen?«

»Sie sind eine Freundin von Montgomery, das reicht mir.«

»Freundin? Hat er Ihnen das gesagt?« Angela lachte.

»So etwas in der Art.«

»Ich hasse den Kerl«, erklärte die alte Frau, grinste aber auf eine Art und Weise, die Michelle nicht zu deuten wusste.

»Sind Sie sowas wie ein Hacker?«

»Ich?« Angela lachte erneut ihr heiseres Raucherlachen. »Ich bin viel zu alt für den ganzen Mist. Ich bin eine Kollegin.«

»Sie sind Journalistin?«, fragte Michelle überrascht.

»Ja, zumindest war ich das mal. Ich bin in Schottland geboren und habe da auch lange gearbeitet, bis man mich nach einer Story entsorgt hat.«

»Tut mir leid zu hören.« Sie hatte sich schon gewundert, woher der kehlig-raue Akzent kam.

»Ist mir egal, solange ich meine Arbeit weitermachen kann.

Ich habe, statt in Nachrichtenblättern zu schreiben, gebloggt.«

»Irgendwas, das ich kenne?«

Angela winkte ab. »Wir sind ja nicht hier, um uns gegenseitig die Nippel zu reiben, sondern um Informationen auszutauschen, hm?«

»Ich hätte es etwas anders ausgedrückt, aber: ja. Was haben Sie für mich?«

»Montgomery hat mich mit Zahlen, Firmen und Kontonummern versorgt und ich war auf den Finanzmarkt spezialisiert, kenne mich also ein bisschen aus. Er hat es Ihnen vermutlich schon gesagt: Wenn man Geld verschwinden lassen oder seinen Zweck verschleiern will, macht man eine Stiftung auf, die ganz plötzlich furchtbar reich wird, entweder durch anonyme Großspender in Bereichen, wo das erlaubt ist, oder aber durch ganz viele anonyme Kleinspender, die unter die Mindestgrenze der meldepflichtigen Spendensummen fallen. So oder so springen die Geldwäschealarmglocken der beteiligten Banken an und sie sind per Gesetz verpflichtet, die Transaktionen zu überprüfen. Die Namen der Stiftungen, die Montgomery mir gegeben hat, habe ich alle überprüft. Interessant ist, dass alle bereits wieder pleite sind, bis auf eine einzige, die es schon seit zwanzig Jahren gibt und die bei all diesen undurchsichtigen Aktionen nach dem gleichen Muster, das Montgomery ja erst aufgescheucht hat, am Leben geblieben ist. Summiert man die Transaktionshistorie auf, dann ist sie sehr, sehr reich. Ich habe nicht bei jeder Bank Kontakte, aber diejenigen, die ich angehauen habe und die mir etwas zurückgemeldet haben, erschaffen ein Bild, das mich nachdenklich gemacht hat: Ich glaube, dass sämtliches Geld von Stiftungsgeschäften, die durch Ausschreibungen im Bau- und Agrarbereich in Bezug auf Studienvergaben der Bundesstaaten und der Regierung auf Montgomerys Radar aufgetaucht sind, letztendlich an diese eine Stiftung gegangen ist. Sie taucht kaum irgendwo auf, wenn man nicht gerade danach wühlt.«

»Wie heißt die Stiftung?«

»ARC. Advanced Research Columbia.«

»Seltsamer Name.«

»Ja. Der Hauptsitz befindet sich in Columbia, einer kleinen Kommune in Connecticut. Wenn Sie sich bei Google Streetview den angeblichen Hauptsitz anschauen, finden Sie die Fassade der Rechtsanwaltskanzlei Walter Bonjarewski. Wenn Sie die angebliche Büronummer wählen, werden Sie an eine Mailbox weitergeleitet. Wenn Sie darauf sprechen, antwortet die PR-Agentur Bonnet and Knowles aus New York und speist Sie mit Standardantworten ab.« Angela machte eine Pause und schüttelte den Kopf, was die ledrige Haut unter ihrem Kinn wackeln ließ. »Rufen Sie übrigens besser nicht dort an, sämtliche Anrufe an diese Nummer werden zurückverfolgt.« Sie deutete auf den Metallkäfig um sich »Vermutlich sind Sie jetzt auch paranoid. Willkommen im Club.«

»Warten Sie, eine Stiftung, die so reich ist? Das müssten mehrere hundert Millionen Dollar sein, die in ihr verschwunden sind, wenn über zwanzig Jahre all diese riesigen Ausschreibungsgelder versunken sind.«

»Annähernd eine Billion, würde ich schätzen«, korrigierte Angela sie und nickte. »Aber es wird noch interessanter. Montgomery hat mir einige Akten aus den Ausschreibungsrunden zukommen lassen, in denen sich die Firmen und Stiftungen, die am Bewerbungsverfahren teilgenommen haben, vorstellen mussten inklusive bisheriger Geschäftsberichte, um die Wirtschaftlichkeit nachzuweisen.«

»Alles gefaked, schätze ich?«

»Es sei denn, eine Stiftung, die ihren Hauptsitz in einem Rechtsanwaltsbüro haben will, kann dort über hunderttausend Mitarbeiter unterbringen.«

»Wie bitte?«

»Sie haben schon richtig gehört. Bei den letzten Ausschreibungen hat Advanced Research Columbia angegeben, über hundertfünfzigtausend Mitarbeiter zu verfügen. Ich habe ein bisschen gerundet.« Angela griff nach ihrer Zigarettenschachtel und wollte sich eine herausziehen, als sie sich in der Handlung unterbrach und stattdessen mit der Schachtel gestikulierte. »Die wollen sich angeblich auch für den Umweltschutz einsetzen und haben Studien für das Umweltministerium durchgeführt, zumindest geht das aus internen Dokumenten des Umweltausschusses des Senats hervor. Insgesamt dreitausend Studien, deren Ergebnisse nie irgendwo veröffentlicht wurden, außer in geschlossenen Ausschüssen im Kapitol. Das stinkt doch.«

»Ja, das stinkt«, stimmte Michelle ihr zu und versuchte einen Blick auf den Bildschirm zu erhaschen, nicht wissend, ob die Frau ihr das übel nehmen würde. »Haben Sie eine sichere Leitung, die ich benutzen kann?«

Angela legte den Kopf schief und schien enttäuscht. »Schätzchen, ich bin paranoid und handle mit Informationen. Was denkst du?«

»Kann ich telefonieren?«

Die Augen der alten Informationsbrokerin verengten sich.

»Ich habe einen Kontakt im Repräsentantenhaus, der im Umweltausschuss sitzt. Vielleicht hat er etwas davon gehört, selbst wenn die Ergebnisse an den Senat gingen. Heute Nacht hat er eine Morddrohung erhalten und einer seiner Kontakte wurde ermordet, bevor sie sich treffen konnten. Er spielt in unserem Team.«

Angela musterte Michelle eine Weile, als wollte sie die jüngere Frau mit ihren Blicken scannen und deutete dann auf das Festnetztelefon, das links an dem Gitter angebracht war wie damals das Telefon ihrer Eltern, als sie noch zur Schule gegangen war und es keine Handys gegeben hatte.

»Danke.« Fieberhaft versuchte sie sich an Bobs Handynummer zu erinnern, nur um festzustellen, dass sie ihm geraten hatte, sich ein neues Handy zu besorgen. »Scheiße.«

»Hm?«

»Ich brauche mein Smartphone aus dem Auto.«

»Holen Sie es, aber setzen Sie es erst hier drin zusammen, klar?«, wies die alte Frau sie an und Michelle nickte.

Als sie mit Akku und Smartphone zurückgekehrt war, schüttelte sie die Regentropfen aus dem Haar und setzte den Akku ein. Empfang hatte sie in dem abgeschirmten Käfig nicht, aber sie fand Bobs Nummer und hoffte, dass er sein Handy noch nicht weggeschmissen hatte. Sie gab die Zahlen auf dem Tastentelefon an der Wand ein.

»Michelle?«, fragte Bob.

»Ich habe dir doch gesagt, du sollst dein Handy wegschmeißen.«

»Ich war gerade dabei, musste aber noch einige Dinge von der Arbeit klären, bevor ...«

»Egal. Du sitzt doch im Umweltausschuss, oder?«

»Ja.«

»Kennst du eine Stiftung namens ARC?«, fragte sie.

»Der Name kommt mir bekannt vor, aber ich kann mich so spontan nicht erinnern, über etwas Größeres in dem Zusammenhang gestolpert zu sein.«

»Aber du hast über den Umweltausschuss doch bestimmt Zugriff auf Landbesitzurkunden im gesamten Land, oder?«

»Natürlich«, erwiderte Bob. Er klang kurz angebunden und ungeduldig. »Worauf willst du hinaus?«

»Kannst du in deinen Verzeichnissen nach Grundbesitzurkunden suchen, die auf eine Stiftung namens Advanced Research Columbia ausgestellt sind?«

»Ja, aber dafür muss ich zurück ins Kapitol.«

»Tu das. Aber vorher musst du dein Handy austauschen. Ruf mich an, sobald du es getan hast, damit ich deine neue Nummer habe. Wenn du etwas herausgefunden hast, sag mir Bescheid«, forderte sie ihn auf und wollte schon auflegen, als er schnell noch etwas sagte.

»Ich habe mit einem Kollegen gesprochen, der für Wisconsin im Kongress sitzt und Kontakte zur DARPA pflegt. Er sitzt außerdem im Geheimdienstausschuss und hat in der Fraktion eingebracht, dass wir eine kleine Anfrage stellen bezüglich des explodierten DARPA-Etats. In den letzten zehn Jahren ist deren

Budget geradezu explodiert, um insgesamt fünfhundert Prozent. Erfolge konnten sie aber weniger nachweisen als vor der Etatexplosion, was überhaupt keinen Sinn macht. Ich hänge mich dran. Ich glaube, du hattest recht, dass da etwas nicht mit rechten Dingen zugeht. Jeder Fall sieht nach einem Einzelfall aus, aber wenn man sie miteinander verknüpft, tragen alle dieselbe Handschrift und lassen Geld verschwinden. Und noch etwas: Mir ist aufgefallen, dass nicht nur in meinem Wahlkreis, sondern in sämtlichen US-Bundesstaaten Menschen mit überdurchschnittlich hohem Bildungsgrad verschwunden sind, und zwar seit über zwanzig Jahren. Alle teilen zu viele Faktoren, um noch an einen Zufall zu glauben. Ich schicke dir die Liste, die meine Beraterin zusammengestellt hat und möchte dich bitten, mir deine Meinung dazu zu sagen, ja?«

»Ich habe keine Zeit ...«

»Doch, die musst du dir nehmen, immerhin halte ich hier im wahrsten Sinne mein Leben für dich in die Schusslinie!« Bob klang ungewohnt nachdrücklich, sodass sie sich den Kommentar verkniff, dass er für seine Wähler das Risiko einging und in Wirklichkeit nur seinen Job tat.

»Also gut. Schick es an meine E-Mail-Adresse, ich kümmere mich darum.« Als sie über seine Worte nachdachte, dass die Vermisstenfälle seit zwanzig Jahren in die Höhe gegangen waren, schossen ihr Angelas Worte durch den Kopf, dass die Stiftung sämtliche Gelder von Stiftungen eingesackt habe, die in den letzten zwanzig Jahren aus dem Boden gesprossen und wieder eingegangen waren. »Schick es am besten gleich.«

»Danke.« Bob legte auf.

»Und?«

»Kann ich hier meine E-Mails checken?«

JT

DAS
ARTEFAKT 2

ZWISCHENSPIEL

»Bringen Sie mich näher ran!«, rief Rongo Thane in sein Headset und beugte sich auf dem Sitz des Copiloten weit nach rechts, um aus dem Fenster des kleinen Helikopters nach unten blicken zu können. Der Mount Ruapehu lag unter ihnen wie ein russischer Zupfkuchen, der von einer Meute Kinder mit Löffeln bearbeitet worden war. Der aktive Vulkan, mit über zweitausendsiebenhundert Metern der höchste Punkt der Nordinsel Neuseelands, war stark zerklüftet und an den oberen Hängen noch mit Schnee bedeckt. Braune und schwarze Stellen zeigten sich, wo sich in den letzten Tagen Schlammlawinen gelöst hatten und ins Tal gestürzt waren. Glücklicherweise hatte es keine Toten gegeben, anders als bei dem Tangiwai-Eisenbahnunglück von 1953, als hunderteinundfünfzig Menschen den Tod gefunden hatten.

Der Pilot lenkte ihren Helikopter in eine enge Rechtskurve und drehte sie spiralförmig tiefer in Richtung des Kraters. Der Ruapehu bildete keine typische Konusform wie viele andere Vulkane, die einen Kratersee besaßen. Derjenige des Ruapehu war mit der letzten Schlammlawine abgegangen und hatte sich an einem der sieben kleinen Gletscher vorbeigewühlt, nachdem er die Kraterkrone durchbrochen hatte. In den letzten Tagen und Wochen war die gesamte Region von kleinen Erdbeben erschüttert worden. Das schwerste hatte lediglich drei Komma vier auf der Richterskala erreicht, aber aufgrund der Häufung innerhalb so kurzer Zeit die Öffentlichkeit alarmiert. Also schickte man ihn als Vulkanologen zum Krater, um ihn zu inspizieren, ein paar Fotos zu schießen und der Presse zu versichern, dass sich der Ruapehu nicht in einer aktiven Phase befand und die Beben nicht von ihm ausgingen. Das Aktivitätslevel hatten sie erst bei der letzten Messung vor vier Wochen von zwei auf eins gesenkt. Außerdem waren die Epizentren der Beben entlang der Plattenverwerfungen festgestellt worden. Da Neuseeland eine Erhebung war, die durch das Aufeinanderschieben der pazifischen unter die australische Platte entstanden war und jährlich ein wenig nach oben wuchs, gehörte die junge Nation mit über zwanzigtausend Erdbeben pro Jahr zu einem der seismisch aktivsten Länder der Erde. Daran gewöhnte man sich recht schnell, zumal nur hundertfünfzig stark genug waren, um für Sachschäden zu sorgen. Mit Vulkanen verhielt es sich anders. Mit ihrer Lage am unteren Rand des pazifischen Feuergürtels waren sie potentiell sehr aktiv und stellten stets eine Gefahr dar, doch die Messmethoden hatten sich in den letzten Jahrzehnten so sehr verbessert, dass Rongo und seine Kollegen vom vulkanologischen Institut verlässliche Voraussagen treffen konnten. Die aktuelle Hysterie in der Bevölkerung schob er also eher auf die Sorgen, dass momentan etwas Schicksalhaftes im Gange sein müsste, nachdem innerhalb einiger Tage schwere Beben in den USA und vor der indonesischen Küste stattgefunden hatten. Rongo hatte dafür Verständnis. Wenn man nicht wissenschaftlich ausgebildet war, zog man eben falsche Schlüsse und musste Verbindungen herstellen, die für einen selbst Sinn machten. Früher war das der Donner, der wegen fehlenden Wissens um die meteorologischen Zusammenhänge dem Donnergott zugesprochen wurde. Heute war der Donnergott nun einmal das Schicksal, ein einzelner Gott oder die böse Regierung.

»Sieht gut aus, bringen Sie mich runter«, bat Rongo den Piloten über das Dröhnen der Rotoren hinweg und beobachtete den zerklüfteten Krater. Dünne Rauchfahnen zogen aus einem Schlot in die Höhe und waren kaum dicker als jene von den Kaminen in Christchurch.

Rongo schoss einige Fotos, während der Helikopter immer weiter in die Tiefe sank. Es wurde etwas dunkler, als die aufgehende Sonne hinter dem Kraterrand versank und sie in die Schatten eintauchten.

»Ist es wirklich sicher?«, fragte der Pilot über Funk. Obwohl sein Headset die Rotorengeräusche herauszufiltern versuchte, klang er kratzig und blechern.

»Keine Sorge, ein bisschen brodelt es in dem großen Jungen immer, aber die größten Ausbrüche haben alle im letzten Jahrhundert stattgefunden und es wurde nie jemand verletzt. Mittlerweile können wir relativ gut vorhersagen, wann es zu einem Ausbruch kommt, weil sich Spannung aufbaut. Ein paar Tage oder Wochen vorher können wir schon Bescheid sagen«, rief er zurück und rüttelte an seinem Helm, weil der an seinen Ohren drückte. »Seit zwanzig Jahren schnurrt er wie ein Kätzchen.«

»Wenn Sie es sagen, Doc«, meinte der Pilot und setzte sie auf einem flachen Stück Schotter einige hundert Meter vom südlichen Kraterrand entfernt ab.

»Lassen Sie die Maschine laufen, es wird nicht lange dauern.« Rongo öffnete die Seitentür des Helikopters, die aussah wie ein Pickel aus Glas, und lief seitlich an den Kufen entlang zur Seitentür. Von dort nahm er seine GPS-Ausrüstung und überprüfte den Sitz seiner Jacke, bevor er dem Piloten zuwinkte und in Richtung des Schlots lief. Über das grobsteinige Geröll, das wie der Kies dazwischen pechschwarz bis grau war, eilte er unter dem blauen Morgenhimmel einem rot markierten Punkt auf seinem Hand-GPS hinterher.

»Da bist du also«, sagte er zu sich und schob seinen Schal über Mund und Nase, als der Schwefelgeruch, der ihn an faule Eier erinnerte, immer intensiver wurde. Das Seismometer sah aus wie ein kurzer Zylinder aus glattem Metall mit einigen

Knöpfen auf der flachen Oberseite. Der größte Teil des Messinstruments für Bodenbewegungen befand sich im Boden.

Rongo ging näher, legte seinen Rucksack davor und kniete sich darauf, um sich nicht an dem scharfkantigen Vulkangestein zu verletzen.

»Nanu, was ist denn mit dir passiert?« Er beäugte das rote Lämpchen, das in einer hektischen Frequenz blinkte. Es handelte sich um die Sendeeinheit, mit der die aufgezeichneten Daten an das Geomonitoring-Institut in Auckland gesendet wurden. Offenbar war es defekt. »Toll, also darf ich nächste Woche noch eine Runde hierher drehen.«

Aus dem Rucksack nahm er sein Outdoor-Laptop, zog das Anschlusskabel aus einer kleinen Gummitasche und steckte ein Ende in seinen Computer und das andere in einen Anschluss am Seismometer, nachdem er ein wenig Staub von der Oberfläche gepustet und die Gummiabdeckung abgenommen hatte. Er musste die Daten manuell auslesen, um herauszufinden, wann der Sender ausgefallen war und welche Aufzeichnungen im Zwischenspeicher lagen. Mit vor Kälte zitternden Fingern bediente er das Touchpad und öffnete das Analyseprogramm. Während der grüne Balken von links nach rechts wanderte, pustete er die Hände warm und rieb sie aneinander. Bevor das Programm seine Arbeit getan hatte, bebte die Erde ganz leicht und ein weit entferntes Grollen war zu hören. Vulkanologen wie er nannten das gerne »Schluckauf«.

Mit einem hellen Dreiklang verkündete sein Laptop, dass die Analyse durchgeführt sei, und er überflog kurz die Daten.

»Oh«, machte er und zog die Stirn in Falten. »Das ist erstaunlich.«

Offenbar war der Ruapehu in den letzten Tagen und Wochen sehr aktiv gewesen. Nicht so sehr, dass es jemanden alarmieren musste, aber doch etwas stärker als erwartet. Vermutlich mussten auch die anderen Seismografen etwas aufgeschnappt haben. Am erstaunlichsten war aber eine Exponentialkurve ganz am Ende der Datenreihen. Als er die Uhrzeiten auf der y-Achse betrachtete, wurde ihm schlagartig heiß. Es hatte vor dreißig Minuten begonnen und der oberste Wert war ...

»Können Sie mich hören?«, schrie er in sein Mikrofon und drehte sich zu dem Helikopter, der einige hundert Meter hinter ihm stand wie eine rot angemalte Fliege im Schatten des aufragenden Kraterrands.

»Ja, ich höre Sie, was ...«

»Starten Sie! Los, starten Sie, sofort!«

»Was? Aber ...«

»Starten Sie auf der Stelle, machen Sie, dass Sie wegkommen!«, kreischte Rongo, als im selben Moment der Boden zwischen ihm und dem Helikopter barst, als hätte die Faust eines Riesen aus der Tiefe nach oben geschlagen. Felsgestein und rotglühende Lava stießen in den Himmel und trieben eine dunkle Aschewolke vor sich her. Es war das Schönste und Furchterregendste, was Rongo in seinem Leben je gesehen hatte, doch der Moment des stillen Erstaunens währte nur eine Sekunde, dann explodierte auch der Rest des Kraters, und der Vulkanologe verdampfte zu einer Gaswolke aus tanzenden Molekülen.

JT

DAS ARTEFAKT 2

Kapitel 14: Thor

»Der Ausbruch des Ruapehu auf der Nordinsel Neuseelands ist ohne Vorwarnung geschehen und Experten sind sich bislang uneinig, weshalb aktuelle Vorhersagemodelle und installierte Frühwarnsysteme versagt haben. Die Opferzahlen werden momentan auf mehrere hundert geschätzt. Aktuellen Informationen zufolge befanden sich drei Schulklassen auf einer Wanderung auf dem Vulkanberg, der als beliebtes Ausflugsziel galt. Von ihnen fehlt bislang jede Spur und obwohl die Suchmannschaften die Hoffnung noch nicht aufgegeben haben, befürchtet man in Neuseeland das Schlimmste. Der jüngste Ausbruch fällt in eine Serie seismischer Aktivitäten entlang des pazifischen Feuergürtels, der am Morgen auch für ein leichtes Beben in der Region Yokohama in Japan verantwortlich zu sein scheint. Die tektonisch heikle Anordnung ...«

Thor schaltete sein Smartphone ab und verbannte den braungebrannten Nachrichtensprecher der BBC in seine Hosentasche. Mit einem Fuß tippte er auf der Aluminiumkiste herum, in der sich ihre Waffen befanden, die sie aus den USA mitgebracht hatten. Das meiste stammte von Blackheart, nachdem er und Maya ihre Dienstwaffen herausgenommen hatten.

Blackheart und Maya standen ihm vor dem Sofa gegenüber, auf dem Marcus wie ein Fötus zusammengerollt lag und seelenruhig schlief, obwohl der Belgier und seine Kollegin nicht gerade leise miteinander diskutierten. Er schätzte, dass der Junge in den letzten Tagen nicht besonders viel geruht hatte. Womöglich fühlte er sich zum ersten Mal ansatzweise sicher und sein Körper nutzte das neue chemische Gleichgewicht in seinem Gehirnstoffwechsel, um sämtliche Systeme herunterzufahren und sich zu regenerieren.

»Fragen wir doch Thor, was er denkt«, hörte er plötzlich einen Satz aus Mayas Mund, der ihn aufhorchen ließ. Ihre Haare waren ein wenig zerzaust, was ihrer Attraktivität aber keinen Abbruch tat. Im Gegenteil besaß sie nun das Aussehen einer gerade aus dem Schlafzimmer getaumelten Schönheit, die ihre Maske der Perfektion gegen das Gesicht wahrer, natürlicher Schönheit eingetauscht hatte. »Also, was denkst du?«

»Ich bin der Meinung, dass eure Diskussion sinnlos ist«, sagte er und seufzte. »Blackheart ist der Meinung, dass der Vatikan möglicherweise einen Fehler begangen hat, und möchte dir aufzählen, wie viele Insider seit der VatiLeaks-Affäre wissentlich dem Vatikan schaden wollten. Sie haben Feinde von innen. Er schließt nicht aus, dass es sich um eine Falle handelt, möchte aber zu bedenken geben, dass diese Falle so offensichtlich ist, dass der Heilige Stuhl uns entweder für dumm hält oder es ihm egal ist, weil er weiß, dass wir keine Wahl haben.« Er zeigte auf Maya, die genau wie Blackheart mit verschränkten Armen zu ihm sah. Doch während der Belgier sein typisches unbeschwertes Grinsen nicht abgelegt hatte, wirkte Maya sehr müde. »Maya dagegen ist der Meinung, dass es sich mit Sicherheit um eine Falle handelt und der Vatikan glaubt, dass wir den Braten nicht gerochen haben und uns das einen Vorteil bringt.«

»Und warum ist die Diskussion sinnlos?«, fragte Maya und tauschte einen Blick mit dem Belgier, der offenbar das Gleiche hatte sagen wollen. Durch die plötzliche Einmütigkeit schienen sie kurz verlegen und sahen rasch wieder zu ihm. Vielleicht würde es ihnen helfen, sich im Gespräch gegen ihn zu verbünden. Menschen taten so etwas. Er verstand zwar nicht, weshalb, sah aber keinen Nachteil, falls es ihnen helfen sollte, ihre Emotionen besser zu regulieren.

»Weil es nichts an dem Schluss ändert, den wir daraus ziehen müssen.«

»Und der wäre?« Nun war es Blackheart, der ihn fragend ansah.

»Unser Ziel ist, Marcus zu befreien und herauszufinden, was sich auf dem Kristall befindet ...«

»Nein, euer Auftrag ist es, Marcus zu befreien und den Kristall zu Richard zu bringen«, erinnerte Blackheart ihn mit erhobenem Zeigefinger an ihre Verabredung mit dem Mann ohne Augenbraue.

»Schon, aber Maya möchte wissen, um was es sich bei dem Artefakt handelt – immerhin ist dieser Kristall der Grund, warum wir unsere Jobs verloren haben, in den USA als abtrünnige Agenten gesucht werden, unser Direktor getötet wurde und wir um die halbe Welt reisen mussten, um einen Studenten zu retten, der irgendwie in der Mitte all dessen steckt.« Als Thor Mayas zufriedenes Lächeln sah, das mit jedem seiner Worte breiter wurde, war er froh, dass er sich entschieden hatte, sie zu unterstützen. Er hätte den Kristall Blackheart gegeben, Marcus in Sicherheit gebracht und sich dann den Behörden gestellt, um eine wahrheitsgemäße Aussage zu machen. Da er aber wusste, dass Maya in dem Fall ziemlich aufgebracht gewesen wäre und ihn einen Asperger genannt hätte, hatte er sich lieber dagegen entschieden – zumal er gestehen musste, dass sich die Indizien häuften, hohe Regierungsbeamte hätten ihre Finger in diesem undurchsichtigen Spiel und seine Aussage vermutlich nicht viel erreichen würde. Bevor Blackheart etwas erwidern konnte – er wirkte nicht besonders erbaut von der Aussicht, ihnen eine Verletzung der Abmachung durchgehen zu lassen – meldete sich Maya zu Wort.

»Hör mal«, drang sie auf den Belgier ein. »Dieser Kristall hat die Leben dreier von vier Menschen in diesem Raum zerstört. Ich verspreche dir, dass wir dir den Kristall geben, sobald wir ihn ausgelesen haben. Dadurch verlieren weder du noch Richard etwas.«

»Ich mag euch beide, wirklich«, antwortete Blackheart und schürzte die Lippen. Zum ersten Mal war sein Grinsen kaum mehr als eine Erinnerung und er sah aus, als würde er sich in seiner Haut unwohl fühlen. »Aber ich habe den Auftrag, den Kristall schnellstmöglich zu Richard zu bringen, damit er dafür sorgen kann, dass die Daten darauf keinen Schaden mehr anrichten.«

»Aber ...«

»Aber ...«, unterbrach er die Unterbrechung durch Maya mit erhobener Stimme. »Ich wäre bereit zu einem Kompromiss: Wir verpassen unser nächstes Flugfenster und ihr nutzt die Zeit, um herauszufinden, ob Marcus überhaupt einen Weg kennt, die Daten auszulesen. Falls er einen weiß, bevor wir amerikanischen Boden unter den Rollen haben, lasse ich euch den Kristall zu Hause auslesen, bevor ich ihn zurückbringe und wir schweigen für den Rest unseres Lebens darüber. Deal?«

»Das ist aber nicht genug Zeit!«, beschwerte sie sich und klang frustriert.

»Hört mal. Mir ist es vollkommen egal, was sich auf diesem Kristallding befindet.« Blackheart hob beide Hände, als versuchte er ein imaginäres Wurfgeschoss aus ihrer Richtung abzuwehren und klang geradezu sanft. »Was mir nicht egal ist, ist mein Auftrag, und der lautet, auf euch anzupassen, damit ihr schnellstmöglich Marcus Brown befreien und das Artefakt zu Richard bringen könnt. Da Richard ein feiner Kerl ist und ich ihm etwas schulde, genau wie ihr alle, ohne das zu wissen, möchte ich diesen Auftrag gerne nach bestem Wissen und Gewissen ausführen. Euch geht es darum, eure Neugier zu stillen, aber wenn Richard etwas wichtig ist, dann, weil es um etwas Größeres geht. Allerdings«, sagte er und hob einen Zeigefinger, um Mayas sich anbahnende Unterbrechung im Keim zu ersticken, »ist es mir auch nicht egal, was ihr euch wünscht, darum versuche ich einen Weg zu finden, beides möglich zu machen. Ich glaube nicht, dass es in Richards Sinn war, dass ihr die Daten auslest, aber er hat auch nicht explizit gesagt, dass ihr es nicht tun sollt. Also werde ich einfach wegsehen, wenn ihr es im angegebenen Zeitrahmen schaffen solltet. Ich finde, das klingt nach einem wirklich fairen Kompromiss, denkt ihr nicht?«

»Ja, das tut es«, antwortete Thor an Mayas Stelle, als er sah, dass sie widersprechen wollte. Sie sah ihn finster an, doch das Gewitter auf ihren Zügen klarte unter seinem Blick zusehends auf und schließlich warf sie seufzend die Arme in die Luft.

»Okay, ist gut.«

Thor nickte Blackheart zu, was so viel wie *danke* bedeuten sollte, und der Belgier zwinkerte ihm als Antwort zu, als hätte er einen guten Witz gemacht.

»Zurück zu unserem ursprünglichen Gespräch: Wenn wir also den Kristall auslesen wollen, müssen wir Marcus in Sicherheit bringen, das steht sowieso auf Platz Eins unserer Prioritäten. Ob der Vatikan sich an uns hängt oder nicht: Wenn dem so ist, werden sie auf italienischem Boden zuschlagen, weil sie es nicht riskieren werden, noch einmal in den Staaten aktiv zu werden. Jetzt wissen wir nämlich, wozu sie fähig sind, und sie werden denken, dass wir das auch wissen und Vorkehrungen getroffen haben.« Er musterte Blackheart fragend und war erleichtert, als der nickte. »Also wird ihnen das viel mehr Spielraum vor Ort lassen.«

»Aber die können sich doch bestimmt denken, dass wir sofort über den großen Teich fliegen werden und nicht hier warten, dass Marcus etwas einfällt«, meinte Maya und deutete auf den schlafenden Studenten.

»Jo, denke ich auch«, erwiderte Blackheart und hängte seine Daumen in den Gürtel, was ihm das Aussehen eines bulligen Cowboys verlieh. »Das würde dafür sprechen, dass sie denken, dass Marcus etwas weiß, was er ihnen vorenthalten hat und uns sofort sagen würde. Das wiederum würde bedeuten, dass wir uns auf Besuch einstellen sollten. Bald.«

»Wir bekommen Besuch?«, fragte Marcus mit belegter Stimme und räusperte sich, während er die Glieder streckte und sich aus seiner Fötusstellung löste wie eine Schlange im ersten Sonnenlicht. Seine Augen waren klein und gerötet und er begann, sie zu reiben, sobald er wieder einigermaßen aufrecht saß.

»Oh, du bist schon wach?« Maya wirkte ein wenig geknickt, als hätte sie zuvor etwas Falsches gesagt.

»Wie lange habe ich denn geschlafen?«

»Vielleicht ein oder zwei Stunden«, antwortete Blackheart und klopfte dem Studenten auf die Schulter.

»Oh.«

»Fühlst du dich ein wenig besser?« Maya ließ sich neben ihm nieder und beäugte ihn wie eine besorgte Henne ihr Küken. Thor fühlte sich noch immer ein wenig unwirklich, jetzt, wo sie ihr erstes Ziel erreicht hatten und Marcus bei ihnen war. Es war beinahe absurd leicht gewesen im Vergleich zu den Schwierigkeiten, die er sich ausgemalt hatte. Nie im Leben hätte er damit gerechnet, dass sie ohne großen Aufwand nach Rom fliegen, in den Vatikan marschieren und ihn mitnehmen könnten, was auch das Kitzeln in seinem Nacken erklärte, das ihn ohne Zweifel aufmerksam zu machen versuchte, dass etwas nicht stimmte.

»Nicht wirklich«, gestand Marcus und schüttelte den Kopf, als bereitete ihm allein diese Bewegung große Anstrengung.

»Es tut mir leid, dich das fragen zu müssen, aber bezüglich des Kristalls ...«

»Ist schon gut. Sie wollen bestimmt wissen, ob ich ihn auslesen kann.«

»Ja.«

»Nein.«

»Wie?«

»Nein, ich habe keine Ahnung, weshalb jeder denkt, dass ich das könnte«, brummte Marcus und schüttelte wieder den Kopf, als versuchte er, diese absurde Annahme aus seinen Gedanken zu bekommen. »Ich wusste nicht einmal, dass Chromiodid-

Speichermedien über erste Prototypen hinausgekommen wären.«

»Es muss mit deinem Vater zusammenhängen«, sagte Maya. »Er scheint in die Entwicklung des Kristalls involviert gewesen zu sein.«

»Ja und heute ist er tot.«

Eine Weile schwiegen sie betreten und es war Marcus, der als erster wieder das Wort erhob. »Hören Sie, ich will Ihnen ja gerne helfen und bin Ihnen sehr dankbar, dass Sie mich befreit haben, aber wenn Sie das getan haben, weil Sie sich erhofften, dass ich für Sie den Speicher auslesen kann, muss ich Sie leider enttäuschen.«

»Das ist nicht der Grund.« Maya legte ihm eine Hand auf das schmale Knie. »Wichtig ist, dass du in Sicherheit bist. Wir hätten nur gerne gewusst, weshalb in den Schatten ein Kampf um dieses Ding tobt.«

»Das würde ich auch gerne wissen. Aber noch lieber möchte ich nach Hause.« Marcus klang mit einem Mal sehr jung und zerbrechlich, was Thor in Erinnerung rief, dass er genau das war: jung und zerbrechlich.

»Es war der Wunsch deines Vaters, dass du Maschinenbau mit dem Schwerpunkt Lesetechnik für Speichermedien studierst, richtig?«, mischte er sich schließlich in das Gespräch.

»Meine Mom hat mir immer wieder gesagt, dass Dad das gesagt hatte, ja.«

»Das scheint kein Zufall zu sein. Er entwickelt einen hochmodernen Datenträger, der über zehn Jahre später noch als High-Tech gilt und sorgt dafür, dass sein Sohn etwas lernt, was mit seiner Erfindung zu tun hat. Offenbar schien es ihm etwas Wichtiges für die Zukunft zu sein.«

»Ich weiß es nicht. Ich habe als Kind viel Zeit mit ihm verbracht, aber er hat nie über meine Zukunft gesprochen. Stattdessen haben wir viel gebastelt.« Marcus' Blick wurde abwesend, als befände er sich in Gedanken an einem anderen, weit entfernten Ort. Als er weitersprach, klang seine Stimme beinahe ätherisch, wie die eines Geistes. »Er hat mich immer bestimmen lassen, was wir bauen oder ausprobieren.«

»Klingt nicht gerade gewalttätig, hm?«, meinte Thor und sah Maya an.

»Wie? Gewalttätig?« Marcus klang empört und Maya verdrehte die Augen. Offenbar hatte er etwas Falsches gesagt.

»Ja, offiziell heißt es, dein Vater wäre gegenüber deiner Mutter gewalttätig geworden, dann kam der Autounfall und ...«

»Mein Vater war ein guter Mann und hat meine Mutter geliebt, er hätte ihr oder mir niemals etwas angetan!«

»Ich glaube dir«, sagte Maya schnell und drückte leicht Marcus' Knie. »Die offiziellen Berichte sind häufig lückenhaft oder gar falsch und in diesem Fall glaube ich ohnehin nicht, dass alles mit rechten Dingen zugegangen ist.«

»Ja, angeblich ist dein Vater bei einem Autounfall ums Leben gekommen, aber das kann nicht sein, weil er am Tag danach noch bei jemandem aufgetaucht ist: deinem Professor Bowen und seiner Frau. Natürlich war das lange vor ...«

»Was?«, fragte Marcus mit aufgerissenen Augen. »Dad ist gar nicht bei dem Autounfall gestorben? Lebt er noch? Wo ist er? Warum hat er sich nie gemeldet? Können Sie ...«

»Thor!«, schimpfte Maya und fletschte die Zähne in seine Richtung, bevor sie ihre Augen immer wieder in Richtung des Studenten richtete, als wollte sie ihm etwas mitteilen.

»Ja?«

Sie schien etwas sagen oder besser ihm entgegenschreien zu wollen, doch offenbar verbot ihr die Anwesenheit von Blackheart und Marcus das. Wie sollte er jemals aus ihr schlau werden?

»Ich glaube nicht, dass er noch lebt, aber wir werden versuchen, es herauszufinden«, fuhr er fort und sofort sah er die Enttäuschung, die sich wie ein Schatten über die Züge des Studenten legte. Seine Schultern sackten leicht ein und von der aufgebauten Spannung war nicht mehr viel übrig.

»Was hat Dad nur gemacht? Alles, was ich über ihn weiß, scheint eine Lüge zu sein«, schimpfte er und schniefte verdrießlich, bevor er sich die schwer aussehende Armbanduhr vom Handgelenk riss und sie in Richtung der gegenüberliegenden Wand schmetterte, wo sie eine Narbe in der Holzwand hinterließ und zu Boden fiel. »Ich wünschte, er wäre nie zum Militär gegangen.«

Es war Blackheart, der die Uhr aufhob, sich vor Marcus hinhockte und sie ihm reichte. »Mein Vater hat meine Mutter erstochen, als ich sechs war. Danach hat er sich erhängt und mich und meine Schwester im selben Zimmer eingesperrt. Wir mussten mehrere Tage die Leiche meiner Mutter und unseren von der Decke baumelnden Vater angucken, während wir beinahe verhungerten. Als wir gefunden und in ein Heim gesteckt wurden, wusste ich nicht, wohin mit meinem Zorn. Zu meiner Mutter, weil sie meinen Vater nicht früher verlassen hatte, um mit uns das Weite zu suchen? Auf meinen Vater, weil er ein Monster war? Das Schlimmste war, dass er sich selbst gerichtet hatte, bevor wir entscheiden konnten, wütend auf ihn zu sein oder irgendetwas in seine Richtung zu fühlen.« Marcus' Augen wurden immer größer. »Man kann sich immer fragen, wieso und weshalb etwas geschehen ist, aber man wird die Antwort nie finden und vor allem wird man nie ändern können, was passiert ist. So ist das Leben nun einmal. Das Gute ist, dass die Vergangenheit vergangen ist. Sie ist ein toter Ort, wie ein Friedhof aus Gedanken an eine Zeit, die nicht mehr existiert. Da sie aber das ausmacht, was wir heute überwiegend denken, ist es sehr verlockend, zu viel Zeit auf diesem Friedhof zu verbringen. Leben kann man aber nicht, wenn man von den Toten umgeben ist, also konzentrierst du dich besser auf das, was vor dir liegt. In diesem Sinne ist die Inschrift in deiner Uhr ziemlich weise. Das Leben ist tatsächlich wie ein Film, bei dem sich der Sinn erst am Ende erschließt. Wenn man aber ständig nur in die Vergangenheit blickt, wird man diesen Sinn nie erkennen.«

»Woher wissen Sie von der Inschrift?«, fragte Marcus, während Maya und Thor den ehemaligen Fremdenlegionär noch überrascht ansahen. Bisher war Blackheart zwar immer gut gelaunt und zugänglich gewesen, hatte aber erstaunlich wenig von sich preisgegeben. Maya wirkte mitgenommen und mitfühlend gleichermaßen, während Thor sich unbehaglich fühlte, nun, da der Belgier so intime Details seines Lebens geteilt hatte. Was sollte er sagen? Dass es ihm sehr leidtat? Oder sollte er besser ignorieren, dass das gerade passiert war?

»Ach, ich bin halt ein aufmerksames Kerlchen. Rettet dir bei den Spezialkräften das Leben«, meinte Blackheart und zuckte mit den Achseln.

»Woher stammt die Uhr?«, fragte Thor.

»Von meinem Vater. Das einzige Erbstück, das ich von ihm besitze.«

»Und die Inschrift? Die stammt auch von deinem Vater?«

»Ja.«

»Interessant. Er muss ein großer Filmfan gewesen sein.«

»Das waren wir beide.« Marcus sah zu ihm auf und lächelte traurig. »Wir haben häufig mehrere Filme hintereinander angeschaut an den Wochenenden. Meistens Star Wars, das durfte ich als Kind schon sehen und er war ein großer Fan.«

»Ihr habt auch Projektoren für alte Super-8 Filme gebastelt, richtig?«, fragte Thor.

»Woher wissen Sie das?«

»Steht im FBI-Bericht zu deinem Vater.«

»So etwas wissen die?«

»Wenn ein militärischer Mitarbeiter im wissenschaftlichen Korps ums Leben kommt, gibt es immer Hintergrundchecks, um auszuschließen, dass Dinge wie Spionage oder andere kriminelle Handlungen im Spiel waren.« Thor winkte ab, weil es nicht so wichtig war.

»Worauf willst du hinaus, Thor?«, schaltete Maya sich wieder ein.

»Sein Vater hätte ihm alles Mögliche vererben können. Er wusste, dass er in Gefahr war, darum hat er die Bowens aufgesucht und die Vorgänge in Gang gesetzt, die mit Bowens Fund ihren vorläufigen Höhepunkt erreichten. Er bläut seiner Ehefrau ein, dass sie ihren gemeinsamen Sohn in eine bestimmte berufliche Richtung erziehen soll und vererbt ihm von allen möglichen Dingen eine Armbanduhr ...«

»... die auch noch kaputt ist«, stellte Blackheart fest, doch Thor ignorierte seinen Zwischenruf.

»Eine Armbanduhr mit einer Inschrift, die besagt, dass das Leben wie ein Film sei, der häufig erst am Ende einen Sinn ergibt. Das ist zwar ein ganz interessanter Spruch, aber nach allem, was ich von Charles Brown weiß, war er kein Poet, sondern ein praktischer Ingenieur. Außerdem würde man doch kaum einen Film als Metapher wählen. Ich denke, dass er zum einen ein praktisches Erbe vorbereitet hätte, und zum anderen, dass Ingenieure nie um den heißen Brei herumreden, außer sie haben etwas zu verbergen«, fuhr er fort und deutete auf die Uhr. »Was ist, wenn die Inschrift eine Art Geheimbotschaft ist, die nur Marcus versteht und die von allen anderen ignoriert würde. Das würde zumindest erklären, warum er wollte, dass der Kristall seinem Sohn irgendwann in die Hände fällt oder er zumindest in Kontakt damit kommt. In unseren Akten über Marcus Brown und seinen Vater, die wir zu Beginn unserer Ermittlungen in Mexiko gelesen haben, war die Rede, dass sie gemeinsam an Filmprojektoren gebastelt haben.« Er sah Marcus an, der ihn konsterniert musterte, als könnte er nicht ganz folgen. »Also habt ihr doch bestimmt einen Lieblingsfilm auf Super-8, oder?«

»Natürlich, *Der Löwe von Sparta.*«

»Was ist, wenn dein Vater am Ende dieses Films irgendwelche Informationen versteckt hat, wie man seine Erfindung ausliest?«

Marcus schien zu verwirrt, um zu antworten, hinter Mayas Stirn arbeitete es offensichtlich und als Blackheart in die Hände klatschte und grinste, fuhren alle zusammen.

»Klingt, als sollten wir deiner Mom einen Besuch abstatten und in eurer Garage herumwühlen, hm?«

DAS
ARTEFAKT 2

Kapitel 15: Michelle

»Rauchen ist wirklich ekelhaft«, murrte Michelle, als die xte Rauchwolke von Angela sie im Gesicht traf und in dichten Nebel hüllte. »Es gibt auch andere Arten zu unterstreichen, dass man einen kaputten Charakter hat und sich ein bisschen hasst. Rauchen ist von allen Klischees in diesem Fall das nervigste.«

»Ich habe Krebs im Endstadium, reicht dir das nicht, Schätzchen?«

Da sie nicht wusste, was sie antworten sollte und die alte Dame ohnehin etwas Zynisches erwidern würde, das ihr nicht dabei helfen würde, sich zu konzentrieren, scrollte sie weiter durch die Vermisstenliste, die Bob ihr geschickt hatte.

»Was machst du da genau?«, wollte Angela wissen und beugte sich mit ihrem nach Aschenbecher riechenden Atem über ihre Schulter.

»Kennen Sie Robert Greenwich?«

»Nö.«

»Er ist ein junger Kongressabgeordneter und sitzt für die Demokraten im Repräsentantenhaus, erst knapp ein Jahr im Amt. Er hatte eine Begegnung der dritten Art mit einer Frau von einer Bürgerrechtsinitiative, die er ursprünglich abwimmeln wollte. Jetzt stellt sich heraus, dass sie recht hatte«, erklärte Michelle abwesend, während sie durch die endlose Liste scrollte. Mittlerweile las sie die Namen nicht mehr, sondern ließ die Buchstabenkolonnen einfach weiterlaufen, als gebe es einen Preis zu gewinnen, wenn sie es bis zum Ende schaffte.

»Und?«

»Was und?«

»Womit hatte diese Frau recht?«

»Oh, es verschwinden Leute in den gesamten USA, die nicht wieder auftauchen.«

»Das ist doch normal.«

»Nicht in der Anzahl. Das sind alle Verschwundenen.« Michelle deutete auf die scheinbar endlose Liste vor ihren Augen, die mit hundert Hertz über den Monitor flimmerte.

»Knapp hundertfünfzigtausend. Das ist doch nicht besonders viel, oder?«

»Das sind einzig die Verschwundenen der letzten zwanzig Jahre und nur bezogen auf ein bestimmtes Muster. Aufgeklärte Verbrechen, Kinder, psychisch Kranke, Veteranen und viele mehr sind schon herausgefiltert.«

»Oh. Das sind aber viele. Fast genau so viele, wie unsere ominöse Stiftung angeblich Mitarbeiter hat.«

»Ganz genau«, stimmte Michelle ihr zu. »Ich muss das an jemanden schicken, den ich gut kenne und der mir noch einen Gefallen schuldet.«

»Wer schuldet dir keinen Gefallen?«

»Sie.«

»Stimmt. Aber du schuldest *mir* jetzt einen Gefallen.« Die alte Frau beugte sich über den improvisierten Schreibtisch aus einer Spanplatte, die sie auf zwei Böcke gelegt hatte und schaltete die Internetverbindung wieder ein, indem sie den großen roten Knopf drückte.

Michelle schickte eine E-Mail ab und hängte die Liste von Bob an. Schnell tippte sie noch einige Instruktionen und blies dann die Wangen auf. »Da bin ich mal gespannt.«

»Was ist dein Plan?«, wollte Angela wissen.

Michelle überlegte, ob sie die Informationsbrokerin anlügen sollte, und sah sich in dem beengten Käfig um. Sie war paranoid, das stand außer Zweifel, aber spielte sie auch im selben Team? Häufig war diese Frage gar nicht so leicht zu beantworten. Ein Fußballteam beispielsweise bestand aus elf Spielern, aber wenn einer wechselwillig war und vom Verein nicht freigestellt wurde, um seinen neuen Arbeitsplatz anzutreten, konnte er beginnen, seine Mannschaft zu sabotieren, um die Vereinsführung zu bestrafen. So spielte am Ende jeder in seinem eigenen Team, wenn es darauf ankam. Allerdings würde sie die Frau noch brauchen und sie war sehr hilfreich gewesen und hatte einiges riskiert, indem sie Michelle in ihr Versteck gelassen hatte.

»Die ARC-Stiftung. Sie hat eine Website, aber es steht so gut wie nichts darauf. Das heißt aber, dass es ein Back-End geben muss, in das die Website-Daten eingepflegt wurden. Es gibt die Rechtsanwaltskanzlei, die PR-Agentur und jede Menge Finanzströme, die nach Geldwäschekriterien überprüft wurden. Nach allem, was wir über die Stiftung wissen, wird sie vom Weißen Haus protegiert, und ich möchte wetten, dass diese Überprüfungen seltsamerweise alle im Sande verlaufen sind oder gar nicht wirklich stattgefunden haben. Wie dem auch sei: Die Stiftung hinterlässt Spuren und das tun Vermisste auch«, ließ sie ihren Gedanken freien Lauf und es fühlte sich gut an, sie mit jemandem zu teilen. Es war, als hätte sie ein Überdruckventil an einer Leitung geöffnet, die kurz vorm Bersten gestanden hatte. Jetzt musste sie nur noch dafür sorgen, dass bei denjenigen, die diese ganzen Verbrechen in Gang gesetzt und versucht hatten, sie umzubringen, eine Leitung barst, und dafür musste sie harte Fakten veröffentlichen.

»Wenn viele Menschen verschwinden, findet man sie am besten, indem man nicht nach ihnen sucht.«

Michelle ließ vom Monitor ab und musterte die alte Frau anerkennend. Die zuckte mit den Schultern und drückte ihre

Zigarette in einem sträflich überfüllten Aschenbecher aus.

»Schau mich nicht so an, ich bin zwar todgeweiht, mache diesen Job aber schon deutlich länger als du, Schätzchen.«

»Nennen Sie mich nicht so.«

»Jemand, der verschwinden will, wird dafür sorgen, dass man ihn nicht findet«, überging Angela ihren Zwischenruf und schnippte mit den runzligen Fingern. »Da kann man nur seine Zeit verschwenden und hoffen, dass sie einen Fehler gemacht haben. Darum findet man Verschwundene am besten, indem man nach aus dem Nichts Aufgetauchten sucht.«

»Das ist ein guter Gedanke«, musste Michelle zugeben und ärgerte sich, dass sie nicht selbst darauf gekommen war. Aber am Ende kam es auf das Ergebnis an.

»Die Stiftung, von der wir erfahren haben, besteht jetzt seit über zwanzig Jahren, hat eine große Menge Geld verdient und dafür was gemacht?«, fragte Angela weiter.

»Nichts«, beantwortete Michelle pflichtschuldig die rhetorische Frage und machte einen ungeduldigen Wink mit der Hand, um ihre Gegenüber zum Weiterreden zu animieren.

»Genau. Die Arbeit, die sie machen sollten, wurde nie durchgeführt: keine Leute vor Ort, keine Studien, keine Ergebnisse. Diese angeblichen Berichte an den republikanisch geführten Senat sind doch ein Witz. Es geht nur ums Umschichten von Geld, ums Verschwinden lassen. Das haben wir früher schon gesehen, nur in deutlich kleinerem Maßstab. Warum also ...«

»... braucht man hundertfünfzigtausend Mitarbeiter?«

»Außer, man hat gar keine hundertfünfzigtausend Mitarbeiter, muss für die Registrierung als Stiftung aber nachweisen, dass man Personal beschäftigt, das in der Lage ist, die gewonnenen Ausschreibungen zu bewerkstelligen.«

»Bei jeder Ausschreibung muss der Nachweis erbracht werden, dass die teilnehmenden Unternehmen in der Lage sind, das Projekt zu stemmen. Da ARC mehrere Ausschreibungen gleichzeitig bedient hat und immer noch bedient, müssen sie eine ganze Menge Leute beschäftigen. Diese Leute gibt es nicht, aber die Gehaltszahlungen werden bestimmt in den Geschäftsberichten angegeben, nur, dass die Gelder nie geflossen sind«, führte Michelle den Gedanken fort und nickte. »Vermisste sind nicht besonders anspruchsvoll, wenn es um ein Gehalt geht.«

»So ist es. Und ganz davon abgesehen, muss ARC bei jeder Bewerbung um ein Projekt nicht nur die Mitarbeiterstruktur offenlegen, sondern auch die Sozialversicherungsnummern, damit man sich nicht einfach eine Zahl ausgedacht hat.« Angela zeigte auf den Monitor, wo die Endlosliste noch immer verharrte wie eingefrorene Pixel. »Die kann man zwar fälschen, aber die Gesamtzahl der Sozialversicherungsnummern, die beim Finanzamt liegen, nicht. Man muss also aus dem bestehenden Pool Zahlen nehmen, die man frisiert. Wenn man Zugang zu den Datenspeichern des Finanzamts hat, geht das. Aber die Gesamtzahl kann man nicht fälschen, weil dann die Zahlenabgleiche mit dem Einwohnermeldeamt, den Sozialämtern, Wahlkommissionen und vielen weiteren scheitern würden.«

»Also lässt man hundertfünfzigtausend Menschen verschwinden, die dann als ominöse Mitarbeiter einer noch ominöseren Scheinstiftung wieder auftauchen.«

»Darum habe ich meinen Kontakt gebeten. Mal sehen, ob jemand faul war.« Michelle grinste.

»Was meinst du damit?«

»Warten wir es ab.« Sie sah auf ihre Uhr. »Gibt es in diesem stinkenden Zwinger irgendwo Kaffee?«

Eine Stunde später schaltete Angela das Internet wieder an und Michelle rief ihre E-Mails ab. In ihrem Postfach befanden sich vierzig neue Nachrichten. Eine stammte von Harry Dresden, jenem Hacker, dem sie nach ihrer letzten Story ihr gesamtes Gehalt überwiesen hatte, weil sie es ihm versprochen hatte. Heute war sie vorsichtiger, wenn sie etwas recherchierte und dachte, es würde sowieso nicht zur Veröffentlichung kommen.

Sie öffnete die Datei und las stumm seinen Text. Ihre Lippen bewegten sich, als würde sie tatsächlich sprechen, doch mehr als ein Wispern kam nicht aus ihrer Kehle.

»Hol' mich doch der Teufel«, brummte sie schließlich und warf sich in ihren Stuhl zurück. Angela las den Text selbst und schnaubte.

»Das war einfach.« Sie sah Michelle an und grinste ein gelbes Grinsen. »Jemand war faul.«

»Ja. Wer will schon hundertdreiundvierzigtausendzweihundertneunzig Namen per Hand eingeben? Es ist viel einfacher, wenn man die Vor- und Nachnamen von einem Programm wahllos durcheinandermischen lässt.« Es war kaum zu glauben, aber die Vermissten entsprachen haargenau den Mitarbeitern der ARC-Stiftung. Die Namen der Vermisstenliste und der offiziellen Mitarbeiterliste der ARC stimmten zwar nicht direkt überein, stammten aber aus demselben Pool an Vor- und Nachnamen, was zusammen mit den Sozialversicherungsnummern kein Zufall sein konnte – abgesehen von der Gesamtzahl. Egal, wie gut eine Verschwörung eingeleitet und durchgeführt wurde, je größer sie wurde, desto mehr Menschen mussten einbezogen werden und je mehr Teile eine Maschine hatte, desto mehr konnte schief gehen. Dieses Prinzip war ihnen jetzt zu Hilfe gekommen.

»Das Zweite ist ja fast noch interessanter«, befand Angela und deutete auf den zweiten Absatz von Harry Dresdens E-Mail. »Die ARC ist seit zwei Jahren der größte Grundbesitzer in den USA, noch vor John Malone.«

Michelle besah den Absatz noch einmal. Vor lauter Aufregung über den ersten Absatz hatte sie ihn beinahe vergessen. »Aber die tauchen doch in keiner Liste auf.«

»Nö, aber ich schätze, dass dein Harry gegraben und die ARC mit den Daten der Katasterämter abgeglichen hat. Demnach haben sie über zwei Jahrzehnte insgesamt zwei Millionen Hektar Land aufgekauft. Mach mal den zweiten Anhang auf«, forderte Angela sie auf. Wie sich herausstellte, handelte es sich um ein PDF mit der juristischen Historie der ARC. Offenbar hatten sie einige Rechtsstreits mit Grundbesitzern und ganzen Kommunen ausgefochten, allerdings immer über ihre Anwaltskanzlei, die bei vielen Grundstücken als offizieller Käufer auftrat. Harry hatte die Kanzlei offenbar synonym mit der ARC behandelt, womit er wohl recht haben musste. Teilweise waren ganze Dörfer geräumt worden, nachdem man Hausbesitzern Angebote gemacht hatte, die sie nicht ablehnen konnten.

»Was haben diese Leute vor?«, hauchte sie. »Kannst du eine US-Karte ausdrucken? Dann können wir die Landstücke, die sie besitzen, markieren und vielleicht herausfinden, worin das Muster besteht.«

»Gute Idee, ich kümmere mich darum.«

»Ich rufe bei der Polizei an, ob die schon was über die Scheißkerle herausgefunden haben, die mich umbringen wollten.« Michelle stand auf und schnappte ihre Jacke.

»Geh weit genug weg. Du kannst eines von den Wegwerfhandys nehmen«, sagte Angela, ohne aufzublicken, während sie an dem Kabelsalat eines alten Druckers wuselte.

»Ist gut.« Sie schnappte sich ein altes Nokia 6210 aus einer Kartonschachtel neben der Tür, verließ Käfig und Garage und trat in den noch immer kalten Nieselregen der Hauptstadt. Zwischen den Garagen war niemand zu sehen, also zog sie sich die Kapuze über den Kopf und ging in den kleinen Grünbereich zwischen den Reihenhäusern. Dort begegnete sie einem älteren Mann mit Dackel, der sie kaum zu bemerken schien, als sie ihm zunickte. Auf der anderen Seite des Hauses hielt sie auf dem Bürgersteig neben einem geparkten Tesla an und wählte die Nummer, die Officer Bishop ihr gegen hatte, wenn sie sich bei der Zentrale über ihren Fall informieren wollte.

»Guten Tag, Sie sind mit der zentralen Anfragestelle für Zeugen und Geschädigte des Metropolitan Police Department des Districts of Columbia verbunden. Wenn Sie sich über den aktuellen Status Ihres Verfahrens informieren möchten, sagen Sie bitte *Eins*. Wenn Sie ...«

»Eins«, sagte Michelle.

»Vielen Dank. Bitte nennen Sie jetzt die siebzehnstellige Bearbeitungsnummer und drücken dann die Raute-Taste.«

»Zwei-Fünf-Sieben-Sechs-Acht-Acht-Drei-Eins-Eins-Sieben-Zwei-Fünf-Acht-Acht-Neun-Sechs-Sechs«, sagte Michelle.

»Vielen Dank«, sagte die weibliche Computerstimme erneut. »Sie werden jetzt mit einem zuständigen Mitarbeiter des MPDC verbunden. Bitte haben Sie einen Moment Geduld.«

»Habe ich nicht«, murmelte sie und sah in den leichten Regen, der aus den grauen Wolken fiel wie zielgerichteter Beschuss, der es nur auf sie abgesehen hatte.

»Guten Tag, mein Name ist Officer Fields, was kann ich für Sie tun?«

»Hier spricht Michelle Nunez, ich melde mich bezüglich des versuchten Mordes an mir. Officer Bishop, der den Fall angelegt hat, meinte, dass ich mich melden sollte, falls weitere Aussagen vonnöten seien. Haben Sie schon etwas über die flüchtigen Täter herausgefunden?«

»Lassen Sie mich kurz nachsehen, Mrs. Nunez. Darf ich zur Sicherheitsabfrage um Ihr Geburtstdatum, Ihre aktuelle Adresse und die Nummer Ihrer ID bitten?« Der Polizist klang freundlich und professionell, wenn auch nicht gerade enthusiastisch. Aber wer konnte ihm das schon verübeln bei dieser Art der unpersönlichen Schreibtischarbeit. Sie gab ihm die Daten und lauschte einer unaufdringlichen Warteschleifenmusik, bis es wieder in ihrem Ohr raschelte.

»Mrs. Nunez?«

»Ja, ich bin noch dran.«

»Danke, dass Sie gewartet haben. Ich habe Ihren Fall jetzt offen. Das Verfahren wurde bereits eingestellt, Mrs. Nunez.«

»Wie bitte?«, fragte sie vollkommen perplex.

»Das Verfahren wurde eingestellt, weil keine Täter ermittelt werden konnten«, erklärte der Beamte in neutralem Tonfall.

»Das kann doch nicht sein. Es sind gerade einmal zwölf Stunden vergangen. Was ist mit der Beweisaufahme, Spurensicherung, Zeugenermittlung? Das haben Sie doch niemals in zwölf Stunden geschafft! So etwas dauert Tage oder Wochen!«, empörte sie sich und der Regen kam ihr mit einem Mal viel kälter vor.

»Es tut mir leid, Mrs. Nunez. Ich bin mit Ihrem Fall nicht vertraut, ich weiß nur, dass er mit dem Vermerk *eingestellt* versehen ist. Die Geschwindigkeit ist tatsächlich bemerkenswert, aber es wurde sich darum gekümmert, das kann ich hier sehen. Die Anweisung der Verfahrenseinstellung kam von ganz oben, offenbar haben sich die besten Leute darum gekümmert.«

»Ja, ganz offensichtlich«, murmelte sie und legte auf. *Ganz oben. Daher weht also der Wind.* Nicht irgendjemand wollte sie tot sehen, sondern diejenigen, die es schafften, ein Verfahren per Mausklick einstellen zu lassen, was bedeutete, dass vermutlich das Justizministerium damit zu tun hatte. Das zwang sie, noch deutlich vorsichtiger vorzugehen als sie befürchtet hatte.

Michelle entfernte den Akku aus dem alten Telefon und warf es in einen Mülleimer auf dem Bürgersteig. Dann kehrte sie zu Angelas Garage zurück. Die alte Frau hatte bereits eine große Karte aus aneinandergeklebten DIN A4-Blättern an der rückwärtigen Käfigwand befestigt und markierte kleine Parzellen. Nebenbei lief der kleine Röhrenfernseher in der rechten oberen Ecke und flimmerte die Nachrichten in ihre Richtung.

»Schon zurück?«

»Ja«, knurrte Michelle. »Es ist noch schlimmer als angenommen. Offenbar versuchen unsere eigenen Behörden mich umzubringen.«

Angela hielt inne und wollte etwas sagen, als Michelles Blick von dem Fernseher angezogen wurde wie eine Motte vom Licht.

»Machen Sie das mal lauter.« Zu ihrer Erleichterung zögerte die Informationsbrokerin nicht und fragte auch nicht nach. Stattdessen nahm sie die Fernbedienung in die Hand und stellte lauter.

»... die Aktion ist ein weiterer Schlag gegen Hacker des

Anonymous-Kollektivs, dem eine ganze Reihe Cyber-Straftaten angehängt werden. Harry Dresden galt unter anderem als Drahtzieher hinter dem Angriff auf die Bankdaten von zwei Millionen Kunden der South West Bank. Bei dem Zugriff eines SWAT-Teams im Westen von Atlanta wurde der gesuchte Hacker bei einem Schusswechsel tödlich verletzt. In einer Kurzmeldung auf Twitter zeigte sich Präsident Walker erfreut über den erfolgreichen Einsatz der Polizei und bekräftigte seine Unterstützung für die *War on Cybercrime* genannte Initiative, die er selbst im Senat angestoßen hatte.« Die Nachrichtensprecherin fuhr fort, doch Michelle hörte sie nicht mehr. Stattdessen ließ sie sich auf ihren Stuhl plumpsen und versteckte ihr Gesicht in den Händen.

»Oh Gott. Die haben ihn umgebracht.«

»So eine Scheiße.« Angela klang alarmiert. »Wir sollten schnell die Biege machen. Wenn sie schon einen Hacker wie den in so kurzer Zeit erwischen, dann fassen die auch uns. Solche Leute wissen in der Regel, wie sie unerkannt bleiben.«

»Vermutlich werden die auch die E-Mail gelesen haben, die er uns geschickt hat.«

»Es sei denn, er hat sie vorher gelöscht und alle Festplatten gebraten«, gab Angela zu bedenken. Michelle wollte sich der Hoffnung hingeben, die wie ein blasser Schimmer in den abgelegenen Winkeln ihres Verstandes um ihre Aufmerksamkeit buhlte, doch die Sorgen waren wie ein sich ausbreitender Schatten, der nicht viel Raum für Licht ließ.

»Wir sollten von hier abhauen.«

»Aha, und wohin?«

»Haben Sie einen Platz, wo es sicher ist?«

»Sicherer als hier?« Angela schüttelte den Kopf. »Aber für mich ist es ohnehin bald zu spät, Schätzchen. Eine alte Frau mit Krebs im Endstadium flieht nicht mehr nach Mexiko und setzt sich eine Perücke auf. Nö. Du aber, du solltest verschwinden und dafür sorgen, dass diese ganze Sache auffliegt. Hast du einen Ort, an den du gehen kannst?«

»Meinen Sie mit *gehen* untertauchen?«

»Ja, so in etwa.«

»Nein. Ich denke gar nicht daran, unterzutauchen. Ich werde diese Schweine drankriegen und dann werden wir sehen, wie es für die mit ihrer Stiftung weitergeht.« Michelle deutete auf die improvisierte Karte an der Wand. »Haben Sie etwas herausgefunden?«

»Ich habe das meiste eingezeichnet, indem ich es mit dem Marker schraffiert habe. Da ich aber recht schnell vorgegangen bin, sind die markierten Gebiete eher als ungefähre Annäherungswerte zu betrachten, nicht als exakt umrandete Landkäufe«, erklärte Angela und drehte sich zu der Karte, die aussah, als hätte ein Kind sie großzügig pink bemalt. Als Michelle die schraffierten Gebiete betrachtete, dachte sie an eine SMS zurück, die sie vor ein paar Tagen bekommen hatte. Oder war es gestern gewesen? Es war so viel passiert, dass die Tage vor ihrem Geist verschwammen, was kein gutes Zeichen für ihren Zustand war. Sie musste unbedingt schlafen. Vermutlich steckte ihr der Schock des Unfalls noch in den Knochen.

»Haen Sie schon mal von Charles Brown gehört?«

»Von wem?« Angela schien verwirrt oder aber unschlüssig, ob sie glauben sollte, dass Michelle gerade ihren Verstand verloren hatte.

»Charles Brown. Ich habe auch erst kürzlich von einem Kontakt von ihm erfahren. Er hat als Air Force Liaison bei der DARPA gearbeitet und zwar in Groom Lake.«

»Das ist doch der Name der Militärbasis, die gemeinhin Area 51 genannt wird, oder?«

»Ja, genau.«

»Und was soll das damit zu tun haben?«

»Vielleicht nichts, vielleicht alles«, sagte Michelle abwesend und wünschte, sie hätte die SMS von Thor Dejeune ernster genommen. Sie hatten sich zwar nur einmal unter Umständen getroffen, die sie gerne vergessen würde, aber als FBI-Agent kontaktierte er sie sicherlich nicht ohne Grund, immerhin stellte es für einen Bundesbeamten ein erhebliches Risiko dar, Informationen an eine Journalistin durchzustecken, besonders, wenn es schwarz auf weiß geschah. Andere Leute hätte sie vielleicht für dumm oder nachlässig gehalten, aber nicht Thor. Ihr Blick fiel wieder auf das von Angela markierte Gebiet in Nevada. Sie ging zum Computer, öffnete ein Kartenprogramm und sah die Sperrzone an. Dann markierte sie sie auf der Karte. Sperrgebiet und von der ARC gekauftes Land grenzten direkt aneinander. »Da werde ich hingehen, aber vorher muss ich noch einen Kongressabgeordneten treffen.«

»Diesen Greenwich?«

»Bob.« Sie nickte und atmete tief durch.

JT DAS ARTEFAKT 2

ZWISCHENSPIEL

Das Black Ops Team Zwei bestand aus vier Personen. Wie üblich waren ihre Namen keine wirklichen Namen, sondern Zahlen, an die man sich aber recht schnell gewöhnen konnte. Woran sich *Eins* nicht gewöhnen konnte, war die Tatsache, dass sein Vorgänger in Los Angeles derart versagt hatte, dass ihre gesamte Einheit darunter litt. Der Colonel hatte bereits angekündigt, dass man bei einem erneuten Scheitern die Jungs von der Delta Force ranlassen wollte und das wäre nicht weniger als eine Demütigung. Darum saßen sie jetzt in dem weißen Kastenwagen mit der Aufschrift Pur'n'Kleen und hockten vor den Monitoren der Überwachungsgeräte. Für die gefakte Bemalung des Wagens war Drei verantwortlich, der meinte, dass es sich um einen Insider-Gag handle, nur verstand Eins nicht, um welchen Gag es ging. Offenbar war er kein Insider, was ihn aber auch nicht interessierte. Ihre Zielperson befand sich noch im Gebäude, von dem sie etwa hundert Meter entfernt standen. Eine Drohne, die von Vier gesteuert wurde, schwebte über dem Ein- beziehungsweise Ausgang des Kapitols, das die beiden Kammern der US-Legislative beherbergte. Sie trugen normale Alltagskleidung, die recht weit geschnitten war, damit man ihre muskulöse Statur nicht erkennen konnte, falls sie aussteigen und sich die Hände schmutzig machen sollten – was zu gegebener Zeit natürlich passieren musste. Aber vorher oblag es ihnen, herauszufinden, was die Zielperson wusste, damit man zukünftige Fehler unterbinden konnte. Eins hasste diesen Teil seines neuen Jobs, seit er nicht mehr bei den Navy SEALs war. Observation und Aufklärung waren anstrengend und bargen viele Fehlermöglichkeiten. Ein einfacher, ehrlicher Kampf war ihm deutlich lieber. Zwar hatten auch gewalttätige Auseinandersetzungen ihre Nachteile, wie beispielsweise den Adrenalinrausch, der einen bei zu häufigen Ausschüttungen depressiv oder wahlweise süchtig und gereizt werden ließ. Auch die Gefahr, verwundet zu werden oder draufzugehen, war immer real, aber wenigstens wusste man, was geschah. In Afghanistan und im Irak hatte man ihnen klare Ziele definiert. Geht an diese Position und tötet den Feind. Holt die Geiseln an Punkt XY heraus. Legt eine Bombe an Ort Z. Das waren alles klare Parameter, mit denen er arbeiten konnte. Aufklärung hingegen fing an mit Briefings wie: *Finden Sie heraus, was die Zielperson weiß, versuchen Sie möglichst viel Informationen über Mitwisser und beteiligte Personen aufzuzeigen, bevor sie die Zielperson liquidieren.* Was sollte das denn bedeuten? Was war »möglichst viel«? Solche Anweisungen waren die Wortwahl von Politikern, zu denen jeder Offizier irgendwann wurde, wenn er die Karriereleiter in Uniform hoch genug geklettert war. Dann wollte man den eigenen Hals aus der Schlinge ziehen und sich mit Nomenklatur unangreifbar machen. Für Eins war das zum Kotzen und zeigte nur, dass diejenigen, die die Befehle gaben, keine Ahnung hatten, was wirklich auf dem Schlachtfeld zählte. Politik gehörte jedenfalls nicht dazu, war eher schädlich und gefährlich, weil sie von Kompromissen lebte, während klare Entscheidungen und Handlungen vonnöten waren.

»Der Fuchs verlässt den Bau«, sagte Vier und Eins holte den Livefeed von der Drohne auf den Monitor. Wenn er die Übertragung betrachtete, vergaß er schnell, wie eng es in dem Wagen war, da die Wände mit schmalen Tischen und Monitoren vollgestellt waren und man sich kaum ausstrecken konnte. Er sah den Eingang des Kapitols mit seinen vielen breiten Treppen, auf denen ein stetes Kommen und Gehen zwischen haltenden SUVs, Limousinen und den Türen zu Repräsentantenhaus und Senat stattfand. Anzugträger und kräftige Männer und Frauen mit Steckern im Ohr liefen hinauf und hinunter, als würde der Strom nie abreißen.

Ihre Zielperson, ein junger Mann mit brauner Haut und ziemlich kahlem Kopf, der einen makellos sitzenden Anzug trug, wurde von einem großen, hageren Bodyguard begleitet. Er strebte auf ein dunkles Modell X der Firma Tesla zu.

»Ah, ein Öko-Fritze. Vielleicht biete ich ihm an, das Messer zu benutzen, Patronen sind nicht biologisch abbaubar«, lästerte Drei und die anderen kicherten.

»Offenbar steht er auf Strom. Wie wäre es also mit Elektroschocks?«, schlug Vier vor. Wieder Gekicher. »Wir könnten ihn auch mit dem Hanfseil aufknüpfen, genau wie Sergeant Eversman, die beiden mochten sich doch so.«

»Hanf ist biologisch abbaubar«, stimmte Drei seinem Kameraden zu und sie kicherten erneut. »Scheiß Politikerärsche.«

»Disziplin«, mahnte Eins ungeduldig. *Sind die zu blöd zu wissen, dass wir am Ende selbst im Auftrag eines Politikers hier sitzen?* »Zielperson identifizieren, ihr kennt das Spiel.« Das Kichern erstarb.

Vier zoomte mit der hochauflösenden Kamera der Drohne näher und machte ein Foto. Das Bild wurde vergrößert, bis das Gesicht der Zielperson den Monitor von Eins ausfüllte. Ein Gesichtserkennungsalgorithmus begann zu arbeiten und spuckte nach drei Sekunden ein Ergebnis aus. Das Bild wurde kleiner, wanderte an die Seite und teilte den Platz mit einem offiziellen Foto, das an eine Dienstakte erinnerte. Darauf sah man den Oberkörper der lächelnden Zielperson zwischen einer amerikanischen Flagge und dem Siegel des US-Repräsentantenhauses.

»Congressman Robert Greenwich«, las Drei entsprechend

dem Protokoll ab.

»Identität bestätigt«, antwortete Eins und wechselte wieder auf die Live-Bilder. Bob Greenwich ließ sich gerade von seinem Bodyguard die Tür öffnen und stieg ein.

»Zwei«, sagte er über das Klicken der Tastaturen hinweg. »Häng dich an den Tesla des Congressman. Wir wollen sehen, wohin ihn sein nächster Termin führt.«

DAS
ARTEFAKT 2

Kapitel 16: Bob

»Ein Flughafencafé«, stellte Bob fest. »Clever.«

Michelle winkte ab und deutete auf den freien Platz gegenüber. »Sicherheit geht vor. Wir wissen beide, wie wichtig diese Einstellung geworden ist.«

Bob ließ das Flugticket unerwähnt, das er hatte kaufen müssen, um Zugang zum Gate zu bekommen und in den zweifelhaften Genuss der strengen Sicherheitskontrolle der TSA zu kommen. Es fiel ihm nicht besonders schwer, weil sie recht hatte. Seit er die Bilder des erhängten Sergeant Eversman nicht mehr aus dem Kopf bekam, hatte er ständig das Gefühl, beschattet zu werden, als gehörte jedes Augenpaar auf der Straße einem Verfolger und den Mördern des Sergeanten. Seit den verhängnisvollen SMS, die die unbekannten Täter ihm geschickt hatten, fühlte Bob sich, als würde er durch einen Traum wandeln, nicht ganz er selbst sein, ein Gefangener in einem Film, der sich nicht anfühlte, als würde er auf ein Happy end zusteuern. Das erklärte auch, warum er einem Treffen mit Michelle sofort zugestimmt hatte, ohne das normale Ziehen im Hinterkopf, einer Art Nebenwirkung, wann immer er sich mit Journalisten traf – besonders mit Investigativjournalisten von Michelles Kaliber, die für die Wahrheit über Leichen gingen.

Das Café, das sie ausgewählt hatte, befand sich in Gate Zwei, zwischen einem Stuffer's Shack und einer Nobelboutique namens Ares und hieß Damien Knight Café. Es war definitiv im höheren Preissegment angesiedelt und schon beim Betreten, als er Mark gebeten hatte, an der Tür zu warten, war ihm aufgefallen, weshalb: Die Tische standen hier weit genug auseinander, um eine private Unterhaltung zu führen. Offenbar fühlte sich der Inhaber aufgrund der gesalzenen Preise nicht an das übliche Vorgehen gebunden, möglichst viele Stühle und Tische auf zu engen Raum zu quetschen, um möglichst viel Durchlauf zu erzielen.

Er setzte sich ihr gegenüber auf den Lederstuhl, der beinahe einem Sessel gleichkam, und sah durch die Fensterfront, wo die Flugzeuge abgefertigt wurden und das Bodenpersonal im ewigen emsigen Strom seinen vielen Tätigkeiten nachging. Dann musterte er Michelle. Ihr Gesicht, nicht besonders hübsch mit einem etwas zu breiten Unterkiefer und hochliegenden Jochbeinen, die wie Untersetzer für die großen, leicht vorstehenden Augen wirkten, schien mitgenommen. Tiefe Augenringe zeugten von wenig Schlaf und ihr Haar war zerzauster als sonst – was einem Wunder gleichkam, sah sie doch wie immer aus, als hätte sie verschlafen und wäre in letzter Sekunde aus der Haustür gestürmt.

»Du siehst ... mitgenommen aus«, befand er schließlich, als der Kellner ihnen zwei Becher Kaffee und eine Karaffe mit Tafelwasser brachte und sich wieder entfernte.

»Danke, gleichfalls. Scheint, als wäre das Leben gerade nicht besonders gnädig zu uns«, erwiderte sie und winkte lapidar, während sie an ihrem Kaffee nippte und zufrieden die Augen aufschlug.

»Das kommt auf die Perspektive an. Wir haben zumindest die Chance, etwas zu verändern, viele Menschen haben diese Chance nicht.« Im Kopf prüfte er seine Aussage und fragte sich, ob er wirklich so empfand oder sich Mut einzureden versuchte. Womöglich handelte es sich um eine Mischung aus beidem.

Michelle musterte ihn und schien ihn mit ihren trotz allem

aufmerksamen und wachen Augen zu scannen wie ein Röntgengerät. In ihrem Blick lag immer etwas geradezu Frenetisches, was ihr eine faszinierende Attraktivität verlieh, die er sich lange Zeit nicht hatte eingestehen wollen.

»Und?«

»Was und?«

»Woraus besteht diese Chance, von der du sprichst?«

»Ich habe ...« Bob unterbrach sich und sah sich verstohlen um, bevor er sich etwas weiter über den Tisch in ihre Richtung beugte. »Ich habe mit einem Kontakt beim Pentagon gesprochen. Nun ja, kein wirklich richtiger Kontakt, aber der Militärattaché eines Parteikollegen, der so nett war, ein Treffen zu organisieren. Er wollte erst nichts erzählen, als ich ihn wegen fehlender Panzer angesprochen habe.«

»Fehlende Panzer?«, fragte Michelle und rieb die Schläfen.

»Die Panzer, die im Zuge der Umstrukturierung der Army verschrottet werden sollten. Stellt sich heraus, dass sie nie verschrottet, sondern verlagert wurden. Sie tauchen in den Büchern nicht mehr auf, sind aber auch nie bei den Schrottpressen angekommen, wo sie verarbeitet werden sollten. Stattdessen wurden sie auf Züge geladen«, erklärte er. »Leider weiß ich nicht von allen Zügen, aber der Kontakt stammt aus Fort Cresset im Süden Kaliforniens. Er meinte, dass über zweihundert Abrams Kampfpanzer aus seiner Kaserne mit dem Zug nach Norden geschickt wurden. Angeblich ins Army Engineer Center nach Idaho. Dort sollten sie von all ihrer Elektronik und gefährlichen Stoffen befreit und zum Verschrotten an Privatunternehmen weitergeschickt werden, wo es wohl um Rohstoffverwertung geht. Aber kein einziges Unternehmen, das in Idaho ansässig ist, will Panzer zum Verschrotten bekommen haben.«

»Hm, bist du sicher?«

»Ich habe sämtliche Firmen, die infrage kommen, angerufen. Sogar bei der Kaserne, bei der ich mich als Mitglied des Verteidigungsausschusses ausgegeben habe«, erwiderte er kopfschüttelnd und senkte die Stimme ein wenig, nachdem die Aufregung sie in die Höhe getrieben hatte. »Dort will man nichts von einer Sendung per Zug gehört haben. Als ich die betreffende Sendung mit dem Datum erwähnt habe, wurde mir gesagt, dass mit diesem Zug lediglich Verpflegungs- und Trainingsgüter transportiert worden seien.« Bob zog sein neues Smartphone aus der Tasche, es war ein günstiges Motorola, da er nicht wusste, wann er es wieder wegwerfen musste. Er öffnete das Kartenprogramm und zeigte ihr die Eisenbahnverbindung zwischen Fort Cresset, dem Ursprungsort der Panzer, und dem Engineer Center der Army in Idaho. Die blaue Linie durchtrennte den Bundesstaat Nevada beinahe in zwei Hälften. Michelle, die bisher eher desinteressiert gewirkt hatte, beugte sich vor und kniff die Augen zusammen. Sie zog ihr Telefon aus der Tasche, sah erst auf seines, dann auf ihres und brummte langgezogen.

»Was ist?«, fragte er verwirrt.

»Ich habe auch etwas herausgefunden.« Sie zeigte ihm ihre eigene Kartenapp. Darauf war eine schraffierte Fläche im Süden Nevadas zu sehen. Als er die Stirn runzelte, legte sie ihr Telefon ab und pikste mit ausgestrecktem Zeigefinger auf den Tisch. »Es gibt eine Stiftung namens ARC, für Advanced Research Columbia.«

»Das ist doch diese Stiftung, nach der du mich gefragt hattest. Ob ich im Umweltausschuss schon davon gehört hätte.«

»Genau. Du hattest den Namen zwar schon gehört, aber offenbar keinen Schimmer, wie mächtig sie ist. Sie hat in den letzten zwanzig Jahren nicht bloß sämtliche Projektausschreibungen der US-Regierung und lokaler Behörden gewonnen, sondern ist auch noch steinreich, hat angeblich hundertfünfzigtausend Mitarbeiter und versteckt sich hinter einer Anwaltsfirma, einem Briefkasten und einer PR-Agentur. Sie ist auch größter Landbesitzer der USA geworden und viele der gekauften Ländereien stimmen mit Orten überein, an denen sie Aufträge aus dem Umweltministerium ergattert haben, wo es um

Bodenproben und geologische Analysen ging. Eines dieser Gebiete grenzt direkt an das Sperrgebiet der Air Force Basis Groom Lake an.«

»Area 51?«, fragte Bob verwirrt. »Da ist doch nichts außer Wüste.«

»Genau. Aber das Umweltministerium wollte irgendetwas über das Gebiet wissen, weshalb eine Scheinausschreibung vorgenommen wurde, die von der ARC-Stiftung gewonnen wurde, welch Wunder. Jetzt sitzen sie auf diesem scheinbar wertlosen Stück Land und wenn ich mir deine Karte ansehe«, sie deutete auf sein Smartphone, das gesperrt auf der Tischplatte zwischen ihnen lag, »geht die Eisenbahnlinie direkt durch dieses Gebiet. Könnte wetten, dass deine Panzer da verschwunden sind. Wenn schon große Teile des Staatshaushaltes in der ARC verschwinden, dann vielleicht auch Staatsmaterial.«

»Heilige ...« Bob räusperte sich und sah seinen Gedanken zu, wie sie wie in einer Zentrifuge an die Wände seines Schädels gepresst wurden, weil es im Inneren immer voller wurde. »Meine Güte.«

»Der Kracher kommt aber zum Schluss. Die Vermisstenliste, die du mir geschickt hast, bin ich durchgegangen und habe herausgefunden, dass alle deine Vermissten Mitarbeiter der Stiftung sind. Die Namen wurden gefälscht, aber es sind dieselben. Sogar ihre Sozialversicherungsnummern wurden genutzt, um sie als Dummies zum Frisieren der Daten zu benutzen.«

Bob versuchte, das Gehörte in geordnete Gedankenbahnen zu leiten, und bald rauchte ihm der Kopf. »Warte, warte, also lässt diese Stiftung nicht bloß Milliarden im dreistelligen Bereich verschwinden, sondern auch Militärgerät und Menschen?«

»Sieht ganz so aus. Ich würde vorschlagen, dass wir uns ein Flugzeug schnappen und nach Las Vegas fliegen.« Michelles Augen leuchteten jetzt noch mehr als zuvor, als würde sie von einem unsichtbaren Magneten angezogen, was er durchaus für realistisch hielt.

»Nach Nevada? Jetzt sofort?«

»Natürlich, jetzt sofort«, schnaubte sie. »Hast du heute Nachrichten gesehen? Der Hacker, den sie bei einem Einsatz erschossen haben?«

Bob nickte stumm, nicht wissend, was das damit zu tun haben sollte, dass er spontan nach Las Vegas fliegen sollte.

»Er war mein Kontakt, der sich ins Back-End der ARC-Website gehackt und einige Kontodaten gestohlen hat. Er ist es, dem wir die Zusammenhänge zu verdanken haben. Er hat die Listenabgleiche gemacht und die Finanzströme zusammengefügt. Kurz nachdem er mir seine Ergebnisse geschickt hatte, wurde er von den Behörden ermordet. Uns bleibt nicht viel Zeit, Bob.« Michelle packte seine Hände mit ihren langen Fingern, nein, sie krallte sie eher wie ein Greifvogel seine Beute. »Von hier zu verschwinden ist sicherer als sich dem brodelnden Hexenkessel auszuliefern, zu dem Washington für uns geworden ist. Alle Hinweise, die wir zusammengetragen haben, deuten auf Nevada. Verschwundene Panzer, ein riesiges Stück Land, dass die ARC gekauft hat, das konkret nur Wüste und nichts wert ist und die Area 51 direkt daneben.«

»Warte mal, was hat denn die Area 51 damit zu tun?«, fragte er verwirrt.

Michelle sah mit einem Mal aus, als fühlte sie sich unwohl. Ihre Hände zogen sich zurück.

»Vielleicht alles, vielleicht nichts. Ich habe einen Kontakt beim FBI, der mir Informationen zu einem Fall zugespielt hat, der mich erst nicht interessiert hat. Irgendein Prototyp-Speichermedium, das von der Air Force nach Mexiko gelangt ist und von einem Studenten gefunden wurde, dessen Professor ermordet wurde.« Sie winkte mit einer Hand vor ihrem Gesicht, als wollte sie eine Fliege verscheuchen oder als hielte sie all diese Details für lästig. »Ich bin erst hellhörig geworden, als er mir mitgeteilt hat, dass der Prototyp aus Groom Lake stammt. Wie wahrscheinlich ist es also, dass zufällig Area 51 ins Blickfeld rutscht, während all das mit der ARC abläuft?«

»Verdammt auch, wir fliegen wirklich nach Nevada, oder?«

»Ja. Vertraust du deinem Bodyguard?«

»Mark?«, fragte er und nickte, ohne zu zögern. »Er ist ein guter Kerl und ich vertraue ihm mein Leben an.«

»Gut, dann sei spendabel und zahl ihm auch ein Ticket. Wir können seine Hilfe bestimmt brauchen.« Abrupt stand sie auf. »Komm, wir sollten uns schnell Tickets besorgen, der nächste Flug geht in fünfzig Minuten.«

Bob blies die Wangen auf und folgte ihr nickend. Als er am Nachbartisch vorbeiging, musterte ihn einer der beiden Männer, die dort saßen. Er war stattlich gebaut und hatte die Haare unter einem Fedora versteckt.

Das ist nur ein Zivilist, der dich erkannt hat und sich fragt, ob er dich ansprechen soll, sagte er sich. *Werd nicht noch paranoider, als du es schon bist.* Es kam beinahe täglich vor, dass ihn irgendjemand auf der Straße oder im Hotel oder einem Restaurant erkannte und ihm diesen Blick zuwarf, der einen kurzen Moment länger dauerte als das typische mit den Augen zur Kenntnis nehmen. Meist drucksten die Leute kurz herum und sprachen ihn entweder an, ob er Bob Greenwich sei, oder aber sie wandten sich schüchtern ab. Genau das tat jetzt auch der Mann und Bob war erleichtert.

Mach dich bloß nicht verrückt, Mann, ermahnte er sich und folgte Michelle nach draußen auf das Gate.

»Mark?« Sein Bodyguard heftete sich an der Tür an seine Seite und warf ihm einen fragenden Blick zu.

»Sir?«

»Wir machen eine spontane Dienstreise nach Nevada, ist das für dich in Ordnung?«

»Solange Sie zahlen, Boss«, lächelte der hochgewachsene, drahtige Ex-Marine und zuckte mit den Schultern.

»Guter Mann. Dann auf nach Las Vegas.«

Der Flug nach Las Vegas dauerte etwas mehr als fünf Stunden in einer überfüllten Economy. Der Flug war turbulent und eine Frau vor ihm hatte zwei Tüten vollgekotzt. Bob hatte sich nicht einmal bei Michelle oder Mark darüber auslassen können, weil sie getrennt sitzen mussten – was der extrem spontanen Buchung geschuldet war. Sie hatten die letzten drei von insgesamt vier freien Plätzen ergattert. In Las Vegas mieteten sie einen teuren Mietwagen, weil es nur noch gehobene Modelle zur Auswahl gegeben hatte, und waren nun auf dem Weg Richtung Nordwesten, wo sich das militärische Sperrgebiet Groom Lake auf der einen Seite des Highways und das von der ARC gekaufte Land auf der anderen befanden. Die Gebiete waren riesig, vor allem für Ostküstenverhältnisse, wo man es nicht gewohnt war, hunderte Kilometer in eine Richtung zu fahren, ohne einer Menschenseele zu begegnen. Sie brauchten allein zwei Stunden, um das Stadtgebiet hinter sich zu lassen. Las Vegas war eine Kunststadt, von der viele Menschen bloß das schillernde Zentrum im Gedächtnis behielten, wo sich glitzernde Hotels mit verschwenderischen Lichtapplikationen und Nachbauten weltweiter Sehenswürdigkeiten aneinanderreihten. Um diesen touristischen Kern, den man auch Sin City nannte, gliederten sich die Wohnviertel, in denen sich hauptsächlich Ferienwohnungen, Airbnb-Appartements und die Heime der vielen Angestellten befanden, die diese Kunststadt inmitten des Nirgendwos der Wüste von Nevada am Leben erhielten. Bob hasste Las Vegas. Er hasste die Verschwendungssucht, das Höher-Schneller-Weiter und die kitschigen Kopien besonderer Orte auf der Welt, die billig und unecht aussahen. Statt Venedig, die große Pyramide von Gizeh oder den Eiffelturm zu kopieren, hätte man sich auch etwas Eigenes ausdenken können. Außerdem stand Las Vegas in seinen Augen sinnbildlich dafür, dass sein Land sich viel zu lange keinerlei Gedanken über Umweltschutz gemacht hatte. Dieser Ort verbrauchte allein mit seinen Klimaanlagen so viel Strom, dass man damit kleinere Länder in Afrika hätte versorgen können. Für den Stromverbrauch des vielen Lichts und der Kühlschränke galt vermutlich das Gleiche. Immerhin passte es zu einem Ort wie diesem, dass Glücksspiel die Haupteinnahmequelle darstellte – ein ebenso kriminelles wie lasterhaftes Geschäft, das diejenigen, die dieser Stadt etwas abgewinnen konnten, ganz sicher verdient hatten.

»Möchte mich jemand einweihen, was wir hier tun?«, fragte Mark, der auf der Rückbank des Mercedes GLS saß und seine Dienstwaffe säuberte, als stellte er sich auf einen Krieg ein. Glücklicherweise hatte er die Pistole wegen seines Secret Service Ausweises mit an Bord des Flugzeugs nehmen dürfen, obwohl Bob nicht glaubte, dass es in Nevada problematisch war, eine Waffe zu kaufen. Bis vor einer Viertelstunde hatten er und Michelle noch über Schusswaffen gefachsimpelt. Wie sich herausstellte, war ihr Vater Texaner gewesen und hatte sie als Kind mit Pistolen und Gewehren auf Kuscheltiere schießen lassen – in seinem Vorgarten. Mark fand das offenbar sehr amüsant und erklärte ihr lang und breit die Vorzüge seiner Glock, die sie tatsächlich zu interessieren schienen. Bob hatte sich gelangweilt. Er hasste Schusswaffen und kämpfte nicht erst seit seinem Mandat für schärfere Waffengesetze in den USA.

»Nicht wirklich«, gestand Michelle vom Beifahrersitz.

»Wir sind einer Sache auf der Spur, in die womöglich die Regierung verstrickt ist. Mir hat man Morddrohungen geschickt und Michelle hat man versucht umzubringen«, sagte Bob und fing sich einen finsteren Blick von seiner Beifahrerin ein. »Was denn? Wenn er einer von ihnen wäre, wären wir doch schon längst tot.«

»Oder er würde uns erst erschießen, wenn er herausgefunden hat, was wir wissen und noch enthüllen, um die Schwachstelle abdichten zu können«, knurrte sie zurück und Bob fühlte sich wie ein gemaßregelter Schuljunge, was ihn sowohl wütend als auch geknickt fühlen ließ. Das Gefühl des Geknicktseins gewann allerdings wie so oft die Oberhand.

»Daran habe ich nicht gedacht«, gab er zu und seufzte. Auf dem kleinen Mäusekino, das unter anderem den elektronischen Tacho enthielt, sah er, dass es fast fünf Uhr morgens war und bald dämmern würde. Auf dem Flug hatte er wenig geschlafen und bemerkte, dass er müder wurde – und damit unvorsichtiger. Der eingebaute Tempomat sorgte zusammen mit dem Spurassistenten dafür, dass er kaum etwas tun musste, was die Gefahr des Sekundenschlafs noch präsenter werden ließ. »Kannst du mir noch einen von den Energydrinks geben?«

Michelle reichte ihm wortlos eine Dose.

»Keine Sorge, ich bin kein an einer Verschwörung beteiligter Regierungsagent.« Bob konnte seinen Leibwächter im Rückspiegel mit den Schultern zucken sehen. »Zumindest nicht, dass ich es wüsste. Aber mir würde auch niemand eine Verschwörung anvertrauen, schätze ich.«

»Wieso nicht?«, wollte Michelle wissen. Sie klang nicht gerade überzeugt.

»Weil ich vor einem Jahr meinen Vorgesetzten angezeigt habe, nachdem er mich mit zwanzigtausend Dollar bestechen wollte, damit ich ihn nicht verpetze.«

»Was hat er denn gemacht?«

»Er hat sich von einem Autohaus einen Wagen mit sechzig Prozent Rabatt verkaufen lassen, weil die Frau des Geschäftsführers damit einmal um den Pudding gefahren und er als Gebrauchtwagen deklariert worden war. Ich habe mitbekommen, dass er eine Akte über den Sohn des Geschäftsführers hatte verschwinden lassen und man sich so bei ihm bedanken wollte«, erklärte Mark und ließ klickend den Schlitten seiner Waffe einrasten. Michelle zuckte bei dem Laut zusammen und entspannte sich erst, als der Secret Service Agent die Pistole in seinem Holster verschwinden ließ. »Schätze, ich gelte nicht als besonders empfänglich für illegale oder halblegale Geheimnisse.«

»Zwanzigtausend sind eine Menge Schotter«, musste Michelle eingestehen.

»Was macht die Regierung denn Geheimes?«

»Sie lassen Geld verschwinden. Vermutlich hunderte Milliarden«, sagte Bob und sah im Licht der Scheinwerfer ein Schild an ihnen vorbeifliegen, das kurz als Reflexion aufleuchtete und dann verschwunden war. Er meinte, gelesen zu haben, dass der

Ort Rachel, an dem sie anhalten wollten, noch zehn Meilen entfernt war. Dort gab es ein Diner, wie ihr Navigationsgerät ihnen offenbart hatte und außerdem begannen direkt nach Rachel das Sperrgebiet Groom Lake und das neu erworbene Land der ARC.

»Hunderte Milliarden?«, staunte Mark. »Das wäre doch sicherlich jemandem aufgefallen.«

»Ist es ja auch, was denken Sie, warum wir in diesem Auto sitzen?«, bemerkte Michelle spitz.

»Okay, Eins zu Null für Sie.« Bob konnte seinen Leibwächter geradezu grinsen hören. Für ihn war das Ganze offenbar so etwas wie eine lustige oder wahlweise interessante Klassenfahrt.

»Die haben einen Kontakt bei der Army erhängt und mir Bilder davon per SMS geschickt, bevor ich mich mit ihm treffen konnte«, sagte er. »Die Sache ist wirklich ernst, das kannst du mir glauben.«

»Oh«, machte Mark – ein Laut, der so ziemlich alles bedeuten mochte. »Denken Sie, dass uns jemand hierher gefolgt ist?«

»Es ist möglich«, antwortete Michelle, als er sagen wollte: *Nein, wir sind ja sehr spontan weit weggeflogen.* Also sah er sie fragend von der Seite an.

»Das Auto hinter uns«, sie deutete in den Rückspiegel, wo zwei entfernte Frontscheinwerfer in der Dunkelheit zu sehen waren, »könnten Verfolger sein. Wenn die Regierung hinter allem steckt, haben sie mit Sicherheit Teams in Las Vegas, die sie anrufen können.«

Den Rest der Fahrt schwiegen sie und jeder hing seinen finsteren Gedanken nach. Auf der rechten Seite ging die Sonne auf und schälte sich als karmesinrote Scheibe über die niedrige Bergkette, die parallel zum Highway verlief. Vor ihnen lag ein staubiger Parkplatz mit einem Gebäude, das ihn an das Set eines Westernfilms erinnerte. Bereits aus der Ferne war ein blinkendes Reklameschild zu sehen, auf dem »Diner« geschrieben stand. Als sie auf den Schotterparkplatz abbogen, war er erstaunt, sowohl zwei Trucks als auch einen großen Pick-up zu sehen.

»Unser Glückstag«, meinte Michelle und deutete in Richtung des Diners. Durch die Fenster konnte er sehen, dass dort bereits Leute saßen und frühstückten. Er hatte befürchtet, dass der Laden zu einer so unchristlichen Zeit noch gar nicht geöffnet hatte.

»Sieht ganz so aus«, stimmte er ihr zu. Mittlerweile war er so müde, dass er seine paranoiden Sorgen beinahe vergaß, da sie von Hunger und Schlafmangel überdeckt wurden, die sämtliche anderen Sorgen konsequent aus seinem Geist aussortierten. »Unser Glückstag.«

Bald schon musste er erkennen, dass sie sich in diesem Punkt irrten.

JT

DAS
ARTEFAKT 2

Kapitel 17: Thor

Thor, Maya, Marcus und Blackheart saßen in dem gemieteten schwarzen Van, den sie bei einer kleinen Werkstatt ausgehandelt hatten. Vielleicht war er auch nicht gemietet, sondern gekauft – Thor war nicht sicher, da Blackheart sich darum gekümmert hatte. Der ehemalige Fremdenlegionär hatte sich als deutlich wandlungsfähiger herausgestellt als er und Maya. Irgendwie schaffte er es mit erstaunlicher Leichtigkeit, sich den Gegebenheiten der lokalen Bevölkerung anzupassen und nicht aufzufallen. Thor hatte zwar dasselbe Gefühl von sich, aber offenbar konnte er damit weder Maya noch Blackheart überzeugen, also hatten sie ihn während der Vorbereitungen mit Marcus im Safehouse gelassen, wo er die Fahrtroute zum Airport ausgearbeitet hatte. Nun hieß es nur noch, zu hoffen, dass er unvorhersehbar genug vorgegangen war, um einem möglichen Hinterhalt des Vatikans zu entgehen. Allerdings hatten die vermutlich genügend Einsatzkräfte, um so ziemlich jeden Weg zum Airport mit einer Falle zu versehen. Da blieb bloß noch der Wunsch, dass ihren Gegenspielern tatsächlich ein Fehler unterlaufen war. Die Chance schätzte er auf unter vier Prozent ein.

»Was ist mit dir?«, fragte Maya, die ihm auf der Rückbank gegenüber saß. Da der Van zuvor als kleiner Lieferwagen einer

Pizzeria benutzt worden war, gab es längliche Bänke an den Seiten mit Anschnallgurten um die Hüfte. Blackheart saß am Steuer und sie mit Marcus hinten, wo alle drei vorgebeugt saßen, um ihre Rücken nicht an der Metallwand aufzuscheuern, die jedes Mal nach ihnen auszuschlagen schien, wenn sie über ein Schlagloch fuhren.

»Ich denke darüber nach, wann sie uns angreifen.«

Mayas Blick wurde stechend und sie nickte kaum merklich zu Marcus, der allerdings mit dem Smartphone beschäftigt schien, welches Thor ihm geliehen hatte.

»Entschuldige«, sagte er und zuckte mit den Schultern. Warum hatte sie immer Probleme, die Wahrheit zu hören? Wenn niemand lügen würde, wäre die Welt in seinen Augen ein wahrlich unkomplizierterer Ort. Aber vermutlich war er nicht wirklich der Experte für Einfachheit, obwohl er manchmal zweifelte, dass es so war und er ganz im Gegenteil der Einzige war, der die Welt mit Leichtigkeit sehen konnte. »Es ist nur so, dass ...«

Ein Donnerschlag unterbrach ihn, dann knallte es, als hätte jemand mit dem Hammer einen Ziegelstein durchschlagen. Derselbe Laut ertönte nochmal und nochmal. Aus den Augenwinkeln sah er etwas durch die Wand oberhalb von Maya und Marcus schlagen, eine Art Bolzen, der Widerhaken ausklappte. Ein heftiger Ruck ging durch den Wagen und er stoppte so abrupt, dass sie in ihre Gurte geschleudert wurden. Ein reißendes Gefühl schoss durch seine Hüfte, wo der Gurt ihn erst davor bewahrte, gegen Blackhearts Sitz geworfen zu werden, dann in die andere Richtung drückte. Als sie zum Stehen kamen, schnallte er sich ab, sah Marcus und Maya, wie sie sich benommen aufrichteten und warf sich zwischen den Sitzen auf den Beifahrersitz. Blackheart warf ihm einen Blick zu, als er grinste, waren seine Zähne rot, genau wie ein kleiner Abschnitt des Lenkrads.

»Schätze, wir werden angegriffen«, nuschelte er mit seinem französischen Akzent. Thor lugte durch das Fenster. Sie befanden sich in einer kleinen Seitenstraße. Überall waren Autos geparkt, die in dieselbe Richtung zeigten und kaum Platz zum Manövrieren ließen.

Einbahnstraße. Trotzdem kam ihnen von vorne ein schwarzer Lieferwagen entgegengerast. Im Seitenspiegel sah er eine ähnliche Silhouette von hinten näherkommen. Der Bolzen, der die Seitenwand durchschlagen hatte, gehörte zu einem straff gespannten Seil, das vom Dach eines der sechsstöckigen Steinreihenhäuser gespannt und offenbar verankert war.

»Das sind Schussbolzen«, stellte er fest. »Zum Fixieren.« Er sah an Blackheart vorbei in den anderen Seitenspiegel und sah auch dort ein Seil.

»Hätten die gar nicht machen brauchen. Glaube, die haben mit nem M82 den Motorblock zerschossen.«

Thor sah durch die Windschutzscheibe an den schwarzen Ölspritzern vorbei auf das fingerdicke Loch in der Motorhaube. Blackheart deutete nach rechts an ihm vorbei auf ein Rolltor, durch das ein Auto passen könnte.

»Lass uns abhauen, bevor die Wagen hier sind.«

»Die haben Scharfschützen auf dem Dach.«

»Ich gebe euch Deckung.«

Thor nickte, kehrte nach hinten zurück und fand Maya mit gezückter Pistole. Da sie bereits vor der Abfahrt ihre kugelsicheren Westen angezogen und auch Marcus mit einer versorgt hatten, waren die beiden bereit, loszulaufen.

»Rechte Seite in Fahrtrichtung, grün angestrichenes Rolltor«, sagte er, zog seine Waffe und lief an ihnen vorbei zur Hecktür. Blackheart quetschte sich hinter ihnen durch die beiden Sitze und öffnete den Alukoffer, aus dem er ein G36 Sturmgewehr mit Fernoptik und Granatunterlauf zog.

»Jetzt spielen wir Kirmes«, murmelte der Belgier, als er die klobige Waffe durchlud und grinste, als sei das alles ein großer Spaß. Vielleicht war er doch verrückt. Er hielt die Waffe mit einer Hand hoch und kramte zwei Granaten aus der Kiste, die er Thor zuwarf. »Mach was draus, Großer.«

Thor musterte die beiden Rauchgranaten, zog die Splinte heraus, hielt die Bügel aber noch gedrückt und nickte Maya zu, die ihre Hände auf die Türgriffe legte. Mittlerweile konnte man bereits das Motorengeheul der heranrasenden Autos hören. Sie konnten nicht mehr weit entfernt sein. Auf sein erneutes Nicken stieß Maya die Tür auf und er warf die beiden Rauchgranaten nach rechts und links, versuchte, unter die geparkten Autos hinter ihnen zu zielen. Links gelang es ihm und der kleine Kanister rollte unter einen Alpha Romeo, der rechts prallte ab und stieß seinen dicken schwarzen Rauch zischend über dem Asphalt aus.

»Los, los, los!«, schrie Blackheart und Thor sprang mit gezogener Waffe hinaus. Maya folgte ihm geduckt mit Marcus im Schlepptau, den sie am Kragen gepackt hielt und nach links steuerte. Sobald sie im Freien waren, bellte Blackhearts Sturmgewehr los und die Kugeln prasselten wie ein Hagelsturm auf den schwarzen Lieferwagen, der keine zwanzig Meter mehr entfernt war und eine Vollbremsung machte. Noch bevor Thor wusste, was geschah, machte es »flupp«, gefolgt von einem Geräusch, als klapperte eine leere Dose über den Asphalt. Einen Atemzug später wurde das sie verfolgende Auto von einem massiven Feuerball angehoben. Der Knall der Explosion war so laut, dass Thor nichts mehr außer einem hohen Fiepen hörte, als sei eine Leier in einem besonders unangenehmen Klang verharrt. Die Druckwelle aus Luft und Hitze zerrte an seiner Kleidung, doch sie hatten sich bereits in den Rauch zwischen zwei geparkten Wagen geduckt und rannten weiter.

»Direkt geradeaus muss das Rolltor sein«, schrie er nach vorne, wo er die schemenhaften Umrisse von Marcus sehen konnte. Er hoffte, dass sie ihn gut genug verstehen konnten, um nicht fälschlicherweise nach links oder rechts abzubiegen. Blackhearts Sturmgewehr bellte wieder, diesmal dichter hinter ihnen. Es klang, als zündete jemand Silvesterkracher in dichter Reihenfolge, nur dass es nicht so hohl klang wie sonst, sondern ein wenig tiefer, was vermutlich an der dichten Rauchwolke lag, in der sie geduckt liefen.

Vor ihm schepperte es und beinahe wäre er mit den zwei Silhouetten von Maya und Marcus zusammengestoßen, so abrupt hatten sie angehalten. Er zwängte sich zwischen ihnen durch und legte seine freie Hand an das Wellblech des Rolltors. Dann fuhr er damit hinab, bis er einen Griff fand, und zog daran. Verschlossen. Er tastete weiter, bis seine Finger das Schloss fanden und presste seine Pistole dagegen, bis er sicher war, dass die Mündung direkt auf dem Schloss lag. Dann drückte er ab. Als er nun zog, öffnete sich das Tor nach oben.

»Los, rein!« Maya und Marcus huschten hinein und ein weiterer Schatten überholte Thor, bevor er folgte und das Tor hinter sich hinunterfallen ließ.

»Die haben nicht in die Wolke geschossen«, meinte Blackheart und klang zufrieden. Als er die Lampe auf seinem Gewehr anschaltete, konnte Thor ihn grinsen sehen. »Die wollen natürlich Marcus haben, also riskieren sie keinen tödlichen Beschuss.«

Thor antwortete nicht, sondern ging zu dem Lichtschalter neben dem Tor und drückte ihn. Es klackte mehrfach hintereinander, als sich im selben Rhythmus Industrielampen von vorne nach hinten anschalteten. Sie standen in einer leeren Garage, die sich über das gesamte Erdgeschoss ausdehnte. Dicke Stahlträger zogen sich durch die beiden ersten Geschosse mit den hohen Decken. Es gab keinerlei Hindernisse, außer einem einsamen alten VW Käfer, der zwei Schritte entfernt stand. Marcus hockte daneben und hustete. Maya zielte mit gezückter Waffe auf die Tür auf der anderen Seite. Die befand sich zwischen zwei mit Holzlatten zugenagelten Fenstern und war vielleicht zwanzig Meter entfernt. Links sah er einen Treppenaufgang in die dritte Etage.

»Nach oben«, entschied Maya. »Die andere Seite ist zu offensichtlich.«

»Ihr geht vor«, meinte Blackheart, als sie Stiefelgetrappel vor dem Rolltor hörten und erstarrten. »Thor und ich spielen noch ein bisschen mit unseren neuen Freunden.« Der Belgier ließ es klingen, als sei das ein großer Spaß und er überaus glücklich, Teil davon zu sein.

Maya sah zu Thor. Er nickte. Sie schien noch etwas sagen zu wollen, doch er schüttelte den Kopf und sie lief mit Marcus an der freien Hand los.

Blackheart zwinkerte ihm unbeschwert zu und postierte sich links vom Rolltor. Thor blinzelte zurück und ging nach rechts.

»Ich zünde eine Schockgranate, einverstanden?«, fragte der Belgier im Plauderton und stellte sein Sturmgewehr an der Steinwand ab.

»Wir sind viel zu nah dran, die wird uns auch treffen.« Thor steckte seine Pistole ins Holster zwischen Rippen und linkem Arm.

»Klar, aber die anderen doch auch. Außerdem halten wir uns Ohren und Augen zu und die nicht, das ist doch schon mal was. Schusswaffen im Nahkampf sind mir zu ungenau, da treffe ich nur dich und du bist in gewisser Weise ziemlich cool.«

Thor antwortete nicht, nickte jedoch, als das Rolltor hochgerissen wurde. Mit einem immens irren Grinsen zog Blackheart die Granate und ließ sie einfach zwischen sie fallen, als zeitgleich mehrere Gestalten mit verwehtem Rauch hereinstürmten. Alles geschah so schnell, dass er mit dem Verstand kaum greifen konnte, was geschah. Er drückte seine Augen zu, so fest er konnte, und stopfte die Zeigefinger in die Ohren. Als stemmte er sich gegen einen Orkan, drehte er sich zur Seite ein und krümmte den Rücken. Der Knall war dumpf, aber immer noch so laut, dass ihm die Knochen schlackerten. Der Blitz war grell, sah durch die geschlossenen Lider aber eher aus, als hätte ihn jemand mit einer Kamera direkt vor seinen Augen fotografiert. Dann folgte die Druckwelle, die an ihm zerrte, ihn aber nicht von den Füßen riss. Also fuhr er herum und sah vier Gestalten in schwarzen Körperpanzern. Sie trugen Helme und Splitterschutzbrillen und wirkten vollkommen desorientiert. Ihre Maschinenpistolen stachen in alle Richtungen gleichzeitig, doch die Männer wanden sich wie Schlangen, die man unter Strom gesetzt hatte – unkoordiniert und erratisch. Ihm gegenüber hatte Blackheart bereits sein Messer gezogen und zog es mit einer tiefen Drehung dem ersten Angreifer durch die Kniekehlen. Der Getroffene schrie auf und sackte nach vorne, doch noch bevor er den kalten Betonboden erreichte, glitt die Klinge über seine Kehle.

Thor verlor keine Zeit und trat nach dem ihm nächsten Verfolger. Er traf ihn an der Hüfte und entlockte ihm einen dumpfen Schrei, doch da er noch kleinere Nachbilder vor den Augen tanzen sah, rutschte er leicht ab und glitt an ihm vorbei. Der Angegriffene ließ seine Maschinenpistole fallen, genau wie die zwei anderen, und zückte ein Messer.

»Verdammt auch«, zischte Thor und griff nach seiner Pistole, da riss der, den er an der Hüfte erwischt hatte, seine Hände hoch und warf sich unkoordiniert, aber wie ein Rammbock gegen ihn. Er verlor das Gleichgewicht und sie stürzten gegen den Stahlrahmen des Tors und dann zu Boden. Der Aufschlag fühlte sich an, als bearbeitete jemand seinen Torso mit einem Presslufthammer. Die Luft entwich seinen Lungen, als hätte jemand ein Vakuum erzeugt. Instinktiv rollte er sich nach links unter dem um sich schlagenden Vatikankämpfer weg auf den Rücken und wollte seine Pistole zwischen ihn und sich bringen, doch ein Zufallstreffer der rechten Hand des Mannes fegte sie ihm aus der Hand. Dann flog der Schatten über ihm davon, als hätte jemand eine Tischdecke angehoben. Er sah Blackheart, der sich allerdings sofort wieder wegdrehte und zurücksprang, als die anderen beiden Männer sich offenbar wieder halbwegs gefangen hatten und ihn angriffen. Einer hatte wieder seine Maschinenpistole in den Händen und feuerte auf den Belgier, der sich ein Geschoss einfing – offenbar am Oberschenkel, da er herumgerissen wurde und links einknickte. Doch Thor sah kein Blut, also musste es sich um Gummigeschosse handeln. Marcus hatte ihnen vermutlich gerade das Leben gerettet, ohne es zu wissen. Blackheart hinkte zwar leicht, fiel jedoch nicht zurück, sondern stieß beide Kämpfer von sich.

»Gummigeschosse«, gluckste er fröhlich und schüttelte den Kopf. Seine Stimme wurde ernst. »Jetzt bringt Papa euch zur Schule.«

Noch während Thor sich aufrappelte, verfolgte er, wie sich Blackheart in einen wahren Wirbelwind verwandelte. Er war unerhört schnell, sodass seine Bewegungen fast ineinander verschwammen. Zuerst glitt er unter einem Messerstich hinweg und rutschte zwischen seinen beiden Gegenüber durch. Dem linken zog er das eigene Messer über die Innenseite des Oberschenkels und musste die Schlagader getroffen haben, da der Getroffene einen ganzen Schwall Blut verlor und zurücktaumelte. Der rechte sprang zurück und wollte seine Maschinenpistole in Anschlag bringen, doch Blackheart schlug von unten nach der Waffe, drehte sich in den Gegner hinein und trat ihm erst auf den Fuß, nur um ihm dann den Arm zu brechen und die Maschinenpistole zu entreißen. Thor wollte ihm eine Warnung zuschreien, als der verbliebene Kämpfer, der auf ihn gestürzt war, von hinten heraneilte und ihm einen Tritt versetzen wollte. Doch der Belgier schien den Angriff kommen gesehen zu haben, obwohl Thor schleierhaft war, wie er das angestellt haben könnte. Er drehte sich aus seinem Opfer heraus, sodass der andere Mann in seinen Kameraden krachte, zielte mit der Maschinenpistole und traf beide nacheinander zentral am Hals. Knorpel knackten mit einem widerlichen Geräusch, als die Patronen aus gehärtetem Gummi ihre Kehlköpfe zerbersten ließen und sie röchelnd niedergingen.

»Unterricht beendet.« Er warf die Maschinenpistole fort, zog eine Granate vom Gürtel und warf sie durch das offene Wellblechtor, von wo das zackige Geschrei von Einsatzteams zu hören war. Mit einer Hand zog er Thor auf die Beine und schnappte sich sein Sturmgewehr. »Gehen wir, Großer.«

»Ich bin froh, dass du auf unserer Seite bist«, murmelte Thor, als die Explosivgranate draußen detonierte und sie beinahe von den Beinen fegte.

»Ich hab' als Kind das Grünzeug gegessen«, meinte Blackheart ungerührt und sie rannten in Richtung der Treppe los. Thor hatte in seinem Leben noch nie jemanden so effizient kämpfen sehen. Der Belgier glich eher einer gut geölten Maschine. Ob es daran lag, dass er offenbar nichts allzu ernst nahm, nicht einmal sein eigenes Leben? Dieser Charakterzug konnte einem im Kampf große Vorteile bringen, da man weniger zögerte und sich nicht von Angst hemmen ließ. Allerdings lebten solche Soldaten üblicherweise nicht besonders lange. Sein Begleiter schien die Ausnahme zu bilden, was dafür sprach, dass es vermutlich wenige Kämpfer auf dem Planeten gab, die es mit ihm aufnehmen konnten. Ein Teil von ihm war entsetzt über die Tatsache, dass sie, oder besser gesagt Blackheart, gerade vier Menschen getötet hatten, die ihre Waffen mit Gummigeschossen geladen hatten, um niemanden zu töten oder ernsthaft zu verletzen. Andererseits wusste er nicht, wie sie hätten gewinnen sollen, wenn sie sich zurückgehalten hätten. Tatsächlich hatte er sich die Chancen nicht gerade gut zusammengereimt, als er die vier Gestalten gesehen hatte.

So schnell sie konnten, rannten sie an dem VW Käfer vorbei zum Treppenaufgang, nahmen immer zwei Stufen gleichzeitig. Die gebellten Befehle und das Rauschen von Funkgeräten kamen näher und hallten durch die Garage, als sie die oberen Treppenabsätze erreicht hatten. Dort fanden sie einen kurzen Flur, an dessen Ende eine Holztür aus den Angeln gerissen war und den Blick auf einen weiteren Gang freilegte, an dessen Ende sie Maya und Marcus rennen sehen konnten.

Sie brauchten eine gefühlte Ewigkeit, bis sie Maya und den Studenten erreichten, der bereits heftig atmete. Sie setzten über Möbel in einer Loft-Wohnung, die zum Staubschutz mit Laken abgedeckt waren, umrundeten alte Möbel in einem Lager und quetschten sich durch ein Fenster, das jetzt als einziger Durchgang einer Wand diente, nachdem sie die Bretter abgerissen hatten. Hinter ihnen war es stiller geworden.

»Geht es euch gut?«, fragte Maya und musterte besonders

Thor besorgt von oben bis unten, als sie sich im anderen Gebäude kurz zum Verschnaufen sammelten.

»Ja, ich glaube, ich habe mir vielleicht eine Rippe geprellt, aber den Umständen entsprechend geht es gut.«

»Mir hat so ein Arsch nen Gummikorken auf den Oberschenkel geballert«, echauffierte sich Blackheart und tat mit seinen Fingern, als würde er auf die entsprechende Stelle schießen. Maya runzelte die Stirn, als der Belgier ungerührt mit den Schultern zuckte, seine Waffe von der Schulter nahm und durchlud.

»Wir müssen ins Erdgeschoss und uns ein Auto besorgen. Die Straße, auf der sie zugeschlagen haben, war wie leergefegt, also offenbar vorbereitet, oder einfach ein gut gewählter Ort auf einer Nebenstraße«, sagte sie. »Wenn wir die Waffen loswerden, zumindest die großen, können wir vielleicht ein Taxi nehmen, wenn keiner sieht, wo wir einsteigen.«

»Zwei Straßen weiter befindet sich eine stark frequentierte Hauptverkehrsader, an der sich touristische Ziele befinden«, erinnerte sich Thor und vor seinem inneren Auge liefen die Bilder der Kartenapp ab, die er studiert hatte, um die Route zum Airport zu planen.

Irgendwo knackte etwas im Gebälk und sie zuckten zusammen, als hätte zwischen ihnen der Blitz eingeschlagen. Nach einem schnellen Rundumblick entspannten sie sich wieder.

»Wir sollten verschwinden«, befand Maya. »Kannst du uns zu dieser Straße bringen?«

»Klar, wir müssen nur ins Erdgeschoss und hoffen, dass die Straße frei ist.«

»Wie weit ist der Flughafen denn noch weg?«, fragte Marcus und leckte sich über die Lippen, während er durch das Fenster ins andere Gebäude lugte, das mit ihrem zusammengebaut war.

»Ungefähr einen Kilometer, das schaffen wir. Dort werden sie bestimmt nichts versuchen.«

»Wollen wir es hoffen.« Maya klopfte Marcus auf die Schulter und wartete, bis Thor und Blackheart an ihnen vorbeigelaufen waren.

Einen Abgang fanden sie recht schnell: Ein staubiges altes Treppenhaus mit knarzenden Holzstufen, die beinahe kaputt poliert waren, aber jetzt nur noch glatt und abgenutzt wirkten. Bevor sie hinausgingen, hielten sie inne, als sie Sirenen näherkommen hörten.

»Das ist ausnahmsweise gut für uns«, fand Blackheart und schnalzte mit der Zunge. »Dass ich das mal über anrückende Polizei sagen würde.« Er warf sein Sturmgewehr achtlos in den leeren Raum mit dem Kamin, der vermutlich einmal ein Wohnzimmer gewesen war. Offenbar stand das gesamte Reihenhaus leer, womit sie Glück gehabt hatten, weil keine Personen zu Schaden gekommen waren. Maya steckte den Kopf hinaus und zog sich wieder zurück.

»Sieht sauber aus.«

»Dann los!« Sie quetschten sich hinaus, liefen zwischen zwei geparkte Kleinwagen und duckten sich, um abzuwarten, ob irgendjemand sie beschoss. Es geschah nichts. Da auf der anderen Seite erste Passantengruppen liefen, verließen sie ihre Deckung und überquerten die Straße, um sich in den Fußgängerverkehr zu fügen. Vielleicht konnten sie es doch noch unbeschadet zum Flughafen schaffen.

DAS
ARTEFAKT 2

Kapitel 18: Michelle

Michelle trat in den Diner und wurde von einem Klingeln kleiner Glöckchen begleitet, die sie als neuen Gast ankündigten. Hinter einem langen Tresen mit hohen, rot gepolsterten Hockern stand eine blonde Matrone mit mächtigem Bauch in rot-weißer Schürze, auf der »Dalton's Diner« stand. Kleine Sitzecken für je vier Personen säumten den Frontbereich mit den ungeputzten, verstaubten Scheiben, auf denen Sonderangebote der letzten Wochen und Monate angepriesen wurden. Die Hälfte der Sitzecken war besetzt. Links von der Tür saßen zwei speckige Trucker, dahinter war eine Ecke frei und hinter der saß ein junges Pärchen, das trotz der frühen Stunde bereits Sonnenbrillen trug und vermutlich verkatert war. An der Theke hatten noch zwei ältere Herren Platz genommen, die je einen Stapel vor Sirup triefender Pancakes dezimierten.

»Guten Morgen, Schätzchen«, begrüßte die Hausdame sie und lächelte gelangweilt. »Willste was frühstücken?«

»Ja«, gab Michelle zurück und streckte sich, als wäre sie lange gefahren – was, wenn man den Flug hinzurechnete, ja durchaus stimmte. »Eine Ladung Pancakes und einen Kaffee, bitte.«

»Kommt gleich, setz dich schon mal.«

Michelle ging an den Truckern vorbei über das schwarzweiße Schachbrettmuster der Bodenfliesen, nickte ihnen im

Vorbeigehen zu und setzte sich in die gepolsterte Sitzecke. Sie trugen rote Truckercaps, Unterhemden und schlecht sitzende Jeanshosen. Besonders gepflegt sahen sie nicht aus, ganz zu schweigen von ihren Bärten. Michelle hasste Bärte. Aber in der Regel mochte sie Trucker. Die meisten redeten nicht um den heißen Brei herum und sagten, was ihnen durch den Kopf ging. Häufig war es nur Stuss, aber sie bevorzugte Dummköpfe, die sie durchschaute, im Gegensatz zu klugen Köpfen, die ihr A erzählten, aber B meinten, um C zu erreichen.

Als sie sich so auf dem Polster niederließ, dass sie die Tür im Auge behalten konnte, klingelte es an der Tür erneut, und Bobs Leibwächter Mark kam herein. Da er noch immer seinen Anzug trug und weder den Gang, noch das Gebaren eines Secret-Service-Agenten ablegen konnte, wirkte er seltsam deplatziert. Aber er gab sich sichtlich Mühe, wie sie es besprochen hatten, und sah deshalb nicht aus wie ein Agent, sondern wie ein etwas steif geratener Yuppie mit einem Stock im Arsch. Er wurde ebenfalls von der Dame hinter dem Tresen begrüßt, ging jedoch höflich zur Theke und bestellte in gemäßigtem Ton etwas. Als er sich auf der anderen Seite der Tür in eine Ecke gesetzt hatte, zwinkerte er ihr kaum merklich zu.

Nach einigen Minuten wackelte die Matrone herbei und stellte ihr eine Tasse hin, die sie aus ihrer Kaffeekanne auffüllte. Das Aroma war nicht gerade vollmundig und sie fürchtete, dass der wässrige Kaffee des mittleren Westens kein Klischee bleiben würde.

»Bitte, Schätzchen. Wenn du Nachschlag willst, ruf mich einfach, hm?« Die Frau schenkte ihr ein gelbzahniges Grinsen und watschelte zurück, als im selben Moment Bob hereinkam. Er hatte das Jackett ausgezogen und trug nur sein Hemd, das er aufgeknöpft und hochgekrempelt hatte, was ihn etwas weniger wie einen Politiker aussehen ließ. Er machte seine Sache jedenfalls deutlich besser als Mark.

Bob sah sich kurz um. Sein Blick streifte sie, als würden sie sich nicht kennen, dann bestellte er einen Kaffee und setzte sich etwas weiter hinten an die Bar, sodass er ungefähr auf Marks Höhe saß. Etwa im selben Moment, als ihre Pancakes kamen, vier vor Butter und Sirup triefende Fladen in Handtellergröße, kam das Auto auf den Parkplatz gefahren, das sie im Rückspiegel gesehen hatten. Es handelte sich um einen alten Ford mit langem Fond, der an mehreren Stellen rostete. Der Wagen parkte genau neben ihrem Mietwagen, der in dieser Umgebung unangenehm protzig wirkte. Bei den Personen, die ausstiegen, handelte es sich um vier Männer Mitte dreißig, die gut trainiert aussahen. Sie hatten kurze Haare und trugen eine hässliche Mischung aus Hawaiihemden und abgenutzten Jeans mit gefakten Roleximitaten. Alles an ihnen sah aus wie bei einer Gruppe Collegeboys, die es in Las Vegas hatten krachen lassen. Sie kamen feixend und mit aufgesetzten Pilotenbrillen zum Eingang. Ihr Gang war wirklich geschmeidig und selbstbewusst und erinnerte sie an ihre eigene Collegezeit, als es noch kein Zwicken im Rücken, keine Sorgen um Versicherungen, die innere Uhr und das tägliche Auskommen gegeben hatte.

Die Glöckchen über der Tür bimmelten wieder, als zwei der Partylöwen hereinspaziert kamen, während die anderen draußen stehen blieben und rauchten. Michelle nahm ihre Handtasche und kramte darin herum. An einem Stück Metall klemmte sie sich den Nagel ein und unterdrückte einen Fluch. Dann nahm sie ihre Packung Xylit-Süßstoff heraus und streute eine Prise in ihren Kaffee.

»Yo, Lady, ich hätte gerne nen Kaffee mit allem drauf, ja?«, sagte der eine, ein großer Kerl mit kurzgeschorenem blondem Haar und Dreitagebart. Er sah geradezu unverschämt attraktiv aus und Michelle ertappte sich, wie sie sich, ohne nachzudenken, eine Haarsträhne aus dem Gesicht zog. Als es ihr auffiel, ließ sie es bleiben und knurrte leicht.

Der zweite Mann, etwas kleiner und dunkelhäutig, schob sich die Pilotenbrille auf den Kopf und nickte kaugummikauend, als sein Freund auf eine Sitzecke hinter Mark deutete. Der Schöne wollte ihm schon hinterhergehen, nachdem die Hausherrin die

Bestellung aufgenommen hatte und die beiden alten Kerle an der Bar sich wieder ihren Pancakes widmeten, da streifte sein Blick den von Michelle. Sie wollte wegsehen, doch sein Grinsen war so anzüglich, dass sie irritiert die Stirn runzelte. Er nahm das offenbar als Aufforderung, einen Versuch zu starten.

Augenrollend sah sie zu, wie er seinem Kumpel einen Wink gab, der so viel bedeutete wie *ich komme gleich nach, hab kurz was zu erledigen,* und dann zu ihr kam.

»Hoi Jungs«, sagte er gut gelaunt zu den Truckern, die stumm nickten und weiteraßen. Als er vor Michelles Sitzecke angekommen war, deutete er auf den freien Platz ihr gegenüber. »Darf ich?«

»Darfst du *was?*«

»Mich setzen natürlich.« Er zwinkerte ihr zu und sie fand, dass es nicht bloß überheblich, sondern auch anzüglich wirkte.

»Keine Ahnung, ich bin nicht deine Mutter.«

»Meine Mutter? Oh nein.« Der Schöne grinste und setzte sich ihr gegenüber. Es war die fließende Bewegung eines Sportlers. Er hielt Augenkontakt. »Sie sind doch bestimmt jünger als ich.«

»Komplimente, wie einfallsreich«, erwiderte sie lakonisch. »Ich bin beeindruckt. Was hast du noch drauf?«

»Ich bin nett und habe einen Masterabschluss.«

»In schlechtem Geschmack?«, fragte sie und deutete auf sein halboffenes Hawaiihemd, das eine muskulöse Brust mit dunkler Behaarung offenbarte.

»So etwas Ähnliches. Politikwissenschaften.«

»Also bist du entweder Sozialhilfeempfänger, Taxifahrer oder unterbezahlter Sklave eines Politikers.«

»Fast richtig.« Der Schöne lachte. In seinem zu ihr wehenden Atem schwang eine Note Alkoholgeruch mit. »Ich bin unterbezahlter Sklave einer Redaktion in L.A..«

»Journalist?« Sie hob eine Augenbraue.

»Jo.« Er winkte ab und seufzte.

»Und was tust du hier draußen? L.A. ist weit weg und du hast doch bestimmt nicht viel Urlaub.« Michelle nippte an der

Pisse, die sie hier als Kaffee verkauften, und betrachtete ihn über den Rand der Tasse hinweg.

»Ich ...« Der Schöne schien sich unwohl zu fühlen, denn er knetete kurz seine Hände und kratzte sich am Rücken. Seine Augen allerdings waren noch immer aufmerksam und klar und sein Grinsen hatte sich eine Spur zu schnell verändert, um richtig natürlich auszusehen. »Ich wurde gefeuert.« Er seufzte und winkte mit einer Hand. Die andere blieb auf der Sitzbank liegen. »Jetzt ist es raus. Ich wurde gefeuert und bin zwischen zwei Jobs. Da wollten meine Jungs und ich einen draufmachen, damit ich mich besser fühle.«

»Las Vegas?«, schätzte sie und sah nach draußen. Seine beiden rauchenden Freunde standen nicht mehr vor der Tür, sondern waren zu ihrem Auto zurückgekehrt.

»Jo und jetzt wollen wir ein bisschen den UFO-Highway unsicher machen und uns die ganze Roswell-Sache und so anschauen.« Er wackelte mit den Fingern in ihre Richtung. »Uuuh. Was machen Sie hier? Reisen Sie ganz allein?«

»Ja, ich arbeite in der Nähe«, log sie und stellte die Kaffeetasse ab.

»Hier?«, fragte er überrascht und runzelte die Stirn. Seine Augen aber hielten den Blickkontakt und er blinzelte nicht einmal.

»Ja, hier.«

»Warten Sie!« Der Schöne riss die Augenlider auf und beugte sich näher zu ihr. »Sie arbeiten doch nicht in Groom Lake, oder?«

»Ertappt.« Michelle lächelte und zuckte mit den Schultern. »Ich bin Lieutenant bei der Air Force.«

»Wow, eine Soldatin. Hätte ich nicht gedacht.«

»Nein? Was hättest du denn gedacht?«

»Gar nichts«, gestand er. »Wie heißen Sie?«

»Michelle Nunez«, sagte sie frei heraus und der Ausdruck seiner Augen veränderte sich nicht. »Ah, ein schöner Name. Ich habe selbst hispanische Vorfahren, wissen Sie?« Wieder kratzte er sich am Rücken, diesmal etwas langsamer.

»Wirklich? Ich habe eine Tochter, sie wächst bei ihrem Vater in Mexiko auf«, log sie und griff mit der rechten in ihre Handtasche. »Willst du ein Foto sehen?«

»Klar«, meinte der Schöne und nickte. Er wirkte jetzt ein wenig nachdenklicher. Sie fand, was sie suchte und sah an ihm vorbei zur Theke. Dabei streifte ihr Blick den von Mark und sie nickte. Als ihr Gegenüber die Stirn runzelte, machte sie große Augen.

»Scheiße, das ist doch dieser Kerl aus dem Kongress, oder?«, fragte sie und deutete mit ihrer freien Hand zum Tresen, wo Bob saß. Der Schöne schien unschlüssig zu sein, lächelte aber unverbindlich und drehte sich entlang ihrer Geste um.

Michelle zog Marks Glock aus der Handtasche und gab unter der Tischplatte vier Schüsse ab. Der Schöne zuckte, als hätte ihm jemand Stromstöße verpasst, und knallte leblos auf die Tischplatte. Etwas Metallisches fiel scheppernd zu Boden. Die Trucker sprangen auf, genau wie Mark und Bob, während die beiden alten Männer an der Theke erstarrten. Michelle sicherte die Waffe und warf sie über die Sitzecken in Marks Richtung, doch sie zielte schlecht und traf einen der Stahlträger neben der Tür, wo die Waffe wirkungslos zu Boden purzelte.

War bisher alles wie in Zeitlupe geschehen – einschließlich der Blutspritzer, die ihr ins Gesicht geflogen waren, und ihres ansteigenden Herzrhythmus', ging jetzt alles ganz schnell, als hätte jemand auf Vorspulen gedrückt.

Von dem Schuss aufgeschreckt, stürzte Bob beinahe von seinem Barhocker. Mark stand ebenfalls und wollte eine Waffe auffangen, die ihn nicht erreichte. Er ließ die Hände sinken und sprang seitlich aus seiner Sitzecke. Der dunkelhäutige Begleiter des Schönen, der tot vor ihr in einer sich ausbreitenden Blutlache lag, sprang ebenfalls auf und griff hinten in den Gürtel. Sie hatten ihre Verfolger überrascht, aber die waren schnell. Die Trucker ließen sich seitlich in Deckung fallen, sodass man sie über die Rückenlehnen der Sitzbänke kaum noch sah und die

Hausherrin hatte vor Schreck die Kaffeekanne fallengelassen und stand wie erstarrt hinter dem Tresen.

Michelle fluchte und ließ sich unter den Tisch sinken, um die Waffe ihres toten Gegenübers zu finden. Sie tastete und tastete, hörte zwei Männer etwas schreien, dann fiel ein Schuss, als sie endlich die Pistole fand. Sie war entsichert.

Auf Ellenbogen und Knien, die vom herabtropfenden Blut des Schönen feucht waren, krabbelte sie aus der Sitzecke und sah, wie Bob halb über den Tresen robbte und halb sprang. Hinter ihm schlugen Kugeln in das Holz und sandten einen Sturm aus Splittern und Lack in die Luft, ehe die Beine des Kongressabgeordneten verschwanden wie eine Schlange in ihrem Loch. Es polterte und krachte.

Die Hausherrin hielt mittlerweile eine Schrotflinte in der Hand und rief etwas Unverständliches, als ihr Kopf zurück ruckte und sie stürzte, während im selben Augenblick ein Geräusch erklang, als wäre eine Wasserbombe zerplatzt und die Tür zur Küche hinter ihr von einem riesigen roten Fleck besudelt war. Michelles Blick glitt zur Seite. Der Dunkelhäutige stand über der Leiche von Bobs Leibwächter. Sein Arm mit der rauchenden Pistole war noch in Richtung Tresen ausgestreckt, da zielte sie und feuerte mehrere Schüsse auf ihn ab. Sie traf erst die Sitzbank neben ihm und er ließ sich intuitiv fallen, doch die nächsten drei Schüsse trafen ihn in Oberschenkel und Torso und er ging zu Boden. Michelle rappelte sich auf und kletterte unbeholfen über den Tresen. Die beiden alten Männer waren gerade auf halbem Weg zur Tür, duckten sich, als liefen sie durch Platzregen und schrien wie am Spieß.

Sie schlug sich das Knie an der Kante auf, als einer der Barhocker, den sie wie eine Art Trittbrett eingesetzt hatte, zur Seite stürzte, und krachte auf eine Küchenzeile, von der sie wegrutschte. Mit Erschrecken stellte sie fest, dass es die breite Herdplatte war, die vom Fett des Vortages noch glitschig, aber glücklicherweise nicht heiß war. In einem Schauer aus Twinkies-Packungen und altem Besteck schlug sie auf dem Boden auf, direkt neben dem halbzerfetzten Gesicht der Hausherrin. Die Schrotflinte schnappte sich gerade Bob von der Seite. Er war blass, als hätte er einen Geist gesehen.

»Los, durch die Küche!«, zischte sie und kam strauchelnd auf die Beine. Fast wäre sie in der Blutpfütze ausgerutscht, die von der getöteten Frau ausging. Ohne Rücksicht auf ihre Gesundheit warf sie sich gegen die Schwingtür nach hinten, deren rundes Sichtfenster knallrot war, als hätte jemand eine Tube Ketchup darauf gespritzt. Die Küche war klein und unordentlich und grenzte an einen Aufenthaltsraum, in dem sich ein Sofa, ein Spind und ein alter Kickertisch befanden. Es stank nach Zigaretten und billigem Bier, aber es gab einen Hinterausgang.

»Fuck, was ist mit Mark?«, jaulte Bob.

»Raus hier, los!«, fuhr sie ihm über den Mund und stürmte zu der Tür. Sie war verschlossen. »Scheiße! Mach sie auf!«

»Was?«, fragte Bob. Seine Stimme klang schrill. Die Schrotflinte in seinen Händen zitterte so heftig, dass sie schon glaubte, er könnte jeden Moment ohnmächtig werden. Kurzentschlossen ließ sie ihre Pistole fallen und entriss sie ihm. Im selben Moment ertönte im Hauptraum des Diners die Türklingel. Es war ein gedämpfter Laut, aber in diesem Augenblick klang er wie der Donnerschlag eines Gewitters. Bob fuhr entsetzt herum, als sie den Handgriff durchlud und mit der Schrotpatrone das gesamte Schloss aus der Tür fetzte. Holzsplitter flogen ihr entgegen und rissen kleine Schrammen in ihre Wangen, doch das Adrenalin peitschte sie weiter, ließ sie sogar den Schmerz in ihrer Schulter ignorieren, die sich anfühlte, als wäre sie von einem Pferd getreten worden.

Michelle rannte durch die Tür, die sie mit einem Tritt aufschwingen ließ und sah sich gegen die Helligkeit der Wüste blinzelnd um. Hinter ihnen ertönten Schüsse, dann ein flehender Ruf und noch ein Schuss. Es wurde still. Rechts von ihr stand ein Quad. Sie rannte darauf zu, gefolgt von Bob, der wie betrunken hinter ihr her torkelte. Sein ehemals weißes Hemd war beinahe von oben bis unten rot.

»Kein Schlüssel, Scheiße!«, fluchte sie und sah sich gehetzt nach einer Fluchtmöglichkeit um. Hinter dem Diner befand sich ein langes Feld aus Sand, Steinen und vereinzelten knorrigen Büschen, bevor es in einigen hundert Metern Entfernung in eine niedrige Bergkette überging, die vom goldgelben Sonnenaufgang glitzerte wie ein Kristall. »Wir müssen laufen!«

»Was?«

»LAUF!«, schrie sie atemlos und folgte ihrer eigenen Anweisung, indem sie so schnell sie konnte auf die Bergkette zu rannte, die vielmehr so etwas wie zerklüfteten Hügeln gleichkam.

»Das ... schaffen wir nie!«, hechelte Bob neben ihr. Er war schneller als sie, weder übergewichtig noch untrainiert, aber er trug Lackschuhe, die eher in Washington als in der Wüste praktisch waren, und sie bequemere Allstars.

»Halt die Klappe und lauf!«, knurrte sie und sprang über einen Strauch hinweg, dessen scharfe Dornen ihre Hose am Knöchel aufschnitten – genau wie ihre Haut. Es brannte, aber sie registrierte es kaum. Als die ersten Rufe hinter ihr laut wurden, hatten sie gerade etwa hundert Meter geschafft. Michelle sah über die Schulter und erkannte die zwei verbliebenen Männer in der Pseudo-Party-Verkleidung, die ihre Pistolen ansetzten und feuerten. Die Mündungsblitze blühten so kurz hintereinander auf, dass sie beinahe wie Sehstörungen wirkten. Die Projektile zischten an ihnen vorbei wie Mücken und sie rechnete jeden Moment damit, getroffen zu werden.

Hundert Meter sind zu weit für eine Pistole, redete sie sich in Gedanken ein und änderte ihre Laufrichtung ein wenig nach rechts. Glücklicherweise tat Bob neben ihr genau dasselbe und sie liefen in einem erratischen Zickzackmuster. Das Herz schlug ihr bis zum Hals, als würde jeder Pumpvorgang ihres Organs ihren Kehlkopf anheben.

»Scheiße, scheiße, scheiße!«, jaulte Bob neben ihr und seine Stimme flog immer wieder davon, wenn er die Richtung wechselte, obwohl der Beschuss längst ausgesetzt hatte. Die kahle Hügelkette vor ihnen war deutlich angewachsen.

Michelle sah über ihre Schulter zurück. Die beiden Gestalten waren verschwunden. *Wahrscheinlich holen sie gerade die dicken Wummen.*

»Da!«, rief sie und deutete auf eine kleine Schneise zwischen zwei Hügeln, in der sie vor Blicken von hinten geschützt wären. Bob antwortete nicht, sprintete aber weiter, als hinge sein Leben davon ab, was eindeutig zutraf. Kurz bevor sie den ersten Ausläufer des vordersten Hügels erreichten, der sich abfallend vor einen zweiten schob, spritzten die ersten Sandfontänen zwischen ihnen auf und es ratterte hinter ihnen.

»Runter!« Sie ließ sich fallen und robbte weiter, atemlos und mit pochendem Herzen, bis sie sich hinter einen großen Stein gerettet hatte. Bob kroch direkt hinter ihr und sie zog ihn zu sich. Im selben Moment schlugen die nächsten Projektile in den Felsbrocken und kleinere Steinsplitter regneten auf sie. Vor ihnen befand sich die Schneise, die allerdings quer von einem nagelneuen Maschendrahtzaun mit NATO-Draht abgesperrt war. Ein gelbes Schild mit der Aufschrift »Starkstrom« warnte jeden Eindringling in schwarzen Lettern vor Lebensgefahr.

»Ist das das Land, das der ARC gehört?«, fragte Bob und zog die Schultern ein, als erneut Projektile in den Felsen hinter ihnen einschlugen.

»Ja. Groom Lake ist auf der anderen Seite der Straße.«

»Scheiße, wir sitzen in der Falle!«

Ja, dachte sie und sagte laut: »Nein.«

»Was? Was sollen wir denn jetzt tun? Warum hast du den Kerl überhaupt erschossen?«

»Um sie zu überraschen. Die waren eindeutig hinter uns her, und ...«

»Das hat ja toll funktioniert«, schimpfte Bob, von einer Furcht getrieben, die seine Stimme zittern ließ.

»Ich musste etwas tun und ...« Sie unterbrach sich, als ihr klar wurde, dass sie eben einen Menschen erschossen hatte. Das

Wissen, dass man versucht hatte, sie umzubringen und es jetzt erneut versuchen könnte, so kurz vor ihrem Ziel, hatte in ihrem Kopf wie eine Art Kurzschluss gewirkt. *Ich hatte keine Wahl und es hat sich ja als richtig herausgestellt, dass das Verfolger sind.* Ihre Gedanken ergaben Sinn, aber glaubte sie sie auch? Oder redete sie sich das ein, um nicht den Verstand zu verlieren?

Der Beschuss setzte aus. Vermutlich versuchten die verbliebenen Verfolger gerade, den Abstand zu verkürzen.

»Los jetzt«, sagte sie und stürmte los, bevor Bob etwas sagen konnte. Sie überbrückte die zwei Meter hinter die Schneise, so schnell sie konnte, und die einschlagenden Kugeln verfehlten sie um Haaresbreite. Bob folgte ihr wie ein Wahnsinniger schreiend und schien beinahe überrascht, als er neben ihr ankam, an sich hinabsah und keine Schussverletzung fand.

»Da kommen wir doch nie drüber!«

»Hm.« Sie überlegte fieberhaft, wohl wissend, dass die beiden Männer immer näher kamen. Wer auch immer sie waren oder wer sie geschickt hatte, legte offensichtlich keinen Wert darauf, sie lebend zurückzubringen. Die Farce in dem Diner hatte vielleicht noch gedient, um herauszufinden, wie viel sie wussten, aber falls das so war, hatten sie sich ziemlich dämlich angestellt. Man schickte keine Axt, wenn man eine Präzisions-OP durchführen wollte.

»Versuch, auf einen der Pfosten zu schießen, vielleicht fällt er um«, schlug Bob vor und sah immer wieder zurück zum Felsen vor der Schneise, als vermutete er jede Sekunde, ihre Verfolger zu sehen. Rechts und links verlief der Zaun über die Hügel, sodass es keine Möglichkeit gab, ihn zu umgehen – abgesehen davon, dass sie gar keine Zeit gehabt hätten.

Michelle hob die Schrotflinte und ging näher an den Zaun, der etwa zwei Meter vor ihnen aufragte. Sie zielte aus geringer Distanz auf einen der schmalen Metallpfosten und drückte ab. Der Rückstoß riss ihr beinahe das Gelenk aus der Schulter, aber die verbliebene Patrone zerfetzte die Hälfte des Pfostens knapp oberhalb des Bodens.

»Das ist doch kein echter Starkstrom, oder?«, fragte sie und Bob runzelte die Stirn.

»Was?«

»Na einen ganzen Zaun kann man nicht unter echten Starkstrom setzen.« Sie fand, dass es mehr nach lausiger Hoffnung klang als wirklich überzeugend. »Ich werfe mich gegen den Pfosten, er knickt nach hinten und wir springen rüber. Wenn ich einen Schlag kriege, musst du mich hochhieven. Mit den Gummisohlen unserer Schuhe sollten wir kein Problem bekommen.«

»Das ist eine verdammt dumme Idee!«

»Ja. Scheint, als gäbe es seit einiger Zeit nur noch solche Ideen. Wir müssen schnell sein, entscheidend ist die Dauer des einwirkenden Stroms, glaube ich. Auf Drei!« Sie zählte in Gedanken hinunter, ließ die leere Schrotflinte fallen, machte einen Schritt zurück, um Anlauf zu nehmen, und rannte los. Kurz vor dem Zaun mit dem halb abgeknickten Pfosten warf sie sich mit der Schulter dagegen und stellte mit Erstaunen fest, dass Bob direkt hinter ihr ebenfalls rannte.

Mit einem lauten Aufschrei krachte sie gegen den Zaun, der kreischend mit ihr umknickte und sich eindellte wie Gummi. Ein Schlag durchfuhr sie und ließ ihre Glieder steif werden. Es fühlte sich heiß an und sie spürte einen Schnitt an ihrem linken Arm. Etwas riss an ihr, dann war da ein explodierender Kopfschmerz und ihr wurde schwarz vor den Augen.

Neben ihr stand jemand. Bob. Er rief ihr Worte zu, doch die klangen wie das Wummern eines fernen Basses und sie verstand nichts. Sie wurde auf die Beine gerissen, dann drehte sich die Welt mehrfach und alles wackelte. Sie sah den Staub von oben. Ehe sie durch ihre gleißenden, krampfartigen Schmerzen begriff, dass Bob sie trug, setzte hinter ihnen bereits wieder das Feuer automatischer Waffen ein.

JT
DAS
ARTEFAKT 2

Kapitel 19: Thor

Thor war geradezu überrascht, als sie in dem G5-Learjet saßen und vom Piloten die Durchsage kam, dass sie die Starterlaubnis erhalten hatten. Ihr Plan, sich in den Fußgängermassen vor allen Augen unsichtbar zu machen und mit vier verschiedenen Taxis zum Flughafen zu fahren, hatte sich offenbar ausgezahlt. Es hatte keine weiteren Angriffe gegeben. Entweder hatte der Vatikan sie unterschätzt – besser gesagt: Blackheart unterschätzt –, oder aber er wollte sie weiter vor sich her treiben, worin er aber keinen unmittelbaren Sinn sehen konnte. Vermutlich lag es an Ersterem. Wäre der Belgier nicht gewesen, lägen sie jetzt vermutlich in Ketten in irgendeinem Vatikan-Gefängnis unter der Erde.

»Danke für deine Hilfe«, sagte er an Blackheart gerichtet, der neben ihm auf der anderen Seite des Ganges saß und seinen freigelegten Oberschenkel mit einer Salbe einrieb. Ein dunkles Hämatom hatte sich eine Hand breit oberhalb des Knies gebildet und sah aus, als habe jemand einen Eimer blauer Farbe vergossen.

»Was meinst du?«

»In diesem verwaisten Reihenhaus. Vier bewaffnete Spezialkräfte. Die hätten wenig Schwierigkeiten mit uns gehabt, wenn du nicht gewesen wärst.«

»Ach, dafür werde ich schließlich bezahlt, hm?« Blackheart zwinkerte wieder auf seine typisch unbeschwerte Art und zuckte mit den Achseln. »Außerdem finde ich euch ganz cool.«

»Cool?« Thor runzelte die Stirn.

»Klar«, grinste sein Gegenüber, während ihr Flugzeug Schub aufnahm und polternd über die Runway raste. Mit einem Daumen zeigte er zurück, wo Marcus und Maya in ihren Sesseln schliefen, als hätte jemand sie betäubt. »Sie ist irgendwie rastlos und zerstreut, aber süß, und du bist wie ein Roboter mit Sozialprogramm, das irgendwo einen Bug hat, der für seltsame Ausfälle sorgt. Zusammen seid ihr ein bisschen wie Walter Matthau und Jack Lemon. Ihr streitet zwar nicht, habt aber immer irgendein Hintergrundprogramm am Laufen, das ist echt zum Schießen. Und der Kleine? Der hat zu viel Scheiße gesehen in seinem jungen Alter, glaube ich. Der ist traumatisiert, das kann ich dir sagen. Ich bin zwar kein Psychoonkel, aber der erinnert mich an den Golden Retriever meiner Tante, der wurde mal vom Schäferhund des Nachbarn gebissen auf unserem Bauernhof. Zuerst hat er danach angefangen, ebenfalls andere Hunde zu beißen, aber das hat sich ganz schnell gelegt, und dann hat er nur noch den Schwanz eingezogen, wenn andere Hunde kamen, kaum noch gefressen und viel geschlafen. Ihr müsst aufpassen, dass er nicht so ein Golden Retriever wird, klar?«

»Ich bin nicht sicher, ob ich das verstehe, aber ich werde dafür sorgen, dass er medizinisch betreut wird«, antwortete Thor und stand auf, als er sah, dass durch den Schub Mayas Decke hinuntergerutscht war. Sie hatte es nicht einmal gemerkt. Er zog sie ihr wieder bis unters Kinn und kehrte zu seinem Sitz zurück, um sich anzuschnallen.

»Ich habe noch nie jemanden so kämpfen sehen.«

»Ich war erst bei den belgischen Spezialkräften der Polizei, ihr nennt das wohl SWAT. Anschließend bin ich zur Fremdenlegion gegangen, und wenn du wirklich viele Einsätze unter so ziemlich allen Bedingungen haben willst, bist du da genau richtig«, erklärte Blackheart und seine Miene wirkte mit einem Mal etwas bedrückt. »Niemand erfährt davon, aber Frankreich ist ziemlich aktiv auf der Welt, und die Fremdenlegionäre tauchen in keiner Statistik auf. Wenn du da zehn Jahre überlebst, wie ich, dann hast du was drauf.«

Thor überlegte, ob er dazu etwas sagen sollte, war aber relativ sicher, dass er den Gesichtsausdruck des anderen als psychischen Schmerz identifizieren konnte. Das wiederum bedeutete, soweit hatte Maya ihn bereits aufgeklärt, dass er am besten den Mund hielt, um es nicht noch schlimmer zu machen. Blackheart schien nicht weiter darüber nachzudenken und fuhr mit dem Einmassieren seiner Salbe fort, die fürchterlich stank. Nachdem sie die Reiseflughöhe erreicht hatten, entschied sich Thor, für den Rest des Fluges zu schlafen.

Als er aufwachte, tat er das, weil ihn jemand am Arm rüttelte.

»Hm?« Er schlug die Augen auf und sah in Mayas lächelndes Gesicht.

»Wir befinden uns schon im Sinkflug«, sagte sie leise. »Gut geschlafen?«

»Ja, danke.« Er räusperte sich und wischte sich mit beiden Händen über das Gesicht, bevor er einen Blick auf seine Armbanduhr warf. Sechzehn Uhr zwanzig. Seiner Kartenapp zufolge befand sich das Geburtshaus von Marcus Brown im westlichen Queens, also nicht allzu weit vom John F. Kennedy Airport entfernt.

»Wir hatten nicht viel Zeit, miteinander zu sprechen, aber ich bin wirklich froh, dass du in dieser Garage mit heiler Haut davon gekommen bist«, sagte Maya und sah ihn eindringlich an, als bedeuteten ihre Worte noch etwas anderes, doch falls dem so war, verstand er die zugrundeliegende Sprache nicht. »Ich bin wirklich froh.«

»Danke«, erwiderte er knapp und hielt ihre Hand fest, weil es sich natürlich anfühlte. »Ich bin auch froh. Ohne Blackheart hätte ich allerdings nicht einmal einen von den Vieren neutralisieren können. Er ist wirklich erstaunlich gut.«

»Bei ihm habe ich mich auch schon bedankt.«

Thor sah zu dem Belgier, der ihm zuzwinkerte und einen Daumen entgegenstreckte.

»Habt ihr Marcus' Mutter angerufen und ihr gesagt, dass sie sich in Sicherheit bringen soll?«, fragte er.

»Ja, habe ich erledigt. Sie war nicht leicht zu überzeugen und ich würde mich nicht wundern, wenn sie trotz aller Warnungen doch zuhause auf der Matte stünde.«

»Ich setze mich jetzt wieder«, sagte Maya und deutete auf ihren Sitz. »Wir sprechen nachher. Bald haben wir es geschafft.«

»Ist gut.«

Sie landeten pünktlich auf dem Rollfeld für Privat- und Geschäftsflugzeuge rechts von Terminal Eins. Dort wartete bereits eine gepanzerte Limousine auf sie. Von nun an würde alles ein wenig sicherer werden, da sie sich nicht mehr auf dem Spielfeld des Gegners befanden. Der Fahrer war ein junger Mann mit stämmiger Gestalt, der die typischen Bewegungen eines trainierten Soldaten an den Tag legte, als er ihnen die Türen öffnete. Blackheart schien ihn zu kennen und stellte ihn einfach als »Fahrer« vor.

Fahrer fuhr sie durch den dichten Feierabendverkehr nach Queens. Dort musste Thor ihn überreden, bei einem Waffenladen zu halten, da er für sich und Maya Pistolen kaufen wollte. Es war nicht leicht, da auch Blackheart keinen Sinn darin sah, weil er meinte, dass sie jetzt in Sicherheit seien. Schließlich aber konnte er sich durchsetzen, und sie legten ihre Lizenzen in einem kleinen, heruntergekommenen Shop vor, um wieder mit zwei Pistolen und drei Ladestreifen versorgt zu sein. Zwar durften sie die Waffen in New York offiziell nicht tragen, aber wenn sie bei einer Polizeikontrolle auf Waffen durchsucht wurden, würde ihnen das Glück ohnehin nicht mehr hold sein.

Das Wohngebiet, in dem sich Marcus' Elternhaus befand, löste die Reihenhäuser aus Backsteinen und Klinker ab. Hier dominierten ältere Einfamilienhäuser aus der späten Kolonialzeit – einstöckige Bauten mit relativ großzügigen Gärten und dunklen Dachziegeln. Das Haus von Marcus' Mutter war das einzige in der Straße, das ein rotes Schindeldach besaß, und ließ sich so schnell ausfindig machen. Ihr Fahrer hielt direkt vor der Tür in dem weiß gestrichenen Jägerzaun und sie liefen den kurzen Weg aus Steinplatten zu der schmalen Veranda, auf der sich die Haustür befand. Den Schlüssel fanden sie wie besprochen unter dem Fußabtreter.

»Alles in Ordnung?«, fragte Maya an Marcus gewandt, der mit eingezogenen Schultern zwischen ihr und Thor stand, die wiederum hinter Blackheart warteten.

»Wartet hier, ich gucke, ob die Luft rein ist«, sagte der Belgier. Vermutlich wollte er Marcus ein bisschen Zeit geben, um sich an den Gedanken gewöhnen zu können, wieder zu Hause zu sein, ohne dass seine Mutter da war. Letzteres hoffte er zumindest und vermutlich war auch das ein Grund, dass ihr Begleiter vorgehen wollte. Er schlüpfte durch die Tür und sie waren allein.

»Ist sie zu Tante Beru gefahren?«, fragte Marcus.

»Ja, sie sagte etwas von deiner Tante. An den Namen erinnere ich mich nicht, falls sie ihn gesagt hatte«, gab Maya zu.

»Haben Sie auch etwas wegen Samira herausgefunden?«

Maya schüttelte den Kopf und sah betroffen aus. »Nein, tut mir leid.«

»Sie antwortet nicht auf meine Anrufe und Nachrichten, das ist wirklich seltsam.« Marcus seufzte schwer und schüttelte den Kopf, als Blackhearts Gesicht zwischen Tür und Rahmen auftauchte.

»Alles in Ordnung, ihr könnt reinkommen.«

Das Haus der Browns war geschmackvoll eingerichtet, wie Thor fand. Der Stil war modern, mit einem Hauch Klassizismus, wie er es auch bevorzugte. Weiße Wände mit grauen und weißen Möbeln, die mit Akzenten in Anthrazit versetzt waren – mal ein Kissen hier, ein Bilderrahmen da oder ein Streifen auf dem Teppich. Es sah sehr sauber und gepflegt aus, trotzdem streifte er seine vorbereiteten Latexhandschuhe über. Man konnte nie wissen, welche fremden Keime einen in den Wohnräumen anderer Menschen erwarteten und Krankheitstage konnte er sich jetzt noch weniger erlauben als je zuvor. Nicht, so lange das hier nicht beendet war – wie auch immer dieses Ende aussehen mochte.

Das Erdgeschoss bestand aus einem Wohn- und Esszimmer mit Tisch, Stühlen und einer Sofalandschaft mit Fernseher und einem Klavier. Die Küche war abgetrennt, genau wie ein Badezimmer. Der Keller war ausgebaut und besaß kleine Fenster auf Kopfhöhe, die auf dem Level des Erdbodens lagen und ein wenig Licht hereinließen. Zwei Schlafzimmer, ein Raum mit Fitnessgeräten und ein Badezimmer. Vor einem der Schlafzimmer, in dem Fotos von Musikbands wie »Manowar«, »Iron Maiden«, und »Blind Guardian« hingen, die Thor allesamt nicht kannte, blieb Marcus längere Zeit stehen.

»Kann ich fünf Minuten haben?«, fragte er und sah in sein altes Zimmer.

»Ich glaube nicht, dass ...«, wollte Thor einwenden, doch Maya legte ihm eine Hand auf den Arm.

»Ist schon gut. Fünf Minuten werden wir nach allem erübrigen können, oder?«

»Okay.«

Sie warteten vor der Tür und hörten aus dem Inneren nach kurzer Zeit klagende Laute, wahrscheinlich ein Schluchzen oder wenig erfolgreich unterdrücktes Weinen. Maya sah sehr betroffen aus, obwohl sie keinen Grund hatte, zu weinen. Er sah auf seine Armbanduhr, wartete, bis die fünf Minuten vorüber waren, und klopfte. Maya rollte mit den Augen, aber er verstand nicht, weshalb diesmal, also entschloss er sich, sie zu ignorieren, und öffnete die Tür. Marcus schreckte aus dem Bett hoch.

»Alles in Ordnung?«

»Ja, alles in Ordnung.« Der Student rappelte sich auf und rieb die roten Augen. Thors Blick wich er aus. »Die alten Filme und

Dads Geräte und Werkzeuge sind auf dem Dachboden.«

Gemeinsam gingen sie wieder nach oben, wo Blackheart an einem Fenster stand und durch einen Spalt zwischen den Gardinen zur Straße schaute. Ihr Fahrer war bereits wieder aufgebrochen, um keine unangenehmen Fragen der Nachbarn aufkommen zu lassen.

»Sehen Sie den kleinen Ring in der Decke?« Sie standen im Flur und Marcus deutete nach oben. Ein Ring von der Größe einer fünfzig Cent Münze hing tatsächlich aus der Decke, auf einer Seite einer quadratischen Klappe, die sich nur durch eine winzige Fuge abhob. Thor war groß genug, einen Finger durch den Ring schieben zu können, wenn er sich auf die Zehenspitzen stellte. Mit einem Ruck zog er die Klappe herunter und entrollte die kleine Leiter, die nach oben führte.

»Ich gehe mit ihm hoch«, sagte Maya und bedeutete Marcus, vorzugehen. Es dauerte keine zehn Minuten, dann kehrten sie mit einer alten, eingerollten Leinwand, einem Super-8-Abspielgerät und einer Filmrolle zurück. Im Wohnzimmer stellte Blackheart die Leinwand auf und schloss die Jalousien. Während Maya sich um den Projektor kümmerte, drehten Thor und Marcus die Filmrolle ab, bis sie meterweise gold-braunes Filmmaterial abgespult hatten, das in wild durcheinanderknitternden Haufen lag.

»Super 8 stammt aus den Sechzigern und Siebzigern, oder?«, fragte Thor. »Star Wars wurde doch nicht mehr auf Super 8 gedreht.«

»Nein«, antwortete Marcus, ohne von seiner Arbeit aufzusehen. Er zog an dem hinteren Teil des Films und hielt ihn immer wieder vor das Licht der Lampe, die über ihren Köpfen brannte. Dann nickte er wie zu sich selbst und zog weiter. »Das hier ist auch Doppel Super 8, um genau zu sein. Aber auch das normale Super 8 war eher ein Format für den Heimgebrauch, nicht fürs Kino. Wir haben aber *Das Imperium schlägt zurück* mit unserer Super 8 Kamera aufgenommen. Also aufgezeichnet, als der Film auf dem Fernseher lief. Mein Dad hat es gemacht, um mir zu zeigen, wie ich den Bildausschnitt richtig einstelle und dafür sorge, dass es nicht wackelt. Dann hat er mir auch gezeigt, wie der Film über Lichttechnik ausgelesen und projiziert wird.«

»Ein Übungsfilm, verstehe.«

»Hier ist was«, sagte Marcus und hielt das allerletzte Stück des Films zum Licht. Es war ungefähr so lang wie ein kleiner Finger und etwa ein Drittel so breit.

»Was siehst du da?«

»Das Stück hier wurde nachträglich angeklebt, sehen Sie das?« Der junge Mann deutete auf eine Stelle, die wie ein dünner schwarzer Strich aussah. Als Thor mit den Augen näher kam, sah er, dass es tatsächlich wie eine winzig kleine Schweißnaht oder Lötstelle aussah. Marcus stand auf und ging zu dem Projektor, der zwar schon auf den vier Beinen stand, aber noch nicht ausgerichtet war, da Maya anscheinend nicht wusste, was sie tun sollte. Er half ihr und schaffte es recht schnell, sowohl den Projektor einzustellen, als auch das Endstück der Filmrolle in die Fassung der Linse zu klemmen. Nachdem Maya den Stecker in die nächste Steckdose gesteckt hatte, drückte er den schwarzen Knopf an der Seite, und die Spule begann laut zu rattern. Da sich aber keine Filmrolle darauf befand, lief die Bewegung ins Leere. Das hatte allerdings keine Bedeutung, da ein Standbild auf der Leinwand zu sehen war. Das Format war vier zu drei und sah wegen der starken Körnung aus, als stammte es aus einem anderen Jahrtausend. Schwarze Bildfragmente wirkten, als seien auf der Linse Fliegen gestorben und als Schatten verewigt.

Thor wusste nicht, was er zu sehen erwartet hatte. Vielleicht eine Adresse, einen Film, in dem der verschollene Vater eine letzte persönliche Nachricht für seinen Sohn aufnahm, damit der irgendwann sein Erbe antreten und ein Geheimnis lüften könnte. Koordinaten waren auch etwas gewesen, an das er gedacht hatte. Koordinaten zu einem Geheimversteck, wo sämtliche Hinweise zusammenliefen, die für des Rätsels Lösung notwendig waren. Er hatte sich ziemlich viele Szenarien ausgedacht, aber nicht das, was er jetzt vor sich ausmachte.

»Was ist das?«, sprach Blackheart seine Frage laut aus und deutete stirnrunzelnd auf die vielen Linien, Winkel und Formeln.

Marcus antwortete nicht und ging stattdessen näher an die Leinwand heran. Sein Körper bildete einen breiten Schatten vor dem Schaubild, doch das schien ihn nicht zu stören. Er ging erst nach rechts, dann nach links und sein Kopf hob und senkte sich immer wieder.

»Das sind keine Formeln«, stellte er schließlich fest. »Das sind elektrische Spannungsangaben.« Der Student schien abwesend zu sein und wechselweise gar nicht oder mit sich selbst zu reden. »Hier haben wir die Formel für Chromiodid als elektrisch leitfähiges Bauelement, ja. Hm. Linienintegral der elektrischen Feldstärke zwischen A und B. Differenz der elektrischen Energie der Punkte A und B in Bezug auf ihre Ladung. Exakte Zuflussangaben. Das verstehe ich.«

»Oh, wundervoll«, meinte Maya lakonisch. »Ich verstehe rein gar nichts.«

Marcus drehte sich nicht um, deutete aber auf die skizzierte Darstellung zweier Rechtecke, die aussahen wie zwei Schraubplatten, aber so einfach gezeichnet waren, dass sie alles mögliche sein konnten. »Das sind zwei Chromiodidscheiben, wie sie auch in dem Kristall vorkommen. Kann ich ihn mal haben?«

Thor sah zu Blackheart und Maya. Als beide nickten, griff in seine Tasche und warf das Artefakt dem Studenten zu, der es ein wenig unbeholfen auffing und mit einer Hand hochhielt. Mit der anderen Hand deutete er auf die im Licht des Projektors glänzende Struktur des Kristalls.

»Dieser Datenträger besteht aus unzählbar vielen Schichten aus Chromiodidmolekülen. Sie sind unvorstellbar dünn, aber ... das ist wirklich genial.«

»*Was* ist wirklich genial?«, fragte Maya ungeduldig. Die Aufregung stand ihr ins Gesicht geschrieben und auch Thor konnte sich nicht ganz davon befreien, da die Begeisterung des Jungen ihn nervös genug machte, um zu hoffen, dass sie wirklich vor einem Durchbruch standen.

»Die Daten sind in den Kristall geschrieben, können aber offenbar nur unter einer gewissen zugeführten elektrischen Spannung ausgelesen werden, indem dadurch die Atome in einer bestimmten Art angeordnet werden. Das ist ... das ist wirklich eine geniale Idee.«

»Wow, echt irre«, gluckste Blackheart und verzog den Mund, als hätte er etwas besonders Lustiges gehört. »Und was heißt das jetzt?«

»Das heißt, dass ich ein Laptop, einige Werkzeuge, einen Universalkonnektor und zwei Autobatterien benötige, dann könnte ich entsprechend dieser Anleitung versuchen, die Daten von dem Kristall zu übertragen«, sagte Marcus und sah in die Runde, als müssten sie jetzt alle verstehen. Als sich niemand regte, runzelte er die Stirn. »Das klingt sehr einfach, aber das ist in etwa so, als wenn Sie vor einem Tresor stehen würden. Es wäre vielleicht der bestgesicherte der Welt, aber wenn ihnen jemand den Code für das Schloss zuschiebt, würden Sie sagen, dass es sehr einfach war, ihn zu öffnen, nachdem Sie sich vorher erfolglos abgerackert haben. Das da«, er deutete auf die Leinwand hinter sich und wurde von dem Licht des Projektors angestrahlt wie eine blasse Statue aus Elfenbein, »ist der Code zum Tresor, den mein Vater mir hinterlassen hat.«

»Das habe ich verstanden«, freute sich Blackheart. »Dann hol' mal von oben, was du brauchst.«

Marcus ließ sich das nicht zweimal sagen und stürmte die Leiter hoch, offenbar von der Hoffnung angetrieben, durch den Kristall, das ungeliebte Vermächtnis seines Vaters, etwas über den und damit auch sich selbst herauszufinden. Es dauerte etwa eine Viertelstunde, in der es oben polterte und krachte, einige Dinge umfielen und Marcus den einen oder anderen Fluch ausspie, der Thor die Nackenhaare aufstellen ließ, dann kam der Junge zurück und schleppte nacheinander mehrere

Kisten und allerlei technische Gerätschaften und Kabel heran, die ihm nicht vertraut waren. Auf dem Esstisch baute er neben seinem Laptop auch mehrere Apparaturen auf, die aussahen, als seien sie aus der Vergangenheit hergebeamt worden. Den Kristall stellte er auf eine umgedrehte Kaffeetasse mit Gummiboden und steckte je eine rote und eine schwarze Klemme an die Seiten, von denen Kabel zu zwei Wandlern abgingen, die mit jeweils einer Autobatterie verbunden waren.

Thor stand mit Maya und Blackheart daneben wie die Jungfrauen vor dem Kinde und sie warfen sich ratlose Blicke zu. Als sich nach einer Stunde herausstellte, dass Marcus hochkonzentriert war, was man daran erkennen konnte, dass er unablässig über die Lippen leckte, und es länger zu dauern schien, begannen sie, zum Garten und zur Straße hin Wache zu halten. Zuerst übernahm Maya die Straßenseite und Blackheart den Blick ins Grüne, während Thor sich etwas ausruhte. Dann löste er den Belgier ab und so ging es weiter, bis sie nach vier Stunden von einem Aufschrei hochgerissen wurden.

»Was ist?«, fragte er und sah sich hektisch mit seiner Beretta in der Hand um.

»Ich hab's!«, rief Marcus und hielt beide Arme hochgereckt. »Nun, ich habe nicht alles, weil die zweihundert Gigabyte auf der Festplatte nicht einmal ein einziges Prozent fassen, aber ich habe eine Dateistruktur namens *Orientierung* extrahieren können. Sie ist hundertachtzig Gigabyte groß und besteht vorrangig aus Videomaterial. Es ist allerdings mit einem unüblichen Codec versehen. Da muss ich mal nachschauen, ob mein ... ah, ja, das geht. Meine Güte.« Marcus verstummte und starrte auf seinen Laptopbildschirm, als hätte er einen Geist gesehen.

»Was ist los? Stimmt etwas nicht?«, fragte Thor, als er und Maya den Studenten erreicht hatten und ihm über die Schultern blickten. Es gab kaum etwas zu sehen, außer einer Ordnerstruktur und einer offenen Befehlskonsole.

»Ich versuche noch, die Videos zu dekodieren. Sie sind nicht verschlüsselt, aber der Code ist recht alt und ich muss ihn erst herunterladen. Aber hier ist eine einfache Flashdatei, die mit jeder Datei verlinkt ist, die sich auf dem Kristall befindet.«

»Und was ist darin?«

Marcus klickte mit seiner Maus und ein schwarzes Fenster mit einer gelben Zahlenfolge erschien.

»Das ist ein Countdown«, stellte Maya verwundert fest und tauschte einen irritierten Blick mit Thor. Er wünschte, er hätte er etwas anderes als seine Verwunderung bieten können, aber es gab nichts, nur eine brodelnde Unruhe, die sich in seinen Eingeweiden sammelte.

Fünf Jahre, zweiundzwanzig Wochen, dachte er und versuchte herauszufinden, ob es etwas Besonderes im Jahr 2025 geben könnte, das er übersah. Er fand nichts.

»Warum gibt es keine Stunden und Sekunden? Keine Tage?«, dachte er laut, doch niemand antwortete.

»Wir müssen die Videos sehen«, drängte Maya und rüttelte Marcus an der Schulter, als müsste sie ihn erst aufwecken.

DAS ARTEFAKT 2

ZWISCHENSPIEL

»Hey, Blau, hast du schon gehört?« Rot streckte seinem Vorgesetzten sein Smartphone hin, auf dem einige verwackelte Bilder einer Flutwelle zu sehen waren, vor der kreischende Menschen durch eine Häuserschlucht flohen. »Tsunami in Japan, gerade eben.«

»Die Welt ist offenbar im Arsch«, gab Blau zurück und lugte durch das Fenster zur Straße. Das weiße Haus mit den roten Dachschindeln gegenüber schien in den letzten Wehen der Abendsonne zu glühen wie Kohle.

»Das ist wohl das Naturkatastrophenjahr schlechthin«, stimmte Rot ihm zu und steckte das Smartphone zurück in die Bauchtasche seines Kapuzenpullovers. Ihn nicht in Uniform zu sehen, sondern in Zivilkleidung, war ungewohnt, aber ungewohnt war alles an ihrem Auftrag. Normalerweise kümmerten sie sich um Wissenschaftler oder Verschwörungstheoretiker, die der Wahrheit zu nahe kamen. Aber zwei FBI-Agenten auf der schwarzen Liste mitsamt Babysitter und einem Studenten, die gar nichts wussten? Das war seltsam.

Blau schulterte seine Maschinenpistole und ließ den Vorhang vor das Fenster zurückfallen. An dem Esstisch hinter ihm saßen Gelb, Grün und Lila und aßen Fast Food vom Stuffer's Shack. »Jungs, wenn ihr aufgegessen habt, bringt die hier in die Wanne und sorgt dafür, dass sie sich durch den Abfluss verdrücken.« Er zeigte auf die Leichen der beiden Italiener in Zivilkleidung, die vor ihm auf dem Boden lagen.

Sie hatten das aus zwei Personen bestehende Observationsteam durch Zufall gefunden, weil sie dasselbe Haus ausgesucht hatten für ihre eigene Operation. Dabei war ihnen aufgefallen, dass ein fremdes Auto in der Einfahrt geparkt stand, das laut Akte nicht den Inhabern gehörte, die aktuell außerdem verreist waren. Also waren sie durch den Hintereingang hineingeschlichen und hatten die beiden Männer lautlos ausgeschaltet. Die italienischen Pässe hatte er bereits im Ofen abgefackelt.

Gelb, Grün und Lila ließen ihre Burger und Fritten liegen und schoben die Stühle fort. Dann packten sie die Leichen an den Füßen und begannen, sie hinauszuschleifen. Sie kannten ihn gut.

Sein Funkgerät piepte und er ging zurück zum Fenster.

»Central an Blau, bitte kommen.«

»Blau hier.« Er sah erneut zum anderen Haus, konnte aber nichts erkennen. Also ließ er den *Senden*-Knopf los und ging zum Wohnzimmertisch, auf dem Koffer aufgeklappt standen, in denen sich Monitore befanden. Sie zeigten das Haus von Mrs. Brown aus der Luft, inklusive des Gartens und der Straße. Die Drohnen verharrten im Observationsmodus und rotierten in ihren Flugplänen so, dass sie alle vierzig Minuten aufladen konnten, ohne dass sich Überwachungslücken ergaben.

»Bericht.«

»Zielpersonen am Zielort. Einsatzteam Bravo bereit. Observationsmittel in Position und alle Systeme fehlerfrei.«

»Gut. Stellung halten und auf Anweisungen warten.«

»Sollen wir einen Zugriff vorbereiten?«

»Ja, bereiten Sie alles vor, aber verraten Sie Ihre Stellungen nicht«, antwortete der Operator aus der Zentrale. »Wir haben die Situation unter Kontrolle und es ist wichtig, dass wir unsere Karten nicht zu früh zeigen, sonst war die gesamte Operation umsonst, bestätigen Sie das.«

»Bestätige«, sagte Blau. Er hatte schon lange aufgehört, Befehle zu hinterfragen. Sie ergaben in den seltensten Fällen sofort einen Sinn und ihm reichte es, dass er seinen Platz auf dem Rettungsboot sicher hatte, wenn dieses Schiff unterging.

»Nehmen Sie Stellungen ein, die sicherstellen, dass im Falle eines Scheiterns der Operation niemand das Haus verlässt, verstanden?«, forderte der Operator.

»Ich habe nur ein Team mit fünf Einsatzkräften.«

»Wir sind momentan an mehreren Stellen im Einsatz und können Ihnen vorerst keine weitere Verstärkung schicken. Machen Sie das Beste aus den Mitteln, die Sie vor Ort haben.«

»Verstanden.«

»Gut. Lassen Sie niemanden aus diesem Haus entkommen, koste es, was es wolle. Central out.«

»Na dann«, seufzte Blau zu sich und betrachtete die Monitore, während er seine Waffen durchlud und überprüfte. »Wollen wir doch mal sehen, wer als erstes das Köpfchen aus dem Nest streckt.«

JT

DAS
ARTEFAKT 2

Kapitel 20: Michelle

»Los, schnell, wir müssen da hinüber!«, rief Michelle und scheuchte Bob vor sich her, der aufgrund seiner aufgeschlagenen Knie leicht humpelte. Sie flohen vor ihren Verfolgern, die immer, wenn sie um einen Felsen oder einen Hügel bogen, auf sie schossen. Noch waren sie ihnen entkommen, aber es würde nur eine Frage der Zeit sein, bis ein Schuss sie oder den Congressman traf. Jetzt hatten sie eine kleine Schneise zwischen zwei höheren Stellen der Hügel erreicht, die zwar steil nach oben führte und in dem dichten Geröll schwierig zu begehen war, aber hinter ihnen befand sich eine querverlaufende Felsformation, die ihnen wenigstens etwas Deckung geben würde. Ihr Kopf dröhnte noch immer, als hätte jemand mit tausenden Nadeln durch ihre Schädeldecke gestochen. Ihre Muskeln waren verhärtet und kurz vor dem nächsten Krampf, aber sie zwang sich, immer weiter zu laufen. Unter dem Stromschlag hatte sich ihre Blase entleert und sie merkte, dass sie stank, doch nicht einmal das konnte gänzlich in ihr Bewusstsein vordringen. Da war nur noch das Adrenalin, das sie trotz allem voran peitschte wie ein Sturm eine kleine Schaluppe zwischen viel zu hohen Wellen. Ihr gesamter Rücken kribbelte, als würde ein ganzes Ameisenvolk über ihre Haut laufen, in der Erwartung, jeden Moment von einer Kugel getroffen zu werden. Sie befanden sich jetzt in dem Sperrgebiet, das nicht zu Groom Lake gehörte, aber trotzdem auf sämtlichen Kartenprogrammen ausgegraut war, aufgrund einer angeblich »wissenschaftlichen Sperrzone«. In diesem grauen Feld flohen sie vor Verfolgern, welche vermutlich die Regierung auf sie gehetzt hatte. Allein der Gedanke an diesen Umstand hätte sie noch vor einigen Wochen in Gelächter versetzt. Jetzt war ihr eher zum Heulen zumute, auch wenn sie das Gefühl der Hilflosigkeit mit viel Mühe und Not noch immer in Zorn umzumünzen wusste. Niemand würde sie von der Wahrheit abbringen, das hatten schon andere versucht und waren gescheitert.

Vor ihr fiel Bob hin und krabbelte auf allen vieren weiter, als es so steil und steinig wurde, dass kaum noch daran zu denken war, auf zwei Beinen weiterzugehen. Sie tat es ihm gleich und spürte, wie sich die feineren Felssplitter in ihre Handflächen bohrten, doch unter dem pulsierenden Cocktail aus Stresshormonen in ihrem Blut fiel es ihr leicht, den Schmerz über die Grenzen ihres Bewusstseins hinauszuschieben. Wenn sie es bis zur anderen Seite schafften, hatten sie abgemacht, nach rechts zu laufen, dicht an der Hügelkette entlang und sich nicht in offenes Gelände zu begeben, wo ihre Verfolger leichtes Spiel mit ihnen hätten. Als sie den Scheitelpunkt der Schneise erreichte, stieß sie mit Bob zusammen, der unvermittelt stehengeblieben war und sie wären beinahe erneut gestürzt. Doch der Politiker fing sie ab.

»Was ist?«, fluchte sie und schob sich hastig neben ihn, nur um ebenso zu erstarren, wie er. Vor ihnen erstreckte sich wie erwartet eine weite Ebene, ungefähr fünfzig bis hundert Meter tiefer, als sie jetzt standen. Doch statt über der endlosen Weite einer grau-braunen Wüste standen sie über einem Meer aus Grün- und Brauntönen. Soweit das Auge reichte, sahen sie nichts als Grün, das hier und da von kreisrunden Arealen durchsetzt war, in denen das Grün eher dunkelgrau oder braun aussah. Doch da war noch mehr: In einem klaren Muster wuchsen aus dem endlosen Pflanzenmeer weiße Pickel, die wie Zelte aussahen, die von innen leuchteten und so groß sein mussten wie ein halbes Footballfeld.

»Wir haben sie!«, rief jemand hinter ihnen und erinnerte sie daran, dass sie in Lebensgefahr schwebten. Noch ehe die erste Kugel um ihre Ohren zischte, hatte sie Bob mit sich gerissen und halb liefen, halb stürzten sie in die Tiefe. Das Grün kam immer näher, verwandelte sich in eine flache Scheibe und schließlich in eine Wand aus ... *Mais!*

»Das ist verdammter Mais!«, hechelte sie, als von irgendwo in der Ferne das unverkennbare Rattern von Rotoren zu hören war.

»Wir müssen da rein!« Bob packte sie an der Hand und zerrte sie mit überraschender Kraft hinter sich her. Nach zehn Schritten hatten sie den Rand des endlosen Feldes erreicht und rannten zwischen die hochaufragenden Stängel des Maises. Die vielen schilfartigen Blätter und Maiskolben, die goldgelb zu leuchten schienen im Schatten um sie, peitschten ihnen ins Gesicht und hinterließen schon bald tiefe Striemen und Schrammen.

»Zur Seite!«, rief Michelle und bremste Bob, indem sie an seinem Hemd zog. Er folgte ihrer Bewegung und hielt inne. Schwer atmend beugten sie sich vor und keuchten, während sie versuchten, ihrem Blut den Sauerstoff zuzuführen, den es verlangte. »Wir müssen zur Seite ausweichen, falls ... falls diese ... diese Typen uns hier herein folgen.«

»Ja.« Mehr sagte Bob nicht, stattdessen lief er los, bog nach links ab und schlug mit den Armen nach rechts und links aus wie ein Maulwurf, der sich durch die Erde grub. Michelle atmete tief ein und folgte ihm in das Gewirr aus harten Stangen und scharfen Blättern, das sich über ihnen zu einem dichten Dach vermengte und die Sonne aussperrte. Der Lärm des nahenden Helikopters wurde drohender und zu allem Überfluss stellte sie schnell fest, dass es sich um mindestens zwei Maschinen handeln musste, die zweifellos nach ihnen suchten. Bob lief unbeirrt weiter, bis er nach einer Weile anhielt und sich vollkommen erschöpft hinhockte. Sie tat es ihm gleich und versuchte, zu Atem zu kommen. Ihr Gesicht brannte wie Feuer und auf ihren Unterarmen zeigten sich lange rote Schrammen.

»Wir müssen ruhig bleiben, damit die Helikopter nicht sehen, wo sich der Mais bewegt«, dachte sie laut und warf einen Blick auf seine blutenden Knie. »Bist du okay?«

»Nein.« Er schüttelte den Kopf und wirkte mit einem Mal mindestens zehn Jahre gealtert. »Gar nichts ist okay. Mark wurde erschossen und man hat versucht, uns umzubringen. Die haben noch nicht einmal mit uns geredet.«

»Nein, darüber sind die anscheinend hinaus«, stimmte sie ihm zu und sah nach oben, als das Donnern der Helikopter so laut wurde, dass es schwer wurde, sich noch zu verständigen. Die Maisstangen wurden hin und her geworfen wie in einem Orkan, peitschten nach links und rechts und bogen sich bedrohlich. Der Sturmwind der Rotoren schlug auf sie und Bob ein und sie duckten sich mit den Händen an den Ohren tiefer. Dann war der Wind mit einem Mal fort und es wurde wieder ruhig.

»Über uns weggeflogen«, sagte sie. »Alles in Ordnung.«

»Sieht du diese Maiskolben?«, fragte Bob und deutete nach oben. Sie war zuerst zu überrascht über den plötzlichen Themenwechsel, doch dann folgte sie seinem nach oben gestreckten Zeigefinger. Zuerst hatte sie Schwierigkeiten, zu sehen, was er meinte, da sie nach den typischen gelben Maiskolben suchte. Auch hier waren sie zu sehen, nur dass man sie leicht mit den ähnlich geformten Blättern verwechseln konnte. Sie griff nach oben und riss einen Kolben ab. Er war nicht golden, nicht einmal blassgelb, sondern sah grau und krank aus.

»Das ist Futtermais, glaube ich«, stellte sie fest, als sie die harten Segmente der Frucht drückte. Sie war hart und fest und die Kolben etwas länger als bei normalem Mais. »Aber der hier sieht krank aus, nicht so wie die anderen am Anfang.«

»Ja. Aber warum wächst dort der feinste Mais und hier ist er krank?« Bob stand auf, umfasste eines der Blätter, die weiter oben lagen und zog mit seinen Fingern daran. Als er sich wieder zu ihr hinabgebeugt hatte, streckte er ihr seine Hand hin. Sie betrachtete den gräulichen Belag, den sie sah. Er erinnerte sie von der Konsistenz her an zu lange geschlagene Sahne, doch das war keine Flüssigkeit – es handelte sich um Flocken.

»Ist das ...?«

»Asche?« Bob hob seine Finger an die Nase und roch daran. »Ja, das ist Asche.«

Jetzt, wo er es sagte, verstand sie auch, woher dieser Geruch nach Grillkohle kam, der ihr bereits seit einiger Zeit unterschwellig in der Nase lag.

»Von oben haben wir grüne, braune und graue Areale gesehen. Jetzt sind wir scheinbar in einem grauen, von Asche bedeckten.« Michelle sah sich um, als könnten die Pflanzen um sie jeden Augenblick zum Leben erwachen und sich in Monster verwandeln. »Wo zur Hölle sind wir gelandet?«

»Keine Ahnung, aber da fliegen noch immer zwei Helikopter über uns, die uns suchen und wer weiß wie viele durchgedrehte Kerle mit Maschinengewehren. Wir sollten zusehen, dass wir weiterkommen«, schlug Bob vor und sie erhob keine Einwände. Mit knackenden Gelenken standen sie wieder auf, richteten sich kurz nach Osten entlang der Saatlinien des Maises aus und liefen dann los. Durch die kurze Verschnaufpause und die gefühlte Sicherheit unter dem Schutz des Pflanzendachs war der Adrenalinpegel in ihren Adern deutlich abgeflaut, was sie einerseits klarer denken ließ, obwohl ihr Kopf sie noch immer marterte, aber auch die Schmerzen in ihren Gliedern und von den vielen Schürf- und Kratzwunden in ihr Bewusstsein warf wie einen Eimer kalten Wassers. Jeder Schritt tat jetzt weh und mehrere Male wäre sie beinahe umgeknickt, doch sie riss ihre gesamte Willenskraft zusammen, um auf den Beinen zu bleiben. Sie ließ sich von fernen Rufen und den umherschwirrenden Helikoptern in einem für sie unsichtbaren Himmel antreiben. Einmal wäre sie beinahe gestürzt, weil ihre Füße an etwas hängengeblieben waren, sie konnte sich aber im letzten Moment fangen und sah aus den Augenwinkeln eine kleine Narbe im trockenen Boden. Möglicherweise hatte es sich um einen Wassersprenger gehandelt, da sie auch schon mehrere Leitungen gesehen hatte, die sich wie fingerdicke Schlangen auf dem Boden entlang einiger Saatlinien zogen. Dies war vermutlich der lebensfeindlichste und letzte Ort, an dem man Nutzpflanzen anbauen wollte, also musste man wohl irgendwie eine Bewässerung einrichten, obwohl sie gedacht hätte, dass das Sonnenlicht hier zu erbarmungslos war.

Es fühlte sich an wie eine Ewigkeit, die sie zwischen den Maisstangen umherliefen – mit eingezogenen Köpfen und Schultern, um sich nicht noch mehr zu verletzen, die Stangen nicht unnötig in Bewegung zu versetzen und ihre Position zu verraten. Bis sie irgendwann aus dem Feld brachen wie eine Welle, die sich vom Ozean trennte und auf den Strand spülte. Ihre Geschwindigkeit hatte sie über den Rand des Feldes getrieben, wo sie von der grellen Vormittagssonne geblendet wurden und fluchend zurücksprangen. Für einige Augenblicke verharrten sie wie versteinert, als wären sie von jemandem bei etwas Verbotenem ertappt worden, dann warfen sie sich kurze Blicke zu und schoben vorsichtig die letzten schützenden Stangen vor ihren Augen beiseite.

Direkt vor ihnen befand sich eines der riesigen Zelte, die sie aus der Ferne gesehen hatten. Es war mindestens zwanzig Meter hoch, reinweiß wie ein frisches Bettlaken und undurchsichtig. Trotz der Sonneneinstrahlung schien es von innen zu leuchten. Es erstreckte sich von rechts nach links über mindestens zwanzig, dreißig Meter pro Seite. Alle zehn Meter gab es einen Eingang, etwa so groß wie eine normale Zimmertür. Sie hoben sich kaum von den Zeltwänden ab. Vielleicht hätte sie sie gar nicht erkannt, wenn es hinter ihnen nicht ein wenig dunkler gewesen wäre, als würde das innere Leuchten dahinter nicht funktionieren.

»Guck mal!«, zischte sie und deutete ganz nach links, wo sie ein paar Schienen entdeckt hatte, die aus dem Maisfeld über zwei bis drei Meter zum Zelt führten und in einem offenen Schlund endeten, der sich exakt an der Krümmung aufzutun schien, sodass sie zwar eine etwas dunklere Stelle sehen konnte, aber nicht direkt hinein. »Deine Panzer wurden mit dem Zug transportiert, oder?«

Bob nickte stumm.

»Die Bahngleise verlaufen entlang des Highways hinter der Bergkette hinter uns. Wie schwer wäre es, ein paar Weichen zu installieren, die hierher führen?«

»Aber wir haben keine abgehenden Gleise gesehen«, gab Bob flüsternd zu bedenken. Als sich erneut ein Helikopter näherte, zogen sie sich ein wenig zurück und warteten ab, bis er über sie hinweggerast war und es wieder stiller wurde. Dann gingen sie erneut nach vorne und sahen sich um.

»Was ist, wenn sie die Schienen nur vorübergehend brauchten, um die Panzer verschwinden zu lassen, und dann wieder angefangen haben, sie abzubauen – zumindest die von der Straße sichtbaren?«

»Klingt nach viel Aufwand.« Bob blähte die Nüstern und deutete auf das Zelt vor ihnen, das wie ein riesiger weißer Dom aus der Wüste wuchs und sich als starker Kontrast vom umgebenden Grün abgrenzte. Wäre dies ein Bild, hätte sie vermutet, dass dem Maler der Pinsel abgerutscht sein musste. »Das hier ist wie mit den verdammten Bienen bei Akte X!«

»Was? Wovon redest du?«

»Akte X! Da gab es auch solche Zelte in einem Maisfeld und Bienen haben irgendein Alienvirus verbreitet.« Bob erschauderte sichtbar.

»Hier gibt es keine verfluchten Alienviren«, erinnerte sie ihn und zupfte an seinem Ärmel. »Wir müssen da rein.«

»Was?«, fragte er vollkommen entsetzt. »Da rein?«

»Ja!« Sie nickte unnachgiebig, als er den Kopf schüttelte, und hielt ihn fest, als er einen Schritt zurückzumachen versuchte. »Wir sind so weit gekommen, dass wir herausfinden müssen, was hier los ist, hörst du? Wenn wir das Maisfeld verlassen, werden die uns ohnehin entdecken. Wir können frühestens versuchen abzuhauen, wenn es dunkel geworden ist und darauf hoffen, dass wir die Nadeln im Heuhaufen sind.«

»Da drinnen könnte sonst was lauern!«, protestierte Bob und seine Lippen verformten sich zu einem engen Kreis.

»Wir wissen jedenfalls, was hier draußen lauert. Das da könnten Lager- oder Gewächshäuser sein, nach allem, was wir sehen.«

»Und wie sollen wir da reinkommen?« Er klang, als habe er die Hoffnung, dass die einzige Antwort »gar nicht« lauten musste.

»Wir gehen einfach rein. Das hier sind offenbar Felder und Gewächshäuser. Das bedeutet Pflege und Kontrolle durch viele Angestellte. Du glaubst doch nicht, dass die jedes Mal einen Code eingeben oder ihre Retina scannen müssen wie in einem scheiß Science Fiction, oder? Das gesamte Areal ist ohnehin abgesperrt und offenbar gesichert bis zum Anschlag.«

»Wir sind reingekommen«, gab er zu bedenken. »Das war ja fast zu einfach. Außer die rechnen nicht damit, dass hier jemand wieder rauskommt.«

Michelle wollte etwas Beruhigendes erwidern, doch bei seinen Worten gefror ihr das Blut zu Eis. Es war beinahe, als hätte er ihre Augen in eine Richtung gelenkt, in die sie bisher nicht hatte sehen wollen, vor der sie sich jedoch nicht mehr länger verstecken konnte.

»Jedenfalls sind wir jetzt hier. Willst du ewig hier im Mais hocken, bis sie uns schnappen?« Sie stand auf und machte einen Schritt nach vorne, bis sie vor den letzten Stangen stand, direkt an der Feldgrenze. Das Weiß des Doms war bereits durch die Blätter zu erkennen und leuchtete ihr entgegen wie ein verheißungsvoller Ort.

»Wenigstens bis es dunkel wird und wir versuchen können, zu verschwinden!«, zischte er.

»Aber dann waren wir umsonst hier. All die Scheiße

umsonst«, flüsterte sie, doch es klang wie ein Schreien. Er verstand, dass sie mit *umsonst* auch seinen Leibwächter meinte, der tot in dem Diner auf der anderen Seite der kleinen Bergkette lag. Bevor er es sich anders überlegen konnte, horchte sie nach den Rotoren, doch sie waren nicht besonders laut, also vermutlich weiter entfernt und wurden auch gerade nicht lauter. Ein letztes Mal sah sie nach rechts und links, um keine bewaffneten Männer zu sehen, oder was auch immer sie erwartete, dann lief sie über den staubigen Wüstenboden zur nächsten Tür und suchte nach einer Klinke oder etwas dergleichen, doch da war nichts. Das Material war glatt, fühlte sich an wie Hartplastik, als sie mit den Fingern darüberfuhr. Dann sah sie unter einer Staubschicht eine Art Display von der Größte einer Zigarettenschachtel. Sie wischte den Staub fort und es blinkte rot auf.

Wiederholen, stand auf dem Display geschrieben. *Fingerabdrücke? Scheiße!*

Da sie nicht wusste, was sie tun sollte, sah sie erneut in den Himmel, sah aber keine Hubschrauber. Auch Kameras an dem Dom, woran sie erst jetzt dachte, konnte sie nicht finden. Bob brach hinter ihr aus dem Mais und winkte sie mit aufgeregter Miene zu sich.

»Komm schon!«, knirschte er kaum hörbar.

Michelle schüttelte den Kopf und lief zu den Schienen. Die Hitze erschlug sie beinahe, so schnell hatte die Sonne ihre maximale Stärke erreicht, als sie endlich bei der Öffnung ankam, in der die Schienen verschwanden. Es handelte sich um einen kreisrunden Ausschnitt, der sie an einen geöffneten Mund erinnerte. Es gab keine Tür, kein Tor, nur Dunkelheit.

»Ach, scheiß drauf«, fluchte sie und lief hinein. Zuerst dachte sie, dass es um sie komplett finster war, doch ihre Augen mussten sich bloß an die veränderten Verhältnisse gewöhnen, und gaben ihr schnell die Sicht frei auf die beiden parallel verlaufenden Schienen, die immer tiefer ins Dunkel führten. Vorsichtig ging sie weiter und fuhr erschrocken herum, als sie hinter sich ein Schaben hörte, das sich als leichter Hall fortsetzte.

»Bob?«, fragte sie.

»Ja!«, zischte er und schaffte es, sowohl ängstlich als auch empört zu klingen.

»Hier ist irgendwas«, erwiderte sie leise und ging weiter in die Dunkelheit, die jetzt so dicht wurde, als stünde sie vor einer schwarzen Wand. Das *Etwas,* das sie sah, war ein winziger, haarnadeldünner Faden Helligkeit, der senkrecht von oben nach unten führte. Er spendete kein Licht, das ihren Augen geholfen hätte, sodass es ihr vorkam, als hätte jemand einen Streifen ins Nichts gemalt, der dort zu fester Masse geworden war und der Dunkelheit einen Angelpunkt gab.

Dann geschah etwas, das sie zusammenzucken ließ: Der Streifen Helligkeit wurde breiter. Langsam erst, dann schneller und ehe sie realisierte, dass sich vor ihr eine automatische Tür auftat, deren Elemente in die Seitenwände fuhren, klebte sie schon an der rechten Wand des runden Tunnels und schirmte ihre Augen gegen die plötzliche Helligkeit ab.

Sie befanden sich jetzt im Zelt, daran bestand kein Zweifel, aber was befand sich noch mit ihnen darin?

DAS
ARTEFAKT 2

KAPITEL 21: MICHELLE

Hinter der Tür, die den kurzen Tunnel mit den Schienen mit Licht flutete, schien sich ein weiterer Tunnel zu befinden. Er war kurz, keine zehn Meter lang, und besaß Wände aus Plastikplanen, hinter denen es hell leuchtete. Mit Bob im Schlepptau schlich Michelle weiter, versuchte, auf der rechten Schiene zu balancieren, um keine Geräusche auf dem Kiesbett zu machen. Die Tür hatte sich lautlos geteilt und war zu den Seiten geglitten, also konnte es noch immer sein, dass niemand sie bemerkt hatte – sofern hier keine Kameras installiert sein sollten, die sie nicht sah.

»Michelle«, quiekte Bob, wie jemand, der schreien wollte, aber zum Flüstern gezwungen war.

»Was?«, zischte sie zurück und hielt inne. Hinter ihm glitt die elektronische Schiebetür zu wie ein stummer Vorhang. Erst jetzt fiel ihr auf, dass mit ihnen ein leises Rauschen von den Maisfeldern hereingeweht war und es nun totenstill wurde.

Nein, nicht totenstill, korrigierte sie sich in Gedanken. Ein unterschwelliges Surren war zu hören, wie das einer Fliege, die einem morgens den Schlaf raubte, aber gerade so weit entfernt schwirrte, dass man das Geräusch nicht ignorieren konnte. Vielleicht eine Klimaanlage?

»Riechst du das?«, fragte er und kam ganz nahe, damit sie

sein Flüstern verstehen konnte. Jetzt, ohne dass sie rannten oder im Schatten der Maisfelder umherirrten, erkannte sie das Ausmaß seines schlechten Zustands. Sein Gesicht sah aus, als hätte ihn jemand mit einem Satz Nägel beworfen. Seine Anzughose und sein ehemals weißes, jetzt rotes Hemd waren an mehreren Stellen zerrissen wie bei einem Obdachlosen, und wo die Haut offen lag, konnte sie Blut und Erde sehen. Sie brauchte nicht an sich hinabzusehen, um zu verstehen, dass sie vermutlich genauso aussah – sie konnte es an dem Brennen und Ziehen in ihrem ganzen Körper spüren.

»Ja, das riecht nach Ammoniak. Ekelhaft«, gab sie zurück und zog sich das Revers ihrer dünnen Baumwolljacke über die Nase, als sie weiterging.

Am Ende des kleinen Tunnels befand sich eine Bauplane, die von oben herabhing. Michelle stellte sich an eine Seite der Öffnung und wartete, bis Bob auf der anderen stand. Dann schob sie die Plane mit dem Zeigefinger ein kleines Stück zur Seite und lugte ins Innere des Doms. Sie wusste nicht, was sie erwartet hatte, aber was sie sah, war in jedem Sinne *weniger* als alles, was sie sich vorgestellt hatte.

Wenigstens keine Bienen als Überträger eines Alienvirus, dachte sie lakonisch und betrachtete das ovale Feld mit schwarzer Erde, das von winzigen Fußwegen aus Beton durchzogen war, die sich etwas erhoben. Die Erde glänzte leicht im Licht einer langen Leuchtstoffröhre, die an der Decke befestigt war. Ihr Licht war schwach und fahl, was für einen ungewohnten Anblick der Umgebung sorgte, ähnlich wie bei einer Sonnenfinsternis, wenn die Welt auf einmal verblasste, als hätte jemand ein Leichentuch vor die Sonne gehängt. Von Stahlseilen, die von der Decke des Doms hingen, wurden kleine Ballons gehalten, die an der Unterseite so etwas wie Münder aufwiesen. Auf dem Feld selbst wuchs nichts, außer ganz weit rechts, wo einige kleinere Bereiche mit verschiedenen Maissorten gediehen. Keines der vier Maisareale war größer als einen Quadratmeter und befand sich in durch die Betonstege getrennten Mini-Feldern.

Als einer der kopfgroßen Ballons zu wackeln begann, runzelte Michelle die Stirn und erschrak, als sich die mundartige Rosette an der Unterseite aufblähte und einen Schwall schwarzer Erde auf das Feld unter dem Ballon ausstieß. Was auch immer das Zeug sein mochte, es verteilte sich beinahe perfekt auf der Erde und nun begann auch sie zu glänzen. Der Geruch nach Ammoniak verstärkte sich etwas.

»Das ist Dünger«, flüsterte Bob und sah sie hinter der Plane an. »Wahrscheinlich züchten die hier den Mais für draußen.«

»Aber wieso?«, wollte sie wissen. »Warum gehen die nicht nach Arkansas, wenn sie Mais anbauen wollen? Das hier muss furchtbar teuer sein.«

»Irgendwohin muss das verschwundene Geld ja fließen.«

»Die Schienen«, meinte sie und sah erneut durch einen kleinen Schlitz, den sie in der Plane öffnete. »Sie enden hier einfach.« Direkt vor der Plane befand sich ein Endstück, wie ein großer, dunkler Holzpflock mit zwei waagerechten Stahlpollern. Sie fragte sich, wozu diese Schienen überhaupt dienten. Also steckte sie den Kopf durch die Plane und verdrehte ihren Hals, bis sie nach oben sehen konnte und tatsächlich fand sie dort einen riesigen, zusammengeklappten Kran, der sich unter die sich verjüngende Domwand duckte. Als sie ihren Blick wieder senkte, suchte sie den vier oder fünf Meter breiten Betonboden zwischen ihnen und dem Beginn des Feldes ab und fand eine fingerdicke Fuge, die einen rechteckigen Ausschnitt bildete, der in etwa den Grundriss eines Kleinbusses ausmachte.

»Ich sehe keine Kameras«, stellte Bob leise fest und auch sie sah an der Domwand nichts als blankes, weißes Material – woraus auch immer es bestehen mochte. Es fühlte sich an und sah aus wie Plastik, aber sie glaubte nicht, dass es wirklich Plastik war.

»Scheiße, da kommt jemand!« Michelle zog ruckartig ihren Kopf zurück und tat dasselbe mit ihrem Finger, bis der Schlitz, den sie zwischen Tunnelrand und Plane offenhielt, kaum groß genug für ihr rechtes Auge war. An der gegenüberliegenden Seite des Doms kamen zwei Personen in weißen Chemieschutzanzügen durch eine der vielen Türen. Sie trugen metallene Koffer mit sich, die über gurtartige Schlaufen von ihren Schultern hingen. Sie sahen fremdartig aus wie Aliens mit den Atemschutzmasken und Kapuzen. Ihre Anzüge waren an den Beinen und Unterarmen schmutzig, soweit sie das aus der Entfernung sehen konnte, da sie etwa so weit wie von einer Querseite eines Footballfeldes zur anderen sehen musste. Doch was ihr an Sicht fehlte, wurde durch den Hall wettgemacht, den der Dombau erzeugte. Es waren zwei Frauen, die miteinander sprachen und sie kamen näher, bewegten sich direkt auf einen der Betonstege zu, die von ihrer Seite auf den Tunnel zuführten, in dem sich Michelle und Bob versteckten.

»Die C-3 Pflanzen machen sich wirklich gut, selbst mit der Acrylschicht darauf«, stellte eine der Frauen fest, während sie mit ihrer Kollegin in dicken Gummistiefeln näher watschelte. »Hätte nicht gedacht, dass wir das ganze Südfeld morgen schon abfackeln und neu bepflanzen können.«

»Hat ja auch nur fünfzehn Jahre gedauert, den Scheiß zu ziehen«, murrte die andere. Ihre Stimmen klangen durch die Atemmasken verzerrt wie bei Feuerwehrleuten.

»Aber es hat geklappt. Da sieht man mal, was geht, wenn man wirklich will und was investiert. Wahrscheinlich hätten wir damit schon vor fünfzig Jahren den Welthunger abstellen können.«

»Na klar, wenn alle nur noch Mais mampfen wollten. Aber die meisten Unternehmen machen doch Fructosesirup daraus«, meinte die Rechte.

»Gut, dass wir kein Unternehmen sind.« Die Linke deutete mit einem zerknitterten Arm nach oben zu einem der Rosettenballons. »Die Exkremente werden knapp, wir sollten sie bald neu befüllen.«

»Kümmern wir uns darum, wenn wir den Annäherungssensor der Tür ausgeschaltet haben. War wahrscheinlich wieder einer dieser Wüstenfüchse. Die haben gestern erst die Bestäubungsdrohnen in der D-4 aufgescheucht.«

»Ich wünschte, die IT wäre endlich fertig und könnte sich dann zentral selbst darum kümmern. Immer wird irgendwas übersehen und wir müssen per Hand was abschalten. In der Zeit könnten wir auch sinnvolles Zeug machen«, murrte die Rechte. »Zum Beispiel die restlichen Spektralsimulationen. Damit liege ich schon drei Monate hinter dem Zeitplan.«

»Wenn hier alles fertig ist, werden wir wieder normale Botaniker sein und keine Mädchen für alles, glaub mir. Dann darfst du wieder den ganzen Tag in dem Dünger herumlaufen und Setzlinge streicheln.«

»Wenn hier alles fertig ist«, korrigierte die Linke die Rechte, als sie das Zentrum des Doms erreicht hatten, »dann werden wir nur noch für Notfälle gebraucht, weil dann längst alles automatisiert wird. C-3«, sie machte eine umfassende Geste im Gehen, die den gesamten Dom einzubeziehen schien, »hat vielleicht noch keine Dockingstations für das Drohnensystem, aber die Techniker arbeiten recht flott.«

»Hast du die Helikopter gehört? Die waren schon ewig nicht mehr hier«, wechselte die Rechte plötzlich das Thema.

»Ja, keine Ahnung, wahrscheinlich wieder eine Routineübung.«

Michelle zuckte zusammen, als etwas sie am linken Arm berührte. Es war Bob, der sich neben sie geschlichen hatte.

»Die wissen gar nichts von uns«, wisperte er.

Sie schüttelte den Kopf. »Anscheinend nicht. Vielleicht ist das seitens der Sicherheitskräfte Absicht, um den Arbeitsablauf nicht anzuhalten. Offenbar sind die ja unter Zeitdruck.«

»Aber sie kommen her, um die Tür zu verschließen.« Bob wedelte mit einem Zeigefinger zur Plane.

»Vermutlich kein Grund zur Panik für die. Wir bleiben einfach hier, und schnappen sie uns, wenn sie durch die Plane kommen. Hast du das Werkzeug an ihren Gürteln gesehen?«

Michelle meinte, so etwas wie kleine Schaufeln und Cutter gesehen zu haben, doch die Hoffnung mochte ihren Augen Dinge gezeigt haben, die sich als etwas ganz anderes herausstellen konnten. Eine Wahl hatten sie trotzdem nicht, was auch Bob zu erkennen schien, der mit den Händen rang und schließlich einen Schritt von der Plane zurückmachte. Sie tat es ihm gleich und machte sich sprungbereit wie eine Katze, die darauf wartete, dass die Maus aus ihrem Loch kam, nur dass sie jetzt die Mäuse waren, die aus dem Loch auf die Katzen zuspringen wollten.

Zu ihrem Glück plapperten die beiden Frauen unentwegt weiter, obwohl Michelle nicht mehr verstand, worüber sie redeten, denn die Aufregung ließ das Blut in ihren Ohren pulsieren und weckte unangenehme Erinnerungen an ihre Flucht vor den Verfolgern und die um sie peitschenden Geschosse.

»... haben wir es noch gut, weil wir echtes Sonnenlicht sehen können. Die anderen dürfen beim Graben ...« Die Frau, die gesprochen hatte erstarrte, als die Plane zur Seite geschoben wurde und Bob und Michelle sich einer der weiß verhüllten Gestalten gegenübersahen, die wie zur Salzsäule erstarrt dastand, während die andere die Plane zur Seite schob, ohne sie zu bemerken. Der Moment dauerte nur den Bruchteil einer Sekunde, dann sprang Michelle die Frau vor sich an wie ein wildgewordenes Tier, während Bob ebenfalls losstürmte und die andere Botanikerin umrannte wie ein Güterzug.

Michelle krachte gegen ihre Gegenüber, die mit einem ungläubigen Aufschrei zu Boden ging und stieß mit dem Knie gegen deren Koffer. Von der Wucht ihres Aufpralls getrieben, purzelte sie nach vorne, hörte etwas knirschen und dann ein Stöhnen, bevor sie sich rasch umdrehte und nach dem Gürtel der Frau fingerte. Sie fand zwar keinen Cutter, aber eine kleine Kräutersichel, die sie mit einem jähen Ruck von dem Halteband abriss.

Die Getroffene versuchte, sich benommen aufzurichten, doch der Schock und die Überraschung lähmten sie geradezu und

Michelle saß bereits rittlings auf ihr und hielt ihr drohend die Sichel an den Hals.

»Keine Bewegung.«

»Scheiße!«, fluchte Bob von der Seite und Michelle zuckte mit den Augen in seine Richtung. Er saß ebenfalls auf seiner Kontrahentin, doch die lag mit ausgestreckten Armen reglos auf dem Betonboden. Die Kapuze ihres Chemieschutzanzuges verfärbte sich am Kopf rot und der Fleck breitete sich langsam, aber stetig aus.

»Was hast du gemacht?«, fragte Michelle aufgebracht.

»Ich glaube, sie ist mit dem Kopf auf den Beton geschlagen, als wir zusammengestoßen sind.« Bob klang verzweifelt, als er das Atemgerät fortriss und das reglose Gesicht einer bewusstlosen Frau mit fein gezeichneten Zügen freilegte. Er hielt ihr zwei Finger an den Hals und dann ein Ohr über den Mund. »Sie atmet noch und hat Puls. Vielleicht ist sie nur ohnmächtig geworden.«

Es klang mehr nach Hoffnung als echter Überzeugung. Michelle wandte sich wieder der Frau unter ihr zu, die sie mit großen Augen anstarrte, sich aber nicht bewegte.

»Ich nehme jetzt Ihre Maske ab. Schreien Sie nicht, klar?«

Ein stummes Nicken.

Michelle entfernte die Atemmaske und schob die Kapuze zurück. Zum Vorschein kam verschwitztes blondes Haar und das Gesicht einer überraschend jungen Frau von Anfang Dreißig mit einem ovalen Gesicht und gutmütigen Augen.

»W-was wollen Sie? Wer s-sind Sie?«, stotterte die Überfallene und als ihre Augen zur Seite glitten und ihre Kollegin oder Freundin sahen, blähten sich ihre Nüstern.

»Wir wollen wissen, was hier los ist!«, zischte Michelle, während Bob neben ihr fieberhaft die bewusstlose Frau untersuchte.

»Was? Ge ... zu welcher Sektion gehören Sie?«

»Sektion?« Michelle schüttelte den Kopf. »Ich stelle die Fragen. Gibt es hier Kameras?«

»Ja, in den Deckenapplikationen, aber das sind automatisierte

Systeme, die von der Agrar-KI gesteuert und ausgewertet werden. Das ist alles automatisiert, das ... d-das sind keine Sicherheitskameras, falls Sie das meinen. Bitte, wir ...«

»Sind Sie mit irgendjemandem über Funk verbunden?«, unterbrach Michelle die verängstigte Frau, die immer wieder zu ihrer Kollegin schaute und noch ängstlicher wurde. Bob versuchte derweil, der Bewusstlosen den Kopf zu verbinden.

»Ja, wir haben Headsets in den Atemmasken, aber der Funk ist nur in Betrieb, wenn wir ihn aktivieren. Bitte, tun Sie, was Sie tun wollen und lassen uns bitte am Leben.«

Michelle wunderte sich über die panische Angst der Frau, da sie nicht von sich geglaubt hatte, einen so furchteinflößenden Eindruck zu hinterlassen. Doch dann erinnerte sie sich an ihre zerrissene, blutbefleckte Kleidung und ihr schmutziges, von Striemen übersätes Gesicht. Vermutlich sah sie aus wie eine monströse Interpretation von Mogli.

»Wozu sind diese Schienen da?«

»Ich ... wir ... also damit wurde Material herangeschafft und verladen. Ich weiß nicht, welches, weil ich Botanikerin bin und nicht zu den Logistikern gehöre, aber ich schätze, dass es sich um Erntedrohnen handelt«, stammelte die Frau unter ihr.

»Erntedrohnen?«

»Ja. In meiner Sektion befinden sich in unterirdischen Lagern Erntedrohnen. Sie sehen aus wie Mähdrescher, nur dass sie keine Fahrerkanzel haben und autonom fahren oder ferngesteuert werden, ich ...«

»Da vorne ist eine Klappe.« Michelle nickte in Richtung des rechteckigen Ausschnittes im Beton. »Wie kommen wir da runter?«

»Da runter?« Die Frau machte unter ihr große Augen. »Aber nein, das dürfen Sie nicht! Sie gehören nicht zur Stiftung!«

»Ich schätze, dass ich auch nicht hier drin sein dürfte? Hm?«

Die Botanikerin nickte nervös.

»Gut, also bringen Sie uns jetzt da runter«, entschied Michelle und stand auf. Mit einer Hand hielt sie die Kräutersichel erhoben, mit der anderen packte sie die Frau an der Brust und zog sie hoch. »Los jetzt.«

»Darf ich einen Sanitäter rufen?« Die Botanikerin bettelte beinahe und sah mit schockiertem Augenausdruck zu ihrer Kollegin, der Bob gerade einen Streifen seines schmutzigen Hemdes um den Kopf gewickelt hatte.

Michelle wollte wie automatisch »nein«, sagen, doch sie wusste, dass sie keine Mörderin war und werden wollte. Sie hatte den Kerl erschossen, der sie verfolgt hatte, und der Gedanke ließ ihr flau im Magen werden. Doch der Mann hatte versucht, sie auszufragen und dann umzubringen, was ihre Reue in zu bewältigende Bahnen lenkte. Diese Frauen aber schienen keine Verbrecher oder Killer zu sein.

»Wie lange, bis ein Sanitäter hier ist?«, fragte sie also stattdessen und ignorierte den Seitenblick von Bob.

»Nie länger als zehn Minuten«, sagte die Frau hoffnungsvoll. »Es gibt öfter kleinere Verletzungen, für die sie herkommen müssen, wenn wir auf den Feldern arbeiten.«

Wenn hier ein Notruf eingeht, werden die Hunde sofort von der Kette gelassen, wusste Michelle in Gedanken und trotzdem sagte sie laut: »Rufen Sie einen Sanitäter.«

»Was?«, fragte Bob entsetzt.

»Wir bringen niemanden um!«, entschied Michelle. »Sonst sind wir nicht besser als die, und die Kameras werden das aufnehmen und uns selbst nach Veröffentlichung einer Story als Mörder diskreditieren. Wir haben jetzt zehn Minuten Zeit, die sollten wir nutzen.«

»Oh, Scheiße!«, fluchte Bob, nickte aber und fuhr sich mit den Händen über die Haarstoppeln, als wüsste er nicht, was er tun sollte.

»Wo ist der Eingang nach unten?«, fragte Michelle die Frau.

»Es geht mehrere. Die Verladeluke kann ich nicht öffnen, weil ich die Freigabe dazu nicht habe, aber ich kann eine Wartungsröhre öffnen.« Die Botanikerin deutete auf den Rand des Feldes.

»Gut, machen Sie sie auf. Wenn sie offen ist, rufen Sie den

Sanitäter, bevor wir runtergehen.« Michelle zog ihr Smartphone aus der Tasche, seufzte erleichtert, als die Batterie noch siebzig Prozent zeigte und öffnete die Kamera.

»Oh, nein, nein, nein, nein, nein«, stammelte die Frau entsetzt und winkte mit den Händen in ihre Richtung. Ihre Augen waren weit aufgerissen. »Das dürfen Sie nicht! Smartphones und Handys sind hier streng verboten!«

»Meine ganze Anwesenheit hier ist streng verboten, schätze ich«, erwiderte Michelle ungerührt und begann zu filmen.

»Es gibt hier keinen Empfang, nirgendwo. Bitte«, flehte die Botanikerin.

»Ich schlage vor, dass Sie den Wartungszugang öffnen, damit wir einen Sanitäter rufen können.«

Ihre Gegenüber leckte sich über die Lippen und warf einen letzten Blick auf ihre Kollegin, dann schnappte sie ihr Atemgerät und ging schnellen Schrittes auf das ovale Feld zu, an dessen Rand sie vor einer Metallluke stehen blieb, die kreisrund und mit einer weißen »4« beschriftet war. Michelle fühlte sich an einen besonders robusten Gullydeckel erinnert.

Die Botanikerin verharrte davor und zog aus einer der Taschen ihres Chemieschutzanzuges ein klobiges Gerät, das aussah wie eines der ersten Navigationsgeräte für Autos.

»Was ist das?«, fragte sie alarmiert.

»Das ist ein lokales Datenpad. Es ist mit dem Intranet der Stiftung verbunden, hat keinen Internetzugang und benutzt das interne Netz. Ich muss es benutzen, um die Luke zu entriegeln.«

Michelle kam ein bisschen näher und filmte alles, doch da machte es vor ihnen bereits »klick« und die Stiftungsmitarbeiterin kniete sich hin, um an dem kurzen Griff zu ziehen und einen kreisrunden Schacht zu öffnen, der in die Dunkelheit führte. Ratternd erwachten darin kalte Weißlichtlampen nacheinander und setzten sich weit in die Tiefe fort.

»Rufen Sie den Sanitäter. Dann gehen wir rein. Sie zuerst und wir hinter Ihnen«, entschied sie und die Frau hob ohne zu zögern ihre Atemmaske an den Mund und drückte einen Knopf an ihrem Gürtel. Michelle hielt ihr derweil drohend ihre Sichel entgegen.

»Hier B-2433, benötige einen Sanitäter in D-43. Kopfverletzung nach Sturz.« Sie wollte weiterreden, doch Michelle wischte ihren Finger von dem Knopf und warf die Atemmaske in den Wartungsschacht. »Das reicht, los jetzt.«

Ihre Geisel klemmte sich an die in die Betonröhre eingelassenen Leitersprossen und begann mit dem Abstieg. Sie ging schnell und behände vor und schon bald hatte Bob über ihnen die Luke zugezogen und sie kletterten durch den engen Schacht in die Tiefe. Die Röhre war so eng, dass ihre Schultern beinahe die rauen Wände berührten. Immer wieder sah sie auf ihre Armbanduhr, wenn sie an einem der Lichter vorbeikam, die jeweils ungefähr fünf Meter voneinander entfernt waren. Als sie unten angekommen waren, hatte sie zehn Lichter gezählt und anderthalb Minuten waren vergangen. Sie standen in einem kleinen Lichtkreis, der durch das Loch in der Decke, aus der sie gekommen waren, auf einen anthrazitfarbenen Boden schien, wie der Scheinwerfer auf einer Bühne. Rundum herrschte vollkommene Finsternis, weshalb Michelle mit unruhigen Fingern ihr Smartphone aus der Tasche zog und die Filmaufnahme wieder startete, nur dass sie dieses Mal die Lampe an der Frontseite aktivierte.

»Wo geht das Licht an?«, fragte sie, als sie eine blanke Wand aus Beton beschien.

»Hören Sie, je mehr Sie sehen, desto unwahrscheinlicher ist es, dass man Sie wieder gehen lässt«, gab die Botanikerin zu bedenken und klang ernstlich besorgt. Ihr Gesichtsausdruck hatte etwas Flehentliches angenommen. »Bitte.«

»Gehen lassen?« Michelle schnaubte. »Sie glauben doch nicht im Ernst, dass uns hier jemand wieder entkommen lässt!«

Die Tatsache, dass die Frau nicht antwortete, sondern den Blick senkte, war Antwort genug. »Leuchten Sie weiter nach links, dort müsste sich ein Schalter befinden. Zumindest ist es bei den anderen Vaults so.«

»Vaults?«, fragte Bob.

»So nennen wir die unterirdischen Anlagen.«

»Wie viele gibt es davon?« Michelle leuchtete nach links und tatsächlich schälte sich so etwas wie ein Verteilerkasten aus der Dunkelheit. Die Frau ging hin, um einen Schalter umzulegen, der aussah wie ein großer Kochlöffel mit roter Farbe. Sie antwortete nicht.

»Wir kommen hier eh nicht raus, schon vergessen?«

»Vierzig. Noch sind die meisten nicht miteinander verbunden, aber in spätestens fünf Jahren werden sie es sein und dann sind die Vaults nur noch Teil einer einzigen, riesigen Vault«, erklärte die Botanikerin und legte mit einem Ruck den Schalter um. Über ihnen knackte und knarzte es und dann sprangen mit lautem Krach nacheinander mächtige Deckenlampen an. Sie begannen einige hundert Meter links und setzten sich wie eine Perlenkette plötzlich aufleuchtender Glühwürmchen nach rechts fort. Michelle wäre beinahe ihr Smartphone aus den Händen gefallen, als plötzlich alles aufgedeckt war.

Sie standen in einer gigantischen Halle von vielleicht zehn Metern Höhe, an deren Wänden allerlei eingeklappte Kräne und Gerätschaften angebracht waren. Darüber hingen kleinere Gefährte, die aussahen wie geschlossene Strandbuggies, an netzartigen Halterungen und ganz links gab es eine breite Rampe, die allerdings in der Wand endete, die entweder zugemauert war oder aber das Tor war sehr dicht verfugt. Was noch verrückter war, waren allerdings die unzähligen Kampfpanzer, die in drei feinsäuberlichen Reihen den Boden der Halle bedeckten. Auf den gesamten knapp hundert Metern. Ihre Kanonen waren mit roten Abdeckungen verschlossen und dünne Planen deckten die rauen Panzerplatten ab.

»Heilige Scheiße«, raunte sie. »Ich glaube, jetzt wissen wir, wohin die Panzer der Army verschwunden sind, die angeblich verschrottet werden sollten.«

JT
DAS
ARTEFAKT 2

Kapitel 22: Thor

»Fertig!«, frohlockte Marcus, doch in seiner Stimme lag nicht nur Triumph, als hätte er jemanden oder etwas besiegt, sondern auch ein kaum wahrnehmbares Zögern. Sein rechter Zeigefinger verharrte über der *Enter*-Taste.

Thor hob den Kopf von der Tischplatte, nachdem er beinahe eingenickt war, und Maya und Blackheart kamen von ihren Posten an den Fenstern herbeigelaufen. Maya so überstürzt, dass sie beinahe am Rand des Teppichs hängengeblieben und gestolpert wäre, Blackheart ruhig und bedacht, als habe er es nicht besonders eilig.

»Das hat aber lange gedauert.«

»Ich musste alles sicher speichern, das dauert eben.«

»Spiel es ab!«, rief Maya, noch bevor sie Marcus erreicht hatte. Thor schob seinen Stuhl ein wenig weiter nach rechts, damit er einen guten Blick auf den Laptopbildschirm bekam.

»Werde ich jetzt meinen Vater sehen?« Marcus Stimme war nicht mehr als ein fernes Flüstern, fragil wie ein welkes Blatt im Wind.

»Ich weiß es nicht«, sagte Maya und umfasste seine rechte Hand mit ihrer linken. »Aber ich weiß, dass wir mit dir hier sind und bei dir bleiben. Wir haben dich aus Europa zurückgeholt, also weißt du, wie weit wir gehen würden. Das hier bringen wir zusammen zu Ende und wenn wir aufgedeckt haben, was da los ist, wirst du als Held gefeiert und wir anderen werden freigesprochen und vielleicht befördert.«

Zumindest, wenn es eine neue Regierung geben sollte, fügte Thor in Gedanken hinzu.

»Okay.« Marcus atmete tief durch und er und Maya drückten gemeinsam auf *Enter,* um das Hauptvideo zu starten, das offenbar eine ganze Struktur anderer Videos verwaltete.

Der Monitor wurde schwarz, dann tauchte ein Logo auf: Ein V in der Form eines Adlerschnabels vor einem runden Siegel, das aus der Flagge der Vereinigten Staaten bestand. Darunter erschien ein einfacher Schriftzug: »The Vault.« Nacheinander erschienen mehrere kleinere Quadrate mit Videovorschauen, die von Eins bis Fünf durchnummeriert waren und Titel trugen. Teil Eins trug den Titel »Grundwissen.«

»Wow, wir gehen in die Schule«, scherzte Blackheart von hinten, doch niemand beachtete ihn.

»Nimm das Erste«, schlug Maya vor und Marcus tat es.

Das Bild wechselte und ein Mann, den sie alle kannten, tauchte auf. Er trug einen weißen Kittel und saß hinter einem einfachen Schreibtisch vor einer blauen Wand, flankiert von einer US-Flagge und der des Weißen Hauses. Bei dem Mann handelte es sich um Alexios Ludwig, Amerikas bekanntesten Physiker, der lange Jahre die Fernsehshow »Abenteuer Universum« moderiert hatte und bei einem Unglück mit einem Kleinflugzeug in Alaska verstorben war. Nun, zumindest war das vor über fünf Jahren in der Presse lanciert worden. Ganz offenbar entsprach es nicht der Wahrheit oder dieses Video wurde vor sehr langer Zeit aufgenommen.

Ludwig hatte schwarzes, grau durchsetztes Haar und war feinsäuberlich rasiert. Insgesamt sah er sehr herausgeputzt aus und hielt die Hände penibel vor sich auf der Tischplatte gefaltet. Mit der ihm typischen weichen Erzählstimme begann er, zu sprechen.

»Liebe Schüler. Heute widmen wir uns dem Tag Null. Als die

erste Generation, die in der Vault aufgewachsen ist, wisst ihr bereits, dass es irgendwann eure Aufgabe sein wird, unsere großartige Nation wieder aufzubauen. Heute erfahrt ihr in der ersten Lektion, wie es dazu kam, dass eure Eltern euch hier unten großgezogen haben und nicht da oben.«

Maya und Thor wechselten einen irritierten Blick, der langsam, aber sicher in Besorgnis schwenkte.

Ludwig verschwand und eine Karte des Pazifiks und seiner Anrainerstaaten erschien. In roter Farbe wurde eine Art Bogen eingezeichnet, der sich von Neuseeland, Indonesien und den Philippinen weiter nach Norden die asiatische Küste entlang durch Japan, Russland und über die Beringstraße bis Alaska zog. Von dort weiter südlich durch die Westküste Kanadas und Amerikas, durch Mexiko und die gesamte Westküste Südamerikas.

»Das ist der Pazifische Feuerring oder Feuergürtel«, fuhr Ludwigs geschmeidige Stimme fort. »Es handelt sich um eine extrem aktive geologische Region, die man sich wie einen Gürtel aus Vulkanen vorstellen kann. Er steht in direktem Zusammenhang mit den Subduktionszonen an den Rändern des Pazifikbeckens. Dort tauchen die pazifischen Platten mit ozeanischer Kruste, wie der pazifischen Platte, der Juan-de-Fuca-Platte, der Cocos-Platte und der Nazca-Platte, unter einige andere Lithosphärenplatten mit ozeanischer oder aber kontinentaler Kruste ab. In sehr großer Tiefe wird durch Druck und Hitze das Wasser frei, das im Krustengestein gebunden war. Es setzt den Schmelzpunkt des Gesteins im oberen Erdmantel herab, woraufhin dieses schmilzt. Das geschmolzene Gestein ist Magma und steigt auf. So erzeugt es einen typischen, explosiven Vulkanismus. Spannungen, die sich infolge der Plattenverschiebungen in der Erdkruste aufbauen, entladen sich in teils sehr schweren Erdbeben. 1986 hat ein amerikanischer Forscher herausgefunden, dass der pazifische Feuergürtel Phasen extremer Aktivität durchläuft, die sich in zweistelligen Millionen Jahren abspielen. Er fand heraus, dass sich am Ende solcher

Zyklen häufig riesige Gasblasen unterhalb der Erdkruste ansammeln können, zum Beispiel durch Verschiebung der Erdplatten und ungewöhnliche Wege des Magmas. Ist die Erdkruste darüber – einfach gesagt – sehr fest, kann sich eine solche Gasblase lange vergrößern und aufpumpen, bis sie sich explosiv ihren Weg nach oben bahnt. Ein solches Ereignis wird in der Wissenschaft als sogenannter *Verneshot* bezeichnet: Das Gas sorgt für eine explosive vulkanische Eruption, die Erdmaterial wie eine riesige Säule aus der Erdkruste und dem Erdmantel schießt.«

Eine Videoanimation zeigte, wie die Halbinsel Kamtschatka ganz im Osten Russlands explodierte und sich eine riesige Säule von der Größe der halben USA in die Höhe katapultierte. Von den Rändern prasselten Unmengen Gestein zu den Seiten, als breche ein Hai durch die Wasseroberfläche. Die Säule wurde zu einem Ball, sah beinahe aus wie ein Meteorit und raste von der Erde fort, bevor er langsamer und langsamer wurde, ehe er zur Erde zurück stürzte. Er kam in Südamerika herunter und ein riesiger Meteoriteneinschlag vernichtete das obere Drittel des Kontinents in einer gewaltigen Explosion. Mehrere Schockwellen rasten um die Erde, verwehten Wolken, peitschten die Ozeane auf und umrundeten den Planeten mehrfach. Riesige Wellen, die in den Regionen um den Einschlag aus kochendem Wasser entstanden, rasten durch Pazifik und Atlantik und fegten alles hinweg, während die ersten Schockwellen ihre zweite Umrundung der Erde antraten. Unvorstellbar große Gewitterwolken bildeten sich um den Einschlagskrater, wuchsen immer weiter an und bedeckten bald den halben Planeten. Überall zuckten gewaltige Blitze. Die Darstellung, die sie sprachlos zurückließ, verschwand und wieder war Alexios Ludwig zu sehen, mit seiner typischen ruhigen Miene, die nicht im Geringsten der unruhigen Furcht in Thors Magen gerecht wurde.

»Der Verneshot galt lange als vielversprechende Hypothese, die erklären konnte, warum es in der Erdgeschichte zu mehreren großen Massenaussterben kam, da in den letzten Jahren Supervulkane und Meteoriteneinschläge als eher unwahrscheinlich eingestuft wurden, sowohl von ihrer erwartbaren Wirkung als auch von ihrer Auftrittswahrscheinlichkeit. Der amerikanische Forscher, dessen Name nicht überliefert ist, postulierte, dass das Gas unter der Erdkruste explosionsartig entweichen könnte, wenn die Kruste geschwächt wird, beispielsweise durch ein Plattenereignis, das stark genug ist, dass beim Reiben zweier Kontinentalplatten die Kruste so geschwächt wird, dass das Gas nach oben schießt. Dabei wirft sie alles Gestein über sich in eine suborbitale Flugbahn, von wo der Ball oder die Säule oder mehrere Brocken zurück zur Erde rasen. Da das aus so großer Höhe geschieht, schlägt dieser unvorstellbare Meteor aus dem Erdinneren mit unvorstellbarer Geschwindigkeit auf. Die entstehenden Energien sind so gewaltig, dass mit großer Wahrscheinlichkeit sämtliches Leben auf der Erde vernichtet wird. Aber das ist nicht alles. Neben den Schockwellen des Impakts und den Superstürmen, die über die Erde wüten werden, reihen sich in die Flutwellen auch die Schockwellen der kollabierenden Röhre ein, die das Gas freigelegt hat und die von der Erdoberfläche bis unter die Erdkruste reicht. Sie werden mit mehrfacher Schallgeschwindigkeit über die Oberfläche rasen und große Schäden anrichten. Der Himmel wird sich lange verdunkeln, das Klima stark erwärmen und neben den geschmolzenen Polkappen die gesamte Biomasse unter dem ewigen Eis freilegen. Das wird Unmengen von Methan freisetzen, die das Klima weiter anheizen. Der Regen wird sauer und schwefeldioxidhaltig. Phytoplankton in den Meeren stirbt ab, immerhin für fünfzig Prozent der Kohlendioxidumwandlung in Sauerstoff zuständig. Die Erde wird lange Zeit unbewohnbar. Unser amerikanischer Patriot hat eine solche Gasblase unter Kamtschatka entdeckt und vorausgesagt, dass eine Zeit der hohen Aktivität im pazifischen Feuerring bevorsteht, die mit sehr hoher Wahrscheinlichkeit dafür sorgen wird, dass durch einen Kontinentaldrift diese Gasblase freigesetzt wird. Er schätzte, dass ein solches Ereignis anhand seiner Vorhersagen zwischen 2025 und 2030 stattfinden wird. Wir haben die Daten seither überprüft und verfeinert und gehen mit hundertprozentiger Sicherheit davon aus, dass es schon 2025 soweit sein wird. Wenn ihr das hier seht, ist genau das geschehen, was ich euch über den Verneshot erklärt habe. Die Welt ist untergegangen, eine Welt, die ihr nie kennengelernt habt, doch eure Eltern haben das, und ihr könnt und solltet sie ab heute fragen, wie es damals war, in unserem großartigen Land. Warum wir überlebt haben, erkläre ich euch in meinem nächsten Video. Ich bin Alexios Ludwig, und ihr«, der Physiker beugte sich ein wenig vor und sein Gesicht nahm einen eingeübten Ausdruck des Stolzes an, »seid die Zukunft der Vereinigten Staaten von Amerika.«

Das Video endete und es blieb einen Moment ruhig.

»Wartet mal«, stammelte Marcus als Erster. »Heißt das etwa, dass ... dass die Welt untergeht? In fünf Jahren?«

»Ich glaube nicht, dass ...«, wollte Maya ihn beruhigen, doch Thor räusperte sich und schüttelte den Kopf. »Wir sollten uns das nächste Video anschauen, bevor wir anhand eines Videos voreilige Schlüsse ziehen.«

»Voreilig?« Maya brummte entrüstet. »Wir haben mehrere Konfliktparteien beobachten können, wie sie sich gegenseitig umgebracht haben, um diese Daten zu stehlen oder zurückzubekommen! Das hier ist kein Witz!«

Thor wollte etwas Beruhigendes sagen, doch Marcus klickte bereits das nächste Video an. Wieder war Ludwig zu sehen. Er saß wie zuvor zwischen den beiden Flaggen vor der blauen Wand und lächelte entspannt, wie er es immer tat.

»Heute, liebe Schüler, erfahrt ihr, warum die Vereinigten Staaten von Amerika unter ihren visionären, patriotischen Präsidenten wie Abram Jones, George Platten und Donald Walker zur letzten und einzigen verbliebenen Nation der Erde geworden sind. Der Grund, dass ihr, liebe Schüler, die zukünftigen Herrscher unseres Planeten Erde seid, ist der Weitsicht einer Regierung zu verdanken, die bereits lange vor eurer Geburt wichtige Weichen für unser aller Zukunft gestellt hat. Aber seht selbst, wie die Vault geboren wurde.« Ludwig lächelte und das Bild wechselte zu einem neuen Video, das mit patriotischer Musik untermalt war. Die erste Einstellung zeigte einen stolzen Adler, der vor der wehenden amerikanischen Flagge flog.

»Es ist das Jahr 1986«, sagte ein Sprecher mit tiefer Stimme. Thor fand, dass er klang wie in einem Rekrutierungsvideo der US-Armee. »Ein amerikanischer Wissenschaftler findet heraus, dass uns 2025 ein Ereignis von katastrophalen Auswirkungen vernichten wird.« Das Bild zoomte auf den Osten Russlands, wo ein Mann in Militärkleidung einen Monitor betrachtete und mit seinen Kollegen diskutierte. »Russische Geheimdienstagenten töteten ihn, doch nicht, bevor er seine wichtige Nachricht an das Pentagon schicken und seine Daten zerstören konnte.« Die eingeblendete Jahreszeit wurde vorgespult. Die Jahre liefen durch und die republikanischen Präsidenten wurden halbtransparent gezeigt. Mal waren es Ausschnitte von Reden oder Wahlkampfauftritten, mal Sitzungen mit den Joint Chiefs of Staff. Immer sahen sie sehr ernst und beschäftigt aus. »Die großartigen Anführer unserer Nation setzten einen Plan in Gang, der für die Rettung und das Überleben unserer Nation sorgen sollte. Keine Kosten oder Mühen wurden gescheut, um für eine sichere Zukunft zu sorgen. In Freiheit und Wohlstand. Da die Erdoberfläche lange nicht bewohnbar sein würde«, das Bild zeigte Feuer- und Gewitterstürme, verbrannte Erde und weinende Frauen und Kinder, »mussten wir uns tief in die Erde graben und eine neue Arche Noah bauen. Die Vault!« Das Pathos des Sprechers erreichte nun einen Höhepunkt. »Durch weise Entscheidungen wurden die klügsten und geschicktesten Köpfe unseres Landes ausgewählt und nach und nach in die Vault gebracht, wo sie sich auf ein Leben in Sicherheit vorbereiteten. Sie lernten, fernab der Sonne zu leben und für die Generationen danach die besten Verhältnisse zu schaffen. Ab

2015 lebten bereits fünfzig Prozent tief unter der Wüste Nevadas, um herauszufinden, was es zu verbessern gab, bevor es zehn Jahre später zur Katastrophe kommen sollte.«

»Scheiße!«, raunte Michelle und ignorierte das »Pssst« von Marcus. »Die haben die ganze Zeit eine Arche unter Nevada gebaut, um ein paar Technokraten überleben zu lassen?«

»Ja, und das alles im Geheimen, damit sich niemand sonst retten kann.« Thor nickte und wusste kaum, wie er seine Gedanken wieder zu einer geordneten Perlenkette arrangieren konnte im Angesicht solcher Unmoral.

»Diese verdammten Schweine lassen den Rest der Bevölkerung und die gesamte Welt abkratzen, damit sie, nachdem sich die Asche gelegt hat, die einzigen Herrscher über die Erde sind? So verkommen kann doch nicht einmal ein Präsident Walker sein!« Mayas Gesicht war rot angelaufen vor Zorn. »Was erlauben die sich? Das sind doch gewählte Vertreter des Volkes, und sie schaffen sich eine neue Elite, während der Rest im Ungewissen gehalten wird und draufgehen darf?«

»Scheint so, ja.«

»Deswegen verschwindet so viel Geld in undurchsichtigen Regierungskanälen. Die bauen seit dreißig Jahren einen neuen Keller in Nevada. Ich kann das nicht glauben.« Maya raufte die Haare. »Das kann doch nicht echt sein? Das ist einfach ...«

»... zu groß?«, schlug Thor vor.

»Ja, verdammt! Das ist zu groß, ich habe mit ... ich weiß nicht, mit allem gerechnet, aber nicht mit einem verdammten Stöpsel, der aus der Erde gepustet wird und wieder aufschlägt, um uns zu vernichten. Ich meine, echt? Das klingt wie ein schlechter Science Fiction!«

Thor scrollte derweil seine Wikipedia-App und sah auf. »Das scheint aber etwas Echtes zu sein. Steht sogar auf Wikipedia.«

»Aber das kann man doch nicht so lange geheimhalten!«

»Es sei denn, man tötet einige Wissenschaftler, die drohen, etwas herauszufinden, und verleumdet die anderen als Verschwörungstheoretiker und Panikmacher. Das hat schon früher funktioniert.«

»Das ist einfach zu groß«, wiederholte Maya. Sie war blass geworden und ihre Augen glänzten, als hätte sie einen Geist gesehen. Das hatte sie auch – den Geist einer drohenden Zukunft. Noch war sie nicht eingetreten, aber offenbar war sich die Regierung seines Landes so sicher, dass es geschehen würde, dass sie Unmengen Geld in die Vorbereitung gesteckt hatte. Jetzt machte es auch Sinn, dass sämtliche US-Truppen aus Überseegebieten abgezogen worden waren. War es in den letzten Jahrzehnten das Rückgrat der Außenpolitik gewesen, militärische Präsenz überall in der Welt zu besitzen, hatte man die wirtschaftliche und militärische Vormachtstellung an China übergeben. Ganz einfach aus dem Grund, dass man nach dieser Katastrophe das einzige Land sein würde, das vorbereitet war und überlebte – zumindest ein Teil, der dann konkurrenzlos die Zukunft gestalten konnte.

»Wir müssen das an die Öffentlichkeit bringen. Die ganze Welt muss davon erfahren, bevor es zu spät ist«, sagte Maya, die ihre Fassung wiedergewonnen zu haben schien und ihre typische entschlossene Miene aufsetzte. Wann immer sie diesen Gesichtsausdruck zur Schau stellte, konnte selbst die Sonne verglühen, bevor sie sich beirren ließ.

Oder ein Verneshot die Welt zerstört, dachte er bei sich.

»Hast du die Daten auf deinem Laptop?«, fragte sie und Marcus nickte. »Gut, dann pack ihn ein, wir machen einen Ausflug zur New York Times!«

»Das halte ich für keine gute Idee.« Maya und Thor drehten sich zu Blackheart um, der hinter ihnen stand und die Hände in den Gürtel gehakt hatte. Er grinste auf seine typisch unbeschwerte Art.

»Was meinst du?«

»Oh, ich meine nur, dass das keine gute Idee ist.« Plötzlich bewegten sich seine Hände und er hielt eine Pistole in der rechten, mit der er locker auf sie drei zielte.

»Blackheart, was ...«, setzte Maya an, doch der Belgier schüttelte den Kopf.

»Tut mir leid, ich war nicht ganz ehrlich zu euch. Mein Arbeitgeber ist nur indirekt Richard. Er ist mein Vorgesetzter, aber wir arbeiten beide für die ARC.«

»ARC?«, fragte Thor und die Neugier überwog beinahe die ratternden Situationsanalysen in seinem Kopf. Sie wurden verraten und mussten entkommen. Maya und Marcus mussten überleben und der Laptop intakt bleiben. Die Chancen waren gleich null.

»Advanced Research Columbia, wir sind so etwas wie eine gemeinnützige Stiftung.« Blackheart schien zu überlegen und nickte dann wie zu sich selbst. »Ja, das kann man wirklich so sagen. Immerhin retten wir zweihunderttausend Menschen das Leben, hm? Hey Junge, hör auf an dem Laptop herumzuspielen, sonst gibt's ne Bleivergiftung!«

»Du verdammtes Schwein! Du hast uns die ganze Zeit belogen?«, schrie Maya außer sich vor Zorn und der Belgier schüttelte enttäuscht den Kopf.

»Ach, komm schon, es ist nur ein Geschäft und auf meiner Habenseite steht ein Platz in der Vault, wenn alles vor die Hunde geht. Da konnte ich leider nicht nein sagen. Außerdem war ich von Anfang an ehrlich zu euch. Im Flugzeug, als wir nach Rom geflogen sind, habe ich euch gesagt, dass ich mir nicht vertrauen würde an eurer Stelle.«

»Warum?«, fragte Thor ruhig und zog damit den Blick seines Gegenübers auf sich. Seine rechte Hand hatte er in die Hosentasche geschoben, als der Fremdenlegionär zu Maya gesehen hatte. Mit den Fingern entsperrte er sein Handy, das sich in der Tasche befand. »Ich wünschte, ich könnte sagen: *Hey Google, da ist ein Terrorist in der 30th Maryland Street in Queens und will mich umbringen, wieso tut er das?* Aber ich glaube kaum, dass mir das was bringt.«

Thor betete, dass der Google Assistant ihn auch durch die Hose verstand und war erleichtert, dass sein Telefon offenbar lautlos war und der Sprachassistent ruhig blieb.

»Was redest du da? Du bist echt ein seltsamer Kerl, weißt du? Denkst du, das ist jetzt wie in einem schlechten Film und ich verrate dir alles, bevor du dich befreien und alles weitergeben kannst?« Blackheart hielt inne. »Nun, im Prinzip wisst ihr schon alles. Ich hatte bloß den Auftrag euch zu beschützen, bis ihr alles herausfindet. Das Ganze ist eine Art Revision, wenn man so will. Wir müssen aufdecken, wo die Sicherheitslücken sind und sie schließen. Die Fährte, die ihr aufgenommen habt, können wir schon einmal verwischen und es wird nie wieder passieren. Das machen wir schon seit zehn Jahren so und ich darf nicht ohne Stolz verkünden, dass es mir bis jetzt immer gelungen ist. Der Vatikan ist einige Male nah dran gewesen. Die wissen, dass etwas im Busch ist, rechnen aber mit einem Asteroideneinschlag oder so. Tja, Gott hat ihnen wohl nicht geholfen.«

»Lass uns gehen«, forderte Maya, doch Thor wusste, dass es unnütz war, und schüttelte den Kopf in ihre Richtung, als sie ihm einen Blick zuwarf, den er nicht deuten konnte. Sie hatte etwas vor und das verhieß nichts Gutes. Blackheart hob die Pistole und zuckte mit den Schultern.

»Tut mir leid, Leute, Zeit einzupacken und ein Feuerchen zu legen.«

»Warte!«, sagte Thor schnell und fürchtete schon, der Belgier würde einfach abdrücken, doch der legte bloß den Kopf schief.

»Was ist? Ihr kommt nicht raus, tut mir leid. Wir haben ein Team, das das Haus umstellt hat. Das hier ist Endstation.«

»Du bist kein Amerikaner. Denkst du gar nicht an dein Heimatland und daran, deine Landsleute zu schützen?« Thor fiel es schwer, sich eine Frage aus dem Ärmel zu schütteln, aber er musste Zeit gewinnen, falls sein kleiner Trick funktionieren sollte, und sein Sprachassistent einen SWAT-Einsatz auslösen würde. Das Wort *Terrorist* konnte die erstaunlichsten Reaktionen bei den Behörden hervorrufen.

»Belgien?« Blackheart lachte. »Das ist mir wirklich egal. Denkst du, ich wäre freiwillig in die Fremdenlegion gegangen, wenn ich meinem Land hätte dienen wollen? Nein, danke. So, jetzt wird es aber Zeit. Tut auch nicht weh, versprochen.«

»Können wir uns wenigstens umdrehen?«, bat Maya. Sie klang jetzt etwas ruhiger. Offenbar hatte sie verstanden oder ahnte zumindest, was Thor vorhatte.

»Klar. Auf die Knie, fertig, los.« Blackheart winkte mit seiner Pistole.

»Warum der Kristall?«, schaltete sich unvermittelt Marcus ein. Er zitterte nicht, schien aber todmüde, als bereitete es ihm bereits unvorstellbare Mühe, überhaupt zu sprechen.

»Was?«

»Der Kristall. Was hat der damit zu tun?«

»Oh. Na ja, wir haben wohl sehr viele davon. Darauf ist das gesamte Wissen der Menschheit gespeichert. Eine riesige Wikipedia, wenn man so will. Hab noch nie reingeschaut. Es brauchte wohl bessere Speichermedien mit höherem Fassungsvermögen und weniger Stromverbrauch, um in der Vault ökonomisch zu sein. Da unten lagert zwar eine irre Menge Radionuklidbatterien und Thoriumreaktoren, aber jede Kilowattstunde zählt, hm?«

»Und was hat mein Vater damit zu tun?«, wollte Marcus wissen.

»Er hat das Ding mitentwickelt und war wohl mit dem Plan nicht ganz einverstanden. Dein Professor«, Blackheart gluckste, als hätte er einen Scherz gemacht, »hat übrigens den Prototyp dieses Chromiodid Dings aus Ägypten mitgehen lassen, ohne es zu wissen. Ein CIA-Agent hat es seinem Erfinder in Kairo gestohlen und Charles Bowen untergejubelt als archäologischen Fund. Am Frankfurter Flughafen hat sie sich ihr Steinchen dann zurückgeholt. Irre Zeiten.« Blackheart machte eine Miene, als schwelgte er in Erinnerungen, als mit einem Mal Sirenen zu hören waren. Seine Augen wurden schmaler und seine Stirn runzelte sich, als er genauer hinzuhören schien. »Oh, die sind doch nicht etwa für mich, oder? Ich bin fast stolz auf euch. Wie habt ihr das angestellt, hm?«

Maya sah wieder zu Thor, wieder schüttelte er den Kopf. Die Sirenen kamen immer näher.

»Gut gespielt, Freunde«, lachte Thor und reckte Maya die Waffe entgegen. Die warf sich mit einem Aufschrei nach vorne und direkt in den Schuss des Belgiers. Thor schrie ebenfalls, ohne es wirklich zu realisieren, sah, wie ein Blutspritzer aus ihrem Rücken auf den Schreibtisch klatschte, dann noch einer und noch einer. Er zog seine Waffe und feuerte mehrere Schüsse auf den Belgier ab, der sich geschmeidig wie eine Katze zur Seite rollte, noch bevor Mayas Körper dumpf auf den Boden aufschlug. Thor feuerte weiter und schlug mit der linken Hand den Monitor des Laptops herunter, sodass es mit einem dumpfen Knall zusammenklappte. Der erste Schuss von Blackheart zischte knapp an seinem Ohr vorbei.

Er nutzte den kurzen Augenblick, feuerte erneut und zwang seinen Gegner zu einer Rolle nach rechts, bevor er nach links auf die Gartentür schoss. Das Glas zerbarst unter der Wucht der Patrone und Thor versetzte dem Bürostuhl mit Rollen, auf dem der versteinerte Marcus saß, einen heftigen Tritt. Der Student besaß noch die Geistesgegenwart, den Laptop an sich zu reißen, dann rollte der Stuhl auch schon über den Teppich und knallte gegen den Rahmen der Glastür, wo er hängenblieb. Marcus wurde aus dem Stuhl auf die Terrasse geschleudert. Es würde ein harter Aufprall werden, aber er war aus der direkten Schusslinie – anders als Thor. Es donnerte und noch bevor er den Mündungsblitz sah, flammte ein reißender Schmerz in seiner linken Hüfte auf. Er ließ sich von der Wucht des Geschosses ohne Gegenwehr von den Beinen reißen und purzelte erst über, dann mit dem Tisch zu Boden. In schnellem Stakkato durchschlugen mehrere Kugeln die Holzplatte knapp über seinem Kopf. Die Sirenen waren jetzt sehr laut und nah.

Das ging wirklich schnell, dachte er und sah aus den Augenwinkeln Mayas leblose Gestalt im Halbdunkel der Wohnzimmerlampe, das sich schwankend von rechts nach links verschob und wieder zurück. Draußen ertönten jetzt die Schüsse automatischer Waffen.

»Komm raus, komm raus«, rief Blackheart und seine Stimme klang noch immer gut gelaunt. Thor sah auf die Waffe in seiner blutigen Hand und zu Maya. Etwas in seinem Inneren hatte sich aufgelöst und eine Leere hinterlassen, die ihn mit sich fortzureißen drohte.

»Oder hilf deiner Freundin«, fuhr Blackheart fort, von irgendwo auf der anderen Seite des Tisches. Ein Schuss knallte durch den Raum und erhellte ihn kurzzeitig, als hätte jemand die Intensität der Lampe hochgedreht. Mayas regloser Körper zuckte unter dem Einschlag der Kugel.

Thor knurrte. Sein Blick war verschwommen. *Warum ist mein Blick verschwommen?* Er drehte sich auf dem Hosenboden um und nutzte die Energie, um mit einem Schrei gegen den Tisch zu treten und ihn mit Wucht durch den Raum zu schleudern. Er kam nicht besonders weit, aber es reichte, um Blackheart zum Schießen zu verleiten. Die Kugeln zerfetzten den oberen Rand des Tisches, als Thor den Schmerz in seiner Hüfte ignorierte und blind über die Kante feuerte, um zur Gartentür zu sprinten. Dort sah er einen Schatten durch den Garten laufen und folgte ihm.

»POLIZEI!«, schrie jemand hinter ihm. Er duckte sich unter einem Zischen weg. Dann knallte es erneut zweimal in kurzer Folge und sein rechter Arm wurde herumgerissen. Thor strauchelte, stürzte aber nicht, da Marcus sich umgedreht hatte und ihn auffing. Dabei verlor er seinen Laptop und nahm ihn wieder auf, als sie zusammen zu einer flachen Gartenmauer liefen, die sich im Dunkeln als grauer Schatten abhob.

Hinter ihnen wurde jetzt geschossen und Schreie ertönten. Vermutlich würde es für die Polizei nicht gut ausgehen. Als sie mehr über den Zaun gesprungen waren als zu klettern, vibrierte das Smartphone in seiner Hose, doch er ignorierte es, stand auf und rannte weiter, vertraute auf die Führung von Marcus, der ihn zielstrebig durch seine Nachbarschaft lenkte.

Maya, dachte er und spürte, wie sich eine Art Zement hinter seinen Augen sammelte, der rasch aushärtete und ihn niederzudrücken drohte. Sie war fort. Tot. Einfach so. Er hatte gedacht, dass sie, wenn überhaupt, heroisch sterben würde, noch etwas zu ihm sagen konnte, etwas von Bedeutung oder einfach nur etwas, das eben zu Maya gehörte, doch die Gewalt einer Schusswaffe hatte dieser Vorstellung einen Strich durch die Rechnung gemacht – genau wie dem Leben der einzigen Freundin, die er jemals gehabt hatte.

DAS
ARTEFAKT 2

KAPITEL 23: MICHELLE

»Wie viele Panzer werden hier gelagert?«, fragte Bob, doch die Botanikerin zuckte mit den Schultern.

»Ich weiß nicht, ich bin Biologin!«

»Wie viele waren es denn auf dem Weg von dem Fort im Süden nach Colorado?« Michelle sah den Politiker fragend an, der offenbar angestrengt nachdachte.

»Ich glaube irgendwas um die zweihundert. Aber ist ja auch egal. Fakt ist, dass sie hier sind. Ich wusste es. Diese verdammten Mistkerle belügen den Kongress.« Bob lief auf den Panzer zu, der ihnen am nächsten stand und zerrte an der glitzernden Abdeckplane.

»Was tust du da?«

»Ich war nur zwei Jahre bei der Nationalgarde, aber ich weiß, dass jedes Fahrzeug eine interne Kennziffer hat, die für die Bestandsprüfung und Logistik erforderlich ist. Wenn ich eine fotografieren kann, kann ich sie mit den Listen abgleichen, die ich aus Fort Cresset bekommen habe.«

»Beweissicherung, sehr gut.« Michelle half ihm mit der Plane und filmte alles. Immer wieder sah sie erst auf ihre Armbanduhr und zu der Botanikerin, damit die sie nicht hinterging. Sie hätte nur das Licht ausschalten brauchen, dann wären sie geliefert gewesen. Bob benötigte genau zwei Minuten und zwanzig

Sekunden, dann hatte er eine schwarz aufgedruckte Kennung an dem wüstenbraunen Schanzkleid gefunden, die er fotografierte.

»Hab sie. Möchte wetten, dass die Nummern übereinstimmen. Ich habe die Liste des Kontakts in meinem Mailprogramm …«

»Nein«, unterbrach Michelle ihn und schüttelte den Kopf. »Wir haben jetzt die Hälfte der Zeit um und müssen hier weg, sonst wird niemand davon erfahren können. Wenn wir eine Chance haben wollen, dann jetzt!«

»Oh, okay.« Bob steckte sein Smartphone weg. »Wie kommen wir hier raus?«

»Gibt es einen anderen Schacht nach oben?« Michelle sah die Botanikerin an, die ihren Blick von dem Panzer losriss und nickte.

»Weiter die Halle hinunter gibt es einen zweiten auf der anderen Seite des Doms.«

»Dann nehmen wir den. Falls euer Sanitäter schneller ist als gedacht, haben wir wenigstens ein bisschen Platz zwischen ihm und uns und einen kleinen Vorsprung. Los, geh vor!«

Michelle scheuchte die Frau vor sich her, die nach kurzem Zögern loslief. Ihre Schritte hallten laut von den kahlen Betonwänden wider, während sie an einem Panzer nach dem anderen vorbeihasteten. Auf der rechten Seite kamen sie an mehreren Türen vorbei, die wie massive Stahlschotten aussahen, wie sie sie eher auf einem Kriegsschiff vermutet hatte. Auf einer stand »Faustwaffen« geschrieben, auf einer anderen »Automatikwaffen«. Die dritte und letzte, die sie passierten, trug die Aufschrift »Erkundungsdrohnen«. Sie hätte nur zu gerne einen Blick hinter diese Luken geworfen. In ihrem Geist tauchten bereits lange Stollen auf, die voller Schwerlastregale standen, welche sich unter der Last der gehorteten Waffen bogen. Aber so neugierig sie auch war, durfte sie die Chance, von hier fortzukommen und die Öffentlichkeit zu informieren, nicht verstreichen lassen. Sie war vielleicht gering, aber es gab sie, und so lange es sie gab, war es ihre Bürgerpflicht, alles zu tun, was in ihrer Macht stand.

Außerdem war es dann nicht umsonst, dass ich den Kerl im Diner erschossen habe, dachte sie.

Nach exakt sieben Minuten und dreiunddreißig Sekunden erreichten sie das andere Ende der unterirdischen Lagerhalle und Leitersprossen an der Wand, die weit über ihnen in einem Loch in der Decke verschwanden.

»Okay, schnell jetzt! Diesmal kletterst du zwischen uns«, befahl Michelle und die Botanikerin wartete artig, bis sie losgeklettert war, bevor sie ihr mit Bob hinter sich folgte.

Ihre Handflächen brannten unter den rauen Stahlsprossen, doch Michelle wurde nicht langsamer, focht den Kampf gegen die Zeit aus, die ihr unerbittlich durch die Finger rann. Immerhin lag es noch in ihrer Macht, etwas zum Guten zu wenden. Nichts hasste sie mehr, als jemandem oder etwas ausgeliefert zu sein, ohne aktiv werden zu können. Solange man selbst am Ruder saß, gab es noch einen Kurs, den man beeinflussen konnte.

Als sie mit dem Kopf gegen etwas Hartes stieß, brummte sie und räusperte sich laut.

»Oh, Entschuldigung«, drang die Stimme der Botanikerin zu ihr. Dann machte es *Klick* und Michelle tastete nach einem Griff. Sie fand ihn nach geschätzt einer Stunde, aber der einsetzende Stress, der sich anfühlte, als würde ihr jemand auf den Fersen sein, spielte ihr wohl Streiche. Mit einem Ruck öffnete sie die Luke und blinzelte gegen das künstliche Tageslicht im Dom an, das von den reinweißen Wänden reflektiert wurde und in den Augen brannte. Ihr erster Impuls war, die Luke aufzuwerfen und sich so schnell wie möglich nach oben zu begeben, doch sie widerstand dem Drang und hob sie ganz vorsichtig an, bis sie sie leise auf die Seite gelegt hatte. Ihren Kopf hatte sie aus dem Loch gehoben wie ein Erdmännchen aus seinem Bau und sah sich nach rechts und links um.

Als sie auf der anderen Seite des Feldes einen Sanitäter neben der liegenden Gestalt der zweiten Botanikerin hocken sah, erstarrte sie, doch als sie vier Personen in Kampfanzügen mit Wüstentarnfarbe bemerkte, die ringsum standen und ihre Sturmgewehre abgewinkelt hatten, verwandelten sich ihre roten Blutkörperchen in kleine Eisklötze und ließen ihre Adern zufrieren.

»Pssst«, machte sie nach unten und kroch, so leise sie konnte, aus dem Loch und auf den blanken Betonboden. Zwar waren die Fremden bestimmt an die fünfzig Meter entfernt, doch sie wusste nicht, wie sehr die Architektur des Doms widerhallte. Die beiden quasselnden Botanikerinnen jedenfalls hatten sie von der anderen Seite sehr gut verstehen können auf ihrem Weg über den Betonsteg.

Sie half ihrer Geisel heraus und dann Bob, ohne den Blick von den vier Sicherheitsleuten und dem Sanitäter abzuwenden. Sie schienen sich zu unterhalten und einer hatte eine Hand an seine Schulter gelegt – vermutlich sprach er in ein Funkgerät. In dem Moment, als sie das sah, donnerte ein Helikopter über den Dom hinweg. Es klang dumpf und basslastig, als sei im Himmel eine Party im Gange, nur deutlich bedrohlicher und düsterer.

Als Bob sich aus dem Loch zwängte und sie ihm mit beiden Händen unter dem Arm hochhelfen wollte, verlor sie die Botanikerin einen Augenblick aus den Augen. Die Folgen waren fatal. Die Frau begann zu schreien und rannte auf die Sicherheitskräfte zu, die sofort herumwirbelten.

»Hilfe! Hilfe!«, schrie sie und rannte quer durch die Felder.

»Fuck!« Michelle riss an Bob und sie purzelten auf den Boden. Die Männer auf der anderen Seite bellten etwas, doch sie hörte nur das Rauschen des Blutes in ihren Ohren. »Raus hier, los, los, los!«

Sie rappelten sich auf und stürzten auf die Tür hinter ihnen zu, durch die eine Viertelstunde zuvor die beiden Botanikerinnen gekommen waren. Hier gab es keine Touchpads, sondern ganz normale Klinken. Raus durfte offenbar jeder, aber rein nicht. Gut.

Der einzige Grund, warum sie es bis zur Tür schafften, war entweder ironischerweise ihre Geisel, die in direkter Linie zu ihren Rettern rannte und somit das Schussfeld blockierte, oder aber es gab ein Schussverbot im Inneren des Doms, um ihn nicht zu beschädigen. Jedenfalls sah sie bei einem Blick über die Schulter, dass die vier Soldaten ausschwärmten. Einer bedeutete der Botanikerin mit hektischen Gesten, sich hinzulegen. Als Michelle die Klinke hinunterdrückte und gleichzeitig gegen die Tür knallte, hatte sie ihre Antwort: Die Bewaffneten eröffneten das Feuer. Ihre Waffen knatterten wie eine Böllerkaskade an Silvester und der Widerhall unter dem Dom war ohrenbetäubend. Es zischte zweimal ganz in der Nähe ihres Kopfes, dann prasselten Splitter von der Seite auf sie ein. Bob schrie auf und stieß mit ihr zusammen. Wie ein Wollknäuel aus menschlichen Gliedern purzelten sie in den Schmutz vor dem Dom und wurden von der erbarmungslosen Wüstensonne Nevadas empfangen. Michelle konnte weder klar sehen noch etwas hören, da ihre Ohren dröhnten, doch ihr Körper funktionierte wie automatisch. Sie half Bob auf die Beine, dem das linke Ohr zu fehlen schien, und er half ihr, was dazu führte, dass sie sich beinahe verhedderten.

Geradeaus, grüne Wand, Mais, Schutz, dachte sie und rannte wie von der Tarantel gestochen los. Drei Schritte und sie wurde von den Pflanzen gepeitscht, ignorierte die Schmerzen und lief weiter. Erst als die Rotorengeräusche der Helikopter lauter wurden, bog sie nach rechts ab, obwohl es nichts zum Abbiegen gab. Stattdessen brach sie durch die Pflanzen wie ein außer Kontrolle geratenes Nashorn, trampelte alles nieder, was ihr in die Quere kam, angetrieben durch die lauten Rufe der Soldaten hinter ihnen. Diesmal folgten sie ihnen in das Feld. Würden die ihre Spuren lesen können?

Etwas packte sie an der Schulter und riss sie nach unten. Sie wollte aufschreien, doch jemand legte ihr eine Hand auf den Mund. Instinktiv sank ihr das Herz, als sie dachte, geschnappt worden zu sein, doch es war Bobs Gesicht, das sie über sich sah.

Er sah sie direkt an und legte einen Finger über die Lippen. Sein linker Ärmel war abgerissen und klebte als improvisierter Verband um seinen Kopf. Da, wo sein Ohr gewesen war, war der Stoff blutig und klebrig. Als sie nickte, nahm er seine raue Hand von ihrem Mund. Sie stank nach Blut und Erde und ein wenig nach Rost.

»Der Helikopter«, flüsterte er und wie auf ein Kommando peitschte das Donnern des Fluggeräts über sie hinweg, begleitet von einem Sturmwind, der den Mais durcheinanderwirbelte und die Stimmen der Verfolger für einen Augenblick vertrieb. »Du musst dich beruhigen.«

»Ich ... ich glaube nicht, dass wir es diesmal schaffen.«

»Schon möglich, aber wir versuchen es, schon vergessen?«

Michelle wollte etwas sagen, doch ihr Mund war so trocken, dass nichts als ein Husten herauskam.

»Wir sollten zurück zu der Bergkette und Richtung Straße gehen, oder?«

»Ja«, krächzte sie leise, nachdem sie sich geräuspert hatte. »Da gibt es sicheren Empfang und wir wissen, wo die Schneise im Zaun ist. Da wir keine Schrotflinte mehr haben, schaffen wir es nirgendwo sonst durch den Zaun. Ein kurzer Kontakt mit dem Strom, wenn man sich dagegen wirft, ist etwas anderes, als daran hochzuklettern. Das funktioniert nicht.«

»Genau.« Bob nickte und sah gehetzt zur Seite in die Richtung, aus der jetzt wieder die Rufe der Soldaten erklangen. Sie waren näher gekommen. »Das denken die mit Sicherheit auch. Also sollten wir genau das Gegenteil tun. Die meinen, dass wir kopflose Hühner sind und das Naheliegendste tun, aber das werden wir nicht.«

»Werden wir nicht?«, fragte sie halb verwirrt, halb neugierig. Der Tanz, den die Stresshormone in ihrem Körper feierten, angefeuert durch einen von dem Überschuss ausgelaugten Herzkreislaufsystem, legte sich ein wenig, als sie ruhig atmete. Der Druck von Bobs Körper auf ihren hatte gleichzeitig etwas Erdendes, was sie zumindest ein wenig beruhigte.

»Nein, wir werden in die andere Richtung gehen.« Bob nickte nach rechts. Sein Gesicht war so nahe, dass der Schweiß von seiner Nase auf ihre Stirn tropfte. Unter normalen Umständen hätte sie sich geekelt, jetzt aber war es nur ein weiteres Zeichen des rohen, von allen unwichtigen Dingen befreiten Lebens. Intensiv, schmutzig, verwirrend.

»Das Gebiet, das ich auf der Karte gesehen habe, ist riesig!«, protestierte sie und senkte ihre Stimme, als er sich wieder einen Finger über die Lippen legte.

»Pssst!«

»Das Gebiet ist riesengroß! Das könnte viele Stunden dauern, oder ... oder einen ganzen Tag!«

»Sehr gut. Denn jetzt ist Vormittag und wenn wir bis zur Nacht brauchen, würde ich mich deutlich wohler fühlen«, meinte Bob.

»Wir werden bei der Hitze verdurstet sein, bevor wir es irgendwohin schaffen!«

»Du hast doch noch die Sichel! Wir könnten eine der Wasserleitungen anritzen, dann haben wir was zum Trinken.«

Michelle wollte erneut widersprechen, doch die Idee war gar nicht so schlecht.

»Wir haben auch Mais zum Essen, und ...«

»Das ist Futtermais, den kannst du so nicht essen!«

»Gut, Wasser ist ohnehin wichtiger.« Bob wischte ihre Bemerkung mit einer unwirschen Geste beiseite.

»Auf der anderen Seite ist nichts als Wüste. Im Osten verläuft zwar ein Highway, aber der könnte ewig entfernt sein!«

»Wenn auf der Seite nichts als Wüste ist und diese Anlage noch nicht fertig, ist dort auch die Chance am größten, dass der Zaun noch nicht komplett ist.« Bob seufzte. »Hör zu, die sind hinter uns her und wir müssen jeden Vorteil nehmen, den wir kriegen können. Gehen wir zurück zur Straße und zu dem umgeknickten Zaun, sind wir erledigt.«

»Aber ...« Michelle stoppte sich, weil ihr klar wurde, dass er recht hatte. Das innere Widerstreben, das sie verspürte, als sie sich vorstellte, noch einen ganzen Tag auf der Flucht sein und diese Angst und das Kribbeln im Rücken verspüren zu müssen, änderte nichts. Sie musste jetzt rational handeln und was Bob vorschlug, war das einzig Rationale. »Also los!«

Sie erhoben sich und sie kletterte nach einem kurzen Disput auf Bobs Schultern. Er hob sie ganz leicht an, bis sie ihm auf den Kopf klopfte, als ihre Augen aus dem Blätterdach des Maisfelds herauskamen. Einige hundert Meter entfernt sah sie den nächsten Dom, der wie ein reinweißer Pickel aus dem Meer der Grün- und Brauntöne ragte. In der Luft auf der anderen Seite kreisten die beiden Helikopter, die ihren Bogen zu Ende beschrieben hatten, aneinander vorbeirasten und in ihre Richtung zurück schwenkten. In den geöffneten Türen saßen Scharfschützen in einem Geschirr und suchten wie Adler die endlosen Felder ab. Sie klopfte Bob auf die rechte Schulter und er drehte sich nach rechts. Westlich von ihnen bewegte sich der Mais auf vier langen Bahnen, das mussten die Verfolger sein. Sie liefen in die falsche Richtung, nämlich in die der Bergkette, die sich ungefähr einen Kilometer westlich befand und wie eine braungraue Wand aus dem Grün ragte. Wieder klopfte sie Bob auf die Schulter, dieses Mal die linke, und er drehte sich nach links. Michelle konnte rund ein Dutzend weitere Dome sehen, die in großem Abstand zu dem, in den sie eingedrungen waren, aus dem Mais strebten und dann, ganz weit im Osten, meinte sie, eine weitere Erhebung wie den langen Bergrücken zu sehen, über den sie gekommen waren.

Bob ließ sie hinunter, als sie hektisch auf seinen Kopf klopfte, da die Helikopter rasch näher kamen. Sie warteten ruhig am Boden, bis der Sturm und der Rotorendonner über sie hinweg waren und nach Westen abdrehten, dann liefen sie unter ihrer Führung nach Osten ins Ungewisse.

Zuerst eilten sie hektisch und ohne Rücksicht auf ihre Kräfte, doch bereits nach kurzer Zeit, als klar wurde, dass die Helikopter in der falschen Richtung suchten, da die Geräusche nicht mehr anschwollen, drosselten sie ihre Geschwindigkeit. Von da an verwandelte sich ihre panische Flucht in eine erschöpfte Wanderung zweier geschundener Körper, die vom Adrenalin und Cortisol vollkommen ausgelaugt waren. Die Schmerzen in den Gliedern, die sich anfühlten wie der Muskelkater des Jahrhunderts, gepaart mit den vielen Schürf- und Kratzwunden sorgten dafür, dass sich jede Minute wie eine Stunde zog. Irgendwann hielten sie das erste Mal, als sie über eine Wasserleitung stolperte, die offensichtlich aus ihrer Fassung im Boden geglitten war und nicht vom Staubboden bedeckt war. Sie hieb die Spitze ihrer kleinen Sichel hinein und trank gierig, indem sie ihren Mund vor die kleine Fontäne hielt. Ihr Gesicht wurde nass, doch das störte sie nicht. Auch der seltsame Geschmack des Wassers, der ihr ein wenig erdig und zu würzig vorkam, interessierte eine Verdurstende nicht. Bob tat es ihr gleich und sie wuschen noch grob und oberflächlich ihre Wunden, benetzten Haare und Schultern und dann ging es weiter. Zwar brachte ihnen das Wasser keine Kalorien, um die ihre Körper bettelten, sie fühlten sich noch immer erschöpft, aber wenigstens hatte Michelle nicht mehr den Drang, sich einfach fallen zu lassen und zu sterben. Also gingen sie weiter, hielten jede Stunde einmal, um erneut vorsichtig aus dem Mais zu schauen, damit sie nicht aus Versehen im Kreis gingen. Die Berge im Osten wurden größer, aber nur sehr langsam und je näher sie kamen, desto deutlicher wurde ihnen, dass es sich hier nicht um Hügel handelte, die gerne Berge gewesen wären, sondern um eine höhere Erhebung. Während der Pausen, die sie machten, beendete sie den Flugmodus ihres Smartphones, den sie zum Akkusparen eingeschaltet hatte, und packte ihre Videos in Zipdateien. Sie fügte noch die Bestandslisten der Panzer hinzu, die Bob erhalten hatte, genau wie das Foto von der Kennnummer, die sich tatsächlich in der Liste wiederfand, die sein Kontakt ihm geschickt hatte und die sein E-Mail-Programm glücklicherweise automatisch abgespeichert hatte. Sie schrieb noch eine Notiz und filmte sich und Bob in einem kurzen Clip.

»Wir sind Michelle Nunez und Congressman Robert Greenwich. Unsere aktuelle Position ist mit Uhrzeit und Datum in dieser Datei hinterlegt. Wir haben eine Verschwörung der US-Regierung aufgedeckt, die über illegale Finanztransaktionen eine Strohfirma mit dem Namen ARC in Form einer Stiftung betreibt. Nicht nur sind Milliardenbeträge im dreistelligen Bereich über diese Stiftung aus dem Fiskus verschwunden, sondern auch Militärgerät, das verschrottet werden sollte. Sämtliche Beweise werden auf einen Server hochgeladen, der über meine Website frei zugänglich sein wird. Wenn Sie nichts mehr von mir oder dem Congressman hören sollten, wurden wir von einem Killerkommando der ARC-Stiftung ermordet. Im Anhang finden Sie auch eine Liste mit landesweit vermisst gemeldeten Personen, die in Wahrheit von der Stiftung angeworben oder gekidnappt wurden.«

»Meinst du, dass das etwas bringt?«, fragte Bob, als sie auch diese Datei in eine Zip packte und gemeinsam mit der anderen erneut komprimierte.

»Ich weiß es nicht, aber es ist zumindest der Versuch einer Lebensversicherung. Wenn die uns umbringen, werden sie es hiernach zumindest nicht leichter haben, das ist doch schon mal was.«

Bob antwortete nicht, nickte aber stumm und sie machten sich wieder auf den Weg. Irgendwann wurde es dunkel und sie schleppten sich mehr voran als stramm geradeaus zu gehen. Die Helikopter hörten sie nicht mehr, dafür aber immer wieder das hohe Surren von Drohnen, die über sie hinwegflogen.

Als sie endlich durch die Maisgrenze brachen, geschah es wie ein Wunder, wie eine unvorhergesehene Überraschung, als täten sie etwas Undenkbares. Aber es war geschehen. Sie standen vor einer Bergkette, vielleicht zwei- oder dreimal so hoch wie die vom Vortag, denn es musste bereits weit nach Mitternacht sein. Da sie keine Hubschrauber oder Drohnen sehen oder hören konnten, machten sie sich schweigend an den Aufstieg, wie zwei Besessene, die ohne jede Regung taten, was sie tun mussten.

Die Felshänge waren steil, aber zu bewältigen, und nicht so rutschig wie die im Westen. An einigen Stellen mussten sie klettern und kamen nur langsam voran, aber sie kamen voran und das war es, was zählte. In einer kleinen Felsspalte unter einem vom Wind ausgehöhlten Vorsprung machten sie eine Pause und kauerten sich auf das von der Sonne des Tages aufgewärmte Gestein. Unter anderen Umständen wäre der Ausblick, den sie hatten, umwerfend gewesen. Umwerfend schön. Die Dome leuchteten jetzt wie Inseln aus gelb-weißem Licht, wirkten inmitten der Dunkelheit so fremdartig, als hätten Außerirdische sie erbaut, wie riesige Leuchtkäfer in der Wüste. Positionslichter von Hubschraubern und Drohnen blinkten über ihnen wie fleißige Bienen über einem Blumenfeld. Auf der anderen Seite – die westliche Bergkette musste an die zwanzig oder dreißig Meilen entfernt sein – stachen sie mit winzig dünn aussehenden Suchscheinwerfern in den Boden, auf der Suche nach ihr und Bob.

»Ich habe hier etwas«, unterbrach er ihre seit Stunden währende Stille und griff in die Hosentasche. Er holte etwas heraus, das wie ein dicker Gummifinger an einer Klammer aussah.

»Was ist das?«

»Das ist ein Satellitenaufsatz für Smartphones. Wir bekommen das im Kongress, um auf langen Flügen telefonieren zu können.«

»Das hattest du die ganze Zeit bei dir?«, fragte sie und wollte empört klingen, doch sie war zu müde. »Dann hätten wir doch aus dem Maisfeld schon die Daten senden können.«

»Nein. Die Datenübertragung ist wirklich mies und hier auf dem Berg werden wir besseren Empfang haben.«

»Quatsch, das geht doch über Satellit, und ...«

»Hör mir zu: Nichts ist so leicht zu orten wie ein Satellitentelefon. Wenn die Regierung so tief in der Sache steckt, wie wir annehmen, werden sie meinen Uplink angezapft haben und sofort wissen, wo wir sind, wenn ich mein oder dein Smartphone anschalte und telefoniere, und jeder, den wir anrufen, ist ebenfalls geliefert. Ein Smartphone ist da viel sicherer, also sollten wir erst schauen, ob wir es mit dem Handy schaffen.«

»Bob«, sagte sie mit ruhiger Stimme und sah ihm in die Augen. »Die Daten müssen rausgehen!«

»Ich weiß.« Er nickte seufzend. »Wenn es sein muss, nehmen wir den Uplink. Dann werden sie uns mit Sicherheit schnappen und vielleicht töten.«

»Ich glaube nicht, dass sie sich das trauen, wenn die Sache erst einmal aufgeflogen ist. Aber selbst wenn, würde ich es tun. Du doch auch, oder?«

Bob schürzte die Lippen und blickte in das Tal mit den außerirdisch anmutenden Lichterspielen im Meer aus Schwarz. Dann nickte er. »Ja.«

»Gut.«

»Aber wen sollen wir anrufen? Wer auch immer es ist, wird in größter Gefahr schweben.«

»Ich habe eine Idee. Jemand, der bereits in großer Gefahr ist und weiß, was er tut. Er muss auch mit Angela sprechen, sie hat die Stiftungsdaten und kann mit den Zugangsdaten zu meiner etwas Website anfangen«, sagte sie entschieden, schaltete ihr Smartphone ein und suchte nach Empfang. Es gab wie erwartet keinen. »Legen wir los, bevor wir kalte Füße bekommen.«

Es dauerte bereits über eine Stunde, die der Upload lief, während sie über den Berghang kletterten, bis sie den Scheitelpunkt erreichten, wo ein kalter Nachtwind über die Wüste fegte und an ihrer zerrissenen Kleidung zerrte. Hinter sich konnten sie sehen, wie sämtliche Lichter von Drohnen und Helikoptern in ihre Richtung gerast kamen und vor dem anthrazitfarbenen Einerlei des Tals und unter dem glänzenden Sternenhimmel immer größer wurden. Doch das war nicht einmal das Deprimierendste, denn die Tatsache, dass unter ihnen am Fuß des Berges ein grauer Zaun mit NATO-Draht zu sehen war – klein und weit entfernt, aber klar erkennbar – versetzte ihnen den Gnadenstoß der Gewissheit, dass es kein Entkommen gab.

»Siebzig Prozent«, sagte sie und hätte ihr Handy am liebsten geschüttelt, weil der Balken sich so langsam bewegte. Die erste SMS war bereits rausgegangen, sie enthielt einige Anweisungen, die wichtig waren, doch sie wären nichts wert, wenn die Zip-Datei nicht ankommen würde.

»Wenn die roten Lichter Drohnen sind, sind die gleich bei uns«, warnte Bob.

Michelle überlegte und schob das Smartphone in die Tasche, bevor sie sich aufrichtete und beide Hände hob.

»Was tust du?«

»Wir ergeben uns und hoffen, dass sie nicht sofort schießen. Bis uns jemand verhaftet, vergehen hoffentlich noch einige Minuten, die der Upload weiterlaufen kann. Und falls sie uns erschießen ...« Michelle biss sich auf die Unterlippe. »Dann müssen wir beten, dass sie nicht sofort in meiner Tasche wühlen.«

JT

DAS
ARTEFAKT 2

KAPITEL 24: THOR

Thor und Marcus liefen durch die Gärten der Nachbarschaft, um sich von Straßen und Wegen fernzuhalten. Der Student, zuvor noch nervös und zittrig, stellte sich als überraschend ruhig heraus und stützte ihn immer wieder, wenn seine Hüfte einknickte. Es handelte sich zwar um einen Streifschuss, aber er glaubte, dass die Hüftpfanne etwas abbekommen hatte und das machte das Laufen nicht gerade leichter. Immerhin war der Blutverlust nur gering, genau wie in seinem rechten Arm. Ein Durchschuss, der schmerzte und es beinahe unmöglich machte, seine Waffenhand zu benutzen, aber er lebte und das bedeutete, dass er noch sprechen und die Wahrheit sagen konnte. Das wiederum hatte zur Folge, dass Blackheart und vermutlich ein ganzes Heer Black-Ops-Soldaten oder Söldner nach ihnen suchten. Also blieben sie in den Gärten, folgten Marcus' Führung. Ab und zu mussten sie Straßen überqueren, um sich weiter in Richtung Zentrum vorzuarbeiten.

Als der Morgen dämmerte, wurden sie von einer Frau überrascht, die in ihrem Garten saß und offenbar gerade einen Hund ausschimpfte, der kaum Interesse an ihnen zu zeigen schien. Mit seiner faktisch wertlosen Dienstmarke konnte er sie überreden, ihm ein Erstehilfepäckchen zu bringen, und verarztete sich grob, um weniger Blut zu verlieren. Die ältere Dame gab ihnen noch Limonade und etwas zu essen, was er aber nicht hinunter bekam. Was er allerdings tat, war, eine Jacke von ihr zu beschlagnahmen und auch Marcus neu einzukleiden. Es handelte sich um Kleidung ihres Mannes, der bereits zur Arbeit gefahren war, und war besser als das, was sie bisher getragen hatten und wonach Blackheart suchen würde.

Danach dankte er der Frau, die sichtlich verunsichert war, aber auch Gefallen zu finden schien, Teil von etwas anderem als ihrer täglichen Routine zu sein, und bezahlten ein Taxi, das sie zum Gebäude der New York Times in Manhattan fahren sollte.

Noch bevor sie die Brücke über Roosevelt Island erreicht hatten, die sie auf das Meer aus riesigen Wolkenkratzern zuführte, vibrierte sein Smartphone. Neben mehreren verpassten Anrufen einer Nummer, die vermutlich der Polizei gehörte, hatte er eine SMS bekommen. Sie stammte von Michelle Nunez, der einzigen Journalistin, die er kannte und die nicht auf seine letzte Nachricht geantwortet hatte. Er hätte erwartet, dass sie ihn ignorierte und als Verschwörungstheoretiker abtat. Er hätte es getan. Sie tat es offenbar nicht.

Ich weiß nichts über einen Kristall und Area 51, aber es gibt eine Stiftung namens ARC ... Thor erstarrte, als er die drei Buchstaben las. *... die gegenüber der Sperrzone von Groom Lake unterirdische Bunker aushebt und darin Militärgerät verschwinden lässt. Die Stiftung verschlingt Milliarden Bundesgelder. Sämtliche Beweise finden sich in der verpackten Zip-Datei und bei einer Frau namens Angela. Ich habe ihre Telefonnummer beigefügt. Dies ist meine einzige und letzte Nachricht, denn ich werde in Kürze von Kräften der ARC geschnappt. Wir wissen nicht, welche Behörden in der Verschwörung stecken und wem man vertrauen kann, darum gibt es nur eine Möglichkeit. Ich hätte in einigen Tagen eine Rede vor den Vereinten Nationen halten sollen. In diesem Zuge sollte es auch ein Meet & Greet mit der Kommissionspräsidentin der Europäischen Union geben, die bereits in New York weilt. Sie wohnt im Ritz Carlton am Central Park. Wenn Sie es schaffen, die Dateien, die ich Ihnen schicke und diejenigen über die Stiftung von Angela irgendwie zu ihr zu bekommen,* *ist das die sicherste Lösung.*

»Ist alles in Ordnung?«, fragte Marcus, der aufgehört hatte, aus dem Fenster zu starren und nun besorgt zu ihm sah.

Thor überlegte, spürte die sich ausbreitende Schwäche in seinen Gliedern und wusste, dass er möglichst bald ärztliche Hilfe benötigte, die er sich nicht selbst geben konnte. Seine Wunden mussten gereinigt und genäht werden, er brauchte Antibiotika und Schmerzmittel und eine Infusion. Doch noch nicht jetzt. Schussverletzungen waren meldepflichtig und wurden in diesem Fall den Falschen gemeldet.

»Mein körperlicher Zustand ist nicht gut. Aber ich habe vielleicht eine Idee, wohin wir deinen Laptop bringen können.« An den Taxifahrer, einen älteren Pakistani mit fragwürdigem Musikgeschmack, gerichtet, sagte er: »Planänderung: Zum Ritz Carlton am Central Park bitte.«

Er nahm wieder sein Smartphone hoch und las den Rest der Nachricht. Er bestand bloß aus einem Satz: *Diese Sendung stammt von einem Satellitentelefon, das wahrscheinlich verfolgt wird.*

Das ist aber ungünstig, dachte Thor. »Fahren Sie bitte so schnell, wie Sie es mit Ihrem Gewissen vereinbaren können.« Er kramte seine Brieftasche hervor, zog sämtliche Geldscheine heraus, die er noch besaß, und hielt sie dem Mann zwischen den Vordersitzen hin. Der Pakistani sah erst überrascht zur Seite und machte dann große Augen, bevor er das Auto stark beschleunigte.

»Was ist los?«, wollte Marcus wissen und drehte sich um, damit er aus dem Fenster nach hinten sehen konnte. »Werden wir verfolgt?«

»Ich weiß es nicht. Aber dieses Handy ist gerade zu einem Verräter geworden, fürchte ich.« In Gedanken fügte er hinzu: *Nein, nicht gerade erst, sondern seit Erhalt der Nachricht.*

Die ersten Anzeichen, dass seine Befürchtungen berechtigt oder sogar untertrieben waren, zeigten sich, als sie die Ed Koch Queensboro Bridge hinter sich gelassen hatten und zwischen den Wolkenkratzern Manhattans in den Verkehr glitten. Zuerst war da nur eine Bewegung, die seine Aufmerksamkeit verlangte, genau wie die vielen anderen Werbe-LCDs in Häusergröße, doch diese Leinwand war anders. Sie zeigte sein und Marcus' Gesicht und die Unterschrift: »Terroristen. Gesucht. Hinweise an 911.«

Der Fahrer sah es offenbar nicht oder ließ es sich nicht anmerken, denn er zeigte keine Regung und schien auf den dichten Verkehr konzentriert. Marcus sah zur anderen Seite, also konnte er es nicht sehen.

»Wir haben ein Problem.«

»Hm?« Marcus drehte sich zu ihm. Seine Augen waren rot unterlaufen und von dunklen Ringen umgeben.

»Blackheart war schneller als gedacht und offenbar spielen Ressourcen und Kontakte keine Rolle. Wir werden Probleme bekommen, also gilt Folgendes: Wir müssen in das Hotel gelangen, dürfen aber nicht vom Sicherheitspersonal festgenommen werden. Sonst werden wir es nie zur Kommissionspräsidentin schaffen.«

»Kommissionspräsidentin?« Marcus runzelte irritiert die Stirn. »Wovon reden Sie?«

Statt zu antworten, fummelte Thor den Akku aus seinem Handy und stopfte beide Teile in seine Hosentasche. Um ganz sicherzugehen, hätte er sie am liebsten aus dem Fenster geworfen, aber dann wäre die gepackte Datei von Michelle verloren gewesen.

Es war zu spät. Das Interessante an modernen Gewehren, besonders einem M82 Scharfschützengewehr, war nicht bloß dessen ein halbes Kilo schweres, panzerbrechendes Geschoss, sondern seine Geschwindigkeit. Beinahe viermal so schnell wie der Schall krachte das Projektil in die Motorhaube, dass der ganze Wagen vibrierte und schwarzes Öl auf die Windschutzscheibe spritzte. Erst dann hörten sie den Knall der Waffe, der selbst den wogenden Verkehrslärm, der durch die offenen Fenster hereindrang, übertönte.

Thors Gedanken überschlugen sich, während seine Augen

wie ein eigener Organismus nach einer Lösung suchten.

»Scheiße! Was ist los!«, kreischte der Fahrer.

»Nicht bremsen!«, befahl Thor über das lauter werdende Rattern der Rotoren eines sich nähernden Hubschraubers hinweg, in dem offenbar der Scharfschütze saß. Entweder der Fahrer war so außer sich, dass er ihm, ohne nachzudenken, gehorchte oder aber es gab durch den Treffer keine funktionierende Elektronik mehr, denn sie krachten einen Herzschlag später gegen ein Hindernis und wurden etwas nach vorne geworfen.

»Schnall dich ab!«, rief er Marcus zu und folgte seinem eigenen Befehl. Es krachte wieder und sie wurden durchgeschüttelt, als das Fahrzeug hinter ihnen auffuhr. Dann zählte er bis zehn und rutschte zu dem Studenten, bevor er dessen Tür aufschob und ihn hinausscheuchte.

Sie kamen auf die breite Hauptstraße, in der es dreispurig nach Nordwesten ging. Mehrere Autos waren aufeinander gefahren und die meisten Fahrer standen zwischen den kollidierten Wagen und schrien sich gegenseitig an. Die Menge war so dicht wie der Verkehr, der nur wenig Platz zwischen den Wagen ließ. Der unablässige Fluss aus Stahl und Gummi, der sich durch die tiefe Häuserschlucht wälzte, war zum Erliegen gekommen.

»Was sollte das?«, schrie ein Mann.

»Was fällt dir ein?«

»Dieses Arschloch!«

Thor versuchte, das Gewirr aus wütenden Rufen zu ignorieren, und schielte zu dem Helikopter, der sich durch den regnerischen Morgenhimmel auf ihre Position senkte. Er war nicht mehr besonders hoch, vielleicht dreißig oder vierzig Meter, sodass er den Schützen wie einen schwarzen Schatten in der offenen Tür sehen konnte, der mit dem langen Gewehr nach unten sah. Thor zog mit der linken seine Waffe, zielte kurz und drückte ab. Er war ein guter Schütze, ein sehr guter sogar – wenn er mit seiner rechten Hand arbeitete. Der Schuss verfehlte, prallte mit einem gelben Funken gegen die offene Tür des Helikopters. Immerhin erreichte er jedoch, dass dieser abdrehte und die Menge in Panik geriet. Hunderte Schreie der frustrierten Autofahrer und Unfallbeteiligten schwollen zu einem einzigen an und die Menge stob in sämtliche Richtungen davon, als sei in ihrer Mitte ein Meteorit eingeschlagen, der sie wie eine Welle von dem Impaktkrater fortscheuchte.

Umständlich stopfte er die Waffe zurück in sein Halfter unter der Jacke und rannte humpelnd den Gestalten hinterher, die sich auf den Bürgersteig retteten. Dort zerstreuten sich die vielen ebenfalls in Panik geratenen Fußgänger. Fliehende Menschen, die schrien, erzeugten so etwas wie einen Sog der Panik, der sich schneller ausbreitete als der Schall, als könnte die Masse ein eigenes Bewusstsein entwickeln, das sich in Furcht vereinte und in heilloser Flucht einen gemeinsamen Ausdruck fand. Thor bemühte sich, dicht in der Menge zu bleiben, die ihn als Teil ihrer selbst verschluckte, keinen Unterschied machte zwischen dem Verursacher der Panik und ihrer Auswirkung, oder es nicht einmal wusste.

Der erste Schuss verfehlte ihn so knapp, dass er die Hitze des Projektils an der Stirn spüren konnte, bevor es, gefolgt von einem Knall in die Hauswand neben ihn schlug und ein kopfgroßes Stück Beton aufsprengte. Die Schreie der panischen Masse schwollen noch weiter an und einige brachten sich geduckt in den Geschäften, deren ausladende Schaufenster den Bürgersteig säumten, in gefühlte Sicherheit. Thor schloss sich den nächsten an, quetschte sich mit ihnen durch den Eingang eines BOSS-Geschäfts und stellte erleichtert fest, dass Marcus direkt hinter ihm war und seinen Laptop fest vor die Brust drückte, als hinge sein Leben davon ab.

Mehrere Dutzende verängstigter Passanten drängten sich wie Schafe in den hinteren Teil des Ladens und verstopften die freien Flächen zwischen den Auslageinseln und Garderoben. Thor drängte sich mit Marcus im Schlepptau zwischen sie, ging so grob vor, wie er es übers Herz brachte, und bekam nicht einmal wütende Bemerkungen zu hören. Alles starrte bloß mit panisch aufgerissenen Augen zu den Fenstern und dem Bürgersteig, der jetzt wie leergefegt war. Sirenengeheul kündigte das Anrücken von Polizei, Krankenwagen, Feuerwehr oder allen dreien an.

»Zieh dir was Neues an«, raunte er Marcus zu, während die Menschen um sie tuschelten und beteten. Der Student gehorchte, ohne eine Frage zu stellen, und half ihm ebenfalls in neue Kleider, bis beide Anzüge anhatten. Erst als sie in Unterwäsche zwischen den dicht gedrängten Leibern standen und sich hektisch neue Sachen über den Körper zerrten, wurden sie misstrauisch beäugt. Dann sahen sie seine Pistole in dem Halfter und eine Frau kreischte schrill.

»Ich bin FBI-Agent«, rief er schnell und kramte in dem Klamottenhaufen nach seiner Marke, die er hochhielt. Der kleine Kreis, der sich um sie gebildet hatte, obwohl er es nicht für möglich gehalten hätte, dass es noch irgendwo eine Haaresbreite Platz gab, wurde nicht kleiner. Dafür schrie niemand mehr und er nutzte den kurzen Moment der Verunsicherung, um das Hemd zuzuknöpfen und die Anzugjacke überzustreifen. Anschließend kämpften sie sich zur Kasse durch und er fischte unter den Augen der wie versteinert dastehenden Verkäuferin eine Tasche unter dem Tresen hervor.

»Steck den Laptop da rein«, befahl er Marcus und nahm zwei Hüte und zwei Schals von einem Regal. Als er sah, wie der junge Mann den Laptop in die Tasche schob, sah er einen klobigen Gegenstand, der über ein Kabel mit dem Gerät verbunden war.

»Was ist das?«

»Thor, ich glaube da passiert was«, erwiderte der Student, statt zu antworten, und deutete in Richtung der Schaufenster. Einige Polizisten liefen mit Maschinenpistolen vorbei und verschwanden. Zwei neue tauchten auf und kamen auf die Eingangstür zu.

»Bleib dicht bei mir.« Thor hob seine Pistole und gab zwei Schüsse in die Luft ab. Sofort war das Kreischen zurück, ließ das Adrenalin in die Blutkreisläufe der Menge zurückschießen und vom Herd der Gefahr fortrennen, als wären sie ferngesteuert. Die menschgewordene Panik wälzte in erstaunlicher Geschwindigkeit auf Tür und Schaufenster zu. Thor gab noch zwei Schüsse über die Köpfe ab und traf die Fenster, die zersplitterten und wie ein Ablassventil für die Flüchtenden diente. Etwa hundert Menschen bahnten sich so ihren Weg auf den Bürgersteig wie eine angestachelte Ochsenherde. Die beiden Polizisten, die mit gezückten Pistolen dastanden, waren in etwa ein so großes Hindernis wie ein Stein bei einem Tsunami. Thor und Marcus rannten mit der Menge an ihnen vorbei und schrien, um sich der Panik anzupassen. Sie hielten sich an den Teil, der nach rechts floh, und rannten durch die kühle Morgenluft weiter und immer weiter, hörten das Donnern mehrerer Hubschrauber, das sich ein Duett mit den vielen Sirenen und Schreien lieferte. Weiter und immer weiter, vorbei an Polizisten, die Dinge riefen, die niemand verstehen konnte. Keiner vermochte die Herde aufzuhalten, die noch dichter wurde, als das Feuer der Panik überschwappte. Männer und Frauen verließen ihre Autos und rannten ebenfalls, teils mit Kindern auf den Armen oder an den Händen, um vor dem zu fliehen, was sich hinter ihnen befand und die Menge offenbar in Schrecken versetzte.

Die Polizisten waren überall. Rechts und links und vor ihnen und mitten in der Menge sah Thor Uniformierte, die versuchten, die Menschenmassen zu bändigen. Es gelang ihnen nicht – noch nicht. Eine Frage der Zeit.

So viele Beamte auf einem Fleck in so kurzer Zeit, dachte er und hielt den Blick gesenkt, während sie mit dem Strom in westliche Richtung liefen. *Das kann nur bedeuten, dass sie uns schon eine Weile zurückverfolgt haben.*

Ein Blick über die Schulter verriet ihm, dass die Brücke zwei Kreuzungen hinter ihnen war und beinahe von dem herbstlichen Dunst eingehüllt wurde, für den der Big Apple berüchtigt war.

»Wir schaffen es nicht«, raunte er Marcus zu und schürzte die Lippen. »Wir schaffen es nicht zum Central Park.«

Der Student ließ nicht erkennen, ob er ihn gehört hatte, sah zu Boden und hielt sich an Thors Jacke fest, um nicht den Kontakt zu verlieren. Das Gedränge war so chaotisch und kopflos, dass es nur eine Frage der Zeit war, bis jemand totgetrampelt wurde. Die Polizisten versuchten, zu beruhigen und den Sturm des Adrenalins zu bändigen, doch sie machten es nur noch schlimmer. Wenn auf einmal dutzende oder hunderte Polizisten und Helikopter mit Scharfschützen auftauchten und dann Schüsse fielen, waren die Ordnungshüter plötzlich nicht mehr die gerngesehenen Freunde und Helfer, sondern lebende Zeichen, dass etwas nicht stimmte.

Thor wartete ab, bis sie eine kleine Seitengasse erreichten und bog mit Marcus ab, indem er ihn halb schubste, um einem wuchtigen Mann im Trenchcoat zuvorzukommen, der sie fast über den Haufen gerannt hätte. Die Gasse war düster, gesäumt von zwei Backsteinhochhäusern der frühen zwanziger Jahre, aus jener Zeit, als Al Capone als junger Erwachsener die Stadt unsicher gemacht hatte. Durch die Enge wirkte sie wie eine Müllpresse, die kurz davor war, sich komplett zusammenzudrücken. Einige Müllcontainer sorgten für einen recht uncharmanten Geruch und die typischen Feuertreppen und Zugleitern aus schwarzem Metall hefteten sich wie Schlingpflanzen an die Fassaden.

»Weiter, weiter«, zischte er und lief geradeaus in Richtung des hellen Endes der Gasse, das wie ein senkrechter Streifen aus Licht den Horizont bildete. Marcus ließ sich das nicht zweimal sagen und rannte voran, deutlich schneller als Thor es mit seiner Hüftverletzung vermochte. Wenn in diesem Moment ein Polizist in die Gasse spähte, würde er sofort erkennen, dass etwas mit ihm nicht stimmte. Aber über risikofreie Aktionen waren sie an diesem Punkt längst hinaus. Mit seiner linken Hand kramte er Smartphone und Akku heraus und versuchte, mit der rechten die Rückseite des Handys abzuziehen und die

Batterie einzulegen, doch die Armverletzung nahm ihm das letzte bisschen Kraft in den Muskeln und beides fiel scheppernd auf den nassen Asphaltboden. Er richtete sich gerade auf und wollte nach Marcus rufen, doch der hockte bereits vor ihm und sammelte die feucht gewordenen Teile auf.

»Wir sollten meines benutzen, das haben die doch bestimmt nicht angezapft, oder?«, fragte der Student und hielt ihm beides hin.

»Vermutlich schon, er hatte genug Zeit dafür, aber wir müssen es riskieren. Wenn wir es jetzt erst anschalten, werden sie sicher ein paar Minuten für die Triangulation der Signalquelle benötigen.« Thor schob Smartphone und Akku zurück in seine Hosentasche und deutete auf eine große graue Mülltonne. Marcus nickte verstehend und sie kauerten sich dahinter. »Wir schaffen es nicht zur Kommissionspräsidentin, also müssen wir uns etwas einfallen lassen. Die ganze Stadt wimmelt nur so von Polizisten und Spezialeinsatzkräften – zumindest in der unmittelbaren Umgebung.«

»Wie wäre es, wenn wir mit der U-Bahn wegfahren. Da ist es so voll, dass die uns ...«

»Nein.« Thor schüttelte den Kopf. »Zu viele Kameras. Such am besten nach der nächsten Botschaft eines EU-Landes. Dort endet das amerikanische Staatsgebiet und damit die Einsatzmöglichkeiten der Polizei. Warte mal« Er wedelte mit ausgestrecktem Zeigefinger in Richtung von Marcus' Handy. »Hattest du das etwa die ganze Zeit über an?«

»Ja, ich wollte ...« Der Student fuhr hastig mit den Fingern über das Touchdisplay, pustete einige Male Wassertropfen fort, die sich von den Geländern in der Höhe lösten und wie Geschosse auf dem Bildschirm zerplatzten. Die Sirenen schallten drohend durch die Gasse und schienen sie daran erinnern zu wollen, dass die Gefahr noch nicht vorüber war.

»Bist du verrückt, Junge? Die haben uns die ganze Zeit verfolgt über dein Handy!«

»Lassen Sie mich doch erklären ...«

»Egal, wir können es nicht ändern. Los such weiter!«

»Deutsche Botschaft«, sagte Marcus schließlich und deutete die Gasse hinab. »Die andere Straße überqueren, dann müsste es noch eine Gasse geben und die Straße danach auf der anderen Seite.«

»Also gut. Dann los.«

»Sie ... Sie weinen ja.«

»Ja, das tue ich schon seit Stunden, glaube ich.« Thor winkte ab, tat mit dieser Bemerkung dasselbe wie mit dem Knoten in seinen Eingeweiden, der ihm so bedrohlich, weil ungewohnt, vorkam. »Los.«

Sie bewegten sich im Laufschritt durch Pfützen und über alte Zeitungen hinweg, bis sie auf der anderen Seite auf eine weitere Straße kamen, die zweispurig in jede Richtung führte. Auch hier waren bereits Polizisten zu sehen, die von den Kreuzungen weiter rechts und links näherkamen. Mehrere Streifenwagen blockierten die Ampeln und waren dabei, Autofahrer zu überprüfen. Sie zogen die Schlinge enger und gingen sehr effizient vor. Das konnte nur bedeuten, dass, selbst wenn nicht sämtliche Polizisten zu den Verschwörern gehörten, einige hochrangige Politiker sie als Terroristen in die Systeme der Behörden geschleust hatten.

Marcus wollte weiterlaufen, doch als sie auf den Bürgersteig kamen, hielt er ihn zurück und dämpfte seine Schritte. Ganz normale Passanten. Je mehr er sich umsah, desto klarer wurde allerdings, dass dies zwar ein anderer Straßenzug war, die Menschen aber mitbekommen haben mussten, dass in der Nähe etwas geschehen war. Es wurde rapide leerer und man beeilte sich offenbar, von hier fortzukommen, und tuschelte aufgeregt. Thor tippte Marcus an die Schulter und deutete auf sein Handy. Als er es ihm gab, sah er sich die Route auf dem Display an. Geradeaus und dann rechts, andere Straßenseite. Er sperrte das Display und wollte das Gerät gerade zurückgeben mit der Aufforderung, den Akku zu entfernen, als er etwas in der Reflexion des Displays erkannte, das ihn instinktiv stutzen ließ. Neben dem Hochhaus in ihrem Rücken und dem grauen Himmel sah er dort einen Punkt, den er zuerst für einen Vogel gehalten hatte, der sich aber nicht zu bewegen schien.

Er warf das Handy in Richtung einiger geparkter Autos und sah dann auf. Etwa dreißig Meter über ihnen schwebte eine kleine Kameradrohne mit vier Rotoren auf der Stelle – direkt über ihnen.

Marcus protestierte nicht einmal, als er seinem Handy hinterher sah, das auf dem Asphalt aufschlug und unter einen Aston Martin aus dem Blickfeld rutschte.

»Wir wurden entdeckt«, stellte Thor fest und deutete auf die Gasse gegenüber der Straße. Fahrzeuge fuhren mittlerweile nicht mehr, da sich ein Stau zwischen den abgeriegelten Kreuzungen gebildet hatte. Das viele Hupen und Schimpfen der Fahrer war vermutlich der Grund, dass sie das Surren der Drohne nicht gehört hatten. Als Marcus ihn irritiert ansah, nachdem er sich viel zu offensichtlich umgesehen hatte, deutete er nach oben und lief, so schnell es seine Hüfte erlaubte, zwischen den Autos zur nächsten Gasse.

»Zielpersonen fliehen!«, rief jemand ganz in der Nähe und ohne hinzusehen konnte er sich vorstellen, wie sich zuvor betont gelassene Polizisten nun allzu hektisch in ihre Richtung bewegten.

Die Gasse verschluckte sie wie ein dunkler Schlund, doch sie würde schnell zu einer Todesfalle werden, denn so schmal wie sie war, würden ihre Verfolger keine Probleme haben, sie zu erschießen – und einen Schießbefehl hatte es mit Sicherheit gegeben.

»Der Müllcontainer!«, schrie er und deutet umständlich mit der Linken auf einen der großen Rollcontainer. Marcus verstand glücklicherweise und zog den im Vorbeilaufen hinter sie, um etwas Deckung zu erzeugen. Im selben Moment peitschten auch schon die ersten Schüsse durch die Gasse und ein metallisches Kreischen verriet, dass der Müllcontainer um ein Loch reicher geworden war. Sie zogen die Köpfe ein und rannten weiter, Thor humpelnd wie ein lahmendes Pferd. Als sie die nächste Straße erreichten, war er beinahe überrascht. Auch hier waren die Straßensperren bereits im Gange, einige hundert Meter nach rechts hinunter, doch der Unterschied war, dass es noch Passanten gab, die seelenruhig über die Bürgersteige liefen. Viele hatten Regenschirme aufgespannt und bildeten ein bewegliches Dach aus fließenden Teilen. Nach einem Schritt zur Seite, um die Hauswand zwischen sich und die Polizisten zu bringen, deren Schritte durch die Gasse hallten und von dem Klappern ihrer Ausrüstung begleitet wurden, spähte er, heftig nach Atem ringend, auf die andere Straßenseite. Die deutsche Botschaft war ein schmales Glashochhaus zwischen zwei braunen Nachbarmonolithen, das mit einem großen Eingangsbereich an ein Luxushotel erinnerte. Dem Schild über dem Adlerwappen nach zu urteilen, handelte es sich nicht um eine Botschaft, sondern um ein Generalkonsulat. Soweit er wusste, fielen diese jedoch ebenfalls unter das Wiener Abkommen und waren damit für das Gastgeberland nicht ohne Genehmigung des Konsuls betretbar.

Wie Motten, die vom Licht angezogen wurden, stürmten Marcus und er weiter, ignorierten die hupenden Autos, die für sie in die Bremsen gehen mussten. Thors Herz pumpte so heftig, dass er jeden Pulsschlag wie einen Hieb in der Brust spürte und das Gefühl verstärkte sich noch, als sie den Bürgersteig erreichten, einige Poller umrundeten und die Glastür der Botschaft, hinter der zwei Sicherheitsbeamte in blauen Uniformen standen, vor sich hatten. Als noch zwei Meter sie von der Tür trennten, konnte er die verwunderten Gesichter der deutschen Wachmänner hinter der Glasscheibe erkennen, doch daneben auch die sich spiegelnde Meute Polizisten hinter ihnen.

»Stehen bleiben oder wir eröffnen das Feuer!«, brüllte einer der Beamten und instinktiv kamen sie schlitternd zum Stehen. Einen Meter vor der Tür.

»Umdrehen! Hände nach oben!«

Thor überlegte, einfach weiter zu laufen, zwei Schritte würden genügen, und darauf zu bauen, dass man ihn nicht vor aller Augen in der Öffentlichkeit erschoss, doch Marcus drehte sich bereits um und er war es, der die Tasche mit dem Laptop in der Hand hielt. Also wandte auch er sich um und blickte in die Gesichter von vier Streifenpolizisten mit Regenüberzügen über ihren Hüten, die auf ihn und Marcus zielten. Langsam hoben sie die Hände. Die Beamten schrien weiter ihre üblichen Drohungen und Forderungen durch den Regen, die er bloß wie durch eine Wand aus Watte hörte. Seine Hüfte schmerzte fürchterlich und seinen rechten Arm spürte er nicht mehr, doch es war die eingerollte Schlange aus Kummer in seinem Magen, die ihn abhielt, einen klaren Gedanken zu fassen.

Erst als sich eine fünfte Gestalt zwischen den mittleren beiden Polizisten hindurch schälte, klärte sich sein Verstand weit genug, um so etwas wie Wut zu empfinden. Es war Blackheart mit seinen kurzgeschorenen Haaren und der kompakten Figur, die ihn wie einen Pitbull aussehen ließ. Er grinste breit, nachdem er den Beamten eine Marke hingehalten hatte, die um seinen in eine schusssichere Weste gehüllten Oberkörper baumelte.

»Die Botschaft eines EU-Staates, etwas offensichtlich, aber clever«, sagte er anerkennend mit seinem leichten französischen Akzent.

»Dieser Mann ist ein ausländischer Agent«, knurrte Thor. Die Polizisten warfen sich gegenseitig verunsicherte Blicke zu, doch niemand reagierte.

»Na, na, na.«

»Dieser Mann hat Special Agent Maya Wilson ermordet!« Es war weniger der Versuch, wirklich etwas zu bewirken, als die Wahrheit auszusprechen und dafür zu sorgen, dass jeder sie erfuhr, der zuhören wollte. Manchmal brauchte es nur einen neugierigen Zuhörer, der tiefer grub als jeder andere, um manchmal Jahre später ein Verbrechen aufzudecken.

»Die Tasche bitte, lieber Marcus«, säuselte Blackheart und

fuchtelte auffordernd mit seiner gezogenen Pistole in Richtung der BOSS-Tüte, die an Marcus' hochgehaltener rechter Hand baumelte. Der Student regte sich nicht und schob trotzig seine Unterlippe vor.

Thor hörte derweil, wie hinter ihnen die Glastür geöffnet wurde. Die Wachmänner sprachen Deutsch, weshalb er sie nicht verstehen konnte, aber es klang so nah, dass er sich womöglich hätte fallen lassen können, um wenigstens zur Hälfte auf deutschem Territorium zu sein.

»Die wollen bestimmt wissen, ob ihr deutsche Staatsbürger seid«, gluckste Blackheart. »Aber da ihr das nicht seid, und das hier ein amerikanischer Bürgersteig ist, sieht es schlecht für euch aus.«

»Du wirst uns nicht auf offener Straße erschießen mit all den Menschen hinter euch, die ihre Smartphone-Kameras auf uns richten«, knurrte Thor. »Vor allem nicht mit erhobenen Armen.«

»Das ist tatsächlich enttäuschend.« Der Belgier nickte enttäuscht und zielte in Marcus' Richtung. Flüsternd fuhr er fort: »Aber ich bin ermächtigt, das Laptop unschädlich zu machen und ich bin ein furchtbar schlechter Schütze, du weißt ja.«

»Ich werde dich töten, dafür, dass du Maya ermordet hast.« Es war eine reine Feststellung, nicht einmal eine Drohung, als die Worte Thors Mund verließen. Er spürte jeden einzelnen Regentropfen, der von seinen Lippen rann und sich mit dem dichter werdenden Wasser auf den Kacheln des Bürgersteigs vereinte.

Blackheart schien etwas antworten zu wollen, doch seine Kiefer klappten wieder zusammen, als er der Flugbahn der Tüte folgte, die Marcus in diesem Moment vor die Füße des Belgiers und der Polizisten warf. Den Augenblick der Überraschung nutzte Thor, um sein Entsetzen hinunterzuschlucken und das zu tun, was richtig war und was Maya gewollt hätte. Er packte den Studenten und zerrte ihn rückwärts mit sich. Im Gesicht des Belgiers sah er noch ein triumphierendes Grinsen, dann kippte sein Sichtfeld und er verlor ihn aus den Augen.

»Stehen bleiben!«, riefen die beiden Wachmänner mit deutschem Akzent und er hörte das Klicken entsicherter Pistolen. Da er keine bessere Idee hatte, stürzte er einfach mit Marcus in den Armen durch die Tür. Draußen schrien die Polizisten, neben ihnen die Wachmänner. Thor rappelte sich auf die Knie, legte seine Pistole auf den Boden und hob die Hände.

»Mein Name ist Thor Dejeune, das ist Marcus Brown und wir beantragen politisches Asyl in der Bundesrepublik Deutschland entsprechend der Genfer Flüchtlingskonvention!«

JT
DAS
ARTEFAKT 2

Kapitel 25: Thor

Eine halbe Stunde später saßen Thor und Marcus im dunklen Büro einer Sachbearbeiterin namens Sabine, die sie hereingebeten hatte und dann verschwunden war, um sich einen Kaffee zu holen – und den Konsul. Offenbar nahm man ihr Anliegen nicht besonders ernst, wenn man die Zeit zugrunde legte, die sie sich ließ. Er wusste nicht einmal, ob der Konsul auftauchen und sich mit der Sache beschäftigen würde, war aber recht guter Dinge, da das Drama vor seiner Tür sicherlich Kreise zog.

Guter Dinge war er allerdings nicht, was ihre Aussichten auf ein erfolgreiches Asylverfahren anging, da sie keine Beweise hatten. Wenn er ehrlich war, waren sie sogar am Ende und das ganz sicher.

»Thor, ich ...«, setzte Marcus gerade an, als die Tür aufging und Thor ihm bedeutete, zu schweigen. Ein großer Mann mit Bauchansatz und perfekt geschnittenem Anzug kam herein. Seinen kahlen Kopf säumte ein grauer Haarkranz.

»Guten Tag, ich bin Hochkonsul Fröhlich«, stellte sich der Mann vor und ging an beiden vorbei zum Stuhl der Sachbearbeiterin. Thors ausgestreckte Hand ignorierte er. »Darf ich fragen, weshalb sie gewaltsam in mein Konsulat eingedrungen sind und sich auf die Genfer Flüchtlingskonvention berufen wollen? Ich habe in der letzten halben Stunde Anrufe vom

Weißen Haus, der CIA und dem Pentagon bekommen und mir Drohungen in den wildesten Formen anhören müssen, weil ich einen Terroristen schütze. Würde mein Land die Genfer Konventionen nicht so ernst nehmen und ich keinen Druck vom Auswärtigen Amt bekommen, hätte ich Sie schon vor die Tür gesetzt. Also sagen Sie mir: Warum sucht ein Terrorist bei uns Asyl?«

»Sie haben doch die Daten von Michelle Nunez gesehen«, antwortete Thor und deutete auf sein Smartphone, das auf dem Schreibtisch lag wie eine Drohung aus Silizium und seltenen Erden.

»Ja. Die USA bauen irgendetwas Seltsames in der Wüste Nevadas, nahe eines ihrer militärischen Testgelände. Sehr spannend.«

»Sir, ich ...« Thor brachte Marcus mit einer Geste zum Schweigen und beugte sich vor.

»Da steckt noch mehr dahinter. Wir haben Beweise gesehen, dass in fünf Jahren eine Art Vulkanausbruch für ein Massenaussterben sorgen wird, das ...«

»Ein Massenaussterben? Ah ja.« Der Konsul runzelte die Stirn und schien ihn für einen Verrückten zu halten.

»Thor«, sagte Marcus und stand auf, als er den Studenten erneut zum Schweigen bringen wollte, damit er die Situation nicht noch schlimmer machte. »Ich habe die Daten noch.«

»Was?«, fragten Thor und der Konsul gleichzeitig.

»Welche Daten?«, fuhr Fröhlich fort, während Thor gleichzeitig »Wovon redest du?« sagte.

»Ich habe einen externen Akku an das Laptop angeschlossen und mein Smartphone zu einem mobilen Hotspot gemacht. Ich habe einen Studentenvertrag mit unbegrenztem Datenvolumen und mein Provider bietet 5G an, das deutlich schnelleren Upload hat als ein WLAN-Signal. Ich habe gedacht, dass die Daten in der Cloud am sichersten sind, also habe ich mein Handy angelassen, und ...«

»Warum hast du das nicht früher gesagt?« Thors Gedanken

rasten. Die Daten waren noch da? Alle?

»Ich habe es ja mehrfach versucht, aber entweder hast du *Pssst* gesagt oder wir mussten rennen, weil jemand auf uns geschossen hat. Du bist mir ständig über den Mund gefahren.«

»Also sind die Daten alle da?« Thor konnte es nicht glauben.

»Ja. Ich bin vielleicht kein Agent, aber ich bin nicht dämlich. Die Daten nur auf der Festplatte des Laptops zu sichern, wäre dumm gewesen.« Marcus deutete auf den Monitor, der zwischen ihnen und dem Konsul auf dem Schreibtisch stand. Der Deutsche wirkte irritiert. »Wenn ich mich in der Cloud einloggen darf«, fuhr Marcus fort, »können Sie sich die Beweise sofort ansehen. Zusammen mit denen über die verschwundenen US-Gelder und den Videos aus dieser Vault wird sich ein klares Gesamtbild ergeben.«

Der Konsul zögerte, nahm den Hörer des Telefons und drückte einen Knopf. »Bringt mir Jens aus der IT mit einem gesicherten Laptop hierher.«

Einige Minuten später kam ein junger Mann mit Hornbrille herein, er wirkte etwas scheu, nickte ihnen kurz zu und baute ein Laptop auf, das er kurze Zeit später zu Marcus drehte. Der Student öffnete eine Website, gab seine Anmeldedaten ein und lud eine Datei herunter. Die gesamte Zeit schwiegen sie. Als der Download abgeschlossen war, überprüfte der Informatiker mit der Hornbrille die Daten, nickte und wurde vom Konsul hinausgeschickt.

»Also, sehen Sie selbst«, sagte Thor und legte Marcus eine Hand auf die Schulter. »Das hast du gut gemacht. Wirklich gut.«

Marcus lächelte zum ersten Mal, seit er ihn kennengelernt hatte. Der Konsul derweil lächelte nicht während er die Videos sah, er wurde immer blasser und blasser. Nach etwa einer Stunde griff er schweigend erneut zum Telefonhörer. »Rufen Sie die EU-Kommissionspräsidentin und den Botschafter her. Bereiten Sie ein Maschine nach Berlin vor. Nein.« Eine Pause. »Sofort, und setzen Sie die Gruppe Freiburg ein. Ja, Sie haben richtig gehört.« Der Konsul legte auf und sah zu Thor und Marcus.

»Wenn das hier echt ist, dann ...« Fröhlich schüttelte den Kopf und rieb mit den Handflächen über das Gesicht. »Verdammt, ich weiß nicht, was dann ist. Aber wir müssen Sie so schnell wie möglich nach Europa schaffen. Am besten mit der Sicherheitseskorte der Kommissionspräsidentin. Wenn sie hier ist, wird sie alles regeln.«

»Denken Sie, dass wir eine Belohnung bekommen?«, fragte Thor und der Konsul wirkte überrascht.

»Wie bitte?«

»Eine Belohnung?«

»Hören Sie, wenn das hier stimmt und Sie uns darauf aufmerksam gemacht haben, kriegen Sie jede verdammte Belohnung, die sich die EU leisten kann, darauf können Sie Ihren Arsch verwetten.«

Sprache!, dachte Thor tadelnd, doch seinen Mund umspielte ein dünnes Lächeln.

JT
DAS
ARTEFAKT 2

EPILOG

Ein Jahr später.

Der Einsatzleiter schloss den Clipper seines Kampfhelms und zog die Gasmaske über das Gesicht. Dann sah er sich in dem Eurocopter um und musterte die Soldaten auf den Sitzbänken. Sechs auf seiner Seite, sechs auf der anderen. Alle trugen schwarze Kampfpanzerungen ohne Flaggen oder Rangabzeichen. Allein an der etwas geringeren Körpergröße der Soldaten gegenüber konnte er ablesen, dass es sich um chinesische Spezialkräfte handelte und bei jenen auf seiner Seite um Soldaten des deutschen Kommandos Spezialkräfte KSK und der COM FST aus Frankreich. Die Tatsache, dass es sich um eine vereinte europäische und chinesische Kommandoaktion auf amerikanischem Gebiet handelte, hätte ihn vor einigen Jahren noch ungläubig den Kopf schütteln lassen. Doch die ARC und der Fokus der US-Regierung auf den Bau der Vault hatten für den Abzug sämtlicher US-Truppen aus dem Ausland gesorgt und ihnen so ermöglicht – neben der verringerten Schlagkraft der US-Armee – mit einer Tarnfregatte der chinesischen Marine nah genug an die Westküste zu gelangen, um ihre Helikopter zu starten. Dank der Stealthfähigkeit und der niedrigen Flughöhe der Eurocopter neuester Generation hatten sie es unerkannt über die Rocky Mountains geschafft. Eine grün blinkende Lampe über dem Durchgang zu den Piloten verkündete zehn Minuten bis zum Erreichen des Einsatzortes. Das Licht wirkte wie ein Fremdkörper in der roten Gefechtsbeleuchtung, klein und unbedeutend und doch Zeichen eines historischen Moments.

»Com-Check«, befahl der Einsatzleiter und tippte gegen den Helm, wo sein Ohr war. Nacheinander sagten die Soldaten »Check« und begannen mit der letzten Überprüfung ihrer Waffen und der Karabiner an ihren Brustpanzern. Nachdem jeder einen Daumen hochgereckt hatte, nickte der Einsatzleiter.

»Mammoth an Base, einsatzbereit.«

»Verstanden, Mammoth. Einsatzfreigabe erteilt. Gute Jagd«, kam es aus seinem Knopf im Ohr zurück. Der Helikopter drehte kurz darauf in eine Rechtskurve ein und die drei sie begleitenden Fluggeräte folgten wie ein einzelner Organismus. Unter sich wirbelten sie den Wüstensand Nevadas auf, der in der Finsternis der Nacht kleine Zyklone aus Staub in die Luft wirbelte, welche beinahe die Unterseite der Rotormaschinen erreichten. Als sie die niedrige Bergkette im Osten erreichten, kreiste eine der Begleitmaschinen über einem kleinen Plateau und setzte zwei Schatten mit langen Gewehren ab, bevor sie sich wieder zu den anderen gesellte.

Erst jetzt, als die Eurocopter über die weite Ebene mit den Maisfeldern und den leuchtenden Domen der Vault rasten, begannen die Alarmsirenen ihre langen lamentierenden Laute auszuspucken. Die Nacht schien unter ihrem Geheul zu erzittern. In der Ferne lösten sich helle Punkte aus der Schwärze und rasten unter dichten Dampfwolken in ihre Richtung.

Der Einsatzleiter wurde gegen die Wand geworfen, als ihr Helikopter aus der Formation brach. Es machte mehrere Male hintereinander »Flupp«, wie bei einer Tennisballkanone. Die Störkörper wurden ausgeworfen und verließen die Flanken des Eurocopters wie Fächer aus Licht und warfen bizarre Schatten in den Mais unter ihnen. Dann zischten Raketen aus den schwer bewaffneten Stummelflügeln und zerstörten die Abwehrstellung in der Ferne. Sie löste sich in einer Wolke glühenden Plasmas auf und schleuderte Trümmerteile wie Sternschnuppen in die Höhe.

»Zielort erreicht. Abwurf einleiten«, funkte der Pilot und der Einsatzleiter ließ seine Hände kreisen. Die Seitentüren wurden aufgezogen und seine Soldaten begannen mit dem Abseilen. Fünf Sekunden hatte jeder Zeit, um sich einzuhaken und nach unten durch den Sturm der Rotorblätter zu gleiten.

Der Einsatzleiter kam als letzter, hakte sich ein, drückte seine Stiefel von beiden Seiten gegen das Seil und lockerte dann den Griff. Es zischte und surrte und er krachte mit den Füßen in den Staub. Über ihm drehte der Helikopter sofort ab, warf erneut Täuschkörper ab und verschwand röhrend in der Nacht. Er wusste, dass er noch weitere Ladungen auswarf, doch er sah sie nicht. Erst als einen Herzschlag später der nächtliche Sternenhimmel in Flammen zu stehen schien, wusste er, dass die Drohnen angefangen hatten, zu feuern, und ihren ganz eigenen Luftkampf gegen die Verteidiger ausfochten.

»Ihr kennt den Plan! Zugriff!«, funkte der Einsatzleiter und hob sein Sturmgewehr an die Brust. Mit seinem zwölfköpfigen Team aus den besten Männern und Frauen der EU und Chinas lief er auf den Tunnel zu, in dem die Schienen verschwanden.

»Fire in the hole!«, rief Xue und feuerte eine Unterlaufgranate in den Tunnel. Der Knall der Explosion wurde von seinem Helm gedämpft, doch der Feuerball blendete ihn einen Moment. Es gab eine Verzögerung von einem Herzschlag, dann stürmten sie los. In Zweierformationen rannten sie in den Durchgang. Innerhalb des Domes war es taghell – und menschenleer. Die Testfelder in der Mitte sahen genauso aus, wie auf dem Videomaterial, das sie zur Einsatzbesprechung verwendet hatten.

Der Einsatzleiter winkte mit zwei Fingern nach links, wo sich die Luke befand, deren Position sie von ihrer Informantin zugeschoben bekommen hatten. Xue befestigte ein Päckchen

Plastiksprengstoff auf dem nackten Metall und kam in ihren weiten Kreis zurückgelaufen. Die Explosion riss einen kleinen Krater in den Beton. Noch bevor sich die Staubwolke gelegt hatte, schloss sich der Kreis, als alle gleichzeitig auf den freigelegten Schacht zustürmten. Richter, Haby und Nordloff zielten mit ihren Sturmgewehren in die Dunkelheit und schossen die kleinen Gaskanister mit Betäubungsgas in die Tiefe, bevor Xiua und Lee Phosphorfackeln aufbrachen und in die Tiefe fallen ließen. Anschließend begann das Klettern. Es dauerte eine Minute, dann war auch der Einsatzleiter unten angekommen. Sie befanden sich auf einer unterirdischen Farm – zumindest sah es so aus. Winzige Gewächshäuser in langen Reihen türmten sich auf großen Regalen der Länge nach auf etwa hundert Metern. Sie leuchteten von innen heraus und waren mit Kabeln und Schläuchen aus der Decke verbunden. Die Luft war feucht und drückend.

Es wurde geschossen. Die schallgedämpften Automatikgewehre spuckten ihre Überschallmunition aus und prasselten auf einige Soldaten weit auf der rechten Seite ein, die wie Marionetten, deren Fäden man zerschnitten hatte, zu Boden gingen. Es ging so schnell, dass der Einsatzleiter es beinahe übersehen hätte.

»Clear!«, rief einer seiner Soldaten und sie begannen auszuschwärmen. Der Einsatzleiter duckte sich und lief unter der unteren Ebene der Gewächshäuser hindurch auf das klobige Schott auf der anderen Seite zu.

»Aufsprengen!«

Leutnant Richter befestigte ein Päckchen C4 auf dem Stahl und sie brachten sich in Sicherheit, bevor es laut krachte. Der Rauch wallte noch immer durch die Luft, als sie sich durch das freigesprengte Loch zwängten und in eine Art Gefängnistrakt einfielen. Zellen, so weit er sehen konnte, drängten sich in einer Art überlangem Flur aneinander. Er lief voran, leuchtete mit der Taschenlampe unter dem Lauf seines Gewehrs durch die Gitter.

Leer. Leer. Leer. Erst die fünfte und sechste Zelle waren belegt. In der linken hockte eine Frau mit fettigen, zerzausten Haaren, in der rechten ein Mann mit zugewuchertem Gesicht und Halbglatze. Der Einsatzleiter winkte seinen Männern zu, die daraufhin zwei Sprühflaschen zückten und dicken Schaum auf die Schlösser der Gitter spritzten. Die Kabel, die herabhingen, zündeten sie an und gingen einen Schritt zurück.

»Zurücktreten«, befahl der Einsatzleiter den Gefangenen, nahm seinen Rucksack von den Schultern und holte den Roboter von der Größe eines kleinen Mülleimers heraus. Er stellte ihn vor sich ab, aktivierte ihn und ließ ihn mit voller Geschwindigkeit den Zellentrakt hinunterfahren. Die acht Kilogramm Plastiksprengstoff in seinem Ladefach explodierten zur selben Zeit, als es an den Zellenschlössern zischte und rauschte und die Türen aufsprangen.

»Feindbeschuss zwölf und sechs Uhr«, funkte Xue aus der Lagerhalle. »Situation unter Kontrolle. Erwarteter Widerstand.«

»Wir kommen raus«, funkte der Einsatzleiter und rief den Gefangenen durch seine Atemmaske zu: »Los, los, raus mit Ihnen«. Als sie sich mühsam und zögernd bewegten, machte er einen Wink und die beiden Soldaten packten sie unter den Armen und halfen ihnen auf die Beine. Die mitgebrachten Atemmasken zerrten sie ihnen über die Köpfe und überprüften hastig deren Sitz. So schnell es möglich war, liefen sie mit den Arrestanten zurück in die Halle mit den Gewächshäusern, aus denen ihnen das Knattern automatischer Waffen entgegenschlug.

Ohne auf die Blitze und Schreie zu achten, hielten sie geradewegs auf den Schacht nach oben zu und begannen mit dem Aufstieg.

»Pakete in Gewahrsam, Rückzug«, befahl der Einsatzleiter per Funk. Im Dom angekommen, sah er sich kurz um und bemerkte, dass gerade die anderen Luken rund um das Feld entriegelt wurden und aufsprangen. Die Falle war dabei, zuzuschnappen, und die Zeit rannte ihnen davon. Er packte von oben die erste Gefangene und zog sie mit einem Ruck hoch. Dabei schmerzte sein rechter Arm leicht, aber er bemerkte es bloß am Rande. Danach zog er auch den Mann herauf und scheuchte beide zum freigesprengten Tunnel, als aus den umliegenden Luken die ersten amerikanischen Soldaten krochen und laute Befehle schrien.

Der Einsatzleiter schob die Gefangenen weiter, trieb sie an, bis sie beinahe stürzten und atmete erleichtert auf, als sie das Freie erreichten. In der Luft blitzten noch immer Funken auf und Feuerblüten von greller Schönheit wurden geboren und starben wieder. Die Drohnenschlacht war noch im Gange.

»Positionen?«, funkte der Einsatzleiter und bekam über vierzig Bestätigungen. In der Ferne knatterten Gewehre und dem Zischen von Raketen folgte dumpfer Donner. Das Gewitter der Gewalt würde noch eine Weile wüten.

»Das ... es ist eine Falle!«, keuchte die Frau, die er befreit hatte. Sie drängte sich dicht an ihren Mitgefangenen und beäugte furchtsam das Chaos über ihnen, als könnte sie es nicht richtig verarbeiten. Als sie das Maisfeld erreichten, hatten die anderen Soldaten sie bereits überholt. Zwei fehlten.

Der Einsatzleiter zog die Atemmaske vom Kopf und lächelte, als er die aufgerissenen Augen von Michelle Nunez sah.

»Thor?«, fragte sie fassungslos.

»Ich habe euch etwas geschuldet«, erwiderte er. »Und ich habe gehofft, dass es eine Falle ist.«

»Es tut mir leid.«

»Nein, ich habe wirklich darauf gebaut und jetzt müssen du und Mr. Greenwich mit diesen Männern gehen.« Er winkte und zwei seiner Soldaten nahmen die Gefangenen an den Armen und tauchten in den Schutz des Maisfelds ein.

»Stehenbleiben!«, rief eine vertraute Stimme hinter ihm und Thor drehte sich langsam um. Wie erwartet sah er Blackheart aus dem freigesprengten Tunnel treten, keine zehn Meter entfernt. Hinter dem Belgier strömte ein Dutzend Soldaten in Wüstentarnkleidung aus dem Dom und bildete eine Wand aus

Schatten vor dem leuchtenden Weiß. Thor tat ihm den Gefallen und ließ sein Sturmgewehr sinken. Rechts und links war nur der Mais zu sehen und er stand ganz allein, während über ihm die Schlacht weiterhin tobte, aber langsam abebbte. Seine Zeit war beinahe abgelaufen.

»Thor Dejeune, du warst wirklich dumm genug, den Köder zu schlucken«, höhnte Blackheart und gluckste auf die ihm typische Art, die Thor so sehr anwiderte. »Ich muss gestehen, dass ich beeindruckt bin, was du aufgefahren hast.«

»Oh. Das ist noch nicht alles.« Thor machte einen Wink und aus dem Maisfeld um ihn lösten sich mehrere Gewehrmündungen, die zu Sturmgewehren und dann zu schwarzgekleideten Soldaten wurden. Sie waren überall neben ihm, bildeten einen Halbkreis um Blackheart und seine Soldaten, die sich unruhig hin und her bewegten.

Der Belgier sah sich um und sein Grinsen war wie weggewischt. »Wie hast du das angestellt?«

»Marcus hat die Daten mobil in eine Cloud übertragen, wir hatten die über die Vault also die ganze Zeit und die Europäische Union hat sich sehr dankbar gezeigt. Ich durfte mir etwas wünschen und ich wünschte mir das hier.« Thor machte eine ausladende Geste. Dann senkte er seine rechte Hand und die Spezialeinsatzkräfte an seinen Flanken schossen in einem Sturm aus panzerbrechenden Projektilen die amerikanischen Soldaten nieder. Blackheart erschrak kurz, sah sich um, als er alleine dastand und nickte anerkennend.

»Du hast mich überrumpelt. Ich hatte damit gerechnet, dass du ein paar Freunde zusammentrommelst und den Köder schluckst, obwohl du weißt, dass es eine Falle ist, aber dass du einen Krieg anfängst, hätte ich nicht erwartet.«

»Ich habe dir gesagt, dass ich dich töten würde. Das war ein Versprechen.« Thor sah auf seine Uhr. Die Zeit war um.

»Dann los.« Blackheart zuckte mit den Schultern. »Deine Freundin wird es dir nicht zurückgeben. Ich hätte sie übrigens gern am Leben gelassen, wenn sie nicht etwas so Dummes versucht hatte.«

»Ich werde dich nicht töten. Einen Soldatentod wünschst du dir bestimmt. Ich mache dich zu einem Zeugen.«

»Du willst mich festnehmen?« Der Belgier schnaubte.

»Oh nein, ich mache dich zu einem Zeugen des Weltuntergangs. Du hast zwar dein Ticket für die Vault, aber ich glaube nicht, dass die wertvolle Ressourcen für einen Krüppel verschwenden.« Thor sagte etwas in sein Headset und die Scharfschützen auf dem Bergrücken hinter ihm feuerten zwei Projektile in Blackhearts Knie. Die moderne Chirurgie konnte einiges, aber zerfetzte Knie gehörten zu den Ausnahmen. »Ich wünsche dir erhellende Momente.«

Thor zog sich in den Mais zurück, begleitet von den Schreien von Mayas Mörder, und auch wenn er in diesem Moment einen niederen Instinkt in sich spürte, der so etwas wie morbide Freude empfand, schämte er sich nicht dafür.

Eine Viertelstunde später jagten die Eurocopter auf die Ausläufer der Rocky Mountains zu. Bob und Michelle saßen Thor gegenüber in dicke Decken gehüllt und tranken aus Wasserschläuchen.

»Danke«, sagte Bob und Michelle nickte.

»Gern geschehen. Wir sind es euch schuldig.«

»Wie habt ihr das alles auf die Beine gestellt?«

»Mit euren Daten und unseren Beweisen über die Vault haben wir ganz schön was in Gang gesetzt. Die EU und China haben sich zusammengetan, um in einem der größten Projekte der Menschheitsgeschichte eine eigene Arche unter den Alpen zu errichten. Soweit ich weiß, haben die Schweizer im Zweiten Weltkrieg riesige Tunnel- und Höhlensysteme in ihre Berge gegraben und sich mit der EU und China zusammengetan. Jetzt schaffen sie die Grundlage für eine Arche, die mehrere Millionen Menschen fassen soll. Die Wirtschaft ist so gut wie zusammengebrochen, nachdem Wissenschaftler aus Russland mit unseren Hinweisen die Gasblase unter Kamtschatka bestätigen konnten. Alles ist nur noch ausgerichtet, die Arche unter den Alpen fertig zu bekommen, und sie machen wirklich große Fortschritte. Marcus ist so etwas wie der Heilige Gral geworden, da er jetzt wohl einem Artefaktexperten entspricht und Chromiodid-Datenträger herstellt. Um ihn zu motivieren, hat man auch seine Mutter und seine Freundin nach Deutschland geholt. Das war übrigens deutlich leichter als bei euch beiden. Ihr könnt euch gar nicht vorstellen, was der Junge jetzt für Oberwasser hat.«

»Und wir ...«, fragte Michelle zögernd und deutete auf sich und Bob.

»Ihr habt einen Platz in der Arche, ja. Man ist euch in Brüssel und Peking sehr dankbar für eure Arbeit, und ich denke, man erhofft sich auch die eine oder andere Insiderinformation von euch. Diese ganze Aktion«, Thor drehte mit dem Zeigefinger einen Kreis im roten Licht der Kabine, »hätte man sonst wohl nicht gewagt, auch wenn man mir versprochen hat, mir jede Belohnung zu gewähren.«

»Es tut mir leid um Maya Wilson«, wechselte Michelle das Thema und machte ein trauriges Gesicht.

»Ist schon gut. Sie wollte, dass Marcus Brown in Sicherheit ist und sie hat mit ihrem Tod einen beachtlichen Teil der Menschheit gerettet, wenn das Alpenprojekt wie geplant fertig wird, aber wie gesagt: Es sieht gut aus.«

»Nicht für alle Menschen«, gab Bob zu bedenken.

»Nicht für alle Menschen, nein.« Thor seufzte. »Aber es wird das erste Massenaussterben sein, das die dominante Spezies überlebt, auch wenn wir nicht wissen, wie die Erde danach aussehen wird.«

»Ich weiß nicht einmal, ob wir es wert sind, wenn ich mir anschaue, was unsere Regierung geplant hatte.«

»Europa und China arbeiten zusammen, um die Menschheit zu retten, das ist Beweis genug, dass wir als Spezies Hoffnung haben, und wer weiß: Vielleicht geschieht ja ein Wunder und wir lernen einmal in unserer Geschichte aus unseren Fehlern.«

Nachwort

Lieber Leser,

vielen Dank, dass Sie mit Thor, Maya, Bob, Michelle und natürlich Marcus mitgefiebert haben. Ich hoffe, Sie haben spannende Lesestunden verbracht und die wahre Natur des Artefakts konnte Sie ein wenig überraschen. Ich habe im Vergleich zu Band 1 einige Änderungen vorgenommen, zum einen neue Protagonisten und deren Sichtweisen eingeführt, um das Verschwörungsgeflecht und dessen Aufdeckung besser darstellen zu können. Außerdem habe ich, abgesehen vom Anfang, darauf verzichtet, Marcus weiterhin als Point of View Charakter zu nutzen, da seine Story und Entwicklung meiner Meinung nach auserzählt war. Auch der Wechsel von Maya zu Thor schien mir sinnvoll, um nicht mehr vom Gleichen, sondern neues vom Bekannten darstellen zu können. Die Idee mit dem drohenden Weltuntergang in einer Welt des »America First« und einem demagogischen Populisten im Weißen Haus kam mir im Sommer letzten Jahres, als ich einen Artikel über die zerbrechende transatlantische Partnerschaft zwischen den USA und Europa las. Wie weit könnte eine solche nationalistische Ansicht gehen? Ich recherchierte weiter, welche Arten des Weltuntergangs aktuell als die wahrscheinlichsten für die bisherigen sechs Massenaussterben in der Erdgeschichte gehandelt werden und war überrascht: Große Asteroiden, die die Erde zerstören, sind ziemlich außer Mode gekommen unter Wissenschaftlern, ebenso Supervulkane, die lange Zeit als »Klimakiller« galten. Dann stieß ich auf den sogenannten »Verneshot«, auf den mich der geschätzte Kollege Ralph Edenhofer aufmerksam machte (Achtung: Wir bringen in Kürze ein gemeinsames Buch mit dem Titel »Erebus und Terror: Drift« heraus). Alles, was Sie in diesem Buch über den »Verneshot« gelesen haben, wird aktuell real diskutiert und als mögliche zyklisch auftretende Katastrophe gehandelt, die für sämtliche Massenaussterben in der Erdgeschichte verantwortlich sein könnte. Ich empfehle bei Interesse den dazugehörenden Wikipedia-Artikel und die dort hinterlegten Quellenangaben für weitere Lektüre, da diese sehr gehaltvoll sind.

Wenn Ihnen dieses Buch gefallen hat und ich Sie mit meiner Geschichte gut unterhalten konnte, würde ich mich sehr über eine Rezension auf Amazon freuen. Das können Sie ganz einfach auf Amazon tun. Es kostet Sie maximal zwei Minuten Ihrer Zeit.

Wer keine Neuerscheinungen mehr verpassen und mein Buch »Rift: Der Übergang« exklusiv und kostenlos erhalten möchte, kann sich außerdem unter dem folgenden Link in meinen Newsletter eintragen (Versand 1x im Monat, kein Spam): www.weltenblume.de.

Ich grüße Sie herzlich,

Joshua Tree

Glossar

Advanced Research Columbia: Abgekürzt ARC. Eine Stiftung.
Antilope Wells: Kleinstadt in New Mexico.
Archäologische Vereinigung: internationaler Zusammenschluss von archäologischen Berufsverbänden.
Beretta: Fabbrica d'Armi Pietro Beretta. Italienischer Handfeuerwaffenhersteller.
Blue Ridge Defence: Rüstungsunternehmen.
Bonnet and Knowles: PR-Agentur aus New York.
Bor: seltenes Halbmetall.
C-4: Composite Compound 4. Plastiksprengstoff.
CCBB: Akronym aus Charles Bowen und Charles Brown.
Chromiodid: Verbindung aus Chrom und Iodid.
Ciudad de Juan: (fiktive) Stadt in Zentralmexiko.
COM FST: Commandement des forces spéciales Terre. Französische Spezialkräfte des Heeres.
Corpo della Gendarmeria Vaticana: Polizei des Vatikans.
Cuchao: (fiktiver) Ort in Zentralmexiko.
DARPA: Defense Advanced Research Projects Agency. Mit Forschungsprojekten beauftragte Behörde des Verteidigungsministeriums der USA.
Das Totem: der Kristall / das Artefakt.
DEA: Drug Enforcement Administration. Strafverfolgungsbe-

hörde in den USA, die sich mit dem Kampf gegen die Drogen befasst.

EMP: Elektromagnetischer Puls. Eine kurzzeitige breitbandige elektromagnetische Strahlung, die elektronische Geräte zerstören kann.

FBI: Federal Bureau of Investigation. Bundespolizei der USA.

GOP: Grand Old Party. Republikanische Partei der Vereinigten Staaten von Amerika.

Graphen: modifizierter, in eine zweidimensionale Struktur gebrachter Kohlenstoff.

Hamamatsu: Hafenstadt in Japan.

Hexaaquachrom-III-Iodid: Hydrat (wasserhaltige Verbindung) aus der Verbindung von Chrom und Iod, das dunkel-violette hygroskopische Kristalle bildet.

HiWi: Hilfswissenschaftler. Studentische Mitarbeiter ohne Abschluss. Nach ihrem Abschluss: wissenschaftliche Mitarbeiter.

ICE: US Immigration and Customs Enforcement – Immigrationspolizei in den USA.

Kōkaku Kidōtai: Japanisches Forschungsschiff.

Las Cruces: Stadt in New Mexico.

Midwest Rentals: Autovermietung.

Monofilamentschneider: Schneidwerkzeug, dessen Klinge nur eine Atomschicht breit ist.

MPDC: Metropolitan Police Department of the District of Columbia.

MPI: Missing People Initiative. Bürgerinitiative zur Aufklärung Vermisstgemeldeter.

Musculus extensor pollicis longus: Daumenstrecker-Sehne.

Myonendetektor: Gerät zur Identifizierung von Hohlräumen in der Erde oder in Gestein, das mit kosmischer Strahlung arbeitet.

New England Patriots: Footballmannschaft in den USA.

New York Jets: Footballmannschaft in den USA.

NICS: National Instant Criminal Background Check System. Datenbank des FBI über gelistete Straftäter.

Petersdom: Dom des Vatikans und weltweiter Touristenmagnet.

Podpolkownik: Sowjetischer Offiziersrang (Oberstleutnant)

Quarz: Zweithäufigstes Mineral der Erdkruste, bildet Kristalle, wird unter anderem für Speichermedien genutzt.

Rachel: Siedlung in Nevada.

Radiokarbonmethode: Verfahren zur radiometrischen Datierung kohlenstoffhaltiger, v.a. organischer Materialien. Der zeitliche Anwendungsbereich liegt zwischen 300 und rund 50.000 Jahren.

Schweizer Garde: Streit- und Sicherheitskräfte des Vatikans. Manchmal auch »Papstgarde« genannt.

Sixtinische Kapelle: Eine der Kapellen des apostolischen Palasts im Vatikan.

Starschina: Sowjetischer Unteroffiziersrang (Stabsfeldwebel)

Stuffer's Shack: Fast-Food-Kette.

Thermolumineszenzdatierung: Verfahren zur Datierung von Feststoffen, bei der Stoffe durch Erhitzung ihre Energie aus dem Kristallgitter in Form von Licht abgeben. Durch diese Lichtemission kann das Alter des Stoffes bestimmt werden.

Tobimasu: Mini-Forschungs-U-Boot der Kōkaku Kidōtai.

TSA: Transportation Security Administration. US-amerikanische Bundesbehörde, die mit der Sicherheit im öffentlichen Verkehrswesen betraut ist.

Universidad de Buenos Aires: Größte Universität in Buenos Aires, Argentinien.

Valada: Mexikanischer Imbiss, bei dem Treffen stattgefunden hat zwischen Geldgeber und den Bauarbeitern.

VatiLeaks: Vom Pressesprecher des Vatikans, Federico Lombardi, geprägter Begriff für eine Reihe von an die Medien weitergereichter Informationen über Korruption und Günstlingswirtschaft im Vatikan zwischen 2011 und 2012.

Vault: Vault wird im Englischen sowohl für eine Schatzkammer oder einen Tresorraum benutzt, als auch für eine Gruft.

Wisconsin Forest Association: Forstwirtschaftsunternehmen mit Sitz in Wisconsin.

PERSONENVERZEICHNIS

Alexei Alexejewitsch Abrikossow: russischer Nobelpreisträger.
Alexey Uljanski: russischer Geologe.
Alexios Ludwig: Physiker und ehemaliger Fernsehmoderator.
Angela: Informationsbrokerin.
Billy Turner: Jugendliebe von Bob.
Blackheart: Belgischer ehemaliger Fremdenlegionär.
Brian: ehemaliger Schulfreund von Marcus.
Carlito Menedez: Beamter der mexikanischen Bundespolizei und Verbindungsoffizier für das FBI.
Ciella Knox: Deputy und Beraterin von Bob Greenwich.
Delilah King: Sprecherin der MPI.
Donald Walker: Präsident der Vereinigten Staaten.
Eduardo: Doktorand der Geophysik, Doktorand von Valentino.
George Bridenstein: ehemaliger Projektleiter beim FBI.
Howard McKenzie: Projektleiter der Undercovereinsätze beim FBI.
Hubbert Julien: Grenzschützer in New Mexico.
Inka Browlowski: Archäologiestudentin von Charles Bowen.
Jarnek Schmid: Agent beim FBI.
Jessy: Freundin von Timmy, Studentin aus San Diego

Jonathan Callis: FBI Agent, undercover als Peter Jones ins archäologische Team von Charles Bowen eingeschleust.
Juanito Pedro: Agent beim FBI.
Kazunori Ito: Japanischer Ingenieur.
Luca Mancarella: Vikar im Vatikan.
Maria Angulo-Camacho: wissenschaftliche Assistentin von Dr. Perez.
Mark: Bodyguard von Bob.
Masamune Shirow: Japanischer Geophysiker.
Maya Wilson: Special Agent beim FBI.
Michelle Nunez: Investigativreporterin der New York Times.
Mitch Jefferson: Verteidigungsminister der Vereinigten Staaten.
Perez, Dr.: Archäologe Universität Mexiko-Stadt.
Peter Jolena: Zollbeamter am Ronald Reagan National Airport.
Peter Jones: Archäologiestudent von Charles Bowen.
Pjotr Fjodorowitsch Anjou: russischer Polarforscher.
Prof. Charles Bowen: Professor für Archäologie an der Universität Stanford. Ehemaliger Ingenieur, Mastervater von Marcus Brown.
Professor Deepak Chandar: Professor für Maschinenbauingenieurswesen an der Universität Stanford, Mastervater von Marcus Brown.
Puja Rabinghaja: Laborleiterin CalTech.
Robert »Bob« Greenwich: Mitglied des Repräsentantenhauses im Kongress.
Roger King: Leiter des biotechnologischen Instituts, Stanford. Vermisst.
Rongo Thane: neuseeländischer Vulkanologe.
Samira Kamran: Freundin von Marcus, Journalistin in New York.
Sarah Galvani, Dr.: Laborleiterin Stanford.
Saul Cavendish: Colonel bei der US Army.
Sergeant Bishop: Officer beim MPDC.
Sergeant Eversman: Sergeant bei der US-Army.

Sergei Skinner: Direktor des FBI.
Sharon Greenwich: Exfrau von Bob.
Susanna Bowen: Frau von Charles Bowen.
Theresa Rai: FBI-Beamtin, die mit der Kriminaldatenbank NICS arbeitet.
Thor Dejeune: Special Agent beim FBI.
Timmy: Freund von Jessy, Student aus San Diego
Toby Straight: Praktikant von Bob.
Tony Abraham: Zollbeamter am Ronald Reagan National Airport.
Trevor: ehemaliger Schulfreund von Marcus.
Valentino: Professor für Geologie und Geophysik.

IMPRESSUM

Lektorat: Philipp Mehlhop
Korrektorat: Gabriele Rögner
Besonderer Dank: Viktoria M. Keller
Cover: Elementi.Studio
Unter Nutzung von Bildern von:
Woman, by feedough, depositphotos.com
US Capitol, by 1778011, pixabay.com
Agent with gun, by Nomadsoul1, depositphotos.com
Woman (Shadow), by luna123, depositphotos.com
Man (Shadow), by Andrey Armyagov, stock.adobe.com

1. Auflage,
Joshua Tree Ltd.
Skoutari 25, App. 73
8560 Peyia
Zypern

© 2019 Joshua Tree Ltd. Alle Rechte vorbehalten.

Printed in Poland
by Amazon Fulfillment
Poland Sp. z o.o., Wrocław

50023111R00214